30° E
NTÁRTICO
Neu Schwabenland • Base 211
Tierra de la
Reina Maud
60° E
Tierra Mac-Robertson
Placa de hielo de Amery
Tierra de
la Princesa Isabel
Monte Menzies
Tierra del
Emperador
Guillermo II
90° E
Monte Kirkpatrick
Monte Sidley
Monte Erebus
Tierra Victoria
120° E
POLO SUR
MAGNÉTICO
70°
150° E

SHANGRI-LA

CCM Caja Castilla La Mancha

mr

Esta obra resultó ganadora del Premio de Novela Histórica Alfonso X el Sabio 2008, convocado por Caja Castilla La Mancha y mr ediciones, Grupo Planeta, y fallado por un jurado compuesto por Ana María Matute, Martín Molina, Felipe Pedraza Jiménez, Soledad Puértolas, Almudena de Arteaga, Jesús Sánchez Adalid, Juan Sisinio Pérez Garzón y Carmen Fernández de Blas como secretaria.

Julio Murillo

SHANGRI-LA

mr · ediciones

Primera edición: marzo de 2008

Paseo de Recoletos, 4. 28001 Madrid
www.mrediciones.com
ISBN: 978-84-270-3434-1
Depósito legal: M. 9.545-2008
Fotocomposición: EFCA, S. A.
Impresión: Brosmac, S. L.

Impreso en España-Printed in Spain

1

NUEVE FÉRETROS

Heinz Rainer despejó con la palma de la mano el vaho que empañaba el cristal de la ventana. A través de esa discreta mirilla se abstrajo en el animado ajetreo que era la calle Wartburg al atardecer. Lloviznaba. Los transeúntes apretaban el paso y alzaban el cuello de sus gabardinas camino de casa. Un poco más allá, en la esquina, el halo rojo de los pilotos traseros de los coches se fundía con el hipnótico parpadeo del rótulo luminoso del colmado de Tarek, un libanés adusto y reservado que nunca cerraba antes de medianoche.

–Ese bribón siempre nos hace trampas en el peso, ¿verdad, *Liz*? –pensó Heinz en voz alta mientras encendía un cigarrillo–, pero es discreto y no pregunta demasiado.

Los ojos de una gata siamesa brillaron asertivos.

Rainer exhaló una vaharada de humo cálido que difuminó por unos instantes el agujero por el que miraba al mundo. Una mujer atravesaba la calle sorteando el tráfico. Los tacones la hacían trastabillar. Intentaba dominar, con poco éxito, un pequeño paraguas desarbolado por la ventisca. Estuvo a punto de caer de bruces sobre el piso mojado.

Suspiró con desasosiego. De entregarse al impulso irracional que invariablemente le asaltaba en el claroscuro de esas horas, descendería desde las alturas de su destierro en un tercer piso hasta hollar la libertad del asfalto. Perderse en el ruidoso tráfago de la ciudad se le antojaba un placer. Como tantos otros, vedado. No podía arriesgarse a que esa misteriosa e incomprensible ley llamada azar le llevara a toparse con una mirada que reconociera la suya. Tal vez por eso no soportaba ver reflejada su imagen en las lunas de los comercios. De algún modo –se decía Heinz en sus largos y aburridos soliloquios–, si consigo olvidar mi rostro, tal vez otros lo olviden a su vez.

Esa idea, un tanto peregrina, había llegado a convertirse para él en una sólida convicción. En su refugio, que más parecía una jaula, no existían espejos. Con el tiempo había aprendido a afeitarse palpando la piel del rostro y del cuello.

Una súbita ráfaga estrelló un puñado de pequeñas gotas de lluvia contra el cristal. Brillaron en su sesgado descenso hacia el alféizar. De estar más entrado el invierno se hubieran congelado a mitad de recorrido.

En ese caprichoso entramado de formas caleidoscópicas, luces evanescentes y reflejos, el rostro desagradable del coronel Howard Rodby emergió como una maldición en el centro de los pensamientos de Rainer. Pudo ver la expresión contrariada del militar, imaginar su continuo ir y venir a lo largo de la pista de aterrizaje de la base Wichita, con las manos enlazadas a la espalda, echando constantes vistazos al reloj. Esos ojos saltones, de sapo, giraban en sus órbitas como las aspas de un ventilador, siempre en movimiento, y el rictus quebrado de sus labios, invariablemente oblicuo y hundido, probablemente aparecía más acentuado que de costumbre.

Howard Rodby.

Maldito cerdo asesino.

Consumió un tercio del pitillo en una bocanada larga y espesa y se recreó en la agradable idea de su muerte.

–Cualquier día le encontrarán contraído y hecho un guiñapo –profetizó entre dientes–, una descarga lacerante y piadosa abrasará su negro corazón.

»Cuando eso ocurra –y Rainer deseó que fuera antes

que después–, el mundo se habrá sacudido a un energúmeno de encima.

Se juró celebrarlo por todo lo alto, vaciando una botella entera en tres tragos. Aplastó la colilla como si le retorciera el pescuezo a un recuerdo indeseable.

–Y de acompañar Günter Baum a Rodby en su viaje al infierno –añadió entrecerrando los ojos–, dos..., dos botellas. De buen whisky, por supuesto.

Después saldría a pasear, dando tumbos, y seguiría bebiendo en la barra del primer bar que encontrara a su paso; dejaría de teñirse los cabellos; se olvidaría de las gafas de sol; se sentaría en un banco de un bonito parque a media mañana.

Siempre le había gustado el sol.

El rugido de una moto de gran cilindrada pasando bajo la ventana aventó a Rodby de sus pensamientos. Se desvaneció.

¿Qué fue lo que ocurrió en las siguientes horas?

Eso era algo que se había preguntado en infinidad de ocasiones.

Seguramente el avión aterrizó, a pesar del mal tiempo, el mismo día en que a él le dieron por muerto. Probablemente utilizaron un bimotor panzudo, más parecido a una zapatilla que a un avión. En sus tripas amontonaron los féretros, los aseguraron con correas e intercambiaron con los pilotos los albaranes de rigor.

Horas más tarde, antes del amanecer, depositaron lo poco que quedaba de la Millenium Research 2000 en cualquier remoto hangar de Estados Unidos, en alguna instalación militar, tras mil vallas eléctricas y con los testigos indispensables.

Esos mal nacidos lo hacen todo a oscuras. Nunca dejan huellas.

Y en este asunto, dejar una sería imperdonable.

Probablemente le dieron carpetazo al tema a toda prisa. Contaron los ataúdes. Uno, dos, tres…, nueve. Tal vez tuvieron suficiente estómago como para abrirlos y examinar detenidamente su contenido.

Del japonés no debió de quedar gran cosa. Era un hombre menudo. Con un bigotito ridículo. A lo sumo unos restos de carbón desfigurados. Además, Hatsuka era feo. Y un japonés cuando es feo, lo es de verdad. No debió de ser fácil identificarlo a simple vista. Quizá comprobaron su identidad hurgando en su abrasado ADN.

La doctora Brandley, por el contrario, debía de lucir hermosa, blanca y mórbida, como si hubieran cincelado el escorzo de su muerte en un bloque de hielo milenario.

Pobre Angela.

A Stan Barets, el francés descreído y bromista, y a todos los demás, los cosieron a balazos; acabaron tan agujereados como un gruyer de buen tamaño. Después los rociaron con gasolina. Sus despojos no debían de tener muy buen aspecto.

No pienses más, déjalo estar –se propuso mientras recorría con la vista la silueta oscura de los tejados del lado opuesto de la calle–. Suficiente castigo es llevar grabado en las pupilas el horror de sus muertes.

La última luz del día se precipitaba por una estrecha franja crepuscular. Rainer encendió una pequeña lámpara y se dejó caer en un desvencijado sofá.

Con un salto elegante y elástico la gata descendió de la destartalada estantería. Se aproximó hasta él, frotó el lomo contra sus piernas y se aupó en su regazo.

–Quieres conocer lo que ocurrió después, ¿no? –interpeló en un bisbiseo apenas audible acariciando el cuerpo sedoso del felino–. Lo cierto es que no tengo forma de saberlo, bonita.

Quizá tras un rápido examen forense rellenaron los nueve informes pertinentes, cavaron un buen agujero y los sepultaron allí, en mitad de un desierto –caviló–. O en el otro extremo del mundo. Tal vez quemaron lo poco que quedaba en algún horno. Sin banderas, sin honores, sin ninguna explicación oficial; ni siquiera una miserable carta de condolencia, de esas que los familiares guardan en un cajón, entre papeles de seda, o cuelgan, como hacen impúdicamente los estadounidenses, en el salón de la casa, sobre la chimenea, con un bonito marco que enseñan a las visitas y ante el que brindan, estirados y orgullosos, el 4 de julio.

Lo cierto es que nunca había logrado averiguar qué hicieron con los ocho cadáveres. Los medios de comunicación no dedicaron demasiado espacio al asunto. Hablaron de un terrible accidente, de cómo una sima oculta bajo el hielo se abrió bajo sus pies y se los tragó a todos.

Una irreparable pérdida para la comunidad científica fue la frase más socorrida. Luego, todo se echó al olvido.

Oficiaron una ceremonia simbólica ante nueve túmulos vacíos.

Después, silencio.

Tras estampar en la carpeta el consabido sello de alto secreto olvidaron el dosier en el fondo de un archivo metálico al que echaron el cerrojo.

Así debió de ocurrir, más o menos así.

Casi seis años atrás. A finales de enero.

Llevaba oficialmente muerto seis años. Seis años recreándose en el pensamiento de que quizá a esas alturas todos se hubieran olvidado de él. El tiempo lo borra todo –solía repetirse–, tal vez ya nadie recuerde que uno de esos nueve féretros regresó vacío.

Aunque esa idea le reconfortaba, Heinz Rainer seguía comportándose como si formara parte del mundo de los espectros. Con el mismo sigilo, con la misma actitud evanescente. La muerte, tras rondarle una y otra vez, había dejado de causarle inquietud. Vivía como si ya transitara por sus desolados páramos; y su ámbito, frío y gris, se le antojaba más cálido y protector que las calles de los vivos.

–¿Para qué queremos las calles? ¡Que se las queden! Tú y yo se las regalamos, ¿verdad? –musitó con desdén–. Lo nuestro, *Liz*, son los callejones –*Liz* parpadeó de forma asertiva–. Lo que no imaginan esos bastardos nazis de Thule es que les hemos preparado un poco de su propia medicina –apostilló con una inflexión taimada.

En el exterior la lluvia caía ahora con mayor fuerza.

Una delicada melodía de violín llegaba desde algún punto indeterminado del edificio.

2

UNA FOTO IMPOSIBLE

Cuando el teléfono del pequeño apartamento que Simon Darden ocupaba en el barrio londinense de Hampstead sonó a altas horas de la madrugada, el periodista, entre sueños, intuyó que algo no andaba bien. Mientras sus dedos intentaban alcanzar el auricular desechó la idea de que alguna noticia de importancia hubiera llevado a los dos redactores del turno de noche a recurrir a él.

Al descolgar reconoció de inmediato la voz nasal de Claudia.

Encendió la lamparilla de la mesita de noche, se frotó los ojos y echó un vistazo al despertador. Las cinco menos veinte. Después se quedó mirando al techo, mascullando una inconexa retahíla de monosílabos que buscaban acomodo en el precipitado discurso que llegaba a través de la línea.

–No te preocupes, tranquilízate, todo irá bien. Me visto y voy para allí ahora mismo –balbuceó una fracción de segundo antes de que ella colgara.

Media hora más tarde llegaba al St Thoma's Hospital de Lambeth Palace Road.

Encontró a su ex mujer destemplada y nerviosa, caminando a lo largo del pasillo frente al área de quirófanos.

–¿Dónde está Brian?

–Acaba de entrar, hace cinco minutos escasos.

–¿Qué te han dicho los médicos?

–Nada. No han dicho nada.

–Anda, vamos a sentarnos. Esto puede ser largo…

–No quiero sentarme. Siéntate tú.

La espera resultó exasperante, presidida por largos silencios. Alrededor de las once de la mañana, tras un tiempo prudencial en observación, trasladaron al niño a una habitación del quinto piso del centro.

–Estoy orgulloso de ti. Te has portado como un campeón –le susurró Simon al oído.

Brian miró a su padre con ojos ebrios. Su rostro tenía el color de la cera. Parecía regresar de un viaje a ninguna parte. Permanecía arropado hasta la barbilla con el gotero insertado en el brazo. El desordenado flequillo caía como una cortina sobre sus ojos grises.

–¿Ya está? –preguntó con voz cansina.

–Sí, ya.

–No recuerdo nada, papá.

Simon sonrió y atusó sus cabellos. Observó brevemente a Claudia. Permanecía sentada al otro lado de la cama con cara de circunstancias.

–Bueno, es normal. La anestesia actúa así. Como cuando enciendes y apagas una luz. ¡Clic, clac!

–Tengo mucha sed.

–Eso también es normal, pero no sé si podemos darte agua. Esperaremos a que pase el doctor a verte y nos diga si ya puedes beber, ¿de acuerdo?

–Bueno.

–Escucha, Brian, me tengo que ir, es muy tarde, pero...

–¿Ya tienes que marcharte? –interpeló Claudia arqueando las cejas.

–Debo ir al periódico. Tengo muchas cosas pendientes. Además, los jueves, ya lo sabes, mandamos la totalidad del *Saturday Review* a imprenta.

Claudia apartó la mirada. Su esbelta nariz se contrajo en un pequeño respingo que Simon conocía bien. Era algo involuntario. Un tic que afloraba en su rostro siempre que se sentía incómoda o molesta.

–Muy bien –aceptó. Se incorporó en ademán de acompañarle hasta el pasillo.

–Volverás, ¿verdad? –preguntó el niño.

–Claro. Volveré mañana, a primera hora. Te lo prometo.

–¿Te acordarás de mi juego?

–Sí, me acordaré: *Dome of Warriors* para la Gameboy.

Simon besó a su hijo y le guiñó un ojo. Se puso el abrigo y arregló la suave bufanda de cachemira escocesa igualando los extremos. La pareja salió al pasillo de la planta. Ella se cruzó de brazos y respiró profundamente.

–¿Estarás bien? –preguntó él, solícito.

–Supongo. El sofá parece bastante cómodo. Dormiré bien. Dentro de un rato bajaré a la cafetería a comer algo.

–Bueno, todo se ha quedado en un susto. No se puede negar que es hijo mío. A mí me operaron de apendicitis antes que a él –adujo Darden con una leve sonrisa en los labios.

–Lo que me angustia es que si esto le hubiera ocurrido durante el fin de semana, estando en casa de tu madre, en Bath...

–Pero no ha sido así. Deja de preocuparte por lo que pudiera haber ocurrido. El sábado estaréis de vuelta en casa. Y la semana próxima, al colegio. Escucha: llevo el móvil conectado. Llámame a cualquier hora, ¿entendido?

–Muy bien. Anda, déjame unas monedas.

–¿Monedas?

–Para la televisión. No tardará en pedirme que le ponga la televisión.

Simon rebuscó en el bolsillo de su abrigo. Logró extraer unas cuantas, mezcladas con un manojo de llaves, una tarjeta de autobús caducada, caramelos del Royal Bank of Scotland y un encendedor.

–Sólo tengo esto suelto.

–Bastará.

Acercó sus labios al rostro de Claudia. Ella se retrajo, esquiva. El beso aterrizó entre sus cabellos. La tocó levemente en el hombro y se puso a caminar en dirección a los ascensores.

En el exterior el día lucía gris y desapacible.

El aire se enredaba en la alfombra de hojas secas que cubría la calle.

Consiguió un taxi. Veinte minutos más tarde llegaba al edificio de *The Guardian*, en el número 119 de Farringdon Road. Saludó con un desganado monosílabo al encargado de seguridad de la recepción, un tipo orondo que vivía sin excesivos sobresaltos, mientras pasaba su cartera por el detector. Optó, en el último momento, por utilizar las escaleras. Dos de los ascensores estaban siendo revisados por el servicio de mantenimiento y un buen número de personas permanecían hacinadas ante los otros.

Llegó a la cuarta planta sin resuello. El precio del tabaco.

Susan Schuett le dedicó una sonrisa afectuosa. La telefonista atendía una llamada, mantenía varias más en espera y rellenaba las consabidas hojas de avisos con trazo nervioso. De forma expresiva le hizo saber que tenía algo para él.

–¡Dios mío, qué mañana, todo el mundo parece haberse vuelto loco! –exclamó al verse momentáneamente libre.

–No se han vuelto locos, Susan, ¡siempre lo han estado! Ocurre que la cosa va a peor –ironizó Darden–. ¿Sabes qué predijo la Organización Mundial de la Salud la semana pasada?

–No. Supongo que es mejor no saberlo... ¿qué?

–Escucha, dicen que dos de cada cinco ciudadanos de este maravilloso mundo feliz acabarán esquizofrénicos, paranoicos o con serios trastornos mentales en los próximos diez años. Cazando moscas. Toneladas de Prozac para todos. En el peor de los casos, bonitas camisas de fuerza de Harrods.

–Menudo panorama.

–Lo peor será, de todos modos, lo que les ocurrirá a los otros tres –apostilló con una sonrisa malévola el periodista–. ¿Quieres saber qué pasará con ellos?

Susan se echó a reír. Simon siempre le sacaba punta a todo con su ácido sentido del humor. Además, del enjambre de articulistas, redactores, maquetistas, directivos y diletantes que poblaban el edificio, él era uno de los más atractivos. A pesar de que pintaba canas y más de un día su aspecto era el de un cadáver redivivo.

Darden se aproximó. Su cuerpo sobrepasó la ordenada formación de sobres y paquetes que iban a ser recogidos por los mensajeros, como si quisiera participarle un gran secreto.

–Escucha, el destino de los otros tres es mucho peor –reveló con la sorna dibujada en los labios–. Terminarán aplastados por el peso de sus hipotecas o encarcelados debido al impago de sus pensiones de divorcio; cirróticos de tanto alcohol, con un *by-pass* en el corazón o un cáncer en las tripas.

–¡Qué alegría, Simon! ¿Nadie se salvará?

–Tú y yo, encanto, ¿no te he dicho que tengo una pequeña casa junto a un lago en Escocia? Saldremos por piernas cuando todo se desmorone. Yo me pondré un sombrero de esos que usan los amish, me dejaré crecer la barba y cortaré leña mientras tú preparas un delicioso postre de manzana en el horno.

–Muy bucólico y tentador. En fin, escucha: los pelmazos del departamento comercial quieren que hables con ellos –anunció al ver que las luces de la centralita comenzaban a parpadear–. No sé de qué va, pero te están buscando desde primera hora. Peter me dice que te ha mandado su columna de opinión en un correo. Que si hay que recortarla que se lo digas ya. Estará fuera hasta el lunes. Y, finalmente, ha llamado alguien que no ha querido darme su nombre. Tres veces. Dice que tiene algo muy importante para ti.

–No me pases llamadas. Sálvame. ¡Hoy va a ser de órdago!

Darden se adentró en la caótica redacción del periódico. Parecía un campo de batalla tras el encontronazo de dos ejércitos. En todas las mesas, a excepción de las ocupadas por las secretarias de los numerosos directivos –que se veían impecables–, se amontonaban en precario equilibrio revistas y prensa extranjera, informes, comunicados internos, diseños de páginas, fotografías y pruebas de edición que amenazaban con venirse abajo de un momento a otro.

–Ya estoy aquí –anunció Simon.

Se despojó del abrigo y de la bufanda. La atmósfera del lugar resultaba agobiante. En las oficinas –solía decir el periodista– uno se muere de frío en verano y se ahoga en sudor en invierno. No hay término medio.

El rostro de Richard Garnet emergió entre el desorden de su mesa de trabajo. Se desprendió de los pequeños auriculares a los que permanecía conectado de la mañana a la noche. Darden los odiaba, la mayor parte del tiempo se veía obligado a comunicarse con su subalterno a gritos o por señas.

–¿Cómo está tu hijo? –preguntó el redactor.

–Bien. Todo ha ido bien. ¿Qué tal por aquí?

–De infarto. El director de arte quiere que le eches un vistazo a la portada y a la primera página de Internacional. Ha dejado algunos diseños en el servidor –anunció rascándose la coronilla. Después se estiró y bostezó.

–Juraría que estás hecho polvo.

–Lo estoy. Ayer trasnoché. Estuve en el Soho, en el Jazz After Dark de Greek Street. Tocaba una banda excelente. ¡Excelente!

Darden sonrió. Mientras su ordenador arrancaba intentó recordar cuándo había asistido por última vez a un concierto. Abrió el cajón del escritorio y se llevó un caramelo a la boca. No había comido nada desde hacía horas. Su cerebro reclamaba azúcar a gritos. Después rebuscó en el laberinto que era el servidor común y accedió a un área restringida. Abrió los archivos y se quedó durante unos minutos ponderando lo idóneo de cada una de las opciones de apertura de las páginas de información internacional.

–Dime, Richard, ¿qué crees que deberíamos destacar al comienzo del bloque? –preguntó al tiempo que chasqueaba los dedos frente a las narices del redactor.

–Yo diría que lo que toca es dar mayor relevancia a todo lo relacionado con inmigración, ¿no? –propuso Garnet encogiéndose de hombros y ladeando el rostro de modo expresivo–. El Gobierno mexicano ha presentado una protesta formal por la construcción del gran muro que van a levantar los yanquis en la frontera. ¡Pobres *espaldas mojadas*! Francia ha firmado un acuerdo de extradición con Senegal; España busca desesperadamente, en Bruselas, una política común por parte de la Unión Europea en esa materia; Alemania se cruza de brazos ante el tema; crece el recelo ante el ingreso de Turquía en el *club europeo*...

–¿Por no reconocer el genocidio armenio?

–¡Psss, eso es una nadería! ¡Cuestión de imagen! –afirmó Richard ahogando una risilla de hiena–. Lo que les inquieta es que ésa va a ser la puerta trasera de todos los que quieran colarse en Europa.

–Ya lo predijo Gadafi, ¿recuerdas? Dijo que Turquía sería un verdadero caballo de Troya –convino Simon divertido.

–Pues eso, ahí lo tienes.

–¿Crees que ese tema es mejor que la nueva escalada de tensión entre israelíes y palestinos? –dudó el jefe de Internacional frunciendo el ceño–. Hezbolá ha disparado tres misiles Katiuska sobre los asentamientos judíos en las últimas cuarenta y ocho horas.

–¡Como si son treinta y tres! –rechazó Garnet con un mohín asqueado–. ¡Que se maten esos empecinados, nos cae lejos y es lo mismo de siempre! ¡El mundo se acabará y ellos estarán en las mismas! ¡La invasión de Europa y Norteamérica, Simon, eso sí que va a ser el pan nuestro de cada día!

Darden asintió con una vaga tristeza flotando en el ánimo.

–Tienes razón. Es cierto.

–La tengo, pero hay algo más.

–¿Qué?

–El servicio secreto francés, el RG, alerta de que tiene información sobre la que se prepara. Se va a cumplir el primer aniversario de la revuelta de la *banlieu*, los disturbios en los cinturones industriales de París, Lyon y otras ciudades –aseguró alzando el índice en señal de advertencia.

–¿Miles de lujosos Audi, BMW y Mercedes destinados a ser pasto de las llamas?

–¡Exacto, querido Watson! *Anarchy to the world!*

–Brindo por eso. Abriremos con el tema de la inmigración. Habrá que buscar un buen titular.

–Ya lo tengo. Apunta: ¡«La caída del Imperio romano»!

Los dos prorrumpieron, de inmediato, en una gruesa y sonora risotada.

A lo largo de la jornada Simon Darden supervisó el contenido de las páginas de información internacional y retocó pequeños detalles de estilo de los textos, mientras mordisqueaba desganado un bocadillo y el café de máquina encendía su estómago hasta convertirlo en una caldera. Pidió al departamento de documentación el cambio de algunas de las fotografías; liberó la bandeja de entrada de su programa de correo de un alud de *spam* que invitaba a participar en inversiones millonarias, adquirir relojes de lujo o probar fármacos que prometían la panacea sexual y acabó discutiendo acaloradamente con el director del departamento comercial, empeñado en convencerle de la necesidad de incluir cierta información que convenía a los intereses de un anunciante habitual. Todo ello, sumado a un par de reuniones inesperadas y tediosas, le llevó a consumir, en la escalera de incendios del edificio, medio paquete de Benson & Hedges. A razón de un cigarrillo por hora.

Al atardecer sólo unos pocos redactores y periodistas permanecían en sus puestos cerrando secciones. La mayor parte de la plantilla se había concentrado en una sala de la segunda planta, dispuesta a seguir las incidencias del partido del mes. El Chelsea jugaba contra el Manchester United.

El teléfono de Darden sonó cuando se disponía a llamar al hospital.

–¿Simon?

–Dime, Susan.

–Es ese hombre del que te he hablado –alertó la telefonista–. Sigue sin darme su nombre. Dice que es muy importante. Insiste en que le atiendas. Ha llamado tres o cuatro veces más a lo largo de la tarde.

–¿Por qué todo el mundo es tan pesado? Hazme un favor, dile que me mande un correo, que lo que me quiera decir me lo cuente en un correo electrónico. Pídele que incluya sus datos y teléfono; asegúrale que yo me pondré en contacto con él en cuanto pueda.

–¿*sdarden@guardian.co.uk*?

–Sí, exacto.

Media hora más tarde, mientras intentaba poner un poco de orden en su mesa, una señal acústica, parecida al sónar de un submarino, le alertó de que acababa de recibir un correo. Más por abulia que por verdadero interés decidió echarle un vistazo.

En el campo destinado al título se podía leer: «¿Hablará ahora conmigo?».

Pensó de inmediato que el remitente, un tal Heinz Rainer, era un guasón con ganas de divertirse. Utilizaba uno de los muchos correos gratuitos disponibles en la red.

Durante unos instantes sintió la tentación de borrar el mensaje, pero acabó por abrirlo.

Una foto de gran formato comenzó a dibujarse. Barrió lentamente el monitor. Era una imagen en blanco y negro, digitalizada en alta resolución. Parecía muy antigua.

Cuando por fin el último pixel quedó encajado en la pantalla, al periodista se le borró el escepticismo del rostro de un plumazo.

Esa foto era imposible.

Una verdadera locura.

La peor de todas las pesadillas imaginables.

3

H & B

Simon Darden se frotó los ojos. Una y otra vez. Después deslizó el pulgar y el índice de su mano izquierda por la comisura de sus labios, incrédulo, mientras todo su rostro adquiría la expresión afilada de un ave rapaz.

Movió la barra de desplazamiento del visor de imágenes del programa de correo, intentando abarcar, de forma rápida, todo lo que la fotografía encerraba.

Se quedó clavado ante la pantalla, petrificado. Miró en derredor, buscando a alguien a quien enseñar ese despropósito, esa broma monumental, pero sólo el cerebro gris encargado de confeccionar el crucigrama y el sudoku de la página de pasatiempos permanecía en su mesa, al fondo de la redacción, con expresión reconcentrada.

–No puede ser –murmuró entre perplejo y divertido.

Sonrió. Pensó que en el mundo había demasiada gente ociosa, dispuesta a malgastar su tiempo y el de los demás. Sólo de ese modo podía explicarse algo así.

Situó el cursor sobre la opción *delete*, dispuesto a enviar el mensaje a la papelera, pero un sexto sentido le hizo desistir en el último instante. Aguzó la mirada, escrutando todos y cada uno de los detalles de la imagen. Lo cierto es que no parecía un montaje, una filigrana de arte digital.

Cinco individuos de edad avanzada y aspecto siniestro permanecían en pie, en semicírculo. Sonreían satisfechos. Contemplaban cómo un hombre de cabellos blancos, sentado ante una mesa, adelantaba su cuerpo dispuesto a soplar las velas de un pastel de cumpleaños. Junto a él aparecía una mujer esbelta, menuda, de cabellos cortos y ondulados, envuelta en una estola de armiño. Encaraba, con serena complacencia, al protagonista, aunque sus ojos, en un destello de evidente coquetería, apuntaban directamente al objetivo del fotógrafo.

Tanto él como ella, a pesar de los años, eran absolutamente reconocibles.

–¡Tiene que ser una jodida broma! –murmuró Darden inquieto.

No cabía la más mínima duda.

Ella era Eva Braun. Él, Adolf Hitler.

Darden se dejó caer contra el respaldo basculante de la silla. Permaneció retraído, sumido en un estado irreal, inmóvil. A buen seguro hubiera proseguido indefinidamente en esa postura de no ser por la llegada de Richard.

–¡Esos bastardos del Chelsea nos han encajado dos! –anunció con mueca contrariada–. El primero, imparable, por la escuadra. Y el otro, de cabeza. Si no ocurre un milagro en la segunda parte, este año no nos salva ni Dios.

El periodista se apresuró a cerrar la foto. Un minuto antes estaba decidido a enseñarla al primero que pasara. Ahora no tenía en absoluto claro que compartirla fuera lo más adecuado. El latido desbocado de su corazón, batiendo en el centro del pecho, y un súbito y extraño presentimiento parecían recomendarle prudencia y silencio.

Al menos hasta cerciorarse de si la foto era auténtica.

El único que podría dictaminar en ese sentido era John Stewart, un fotógrafo americano al que le unía una vieja amistad. Se habían conocido quince años atrás, en Nueva York, donde él pasó una larga temporada como corresponsal. Juntos habían compartido muchas cosas. John era un verdadero maestro del retoque fotográfico. En la actualidad tenía su estudio en Londres, a menos de quince minutos caminando desde la redacción de *The Guardian*.

Descolgó el teléfono y marcó su número.

–¿Sí?

–¿John? Soy Simon.

–Eh, ¿qué pasa, campeón?

–Aquí estoy, de cierre, para variar, ¿qué haces tú?

–Estaba viendo el partido.

–Escucha: mientras acabo un par de cosas que tengo entre manos, recojo y llego a tu estudio, el partido habrá terminado. ¿Tienes algo que hacer?

–Nada especial. Ven si quieres. Podemos salir a tomar una copa –propuso.

–Me gustaría que vieras algo. Quiero conocer tu opinión.

–Hecho. Te espero.

Una hora más tarde, tras haber guardado la fotografía original en su carpeta personal y grabar una copia del archivo en un disco, Simon llegaba al *loft* del fotógrafo, ubicado en los bajos de una antigua central de distribución. Había pernoctado allí en muchas ocasiones, año y medio atrás, cuando se separó de Claudia.

La voz joven y descarnada de Neil Young cantando *Don't Let It Bring You Down* en el Massey Hall de Toronto resonaba en el ambiente.

–¿Has cenado? Iba a preparar unas fajitas con queso y jamón –aseguró John nada más abrir la puerta–. ¿Has visto el partido? ¡Menudo vapuleo!

–No tengo hambre, gracias, tal vez más tarde. Quisiera enseñarte una fotografía para que la examines con calma, sin prisas. ¿Tienes el equipo encendido?

–Sí, claro, adelante, todo tuyo.

* * *

El periodista descargó el archivo en el disco duro del ordenador y arrastró el documento hasta el icono de una aplicación de tratamiento de imagen. El programa se abrió al instante.

–Perfecto. Ya está. Ahora, hazme un favor: siéntate y estudia esto detenidamente –rogó cediendo la silla al fotógrafo.

Stewart dispuso la fotografía en un ratio 1:1, la aisló para que no le distrajera el dibujo de colores psicodélicos que usaba de fondo de pantalla y se desplazó por la imagen.

–¡Joder!

–Eso he dicho yo.

–¿Es él? –preguntó asombrado mirando al periodista de soslayo.

–Eso deberás decirlo tú...

–¡Es..., es Hitler! –farfulló boquiabierto–. Parece él. Juraría que es él, pero eso no es posible.

–Necesito que me digas si se trata de un montaje.

–Está claro que lo es.

Simon y John se miraron durante una breve eternidad. El fotógrafo se levantó y caminó hacia la zona del estudio que tenía habilitada como sala de estar.

–¿Adónde vas?

–A buscar mis gafas –anunció–. A servirme un whisky doble con hielo y otro para ti. ¿Cómo ha llegado a tus manos esta foto?

Darden explicó lo poco que sabía mientras John disponía en una pequeña bandeja dos vasos con bourbon y un puñado de almendras. Poco después volvían a acomodarse delante del monitor.

–Voy a empezar duplicando el archivo. De ese modo podremos trastear tocando el histograma, los niveles, el contraste, ¿de acuerdo?

–Tú mandas.

–Y vamos a imprimir una copia en el mejor papel.

John se ajustó las gafas en el puente de la nariz. Respiró profundamente y comenzó a manipular aquí y allá. Tras tomar muestras de la densidad del negro en distintas zonas de la foto, procedió a examinar la intensidad de luz y a comparar las sombras que los personajes proyectaban sobre la pared posterior; aisló cada una de las siete figuras, creando máscaras rápidas, y efectuó un sinfín de pruebas en documentos paralelos.

Para cuando se decidió a hablar, Simon Darden ya se había servido el segundo whisky. El cansancio entrecerraba sus ojos.

–No te lo vas a creer –murmuró.

–Estoy dispuesto a creerme lo que tú quieras.

–Esta foto es auténtica.

La afirmación del fotógrafo llevó al periodista a incorporarse automáticamente. Había ido adoptando, conforme pasaba el tiempo, una postura laxa y distendida, arrellanándose más y más en la silla. Incluso había bostezado repetidamente. Ahora su atención se encendía llevándole a un estado de exaltada vigilia.

–¡¿Auténtica?! ¿Bromeas? ¿Estás seguro de lo que dices?

–Totalmente.

–Supongo que me lo podrás explicar.

–¡Por supuesto! –exclamó ufano–. Vamos por partes. Esta foto está hecha con trípode y flash. Un flash de los viejos, de los de lámpara. Fíjate en que se nota el rebote de luz en muchos puntos. Las pupilas de todos están un poco quemadas. No hay superposición de imágenes. Los siete estaban ahí, a la vez, cuando se disparó la placa. Los que permanecen en pie, a la izquierda, estos dos, algo más adelantados, proyectan sombras sobre el siguiente. ¿Ves? Y Hitler y… ¿Eva Braun?

–Sí, Eva Braun.

–Ellos, a su vez, crean zonas de penumbra sobre los abrigos de los que tienen a sus espaldas.

–Es cierto.

–Las sombras y siluetas siempre son la clave a la hora de saber si una foto ha sido manipulada –explicó–. Un buen profesional detecta esas cosas. Por muy bien que esté hecho el trabajo, siempre se notan halos, píxeles que no son naturales, diferencias de grano y densidad, aquí y allá.

–Entiendo.

–Hay muchas más evidencias: la profundidad de campo es correcta; el nivel de detalle de todos ellos, idéntico –enumeró–, pero lo más significativo es el estado de la foto. Al digitalizar en alta resolución un original viejo, en papel, aparece siempre un universo de polvo, motas, arañazos, huellas de dedos y pequeñas grietas. ¿Tú crees que alguien en su sano juicio añadiría todo ese ruido de fondo sólo para pasar el rato y tomarle el pelo al mundo? ¡Necesitaría años y nunca sería perfecto!

–Entonces...

–¡Si encuentras a alguien que demuestre que esta foto es falsa, te juro que me disfrazaré de *dragqueen* y largaré un discurso en el Speakers' Corner a media mañana!

Simon Darden no pudo evitar soltar una sonora carcajada, pero la hilaridad duró más bien poco. Respiró con ansiedad. Casi hubiera preferido que el análisis de Stewart evidenciara que la imagen estaba trucada.

El fotógrafo extrajo un pequeño recipiente metálico de uno de los cajones de su escritorio. Desmenuzó un pellizco de cánnabis sobre la mesa; lo mezcló con unas hebras de tabaco y lió un cigarrillo en un abrir y cerrar de ojos.

–¿Te apetece?

–No, gracias. Creo que ahora me sentaría como una patada.

–¿Recuerdas? ¡Hace algo más de un año vimos juntos *El hundimiento*! –apuntó.

–Es verdad. Esa película me impresionó. La he recordado muchas veces.

–Menuda tomadura de pelo. ¡Esos dos no murieron en el búnker!

El periodista asintió cansino. Seguía mirando la fotografía como si no hubiera otro asunto en el mundo.

–¿En qué año nació Hitler? –preguntó de súbito.

–No lo sé, pero eso se averigua rápido.

John consultó una enciclopedia. En cuestión de segundos tenían delante la página dedicada al Führer. Se entretuvieron leyendo algunas partes de la larga biografía del hombre que rigió los destinos de la Alemania nazi y puso en jaque a la humanidad. Había nacido el 20 de abril de 1889 en una pequeña población austriaca.

Contaron con paciencia las velitas que coronaban el pastel. Setenta y nueve.

–Por lo tanto, si no nos hemos equivocado, esta fotografía fue tomada en abril de 1968 –calculó Darden.

–Exacto, ¡apenas unos pocos días antes del Mayo francés! –precisó demudado el fotógrafo.

Los dos se sumieron en un largo silencio.

–¿Qué piensas hacer? –preguntó John finalmente.

–Intentar hablar con Heinz Rainer.

–Mi consejo es que hagas que otros expertos examinen la foto. Tal vez a mí se me haya escapado algún pequeño detalle.

–Muy bien, John. Te dejo. Empieza a ser tarde y estoy cansado. Mañana veré qué hago. De momento te ruego que guardes absoluto silencio sobre esta foto. Silencio sepulcral.

–Tranquilo. Voy a pedirte un taxi. A esta hora te costará encontrar uno.

Esa noche Simon Darden apenas pudo conciliar el sueño. Se revolvió durante horas en la cama sin poder apartar de sus pensamientos el rostro del mayor genocida de la historia. El mundo le había dado por muerto un 30 de abril de 1945, en las entrañas del Führerbunker de la Cancillería de Berlín. Los soviéticos encontraron su cadáver carbonizado, abrasado por ciento setenta litros de gasolina, con un agujero de bala en la sien, tras combatir calle a calle, palmo a palmo, contra los restos de un ejército que había recibido la orden de luchar hasta la muerte.

Las imágenes se agolpaban en el cerebro del periodista mientras su conciencia, deambulando por las lindes de la duermevela, saltaba de una pregunta a otra...

¿Cómo había podido escapar Hitler de aquel infierno? ¿En qué lugar del mundo logró ocultarse? ¿Quién urdió y logró mantener en secreto, durante más de medio siglo, un engaño semejante? ¿Cuándo murió realmente el dictador? ¿Quién era el misterioso remitente que había depositado en sus manos esa explosiva información?

Una vertiginosa sucesión de interrogantes sin respuesta acabó derrumbando al periodista cuando despuntaba la primera luz del día y las calles de Londres recobraban su pulso habitual.

4

LOS *CENTINELAS*

Las oficinas del Guardian Media Group de Farringdon Road eran, a media mañana, un continuo tráfago de directivos con corbata y visitantes acicalados. El Scott Trust se reunía, y, cuando eso sucedía, todas las rutinas del periódico se veían alteradas. Simon Darden se cruzó con algunos de los diez *centinelas* que formaban parte de ese comité destinado a salvaguardar los intereses de la compañía, el código deontológico de las publicaciones y la buena marcha de las finanzas. El consejo, creado por John Scott en 1936, velaba por el éxito, la independencia y el rigor informativo que caracterizaba a *The Guardian* y al resto de las publicaciones.

Darden abordó a Roger Alton, el editor, antes de que desapareciera por la puerta de la sala de reuniones. Andaba con un montón de carpetas bajo el brazo.

–Roger, necesito hablar contigo, es muy importante –espetó el jefe de Internacional interponiéndose en su camino.

–¿Ahora? ¡Olvídate de mí, la junta de hoy promete ser larga!

–Tienes que ver algo.

–Después…

–No, ahora, Roger, ahora.

Alton depositó las carpetas en una mesita cercana y encaró a Darden. Acto seguido rebuscó en su bolsillo, sacó un pañuelo y procedió a limpiar los cristales de sus gafas.

–¡Desembucha! ¿De qué se trata? –apremió entrecerrando los ojos al tiempo que exhalaba una vaharada cálida en los cristales.

–Aquí no. En privado. Será cuestión de unos minutos. Te aseguro que vas a caerte de espaldas.

–¡No fastidies, al quiropráctico le ha costado meses acabar con mi eterno dolor de cervicales! –bromeó.

–Te aseguro que no lo vas a lamentar. No se trata de una trivialidad.

El editor chasqueó los labios, comprobó la hora y suspiró resignado. De mala gana se encaminó hacia su despacho seguido a corta distancia por Simon.

–Pasa y cierra la puerta –aconsejó–. ¿Qué es eso tan urgente que no puede esperar ni un minuto?

–Por favor, siéntate.

–¡Vamos, Simon, no dispongo de tiempo! –rezongó irritado.

–Muy bien, como prefieras.

Darden extrajo de un sobre la foto impresa por John Stewart la víspera. La puso ante sus ojos y retrocedió dos pasos para observar con detalle la reacción del máximo responsable del periódico. Roger Alton tenía fama de imperturbable. Rara vez se inmutaba. Era uno de esos hombres capaces de mantener los pies calientes y la cabeza fría en las peores situaciones. Sostuvo la imagen a cierta distancia mientras adelantaba las gafas sobre el puente de la nariz. Todo su rostro se afiló.

–¿Pretendes reírte de mí, Simon Darden? –gruñó–. Hoy ando escaso de humor y no estoy para que me tomen el pelo.

–Nadie te toma el pelo. La foto es auténtica.

–¿Quién dice que este disparate es auténtico?

–John Stewart.

–¿John? ¿John Stewart dice que esto es auténtico?

–Sí.

Alton se quedó boquiabierto. Conocía bien el impecable trabajo del fotógrafo; tanto *The Guardian* como *The Observer*, el periódico dominical, solían encargarle los reportajes más delicados y comprometidos. Su reputación era incuestionable.

El editor, estupefacto, dirigió de nuevo la mirada a la imagen. Parecía una estatua de mármol.

–Pero... ¿cómo es posible? –farfulló–. ¿De dónde ha salido esto?

–Un tal Heinz Rainer me la envió ayer por correo electrónico. Hace un par de horas, al llegar, le he contestado rogándole que se ponga en contacto conmigo. Le he facilitado mi teléfono móvil.

–¿Sabes quién es este hombre..., este que aparece tras Eva Braun? –interpeló consternado Alton, señalando a un tipo recio, de corta estatura. Permanecía con los brazos cruzados; lucía un espeso bigote parecido al de Stalin, que casi tapaba sus gruesos labios; sus ojos oscuros quedaban enmarcados por unas cejas pobladas, sumamente desordenadas.

Darden estiró el cuello, echó un vistazo y negó.

–No tengo la menor idea –aseguró–. Lo cierto es que no conozco a ninguno de los invitados. Algunos me resultan vagamente familiares, pero poco más.

El editor no salía de su asombro.

–¡Este hombre es el doctor Josef Mengele!

–¿Mengele? ¿El carnicero de Auschwitz?

–Sí.

–Mengele murió hacia finales de los setenta, en Brasil. Nunca consiguieron atraparle. Lo comprobaré. Tal vez esta foto fue tomada en Brasil, aunque de ser así no le encuentro demasiado sentido al hecho de que vayan todos tan abrigados.

–Escucha, Simon. No dudo de John Stewart, sabes que le admiro..., pero ante algo así es imprescindible recabar más opiniones –razonó Roger Alton–. Voy a pedir que esta imagen sea examinada por varios expertos. Los mejores. Si damos crédito a esta fotografía y nos equivocamos, el ridículo será universal.

Simon Darden se encogió de hombros y asintió.

–Me parece bien. Es lo que procede, pero si resulta ser auténtica *The Guardian* habrá reescrito la historia del siglo XX –advirtió el periodista–. Si llegamos a publicar esta foto necesitarás todas las rotativas de Londres para *ensuciar* tanto papel, amigo mío.

–¿Puedo quedármela? –indagó el editor–. Quisiera que la vieran los miembros del Scott Trust...

–¿Crees que eso es prudente?

–La discreción de los *centinelas* es proverbial.

–Tú sabrás lo que haces. Por mi parte, si no tienes inconveniente, voy a dedicarme a desentrañar este misterio. Durante unos días delegaré la supervisión de las páginas de Internacional en Garnet –propuso.

Tras separarse, Simon Darden se enfundó el abrigo y salió a la calle. Encendió un cigarrillo de camino al News Room Archive, la hemeroteca de *The Guardian*, situada unos sesenta números en dirección al principio de Farringdon Road. Allí se custodiaba la historia completa del periódico, desde sus inicios en Manchester, en el siglo XIX, hasta la actualidad. Los últimos años de la publicación, digitalizados, podían consultarse a través de la red.

El periodista buscaba algo muy concreto. Los tomos que contenían los ejemplares correspondientes a 1945.

Se encerró en una de las salas reservadas a los periodistas del grupo. Mientras sus ojos se detenían en todas y cada una de las imágenes de un Berlín devastado, recordó que tres años atrás había estado en esa ciudad cubriendo la información de unos comicios. En uno de los desplazamientos efectuados, un fotógrafo adscrito al *Der Spiegel* al que habían encargado el reportaje gráfico mostró a Darden un aparcamiento aledaño a la calle por la que circulaban. Le aseguró que bajo esa capa de cemento se hallaba una de las salidas del Führerbunker. A él le había extrañado el hecho de que nadie tuviera muy claro el emplazamiento y el trazado exacto de esos refugios subterráneos. El berlinés adujo que tras la guerra se había optado por echarlo todo al olvido. Era el mejor modo de evitar que el lugar acabara convirtiéndose en un santuario del nazismo.

Darden desplegó a un lado de la mesa una reconstrucción bastante fiable de esa intrincada red de estancias y pasillos. Había encontrado el esquema en una enciclopedia de los años sesenta. En realidad, no existía un único búnker. Eran dos. El llamado Vorbunker se había construido alrededor de 1936, anexo a la fachada de la Oficina de Asuntos Extranjeros de la Cancillería alemana; el segundo, el que ocuparía el dictador, entre 1943 y 1944, cuando todos los síntomas apuntaban a un cambio drástico en el signo de la contienda. El Führerbunker, emplazado a unos diecisiete metros de profundidad, se comunicaba con el primer refugio por un tramo de escaleras. Casi una veintena de habitaciones y estancias conectadas entre sí conferían a la planta el aspecto de un endemoniado laberinto o, cuando menos, el de un complejo decorado de vodevil.

–¿Cómo conseguiste escapar? –musitó Darden examinando con detenimiento el ala ocupada por Hitler.

Esa parte comprendía dos dormitorios, un salón privado, dos salas de mapas y conferencias, una oficina personal y aseos. Al otro lado, a la derecha, se ubicaban las estancias utilizadas por Goebbels y Bormann, amén de una central de comunicaciones, servicios médicos y generadores.

El periodista comenzó a consignar en un cuaderno de notas la larga relación de personajes que habitaba ese universo de luces oscilantes y hormigón; seres que en su obstinada demencia habían renunciado a la realidad que se cocía en el exterior y apuraban, de forma impúdica, el tiempo de sus vidas. No pudo evitar recordar la historia de *La máscara de la muerte roja*, un relato de Edgar Allan Poe que le había impresionado sobremanera siendo niño. Del mismo modo en que el príncipe Próspero y sus alegres cortesanos dieron la espalda a la peste tras las almenas de palacio, toda esa caterva de asesinos asistía al hundimiento de su Imperio de Mil Años ahogando la angustia de su inexorable fin en Moët & Chandon, en el subsuelo de una ciudad pulverizada por ochenta mil toneladas de bombas; alfombrada con trescientos mil cadáveres; defendida por los restos de un ejército diezmado, incapaz de contener al millón de soviéticos que avanzaba metro a metro clamando venganza.

Simon Darden miró de reojo su teléfono móvil. Lo había dejado a un lado. Seguía sin sonar. Le inquietó la idea de que ese anónimo informador le hubiera desechado ante la falta de interés que había mostrado el día anterior. De no volver a saber de él se encontraría con una foto asombrosa entre las manos que no podía ser explicada en modo alguno.

Dos horas más tarde, tras eliminar de su listado a muchos personajes que en primera instancia se le antojaban meros actores secundarios, el periodista tenía ante sus ojos una docena de nombres.

Todos estaban muertos...

Hitler había entrado en el búnker de la Cancillería el 16 de enero de 1945. De atenerse a la historia oficial, no lo abandonó ni una sola vez hasta la fecha de su muerte –recapituló cuidadosamente Darden–. En su viaje sin retorno le acompañaron Martin Bormann; Josef Goebbels y su esposa, Marta, con sus seis hijos; tres secretarias, Christa Schroeder y Johanna Wolf –a las que el Führer encomendaría la misión de viajar a su casa de Berchtesgaden en Bavaria a fin de quemar todos sus papeles y documentos ocho días antes de su suicidio–, y Traudl Junge, la más próxima a él. Ella sería la encargada de redactar el testamento privado y político del jerarca. Un cáncer había terminado con su vida cuatro años atrás, en 2002, en un hospital de Múnich, sin que hubiera llegado a interiorizar totalmente la monstruosidad de sus superiores.

La salud de Adolf Hitler estaba seriamente resentida. Arrastraba los pies y temblaba, y se había vuelto un adicto a la cocaína, que utilizaba en forma líquida, a guisa de colirio, en los ojos. Las escasas imágenes de sus últimos meses le mostraban envejecido, acabado. Había salido indemne, el año anterior, de un intento de asesinato protagonizado por un puñado de oficiales. Erna Flegel, una enfermera, se ocupaba de él las veinticuatro horas del día, administrándole docenas de pastillas prescritas por sus dos médicos: Theodor Morell y Werner Haase. El primero de ellos abandonó el encierro del Führerbunker el 22 de abril; el segundo permaneció hasta el final. El dictador pidió a Haase que le mostrara los efectos del cianuro y propuso, a tal fin, sacrificar a *Blondie*, su perra alsaciana. Quería cerciorarse de la contundencia del veneno.

Simon Darden recordó, de súbito, que un año y medio antes, coincidiendo con el quincuagésimo aniversario del final de la Segunda Guerra Mundial, *The Guardian* había publicado una entrevista con la enfermera de Hitler.

La encargada del archivo no tardó en encontrar el ejemplar correspondiente al 2 de mayo de 2005. El periodista releyó una y otra vez la transcripción de la conversación mantenida por Luke Harding, colaborador habitual del periódico, con Erna Flegel.

No pudo evitar clavar sus ojos en un largo párrafo en el que la mujer relataba las últimas horas del dictador.

«Al atardecer del día 29 de abril el Führer salió de sus estancias. Nos estrechó la mano a todos. Tuvo unas pocas palabras amigables con cada uno de nosotros. Eso fue todo. A últimas horas del día siguiente algunos aseguraron haber escuchado los disparos que pusieron fin a su vida. Otros dijeron no haber oído nada.

Lo que importa es que, de repente, él ya no estaba allí. Entendí que había muerto. El lugar se llenó de médicos con cara de circunstancias. Entre ellos estaba Werner Haase. Yo no vi el cuerpo de Adolf Hitler. Creo que nadie lo vio. Poco más tarde, unos soldados sacaron dos cadáveres cubiertos por sábanas y los llevaron hasta el jardín del Reichstag. Los quemaron con gasolina. Todos nos miramos sin saber qué decir. Lo único que se hizo evidente, en medio de aquel silencio, es que ya ningún asunto nos retenía en ese agujero...»

–¡Maldito Houdini! –rezongó Simon Darden entre dientes–. Lo preparaste bien. Pura prestidigitación: ¡abracadabra!

Sólo tres testigos presenciales del drama habían sobrevivido al cambio de siglo y milenio. El primero era Bernd Freytag von Loringhoven, en aquellos días un joven comandante del Estado Mayor encargado de confeccionar los desalentadores informes y partes de guerra que permitían al Führer soñar con un contraataque de sus mermadas divisiones, los ejércitos IX y XII. Ante el desplome absoluto de la red de comunicaciones del Tercer Reich, Freytag obtenía los datos de las emisiones captadas a la agencia Reuters y a la BBC británica. Los otros dos eran Rochus Misch, guardaespaldas y radiotelegrafista, y Johannes Hentschel, responsable de que los sistemas eléctricos y de ventilación de la madriguera siguieran funcionando. Ninguno había afirmado, de forma clara y rotunda, haber visto los cadáveres de Adolf Hitler y Eva Braun...

El periodista, a renglón seguido, centró su atención en uno de los volúmenes de la hemeroteca. El resto de la historia era oscuro. Los soldados soviéticos, al llegar a las inmediaciones del búnker, encontraron dos cuerpos carbonizados que entregaron al Smersh, el servicio de inteligencia del Ejército ruso. Esos despojos irreconocibles serían llevados a Magdeburg y enterrados tras extraer un molde de sus piezas dentales. Años más tarde, en 1970, los restos fueron exhumados e incinerados. Las cenizas se aventaron en secreto en el cauce del río Elba. Sólo un fragmento del cráneo de Hitler, agujereado por un balazo, y parte de la mandíbula serían conservados.

A media tarde, abotargado y hambriento, Simon salió del News Room Archive con un abultado sobre de fotocopias bajo el brazo y el teléfono móvil en la mano.

No había sonado en todo el día.

–¡Maldita sea, llámame! ¿A qué esperas para llamar? –exclamó en un reniego sordo crispando sus dedos en el aparato.

En ese preciso instante, en una elegante mansión del barrio londinense de Marble Arch, uno de los diez *centinelas* del Scott Trust descolgaba el auricular del teléfono y marcaba un número.

Un número que no constaba en ninguna guía de Estados Unidos.

Al escuchar con claridad el monosílabo que llegó desde el otro lado de la línea, musitó unas pocas palabras.

–Eilert Lang no murió en la Antártida –dijo.

Después, sin esperar más, colgó.

5

ÚLTIMA THULE

Cuando a las diez menos cuarto de la mañana el Citation Sovereign de Cessna se aproximó al espacio aéreo del aeropuerto internacional Washington Dulles, Clay Norton, el comandante del jet privado, se puso en contacto con la torre de control y solicitó instrucciones. Recibió orden de permanecer a la espera, a una altitud de mil doscientos metros, describiendo amplios círculos sobre el condado de Loudoun.

–Aterrizaremos en unos diez minutos... –anunció por el micrófono en tono pausado–. La temperatura en el área de Washington es de trece grados y el cielo está despejado. Creo que podrá usted disfrutar de un día excelente, soleado. No olvide abrochar su cinturón, señor Drake.

Edwin Drake sonrió satisfecho. Dobló con delicadeza su ejemplar del *Wall Street Journal* como si de un pañuelo se tratara y alzó la persianilla de la ventana. Tras desprenderse de las gafas de lectura y devolverlas a su funda de piel, echó un vistazo a la cuadrícula multicolor formada por los prados y campos que emergían entre el arbolado.

Ajustó el nudo Windsor de su corbata azul marino y atusó sus cabellos, plateados y finos. Hecho eso, procedió a cerrar los puños de la camisa en tono cobalto. Había dejado los gemelos, dos pequeñas dagas de oro, sobre una mesita de caoba durante el vuelo. Tras comprobar que todo estaba en orden se relajó en la butaca y entrecerró los ojos.

–¿Desea otro café, señor Drake? –preguntó por sorpresa la azafata.

–¿Eh? ¡No, no, muchas gracias! –repuso–. Con uno es suficiente. El café no es bueno para la tensión. La tengo un poco alta. Catorce y medio de máxima.

–¿Le ha gustado el desayuno?

–Todo estaba perfecto, Alice.

–Me ha dicho el comandante que su coche le espera junto a la pista del aeródromo deportivo. He aprovechado el vuelo para planchar su chaqueta, se había arrugado un poco.

Edwin Drake dirigió una mirada afable a la joven.

Llevaba dos años a su servicio y conocía desde la primera hasta la última de sus manías.

Al descender la escalerilla, Gregory Portman, erguido como un poste, gorra en mano, le abrió la puerta de su Cadillac DTS Limousine.

El coche se adentró en el condado de Fairfax por una tranquila y sinuosa carretera secundaria que atravesaba un encantador bosque caducifolio.

–Todo está realmente precioso, Gregory –afirmó el magnate entreteniendo la mirada en la filigrana dorada que formaban las hojas acumuladas al lado de la calzada.

–Sí, precioso. El otoño ha sido suave. Y gracias a Dios parece que el frío se retrasa un poco –convino el chófer echando un breve vistazo al retrovisor.

–¿Qué tal está tu familia?

–Estupendamente, señor. Muchas gracias por su interés. Rick está hecho todo un chavalote..., anda loco con el béisbol. Le han admitido en el primer equipo del colegio. El otro día hizo un partido sensacional. Y Marian está muy bien.

–Me alegra oírlo. ¿Querrías poner un poco de música?

–Por supuesto. ¿La primera o la quinta de Mahler, señor?

–Antes del mediodía, siempre la primera, Gregory.

Media hora después el coche circulaba junto al muro de una inmensa propiedad privada. Corría paralelo a la carretera a lo largo de casi tres kilómetros. Una docena de impresionantes abetos negros custodiaba la entrada de la finca.

Gregory bajó el cristal y sonrió a la cámara de vigilancia.

–La Plomada ha llegado... –anunció.

El ronroneo cansino de un motor acompañó la apertura de la cancela. El Cadillac atravesó dos vastos prados separados por una franja arbolada y bordeó un pequeño lago; por último, enfiló una avenida que desembocaba en la entrada de una gran mansión de estilo eduardiano. Más de una docena de lujosos Lincoln, Mercedes y Rolls-Royce negros permanecían en impecable formación.

Un ayudante con aspecto de chambelán de palacio abrió la puerta del coche cuando se detuvo frente a la escalinata principal.

–Buenos días, señor.

–Buenos días, Charles.

–¿Ha tenido buen vuelo, señor?

–Inmejorable. Dime, ¿han llegado todos?

–Sí, todos. A excepción del Compás y la Escuadra.

–Entiendo...

Penetraron en el amplio hall de la casa. Una doble

escalera de ónice, semejante a las serpientes rampantes de un caduceo y situada al final del atrio formaba una amplia balaustrada al desembocar en el primer piso. A izquierda y derecha del vestíbulo se abrían diversas estancias de noble artesonado.

–Tengo su ropa preparada. Sígame, por favor.

Edwin Drake se desprendió de la chaqueta. El mayordomo puso entre sus manos una túnica de paño púrpura provista de una amplia capucha. En el pecho, a la altura del corazón, aparecía bordada en hilo de oro una daga vertical, un largo estilete arropado por una corona de hojas de laurel trenzadas. Sobre el puño, encerrada en un círculo, hilada en plata, se dibujaba la sagrada esvástica.

–¿Qué tal? –inquirió Drake buscando aprobación mientras anudaba el cordón a la cintura.

–Le sienta muy bien. Impecable.

–Eso creo yo.

–Imagino que ahora deseará leer algún buen libro, ¿no? –indagó Charles.

–Nada me apetecería más.

Recorrieron un pasillo alfombrado, jalonado por altos ventanales que se abrían al jardín. Los rayos del sol penetraban oblicuos en el corredor, arrancando destellos añejos a la colección de armaduras que parecía custodiar el lugar. La biblioteca de la casa ocupaba buena parte del ala izquierda; disponía de varias zonas de sofás y butacas, mesas y chimenea. Los atestados anaqueles cubrían la totalidad de las paredes. Contenían unos siete mil volúmenes lujosamente encuadernados, catalogados por autores y materias. Un bellísimo globo terráqueo de finales del siglo XIX presidía el centro de la estancia.

El magnate puso el mundo en rotación a su paso.

–¿Alguna preferencia, señor? –inquirió circunspecto el ayudante.

Drake frunció el ceño mientras su mirada recorría el lineal más próximo.

–¿Qué me sugiere, Charles?

–Eh, bueno, tal vez alguna obra metafísica de René Guénon sería apropiada en un día como éste –propuso Charles levantando levemente una ceja–. *Le roi du monde*, por ejemplo. Ésta es la versión francesa, la original de 1927.

–No.

–Algo de teosofía…, ¿Gurdjieff, Uspenskii, Madame Blavatsky?

Drake señaló un tomo de piel oscura con letras doradas en el lomo.

–Creo que leeré ese libro de Otto Rahn…

–¿*Cruzada contra el Grial*?

–Sí. La primera edición alemana de 1933.

–Inmejorable elección, señor.

–¿Sabe usted que esta obra y la que ese joven de las SS escribió algo después, *La corte de Lucifer*, despertaron el interés de Heinrich Himmler por el catarismo?

–Lo ignoraba.

–Así fue. Himmler visitó personalmente Montségur, en Francia. También Montserrat, en España. Buscaba el Grial y la Biblia cátara...

Charles alargó la mano y presionó sobre el volumen. El libro se hundió emitiendo un chasquido seco. Al punto, todo un segmento de la biblioteca se deslizó lateralmente dejando al descubierto un pasadizo que se hundía en las entrañas de la tierra. Edwin Drake descendió los dos primeros peldaños recogiendo el vuelo de la túnica; de súbito, se detuvo y asomó el rostro.

–Sabe, Charles, nadie cumple con los protocolos, una y otra vez, con el ingenio con que usted lo hace –afirmó complacido.

–Es un honor, señor.

Drake accedió a una pequeña antecámara de bóveda de ladrillo. Se situó frente a una mesa de mármol en la que aparecían dispuestos diversos elementos. Lavó sus manos tres veces en una jofaina de porcelana, secándolas cuidadosamente en cada ocasión; después, cogiendo de un cuenco un pellizco de sal se lo llevó a los labios; finalmente derramó sobre su hombro izquierdo un puñado de ceniza. Hecho eso, ocultó su rostro bajo la capucha y empuñó un pequeño martillo de plata. Golpeó tres veces en la placa metálica de un portón de madera en cuyo centro aparecía, repujado en bronce, el mismo símbolo que él lucía en su pecho. Al poco, una voz preguntaba desde el otro lado.

–¿Quién llama a la puerta de Última Thule?

–La Plomada que evidencia todo error...

Sonó un cerrojo al descorrerse y la hoja giró sobre sus goznes sin un solo quejido. Edwin Drake distinguió, al amparo de la exigua luz del lugar, a una veintena de figuras que departían a media voz, aquí y allá, puestas en pie.

–Me alegra verte –murmuró el que le franqueaba el paso dispensándole un breve abrazo.

–También a mí. Acaban de decirme que el Compás y la Escuadra no estarán hoy entre nosotros.

–Sí. Es una lástima, pero las elecciones están a la vuelta de la esquina. Y nos jugamos mucho en ellas.

–Lo sé.

Se unieron al resto de los invitados. Drake los saludó uno a uno. A los pocos minutos penetraban en una amplia cámara anexa, ocupada en su parte central por una gran mesa triangular orientada al Norte. Siete recios sitiales en madera, coronados en lo alto del respaldo por la talla de una herramienta, se alineaban en cada uno de los lados del polígono. Tras tomar asiento en un orden protocolario permanecieron todos inmóviles hasta que el mismo silencio pareció enmudecer.

–¡Que la luz nacida en los lejanos días de Hiperbórea ilumine todo lo que hoy haremos y diremos aquí los arios, hijos de la Quinta Raza, vástagos del Séptimo Sol, herederos de Última Thule! –anunció en tono solemne el Cincel, que hacía las veces de maestro de ceremonias.

–¡Que así sea! ¡Cúmplase, realícese! –mascullaron todos a media voz.

–En primer lugar, queridos hermanos –prosiguió complacido–, permitidme expresaros mi satisfacción. A lo largo del último año todos habéis prosperado notablemente cuando parecía difícil hacerlo en tal medida; algunos hasta escalar tres y cuatro posiciones en el *ranking* de los 400 de Forbes... ¿qué pensáis hacer con tanto dinero?

Una risotada gruesa escapó de las gargantas de los congregados.

–La familia Werner, perdón, los miembros del Nivel, ya os aconsejamos invertir en el sector de hidrocarburos ruso –puntualizó una irónica voz femenina–. Rusia es un gran paraíso para el capital. Los días en que su único activo eran las botellas de Moskovskaia han pasado a la historia...

Una nueva oleada de hilaridad recorrió la mesa.

–Bien. Es suficiente. Debemos centrarnos –zanjó el Cincel, reconduciendo la atención de todos hacia las carpetas que aparecían dispuestas a lo largo de la mesa–. En los informes que hemos preparado hallaréis, como de costumbre, un detallado análisis de la situación mundial. No os entretengáis en sacar conclusiones, nuestros expertos ya lo han hecho. Así que si seguís sus recomendaciones aumentaréis vuestros beneficios en los próximos meses. Creo que será mejor que dediquemos el tiempo a comentar algunas de las cosas que ocurrirán en las próximas semanas.

Todos asintieron. Abrieron las carpetas y buscaron directamente el capítulo referido a geoestrategia.

–Como veréis, Última Thule Europa nos comunica una excelente noticia –prosiguió–. El proceso de adhesión de Turquía a la UE se va a ralentizar. Junto a las exigencias que se les han planteado en cuestión de derechos humanos, que se unen al proyecto de ley francés de castigar incluso con penas de cárcel a aquellos que nieguen el genocidio armenio, salta ahora a la palestra el contencioso de Chipre. Un contencioso que en su día no se abordó y que puede, felizmente, dar al traste con ese inmenso error.

Un murmullo de satisfacción reverberó en la sala subterránea.

–Veremos qué ocurre, no cantemos victoria. Nuestros asesores están barajando algunas posibilidades. Acciones futuras que nos permitan torpedear, de ser preciso, esa aberración.

–Creo que la postura de la prensa turca, al respecto, nos favorecerá... –apuntó el Cartabón–. Están hartos de los desplantes de lo que ellos denominan «El club cristiano». Todos sabéis que varias de mis compañías tienen filiales en Ankara. Sé de buena tinta que piensan contraatacar esgrimiendo listas exhaustivas de los crímenes y genocidios protagonizados por Europa a lo largo de la historia.

–De eso no cabe duda alguna. Nos conviene. Cuanto mayor sea el foso que nos separe de ellos, tanto mejor –convino el Cincel–. Afortunadamente, los sentimientos raciales, de identidad, crecen día a día en Francia, España, Alemania, Holanda, Austria... ¡Vamos por buen camino! Recordad Babel. Dejemos que gobiernos, partidos de izquierda y organizaciones vinculadas a los derechos humanos añadan, con su política de manga ancha y permisividad, leña al fuego. Cuanta más leña en la pira, mayor será el incendio.

–¿Qué pasa con nosotros? –preguntó Edwin Drake, *la Plomada*–. México está caldeando el ambiente de la próxima Cumbre de Países Iberoamericanos de Montevideo.

–El muro a lo largo de la frontera está aprobado, se construirá pese a quien pese. Sin duda esa conferencia de desharrapados realizará una declaración formal. Un poco de pataleta mediática y punto. Nada que deba preocuparnos seriamente. Por fortuna, a Castro le quedan dos cafés y un buen entierro, y a Chávez nadie le toma demasiado en serio. Hablemos de las elecciones, de nuestras elecciones. Como ya sabéis, los pronósticos no son halagüeños.

Sobrevino un largo silencio.

–Lo diré sin rodeos –continuó hablando el Cincel–. Todo apunta a que se producirá un vuelco. Iraq nos va a pasar una factura muy alta. La lucha será enconada y podemos quedar atados a una mayoría demócrata, tanto en la Cámara de Representantes como en el Senado.

–¿Qué medidas se han tomado en función de esa hipotética victoria de los *burros*? –indagó abúlico el Martillo.

–Están previstos algunos gestos, algunas concesiones... –adelantó el maestro de ceremonias–. Donald Rumsfeld será destituido. Sé que es amigo personal de muchos de los que estamos aquí, pero su sacrificio es inevitable. El Pentágono necesita una nueva cara. Y los dos años de mandato que le quedan a George estarán presididos, no nos engañemos, por una constante fiscalización por parte de los demócratas. De todos modos, no os inquietéis. Comprar *burros* siempre resulta más económico que comprar *elefantes*...

La carcajada general fue estentórea y larga.

–Si os parece, hablaremos de las elecciones y de muchos otros asuntos durante el almuerzo... –propuso el Cincel–. Ahora deberíamos ocuparnos de algo grave. Muy grave. Algo con lo que no contábamos. De hecho, todos los puntos a tratar en nuestro orden del día no revisten ninguna importancia en comparación con lo que ahora os diré.

Un halo sombrío se instaló en la tiniebla que eran los rostros de los diecinueve miembros de Última Thule.

–Recordaréis que, hace unos cuatro o cinco años, un hombre al que no logramos identificar, un individuo que se entrevistó con el cónsul americano en Damasco, dijo tener información vital sobre nuestra organización... –rememoró el presidente de la mesa–. Por fortuna, la luz roja se encendió y todos los mecanismos funcionaron correctamente, aunque ese intruso logró escapar. Le perdimos la pista. Tiempo más tarde se puso en contacto con un periodista de Budapest. Le hizo llegar algunos documentos comprometedores..., en concreto una lista con los primeros mil nombres del proyecto Lebensborn; otros, referidos a la Base 211. Reaccionamos a tiempo y pudimos recuperar todas esas pruebas. El periodista fue *retirado* de forma limpia, pero ese advenedizo logró burlar, una vez más, a los nuestros. Esta vez, eso sí, con un buen balazo en la pierna.

El Cincel hizo una pausa, respiró profundamente y continuó dando explicaciones con una inflexión, si cabe, más azorada y lúgubre.

–Ya sabemos a quién nos enfrentamos. Teníamos abiertas sospechas, pero en absoluto total certeza. Hace dos días nos confirmaron, desde Londres, que un periodista de *The Guardian*, un tal Simon Darden, ha recibido una foto del Führer; una foto que según nuestros archivos fue realizada en Nueva Suabia. El remitente es Heinz Rainer.

–¿Quién coño es Rainer? –interpeló desde el final de la mesa el Crisol en un reniego sordo.

–Tras ese nombre se oculta Eilert Lang, uno de los pocos errores que hemos cometido en los últimos cincuenta años. Lang era uno de los nueve miembros de la Millenium Research 2000, ¿recordáis? Le dimos por muerto, a pesar de que no logramos recuperar su cadáver. Aunque parezca imposible, ese entrometido logró acceder a las entrañas de Neu Schwabenland. Sólo Dios sabe qué documentos se llevó consigo. Como comprenderéis, ante la gravedad de la situación, he tenido que pedir instrucciones a los Maestros de la Sociedad Vril, el último Círculo de Poder de los Arios.

El silencio se hizo opresivo.

–Tengo órdenes muy claras, taxativas, terribles –concluyó–. Todos debemos extremar las precauciones en las próximas semanas; congelar contactos y poner a buen recaudo cualquier indicio comprometedor. Eilert Lang, al igual que ese periodista, y todos aquellos con los que ambos hayan mantenido un mínimo contacto, serán eliminados. No fallaremos esta vez. Lamentablemente, como única forma de preservar nuestra existencia y el mayor de los secretos de la hermandad, la Primera Corona de Vril ha ordenado que los cinco *actores* que aún siguen con vida sean sacrificados.

Los miembros de Última Thule cruzaron miradas consternadas y asintieron. Eran conscientes de lo que esa decisión suponía.

Los últimos testigos de Shangri-La, camaradas en la sal, debían ser ejecutados.

6

ELKE

Elke Schultz se abstrajo del bullicio que reinaba en la sala pentagonal de la Berliner Philharmonie. Inspiró lentamente, entrecerró sus ojos azules y ladeó delicadamente el rostro hasta acariciar con el mentón el cuerpo firme y perfumado de su amado.

Olía a madera de Cremona. Vieja y noble. Su voz era única, atiplada como la nota más brillante de un pájaro apostado en lo alto, cálida como el mejor terciopelo. No le amaba por ser una obra de arte irrepetible, una joya creada por las manos de Antonio Stradivarius en 1708; simplemente le amaba por haber pertenecido a su padre, Ernst Schultz.

–La ciencia, amor mío, aún no ha encontrado una explicación, un sistema de medición que permita comprender el milagro de un Stradivarius –solía decirle él mientras la rodeaba con sus brazos y corregía su postura infantil.

La concertista colocó una pequeña sordina de marfil sobre el *ponticello* y deslizó los dedos vertiginosamente a lo largo de la *tastiera* de ébano del mástil, arrancando al alma del instrumento una miríada de notas secretas, articuladas como una confesión amorosa a medianoche.

Cuando Carl Weisman subió al escenario, Elke regresó al mundo. Los ciento cuatro profesores, puestos en pie, dispensaron un largo aplauso al director. Siguiendo la costumbre distendida que presidía los ensayos, la tuba y los trombones de varas le obsequiaron con un breve e irónico fraseo, una melodía cuyas notas macilentas parecían ilustrar el andar patoso de Charles Chaplin tras golpearse contra el quicio de una puerta. Las flautas y el *piccolo* dibujaron, en un veloz trino, las consabidas estrellitas orbitando sobre la cabeza del máximo responsable de la Orquesta Filarmónica de Berlín.

La bienvenida concluyó con una feliz carcajada general.

Carl Weisman, aupado en la peana, tomó la batuta y sonrió. Dedicó un saludo deferente a Elke, primer violín y líder de la formación, a su izquierda, y encaró a todos los maestros.

Cuando la algazara de voces, atriles y partituras cesó, habló.

–Me alegra comprobar que están de excelente humor. Eso es bueno. Todavía queda mucho por hacer y sólo tenemos tres días de ensayos por delante. Las ideas de Elke Schultz son magníficas, pero suponen un trabajo añadido. ¿Quién nos mandaba desterrar de nuestro repertorio a BBB, nuestros queridos Berlioz, Brahms y Beethoven, y meternos donde no nos llaman?

La impecable acústica del lugar amplificó la batería de silbidos y abucheos de los profesores. Elke se encogió de hombros y, entre divertida y sonrojada, pidió disculpas a sus compañeros.

–Añadir a nuestro programa habitual grandes composiciones de algunos de los autores más importantes de aquellos países que visitaremos en nuestra gira será la tónica general para otras grandes orquestas en los próximos años –aseguró–. Es un reto complejo. ¿Seremos capaces de sorprender al público americano con ese *Concierto para violín y orquesta*, de Samuel Barber?, ¿emocionar a los parisinos con el *Pelléas et Mélisande*, de Gabriel Fauré?, ¿extasiar a los ingleses hasta el delirio redescubriéndoles al incomparable Delius? Ése debe ser nuestro objetivo. Por tanto, manos a la obra.

A lo largo de la siguiente hora, el mundo y todas las cosas que en él se contienen quedaron en suspenso. Elke Schultz efectuó una impecable ejecución de la majestuosa *Suite Florida*, de Frederick Delius, guiando a la orquesta hasta las mismas puertas del cielo. Y cuando volar más alto parecía imposible, suscitó el asombro general al evocar, en una intrincada y sutil acrobacia, el *Ascenso de la alondra*, de sir Ralph Vaughan Williams. Dos partituras que ella podía recrear con los ojos cerrados, ya que eran algunas de las favoritas de su padre, un enamorado de la música inglesa de finales del siglo XIX y principios del XX.

El ensayo volvió a repetirse a media tarde. De principio a fin. Al terminar, el sentimiento general era inenarrable.

Carl Weisman estaba eufórico.

–Insuperable, Elke. Esto merece ser celebrado con una botella de Veuve Clicquot bien fría. ¿Aceptas?

Ella sonrió. Le miró de soslayo mientras devolvía el violín a su estuche. Echó un vistazo al reloj.

–Acepto, pero no dispongo de mucho tiempo, Carl.

–Felicidades. Has estado brillante, Elke, brillante.

–Bueno, tampoco es para tanto.

–¿No me crees? Te aseguro que no miento. Hasta la mismísima Anne-Sophie Mutter palidecería de haber estado hoy aquí.

La concertista prorrumpió en una feliz carcajada. Nada más salir a la calle envolvió su cuello en una suave bufanda de lana inglesa.

–¿Bromeas? Anne-Sophie es una violinista excepcional; ya firmaría yo por llegar a ser siquiera la mitad de lo que es ella –apuntó escéptica.

Anochecía. Entraron en un lujoso bar próximo a la Postdamer Platz.

–¿Por qué me comparas siempre con Anne-Sophie Mutter? –indagó ella llenando sus ojos de encantadora malicia–. No nos parecemos demasiado.

–Eso es cierto. Tú eres mucho más guapa.

–¡Ah! Vaya, por un momento he creído que estábamos hablando de técnica y virtuosismo –adujo Elke con picardía.

–También.

–Recuerdo que hace una semana dijiste que de perfil me parezco a otra Sophie, esa actriz francesa... ¿cómo se llama?

–Sophie Marceau.

–Sí, exacto, ella.

–Es cierto. Sólo tú y Sophie Marceau tenéis un rostro tan perfecto. Ni Miguel Ángel podría esculpirlo mejor.

–Dime, Carl, ¿por qué tengo siempre la curiosa sensación de que flirteas conmigo a todas horas?

–Porque realmente lo hago.

El director esbozó una sonrisa malévola mientras llenaba las copas de champán.

–¿Sabes? Estoy convencido de que esta gira será uno de los mayores éxitos de nuestras carreras –afirmó, distrayendo la mirada en el hipnótico ascenso de las burbujas–. Además, me muero de ganas por invitarte a cenar en un pequeño restaurante cerca de los Campos Elíseos, un lugar íntimo, encantador.

–Eso huele a velas y a final previsible.

–Tú y yo no podemos pasar por París sin regalarnos una noche.

Elke suspiró. Dejó la copa sobre la mesa y cruzó sus dedos gráciles en un expresivo gesto de reflexión. El director intuyó que algún tipo de amonestación u objeción se avecinaba, pues se retrajo hasta acomodarse en el respaldo de la butaca.

–Escucha, Carl Weisman, creo que será mejor que los dos nos hagamos a la idea de que lo que ocurrió hace un mes no volverá a repetirse.

–¿Por qué?

–Porque fue un error.

–¡No digas tonterías!

–No son tonterías. Fue un error. Un magnífico error. No lo lamento. Pero creo que haremos bien evitando cualquier tentación que pueda propiciar que eso suceda otra vez.

–¿Bromeas?

–En absoluto. No puedes olvidar que estás casado.

–Me he casado tres veces.

–¿No pretenderás hacerlo una cuarta?

–¡Quién sabe!

Carl se acodó en la mesa. Se quedó mirando a la violinista absolutamente embobado. Ella chasqueó los labios en señal de desaprobación. Se sentía halagada de que el director le dispensara tantas atenciones. Incluso estaba dispuesta a reconocer que él le gustaba. A sus cincuenta y un años poseía un porte juvenil, algo indolente y salvaje. Tal vez era esa melena desordenada, poblada de rizos canosos, la culpable de su irresistible atractivo.

–Marisa es una persona maravillosa, Carl. Ya tienes una *mezzo soprano* en tu vida. Una mujer guapa e inteligente –adujo–. ¿Qué más quieres?

–Necesito a una violinista.

Elke le miró impotente, como si le diera por imposible.

–Me temo que deberás proponérselo a Anne-Sophie Mutter –sugirió con encantador cinismo–. Escucha, se está haciendo muy tarde. Me encantaría poder quedarme un rato más, pero debo irme ya. Te veré mañana.

–¿Quieres que te lleve a casa?

–No, gracias, he dejado el coche en un aparcamiento a dos calles de aquí.

Carl Weisman apuró la copa. No parecía tener prisa alguna. Siguió con la vista la silueta elegante de Elke mientras se ponía el abrigo. La forma en que arreglaba el vuelo de sus cabellos, lanzándolos hacia atrás, como una capa, y la parsimonia con que enfundaba sus manos en los guantes de piel avellana se le antojaban absolutamente fascinantes. Todo en ella lo era. El único inconveniente –se dijo mientras sus deseos se precipitaban por el acantilado perfecto de sus piernas– es que ella es consciente de la admiración que suscita a su paso. Lejos de sentirse incómoda al saberse escrutada, aún dedica mayor celo a la hora de exhibirse.

La violinista sonrió. Parecía leerle el pensamiento. Le lanzó un beso breve antes de encaminarse hacia la salida del local.

–¿Te quedas? –interpeló.

–Unos minutos más. Ahogaré mis penas en los restos de este excelente champán. Luego llamaré a Anne-Sophie Mutter –ironizó–. Creo que esta noche está tocando en Melbourne.

–Reconozco que me encanta tu forma de bromear.

–Te lo advierto: pienso seguir intentándolo –anunció él en el último momento.

–Estoy convencida de ello.

Media hora más tarde la concertista llegaba a su casa. Ocupaba un pequeño apartamento situado en la calle Wartburg. Al atravesar la portería comprobó el buzón. Después enfiló las escaleras y subió hasta el tercer piso.

Al llegar al rellano el corazón le dio un vuelco.

Un hombre de unos cuarenta años, desgarbado, alto, con barba de tres días, permanecía ante su puerta con mirada intranquila.

–¿Busca a alguien? –preguntó atemorizada.

Un mal presagio aleteó en el centro de su pecho. Una semana atrás se habían producido varios robos en domicilios de la zona.

–La buscaba a usted –aseguró él en tono grave.

Por un instante, Elke Schultz consideró la posibilidad de descender los tres pisos como una exhalación, salir a la calle y pedir auxilio.

7

CINCO CLAVES

Disculpe, pero creo que no nos conocemos –murmuró inquieta Elke Schultz, retrocediendo instintivamente unos pasos.

–¿Ésta es su casa, no? –inquirió él.

–Sí.

–Soy su vecino. Nos hemos cruzado en un par de ocasiones. Vivo ahí, en la primera puerta del rellano. He mirado su buzón. Se llama Elke, ¿verdad?

La violinista asintió. Recordó haber visto de refilón a ese hombre. Siempre se había mostrado esquivo, huraño, parco en palabras, a pesar de que ella había intentado entablar en varias ocasiones una mínima conversación. Era realmente atractivo, pero parecía una sombra.

–Perdone, no le había reconocido. ¿Ocurre algo?

–Nada grave, eso espero –explicó intentando esbozar una media sonrisa con poco éxito–. Se trata de *Liz*, mi gata. Ha salido por la ventana, atravesado la cornisa, y se ha metido en su salón. Llevo dos horas intentando convencerla de que vuelva, pero parece que no se atreve. Está en el alféizar, hecha un ovillo.

Elke respiró profundamente y sonrió. Se llevó la mano al pecho, como si la sombra de un mal presagio se alejara definitivamente. Rebuscó en su bolso hasta dar con la llave.

–Siento molestarla –se excusó el hombre–. Ocurre que el apartamento que nos separa está vacío. De otro modo ya lo habría resuelto.

–No se preocupe, no tiene importancia –le tranquilizó Elke abriendo la puerta–. Le confieso que por un momento he llegado a asustarme. Llevo poco tiempo aquí. Me instalé en este barrio buscando tranquilidad, aunque últimamente no pasa semana sin que ocurra algo. Pase, haga el favor.

–Sólo espero que esa calamidad no le haya causado ningún estropicio.

–No creo. Los gatos son muy cuidadosos. Mi madre tiene cinco en su casa en el campo. El mayor problema es el pelo. Uno tiene que acostumbrarse a convivir con el pelo que sueltan a todas horas.

–Su madre debe de educar muy bien a los suyos. *Liz* lo araña todo.

Elke dejó el bolso y el estuche del violín sobre el sofá del salón. La gata permanecía adormecida en el alféizar de la ventana. Parecía una estatua. Era evidente que el frío la había paralizado.

–Supongo que es mejor que la coja usted, eh, señor…

–Heinz. Me llamo Heinz Rainer. Sí, será mejor, podría asustarse.

Liz ni se inmutó cuando su dueño la tomó en sus brazos.

–Ya hablaremos tú y yo con calma, renegada.

–Pobrecita. No la riña –aconsejó Elke acariciándola entre las orejas.

–No lo haré. Además no conseguiría nada. Es medio salvaje. La encontré hace unas semanas en la azotea. Me siguió. Creo que fue ella la que me adoptó a mí.

Elke rió con ganas. Se despidieron.

–Dime, gata infiel, ¿te gusta mi nuevo nombre? ¿Heinz suena convincente, verdad? –susurró dejando al animal en el suelo. *Liz* corrió a olisquear su comedero–. Ahora, haz el favor de ser una buena chica y pórtate bien, tengo que hacer una llamada.

Rainer encendió un cigarrillo y marcó un número.

El teléfono de Simon Darden comenzó a emitir el estridente tono de *We don't need this fascist groove thang* de Heaven 17.

El periodista se encontraba en The Quality Chop House, un pequeño restaurante frente a las oficinas del periódico. Se disponía a cenar con varios colegas de *The Guardian* y *The Observer*. Comentaban la debacle que las elecciones habían supuesto para el Partido Republicano en Estados Unidos.

Todos rieron abiertamente al reconocer la melodía.

–¡Te has quedado anclado en los ochenta, Simon! –le espetó uno con sorna.

Darden asintió con una sonrisilla descreída en los labios.

–Mucho peor. Creo que me apeé del carro cuando llegaron los imperdibles en la segunda mitad de los setenta, los punks con sus crestas –confesó echando un vistazo a la pantalla del aparato. Frunció el ceño. No era ningún número que él tuviera registrado–. Disculpadme un minuto. ¿Sí?

–¿Simon Darden?

–Sí, soy yo.

–¿Puede hablar?

–¡¿Eh?! ¡Por supuesto! ¿Usted es…?

–Sí.

–Concédame unos segundos, estoy en un restaurante y la cobertura no es muy buena, no cuelgue, por favor.

El periodista tomó el abrigo y salió a la calle.

–¡Hace tres días que espero su llamada! –confesó ansioso.

–Supuse que querría tomarse su tiempo.

–¿Tiempo?

–Tiempo para comprobar la autenticidad de la foto.

–Sí, claro. Tengo la opinión de tres expertos. Es auténtica.

–Bien, eso nos ahorrará preámbulos inútiles.

–¿Podría decirme dónde se tomó? ¿En Argentina? Siempre se ha dicho que ese país fue, tras la guerra, un paraíso para los nazis.

Una risa soterrada llegó a través de la línea.

–Lo lamento, eso deberá descubrirlo usted.

–No le entiendo –balbuceó Darden desconcertado–. ¿Qué quiere decir?

–Escuche, estoy dispuesto a explicarle todo lo que sé. La historia completa. Pero todo tiene un precio –aseguró Heinz Rainer en tono pausado.

–¿Quiere dinero? –tanteó el periodista–. Si se trata de eso estoy seguro de que *The Guardian* le pagará lo que usted pida.

–No me haga reír. No hay dinero que pague esta historia.

–Entonces, ¿a qué se refiere?, ¿necesita protección?

–Usted y yo ya no tenemos lugar en el que escondernos. Eso es algo que quería advertirle antes de proseguir.

Darden se quedó sin palabras. Permaneció en silencio durante un lapso tenso, eterno. Se disponía a articular una pregunta cuando Rainer se le adelantó.

–Evitaré hablarle con acertijos. De modo accidental descubrí un secreto terrible. Al hacerlo firmé mi sentencia de muerte, pero logré burlarla hace seis años. Desde entonces me limito a huir, a ocultarme e intentar comprender lo que tengo entre manos. En dos ocasiones me he atrevido a deslizar pequeños fragmentos de este asunto a personas que me parecían fiables. Y lo he pagado caro.

–Comprendo.

–El precio que le exijo, señor Darden, si es que acepta jugarse la vida, deberá ser abonado en una divisa que no cotiza en el mercado de valores. Se llama confianza. Necesito ponerle a prueba, tener la certeza de que llegará hasta el final si decido arriesgarme con usted. A mí no me queda mucho tiempo. En su caso, si es precavido, acaso algo más, ¿me entiende?

–Perfectamente.

–Muy bien. Ahora, escuche: le sugiero que no se obsesione con esa foto. Sólo es la punta de un iceberg colosal. Lo descubrirá muy pronto. Imagino lo alterado que estará su ánimo... –concedió suavizando su discurso–. Yo también pasé por ese estado. Estoy dispuesto a mitigar su ansiedad. Cuanto antes dé usted por hecho que Hitler escapó de Berlín en 1945, antes podrá centrar su atención en lo que luego le contaré.

Darden suspiró profundamente. A pesar de que la temperatura caía en picado y sus pies se estaban quedando helados, hubiera aceptado sin titubeos permanecer horas enteras plantado allí, en mitad de la calle, inmóvil como un poste, con tal de arañar siquiera un dato más, una pista, un ápice de la formidable historia.

–He dedicado estos últimos días a documentarme y tratar de entender cómo se llevó a cabo esa representación en el Führerbunker –anunció resuelto.

–Lo suponía... ¿Ya sabe cómo lo hicieron? –ironizó Rainer.

–No estoy seguro. Tengo alguna idea, tal vez un tanto peregrina.

–Atrévase. Conjeturar es muy saludable. La verdadera inteligencia es un ejercicio de sinapsis; consiste en relacionar asuntos diversos con audacia. En muchas ocasiones, dos neuronas de ramales distintos, muy próximas entre sí, sólo necesitan crear un puente que las una para iluminar conclusiones nuevas, sorprendentes.

El periodista se armó de valor.

–Por lógica ese refugio debía contar con una salida secreta –aventuró–. Una vía de escape dispuesta en previsión de que todo se desmoronara. He hallado información acerca de los dobles de Hitler. Al parecer tenía seis. Después del atentado que sufrió en 1944 se servía de ellos con frecuencia. Su seguridad le obsesionaba. Dos de esos dobles eran prácticamente idénticos.

–Correcto.

–Imagino que tras la pantomima de las despedidas, el dictado de su testamento, su matrimonio con Eva Braun y todas esas formalidades destinadas a revestir de veracidad su suicidio, los dos se encerraron en sus estancias. El túnel, trampilla, escalera o lo que sea que utilizaran para salir de ese agujero debía de estar en esa ala del búnker. Los cadáveres de los dobles fueron introducidos por ahí... ¿me equivoco?

–En absoluto. Le felicito. Todo fue estudiado al milímetro. Incluso el tan cacareado estado enfermizo del Führer era una impostura. Sus médicos tuvieron mucho que ver en eso. Hitler, por lo que sé, gozó de buena salud hasta 1971. Murió de una embolia. Eva Braun le sobrevivió ocho años. Un cáncer acabó con ella. Era una fumadora compulsiva.

Darden se estremeció.

–Lo que no consigo entender en este endiablado vodevil es el grado de implicación de unos y otros –afirmó Simon–. En ese refugio subterráneo había mucha gente. He confeccionado una lista con más de veinte nombres.

–La mayoría creyó a pies juntillas lo que hoy cree el mundo entero. De otro modo no habría funcionado. Sólo Goebbels y su esposa, Marta, conocían el plan. Su idolatría por Hitler era absoluta. Para ellos era un dios. Y accedieron, con su sacrificio, a contribuir al engaño. Eran miembros de la Logia Luminosa, Última Thule.

–¿Thule?

–Olvídese de eso ahora. Todo a su tiempo –zanjó con acritud Rainer–. Cuando sonó un disparo en los aposentos privados del Führer, todos dieron por sentado que había muerto. Él llevaba días asegurando que se quitaría la vida. Sólo dos ayudas de cámara del jerarca, implicados en esa operación secreta, penetraron en la estancia. Los testimonios de secretarias, enfermeras, ayudantes, oficiales y soldados, recopilados por rusos y americanos, son un caos. No hay dos idénticos. Unos oyeron los disparos, otros no. De Eva Braun sólo vieron sus zapatos rojos que sobresalían de la sábana con que envolvieron su cuerpo. La famosa identificación dental efectuada por los rusos fue una chapuza.

Se basó en la vaga descripción proporcionada por el ayudante del dentista personal del Führer. Le aseguro, señor Darden, que hasta el peor policía científico del mundo desmontaría esa patraña.

–He encontrado unas declaraciones que hizo Stalin en la conferencia de Potsdam.

–Sí, las conozco –convino Heinz–. Stalin negó en tres ocasiones que los cadáveres calcinados hallados en el exterior fueran los de Hitler y su esposa. Churchill y Truman siempre supieron la verdad, desde el principio. Todos los que participaron en el juicio de Núremberg eran conscientes de ello. Llegaron a incluir, en primera instancia, sus nombres en la relación de prófugos a juzgar en ausencia. Después optaron por obviarlos.

–Claro, consideraron inaceptable que el responsable de millones de muertos se hubiera volatilizado delante de sus narices. El mundo no lo habría entendido.

Comenzaba a llover. Simon Darden buscó refugio bajo un alero. Cerró el cuello de su abrigo. Tiritaba, pero se sentía incapaz de precisar si esa leve convulsión se debía al frío o al terror.

–¿Puedo preguntarle algo más?

–Pruebe.

–¿Cómo lograron salir de Berlín? Hace dos días llegué a barajar la hipótesis de que pudieron haber huido a bordo de la avioneta de Hanna Reitsch. ¿Sabe de quién estoy hablando?

–Sí. Hanna era una estrella. Esa mujer me fascina, se lo aseguro. Fue una de las grandes heroínas de la cúpula nazi. Todos la adoraban. Era guapa e intrépida. Aterrizó entre las ruinas de la ciudad a finales de abril. Pilotaba una Fieseler F1. Estuvo con Hitler en el búnker. Despegó el día 29, en medio del terrible castigo antiaéreo de la artillería soviética. De todos modos no anda del todo errado –reveló Heinz–: Llevó consigo a un único pasajero. Aparece en la foto que le mandé. Es el primero por la izquierda.

–No he logrado averiguar quién es –confesó el periodista–. De hecho no conozco a ninguno de ellos, excepto a Mengele.

–Es Heinrich Müller, el cerebro de la Gestapo.

–¡Dios mío!

–Escuche, señor Darden, seguiremos hablando. Creo que por hoy es suficiente.

–Como prefiera.

–¿Puede apuntar lo que ahora le diré?

–¿Eh? ¡Sí, claro, un segundo por favor!

El periodista sacó su cartera del bolsillo interior del abrigo. Lo primero que encontró fue un extracto del cajero automático.

–Estoy listo. Le escucho.

–Le daré unas breves claves. Todas ellas, unidas, explican apenas la mitad de este gigantesco ejercicio de prestidigitación. Sea consciente de eso. Necesitará toda la capacidad sináptica de su cerebro a la hora de atar cabos y comprender una mentira tan grande. No en vano ha permanecido oculta durante más de medio siglo.

–Lo tendré presente.

–Tome nota: almirante Byrd, Karl Dönitz, Shangri-La, Paperclip, Highjump...

–Un momento, sí, ya está.

–En referencia al lugar en que esa fotografía fue tomada –añadió Rainer en inflexión misteriosa–, le sugiero que examine detenidamente la bandera de las Naciones Unidas. Es curioso, obviaron una parte de la Tierra al dibujar el contorno de los continentes y las islas. Piense. Ya tiene unas cuantas piezas del puzle. Volveré a ponerme en contacto con usted.

–¿Cuándo?

Por primera vez, desde el inicio de la conversación, Darden escuchó a Rainer reír abiertamente.

–Tiene muchísimo trabajo por delante, señor Holmes. Digamos que en unos cuatro o cinco días, a esta misma hora, ¿le parece?

–Entendido..., escuche..., ¿oiga?

Simon Darden miró el teléfono impotente. De regreso al restaurante comenzó a estornudar.

Se desplomó en la silla ante la mirada perpleja de sus compañeros.

–¿Dónde diablos te has metido, Simon? –le preguntó un columnista de *The Observer*–. ¿Te encuentras bien? ¡Estás blanco como el papel de fumar!

8

SOBRE LA SAL

Una fina cortina de pequeños copos de nieve comenzó a caer sobre Múnich a última hora del día. Como la ceniza de un fuego extinto en lo alto de la bóveda del cielo, descendían lentamente, livianos, entregados al capricho del viento, que los depositaba sobre coches y transeúntes.

Günter Baum alzó el rostro al advertir su presencia. Entrecerró los ojos buscando escapar de la molesta luz ambiental de los comercios. Sí, ahí estaban, a miles. Hinchó su pecho de fría satisfacción ante la llegada del heraldo del invierno. Un vago recuerdo de la infancia asomó por un instante entre sus pensamientos y se desvaneció, inaprensible.

Sus dedos juguetearon con la culata de la Walther que descansaba en el interior del bolsillo de su abrigo azul. Apretó el paso.

Las ocho y veinte. La hora perfecta.

Se aproximó a la Goethe Platz por una calleja tranquila que evitaba el tráfago de la Clínica Universitaria. No tardó en distinguir un Mercedes negro estacionado junto a unos contenedores. Golpeó con los nudillos en el cristal y, al instante, las puertas se desbloquearon.

–¿Qué tal?, ¿todo bien? –preguntó instalándose junto al conductor.

Ewald Fleischer mantenía, en un equilibrio precario, un pitillo en la comisura de sus labios. Usaba sus dedos índices a guisa de baquetas, repicaba contra el cuero del volante intentando sincronizar su ritmo con el tempo sincopado de una pieza de Prince. Dedicó a Günter una mirada aburrida.

–Psss, ninguna novedad. El viejo no se ha movido de casa en toda la tarde. Su hija y su yerno han salido hace unos cinco minutos. Tenían pinta de ir a comprar la cena. Acabemos cuanto antes, Günter, me estoy empezando a helar –gruñó toqueteando el climatizador.

–Sí. En las próximas horas nevará con fuerza.

–Odio la nieve. Un día de éstos lo dejaré todo y buscaré una casa pequeña en Ibiza. Mi tío vive allí –murmuró Fleischer embobado, como si pudiera ver el contorno de la cálida isla a través de los copos que comenzaban a acumularse en el parabrisas–. ¡El muy cabrón se pasa la mitad del año en pantalones cortos, tomando el sol y bebiendo cerveza!

–Pues alégrate. Esta tarde me han confirmado que el quinto *actor* vive en Mallorca. Iremos a por él dentro de unos días –anunció Günter.

–Bueno, ¿a qué esperas? –inquirió impaciente–. ¿Te decides o no?

–Necesitaré unos quince o veinte minutos... –resolvió Baum, clavando la mirada en el ventanal iluminado del segundo piso. Ajustó el nudo de la corbata y deslizó las manos por sus cabellos rubios, ordenándolos hacia atrás–. ¡Joder, Ewald! ¿Cómo coño puedes escuchar a ese pedazo de negro afeminado?

Sin esperar respuesta salió del coche y cruzó la calle. Tras enfundar sus manos en unos suaves guantes de piel, miró a uno y otro lado y presionó el timbre del interfono. No tardó en escuchar el carraspeo de una voz que buscaba aclararse.

–¡¿Sí?! ¿Quién es?

–¿*Herr* Färber? ¿Emil Färber?

–Sí, soy yo.

–Quisiera hablar con usted.

–¿De qué se trata?

–Soy nieto de un viejo compañero suyo, Christian Baum.

–¿Baum?

–Sí.

–Yo ya no conozco a ningún Baum –rezongó Färber a través del interfono.

–Haga memoria. Usted y él eran buenos amigos. Visitaron juntos, durante un permiso, en el verano de 1942, uno de los centros Lebensborn en Polonia. Allí nació mi padre, y por lo que sé también un hijo suyo.

–Mi hijo murió en un accidente de coche hace diez años.

Se produjo un repentino silencio. Günter alzó el cuello del abrigo y miró en derredor buscando cerciorarse de que las inmediaciones estaban despejadas.

–Escuche, *herr* Färber, he venido para informarle de algo muy importante: ¡en la Logia Luminosa ceñiré la Corona de Vril!

La puerta de abrió. Günter alcanzó el segundo piso en cuestión de segundos. Echó un vistazo rápido al reloj. Las ocho y treinta y cinco.

Färber le esperaba en el rellano, anclado a un bastón de madera. Parecía un árbol a punto de derrumbarse, aferrado a la tierra por unas pocas raíces obstinadas.

–Así que usted es nieto de Christian Baum –susurró invitándole a pasar.

–Sí. Mi abuelo, como bien sabe, murió defendiendo Berlín.

El viejo soldado asintió. Avanzó cabizbajo, con paso indeciso, hasta el salón de la casa, ofreciendo acomodo al inesperado visitante.

–Siéntese, por favor. ¿Quiere algún licor, una copa de brandy?

–No. Muchas gracias. Se lo agradezco. Lo que tengo que decirle no requiere de excesivas formalidades –adujo Günter–. Permaneceré en pie.

–¿Qué ocurre, ha pasado algo malo? –balbuceó el anciano notablemente sobrecogido.

–Lo que ocurre es que el secreto del Führerbunker, la operación Shangri-La, corre peligro de ser descubierta. Si eso llegara a ocurrir, muchas otras cosas saldrían a la luz... ¿entiende? –interpeló, tocando al anciano levemente en el hombro.

–Sí, lo entiendo –convino Emil–, pero le aseguro que yo he guardado silencio absoluto. En los interrogatorios de 1945 no lograron arrancarme ni una sola palabra. Todo se ejecutó conforme al guión. ¡Se lo tragaron!

–Lo sé. La suya fue una representación magistral. No le quepa duda alguna: usted fue uno de los mejores *actores*.

–¿Sabe? Jamás he accedido a ser entrevistado, ¡jamás! –proclamó orgulloso–. ¡He sido invitado en muchas ocasiones a participar en programas de televisión y de radio! El año pasado, en el quincuagésimo aniversario del final de la guerra, me llegaron a ofrecer una fuerte suma. Me negué.

–Última Thule le debe mucho a su discreción. Por eso he venido yo, el hijo de un *lebensborn*, y no cualquier otro.

–De todos modos, hay algo que tal vez le pueda ser útil, señor Baum –aventuró el anciano, llevándose las yemas de los dedos a los labios. Acababa de recordar algo importante–. En los dos últimos meses he recibido unas cuantas llamadas de un individuo que parece estar al tanto de todo. Insistió en entrevistarse conmigo. Le dije que se fuera a la mierda.

–Ha hecho bien. Nos encargaremos de ese tipo.

–Pero no acabo de entenderlo, dígame: ¿cómo se supone que puedo yo, a mis años, ayudar a la hermandad?

Günter Baum acarició la culata de la Walther. Se maldijo por haber elegido el arma de las Waffen SS para cumplir tan deleznable encargo. Ese hombre merecía recibir un disparo de casta, una salva de honor en reconocimiento a la fidelidad y entrega de toda una vida. Y sólo existía una pistola en el mundo capaz de articular, con su rugido seco, un elogio de esas características: la irrepetible Luger alemana. Una buena Luger de 1936.

–Thule necesita ahora que su silencio sea... sepulcral, *herr* Färber –susurró a su oído.

Günter aferró al anciano por el hombro y lo atrajo hacia su pecho. Le disparó en el corazón, a quemarropa. El proyectil traspasó su endeble cuerpo y fue a incrustarse en la pared posterior.

El asesino arrastró a Färber hasta una butaca, dispuso sus manos inertes sobre el regazo, cruzándolas de forma natural, y cerró sus incrédulos ojos. Hecho eso buscó la cocina de la casa. No le costó encontrar un especiero. Espolvoreó un poco de sal en el guante y regresó junto al cadáver. Entreabrió sus labios y depositó la sal bajo la lengua. Pronunció entonces, aproximándose a su rostro, unas breves palabras. Una antigua máxima de la hermandad.

–¡En la vida o en la muerte, prevalece sobre la sal, glorioso ario!

Recogió el casquillo. Consultó el reloj. Las nueve menos diez.

Se sentó en el sofá y colocó la pistola sobre la mesita. Los últimos números de *Stern, Der Spiegel* y *Autobild* aparecían ordenados en un extremo. Se entretuvo pasando páginas, abúlico, hasta que el ruido de unos pasos al detenerse en el rellano y el tintineo inconfundible de las llaves le alertó de que su trabajo aún no había concluido.

La puerta se abrió.

–¿Papá? ¡Ya estamos aquí! –anunció una voz femenina–. ¿Tienes hambre? Me cambio en un momento y me pongo a preparar la cena. Te he comprado salmón ahumado y *foie*.

La hija de Färber, de unos cincuenta años, asomó el rostro por la puerta que comunicaba el pasillo con el salón. Un hombre algo mayor, corpulento y canoso, la seguía de cerca. Resoplaba cargado de bolsas.

Günter Baum apretó el gatillo sin titubeos. Un tiro limpio, entre las cejas, derrumbó a la mujer. Cayó a peso, hacia atrás, dejando campo libre a la trayectoria de una segunda bala, que voló implacable reventando el corazón de su marido.

El asesino sorteó los dos cuerpos y el contenido de los paquetes, diseminado por todo el piso. Sus pies tropezaron con una lata. Reconoció la etiqueta negra y las letras doradas. *Foie* de Estrasburgo. El mejor del mundo. Guardó la Walther en un bolsillo y el *foie* en el otro. Echó un último vistazo al lugar. Después, apagó la luz y cerró la puerta. Al salir a la calle comprobó la hora. Las nueve en punto.

Tal y como había predicho, la nieve caía ahora con fuerza.

9

SIR EDWARD HARVINGTON

Setas? –inquirió Simon Darden sin salir de su asombro.

Emma Lawrence, una mujer menuda, de mejillas encendidas y nariz respingona, le miró divertida y asintió.

–Sí. Sir Edward suele dar largos paseos por la mañana en esta época. Sobre todo en días lluviosos. Es muy aficionado a las colmenillas. Siempre regresa con un cesto lleno. Cocino una parte de lo que me trae y él se encarga personalmente de secar el resto –explicó al tiempo que limpiaba sus manos en un delantal de amplios cuadros.

Simon Darden no pudo evitar que su rostro dejara traslucir un sentimiento de contrariedad. Se volvió buscando la opinión de John Stewart. El fotógrafo permanecía algo retrasado, trasteando con el objetivo de la cámara. Al cruzar su mirada con la del periodista optó por encogerse de hombros.

Los dos habían llegado, tras más de dos horas al volante, hasta Abberley, una encantadora población del condado de Worcestershire, al noroeste de Londres, con la intención de entrevistarse con sir Edward Harvington, un noble inglés que vivía dedicado al estudio y a la investigación, autor de una docena de obras de referencia sobre la Segunda Guerra Mundial. El encuentro había sido concertado gracias a la gestión de Mark Sands, el director de Márketing de *The Guardian*, uno de los diez *centinelas* del Scott Trust y amigo personal del escritor.

El periodista suspiró. La mujer entendió su malestar.

–El señor Harvington es muy despistado... ¡si lo sabré yo! –comentó resignada–. Me vuelve loca. Lo pierde todo. Apenas sabe en qué fecha vive.

–¿Cree que regresará antes del mediodía? –interpeló echando una mirada furtiva al reloj.

–Eso seguro. Es capaz de olvidar su apellido, pero jamás perdona su copita de jerez a eso de las doce –ironizó Emma con un brillo malévolo en los ojos.

–Gracias. Volveremos más tarde.

–Aprovechen para dar un pequeño paseo por Abberley –propuso el ama de llaves al entornar la puerta–.

La torre gótica del reloj es una maravilla. Todo el mundo la fotografía. Y la iglesia de San Miguel, que es de estilo normando, del siglo XII, es muy hermosa.

Simon y John deshicieron los dos kilómetros que separaban la mansión de sir Harvington de la pequeña población. Habían dejado el coche allí, junto a una taberna donde les habían asegurado que la casa del noble se alzaba a tan sólo unas revueltas siguiendo el camino de tierra, en dirección al bosque.

Estaban a mitad de trayecto cuando distinguieron a un individuo que avanzaba con dificultad hacia ellos, cruzando a través de las altas hierbas de un prado. Vestía una chaqueta de *tweed* ocre y se tocaba con una gorrita de visera. Portaba un bastón en la mano derecha y una cesta colgando del brazo izquierdo. Le seguía de cerca un precioso golden retriever de color canela.

–Tiene toda la pinta de ser Harvington, ¿no? –aventuró el fotógrafo aguzando la mirada–. Camina con aires muy aristocráticos.

–No lo sé. No le he visto nunca –afirmó Darden riendo entre dientes.

De súbito, al sobrepasar una linde de piedra, el hombre desapareció. Se desvaneció como si la tierra se lo hubiera tragado.

–¡Se ha caído! ¡Menudo batacazo! –exclamó Stewart perplejo.

Se aproximaron al lugar a paso rápido temiendo lo peor. Encontraron a sir Edward Harvington gateando. Recuperaba, entre exabruptos y reniegos, el contenido de la cesta.

–¡Maldita sea! ¡Quietos, no se muevan! –rezongó al verles llegar–. ¡Están pisando las setas! ¡Santa Madre de Dios, qué desastre, qué desastre! ¡Y tú, *Tiberio*, estate quieto, deja de dar vueltas!

–¿Se ha hecho usted daño? Permítanos ayudarle –propuso el periodista comenzando a recoger las setas–. Soy Simon Darden, de *The Guardian*. Mi compañero es John Stewart, uno de nuestros mejores fotógrafos. Habíamos apalabrado una entrevista con usted. Aunque tal vez hemos llegado antes de lo previsto.

El escritor le miró escamado.

–Habíamos acordado vernos mañana, jueves –puntualizó.

–¡¿Eh?! ¡Sí, claro, el jueves! ¡Hoy es jueves, sir Edward!

–¿Jueves? ¡No puede ser! ¿De verdad? ¡Caramba, qué despiste el mío! –se excusó ruborizado–. ¡Ande, haga el favor, ayúdeme a levantarme! ¿Le gustan las colmenillas?

–Creo que nunca las he probado.

–¡Pues hoy las probará! ¡Pato guisado con colmenillas y miel! –anunció ufano–. Mi ama de llaves, la señora Lawrence, es una cocinera excelente. Tiene un carácter de mil demonios, siempre refunfuña, pero es insuperable trajinando entre peroles.

Darden y Stewart cruzaron una sonrisa cómplice y siguieron al noble de vuelta a la casa. Las nubes, al desgajarse, abrían en lo alto una ventana por la que asomaba un sol tímido, invernal, apenas reconfortante.

–Dígame, señor Darden, ¿por qué desea usted entrevistarme? –indagó Harvington deteniéndose a los pocos pasos. Comenzó a frotar sus rodillas con gesto dolorido–. ¡Mi nuevo libro no estará acabado antes del próximo verano!

–Estamos trabajando en una serie de artículos sobre escenarios ucrónicos –mintió el periodista con aplomo–. Ya sabe, consisten en aventurar hipótesis, en aceptar que algunos hechos históricos, que no ocurrieron, pero que podrían haber ocurrido, configurarían un mundo distinto al actual. También en un reportaje sobre ciertos misterios de la posguerra, hechos oscuros, no esclarecidos.

–¿Y esas tonterías interesan a la gente? –interpeló escéptico.

–Digamos que a la gente le divierte especular.

–¿Y con qué diablos especulan ustedes, si puede saberse?

–Con la posibilidad de que Alemania y sus aliados del Eje hubieran ganado la guerra; con el hecho de que Hitler no muriera en el búnker de la Cancillería de Berlín...

Por un momento pareció que sir Edward Harvington iba a deshacerse en una sonora carcajada, pero la hilaridad se le heló en el rostro antes de ser liberada.

–¿Le parece una hipótesis descabellada?

–¡Me parece una conjetura escalofriante! –afirmó, mortalmente serio–. ¿Sabe? Existe más de un historiador que ha dedicado mucho tiempo a elucubrar sobre eso.

–¿Cuál es su opinión?

–Que ningún investigador riguroso pondría la mano en el fuego al respecto. Yo, personalmente, prefiero creer que Hitler murió en Berlín, pero es cierto que eso no está claro en absoluto.

–He reunido bastante material que apoya esa tesis. Al parecer, el mariscal soviético Gregory Zhukov, al frente de las tropas que entraron en Berlín, informó a Stalin de que no habían hallado los restos de Hitler –recapituló Darden–. Encontraron un cadáver que examinaron detenidamente. Parecía él, pero acabaron concluyendo que se trataba de un *doppelgänger*, un doble. Había muchos detalles que evidenciaban el engaño. Entre ellos, el hecho de que ese desgraciado llevaba calcetines de lana largos. Hitler los aborrecía, jamás los usó. El comandante general del sector americano en la ciudad, Floyd Parks, presente durante la batalla, se entrevistó con Zhukov. El ruso le confesó que el dictador había huido. Tiempo después, en Núremberg, el jefe del consejo americano, un tal Thomas J. Dodd, se pronunció en el mismo sentido. Son innumerables los testimonios de esa época. Bedell Smith, que más tarde asumiría la dirección de la CIA, llegó a afirmar públicamente que no había forma humana de asegurar la muerte de Hitler. Muchos otros fueron de esa opinión. La lista es muy larga. En una transcripción de las charlas mantenidas entre Stalin, Roosevelt y Churchill, el líder ruso fue taxativo: «Esos dos no están en nuestras manos...».

–Conozco esas conversaciones. No olvide, de todos modos, que tras esa afirmación, a renglón seguido, el taquígrafo hizo una acotación extraña, escribió en sus notas, entre paréntesis, «risa general». Y el asunto no se prestaba a mucha broma.

–Sí. Es cierto –concedió Darden–, pero son demasiadas pruebas como para ignorarlas. En 1952, siete años después, Dwight Eisenhower confesó –y cito literalmente sus palabras–: «Hemos sido incapaces de descubrir ni una sola evidencia que pruebe la muerte de Adolf Hitler. Mucha gente cree que Hitler escapó de Berlín...».

Sir Edward Harvington sonrió, se detuvo ante la puerta de su mansión y dedicó una mirada flemática al periodista.

–¡Muy bien! ¿Qué cambia todo eso? ¿Adónde quiere ir usted a parar?

–Ya tenemos una ucronía, un escenario ucrónico, ¿no? ¿Dónde cree usted que pudo pasar Hitler el resto de sus días?

–¡Uff! Probablemente en Argentina –apuntó con encantador cinismo el aristócrata–. ¿No sabe que Juan Domingo Perón entregó a los alemanes cien mil pasaportes en blanco en los últimos meses de la guerra?

–Lo ignoraba –confesó atónito Darden.

–Tendremos tiempo para hablar de todo, caballeros. Creo que podré añadir algún misterio más a su colección. Intuyo que le encantan los misterios, señor Darden –aseguró complacido Harvington, invitándoles a pasar al interior–. ¿Emma? ¿Señora Lawrence? ¡Ya estoy aquí, traigo más de un kilo de colmenillas!

Simon Darden y John Stewart asistieron divertidos a un ritual que parecía repetirse con frecuencia. El ama de llaves apareció en el hall de la casa con una bandeja. Mientras el escritor colgaba con parsimonia la gorra, la bufanda y la chaqueta en un perchero, ella procedió a seleccionar las setas. Después se dirigió hacia la cocina a paso rápido, amonestando en su retirada al escritor.

–He encendido la chimenea de la sala de lectura –dijo–. ¡Haga el favor de vigilar el fuego, deje de comportarse como un irresponsable, yo no puedo estar en todo! ¡El otro día casi se quemó la alfombra!

Harvington cruzó una mirada resignada con sus invitados al tiempo que esbozaba una sonrisa de circunstancias.

–¿Saben? Enviudé hace nueve años. Y tentado estuve de volver a casarme con una viuda de Abberley –susurró–, pero lo pensé mejor. En aquella época yo leía mucho a Émile Cioran. Ese hombre estaba bendecido por la lucidez. Topé con una de sus innumerables máximas. Esa que dice: «Un enemigo distante es siempre mejor que uno a las puertas».

10

ESVÁSTICA

En qué trabaja ahora, sir Edward? –preguntó Simon Darden mientras admiraba distraído la vasta colección del escritor. Los libros formaban líneas abigarradas a lo largo de las paredes de la estancia, desde el suelo hasta el techo. Sus ojos se detuvieron en infinidad de objetos ubicados allí donde los volúmenes dejaban un hueco libre. Distinguió una daga alemana; condecoraciones; un viejo fusil de cerrojo, un máuser de la Primera Guerra Mundial; cascos; una bayoneta; prismáticos; modelos del Spitfire británico y del Stuka alemán y un gran mapa político de 1945. Incluso un obús que parecía intacto. El lugar olía a museo.

Harvington, tras escanciar un excelente jerez en tres preciosas copas de cristal tallado, permanecía sentado en un escabel bajo, frente a la chimenea. Extendía sobre una hoja de *The Times*, al amor de las llamas, la colecta de colmenillas.

–Estoy escribiendo *Simbología, esoterismo y mística en el Tercer Reich*.

El periodista y el fotógrafo se miraron incrédulos.

–Me parece inconcebible que esos descerebrados tuvieran algún afán o sincero interés por la mística –comentó John Stewart con desdén.

–¿Descerebrados? No se equivoque, amigo –reprobó suavemente el aristócrata, interrumpiendo por unos instantes su metódico quehacer–. Llámelos dementes, asesinos, desalmados, lo que usted prefiera, pero no descerebrados. Le explicaré algo. Un hecho significativo. Durante las interminables sesiones del juicio de Núremberg, tal vez buscando mantener ocupados a los reos, acaso en un intento por expugnar su compleja personalidad, les sometieron a todo tipo de pruebas. A diario les entregaban un cuestionario complejo, sutil, capcioso, lleno de trampas y contradicciones. Analizaban de forma pormenorizada todas sus respuestas. Invariablemente les invadía la consternación a la hora de extraer conclusiones. El más *descerebrado* de esos criminales era infinitamente más inteligente y astuto que usted y yo juntos.

Ante reconvención tan contundente el fotógrafo

optó por vaciar de un trago su copa y cruzarse de brazos.

–No se puede hacer lo que los nazis hicieron sin una ideología muy sólida detrás –prosiguió el escritor–. Siempre que la gente poco informada habla de ellos suele limitarse a mencionar su obsesión por la pureza racial sin entender lo que ese concepto significa.

–Reconozco saber muy poco sobre el tema, pero me interesa. Todo lo que pueda contarme me servirá –admitió Darden–. ¿En qué creían los nazis?

–Buena pregunta. No es fácil contestar a eso –advirtió Harvington–. Evidentemente, cuando se habla de la mística de los nazis uno debe evitar pensar en tópicos místicos, ¿me comprende? ¡No piense en san Juan de la Cruz! ¡Olvídese de su concepción cristiana de la existencia! Hitler no pisó en toda su vida una iglesia. En realidad, tras la bambalina, tras el lienzo pintado del nacionalsocialismo, se escondía un explosivo cóctel de creencias. Los jerarcas nazis estaban fascinados por el paganismo ancestral, la visión telúrica del cosmos que la llegada del cristianismo barrió. Investigaban la criptohistoria, los ritos de Odín, lo esotérico, lo oculto, incluso lo paranormal.

–Entiendo.

–Su filosofía, eh, o mejor dicho, su ariosofía, acabó convirtiéndose en un compendio de tradición milenaria, un cuerpo doctrinal en el que las runas teutonas convivían armónicamente con conceptos budistas e hinduistas; interpretación social de las teorías de Darwin, aplicadas, por supuesto, a su aspiración de sangre y tierra, raza y patria, tal y como preconizaba Walther Darré, y también Alfred Rosenberg, para muchos el verdadero padre del credo nazi, y un sinfín de ideas y supuestos que a cualquier ser racional se le antojarían un auténtico dislate, una locura.

–¿A qué se refiere?

–Los ideólogos nazis, y me refiero a Guido von List, Liebenfels, Rudolf Glaner, Herman Pohl y muchísimos otros, compartían una visión inquietante –Harvington volvió a llenar su copa y, al punto, abrió una caja rectangular, plateada, de la que extrajo un largo cigarro puro–. ¿Fuman, caballeros?

–¿Eh? Sí, pero sólo cigarrillos, ¿no le molesta? –preguntó Darden.

–¿Molestarme? ¡En absoluto! –exclamó–. Deseo morirme fumando y bebiendo whisky, amigo mío. Hasta hace algún tiempo, por las tardes, sobre todo en primavera y verano, acostumbraba a dar un paseo hasta alguna de las tabernas de Abberley. Tomaba una pinta y charlaba con la gente. Debería verlos ahora. Están todos en la puerta, con una cara triste como lechuzas. ¿Qué les estaba diciendo?

–Se disponía usted a explicarnos con mayor detalle alguna teoría asombrosa –recordó Stewart.

–¡Ah, pues bien, sí! ¿Conocen el concepto de panspermia?

–No demasiado –vaciló el periodista.

–Los nazis creían que el origen de los arios se hallaba en una tierra mítica, oculta por la bruma del tiempo y los hielos. Creían en la legendaria Hiperbórea, la cuna de su raza, crisol de pureza. Herodoto, el historiador griego, mencionó a los hiperbóreos; se refirió a ellos diciendo que eran el pueblo «que habita más allá de las brumas de Borea», en el Norte. Los nazis creían que el origen de esa civilización superior se hallaba fuera de este mundo, que habían llegado del espacio exterior. Su capital era Thule, Última Thule.

Nada más pronunciar sir Edward Harvington esas palabras, un fogonazo encendió la mente de Simon Darden. Durante su conversación con Heinz Rainer, dos días atrás, éste había asegurado que Goebbels y su esposa habían aceptado morir para revestir de credibilidad el suicidio de Hitler. Afirmó que los dos eran miembros de Thule, la Logia Luminosa. Y no quiso añadir más.

–¿Existe alguna organización con ese nombre? –inquirió el periodista.

Harvington aspiró una espesa bocanada de humo. Le miró con recelo.

–Me parece que si le cuento todo esto acabaré perdiendo a un lector potencial –adujo divertido.

–Le aseguro que pienso leer su libro.

–Si no lo quiere leer, no lo lea; pero debe prometerme una buena crítica en el *Saturday Review* de *The Guardian* –puntualizó.

–Cuente con ello.

El aristócrata suspiró.

–Mirémonos como lo que en realidad somos. ¡Somos hiperbóreos! –recitó revestido de pompa y circunstancia Harvington, alzando los brazos hacia lo alto–. ¿Reconocen estas palabras, caballeros? Así empieza *El Anticristo*, de Nietzsche.

–No las recuerdo, leí esa obra en mis días de universidad –afirmó Darden.

–Última Thule era, en efecto, una sociedad secreta. Poderosísima. Se nutrió de muchas otras... Los Caballeros del Sol Negro o los Illuminati. Mantenían contactos con la Golden Dawn inglesa, con la logia del Dragón Negro en Japón. No existen pruebas de que siga en activo. Aunque no me extrañaría. La fundaron Herman Pohl, que fue Canciller de la Orden Germánica y Maestro de la Orden Teutónica del Grial, y Rudolf Glaner, un misterioso personaje, experto en astrología y técnicas sufíes, Gran Maestro de la Orden Bávara.

–Increíble...

–Sí, pero hay más –anunció en tono intrigante el escritor. Exhaló una voluta de humo, un aro perfecto que flotó en el aire largo tiempo–. No es mucho lo que sabemos de Última Thule. Eran la máxima expresión de lo hermético. Estaban estructurados en siete círculos concéntricos, a cual más pequeño. Un oficial, un miembro de las SS, por ejemplo, podía pertenecer a alguno de los dos o tres primeros círculos. Última Thule constituía el sexto círculo de poder. Existía un séptimo, del que jamás se ha sabido nada. Sólo que estaba ahí, en la sombra. Apenas unos pocos rumores. Me refiero a la Sociedad Vril. A los Siete Sabios de Vril.

–Suena muy filosófico –ironizó el periodista.

–¿Filosófico?

–Estaba pensando en los siete sabios de la Grecia clásica, ya sabe: Solón de Atenas, Tales de Mileto...

–Nada que ver –negó Harvington chasqueando los labios–. Los Siete Sabios o Maestros de Vril eran llamados Coronas, siete coronas que reinaban sobre Thule; gobernadas, en última instancia, por la Primera Corona de Vril.

–¿Cuál era el postulado, el objetivo de Última Thule y Vril?

–La criptocracia, el gobierno oculto, el dominio del mundo, la supremacía blanca, la pureza racial, el odio al marxismo, el exterminio de lo que ellos denominaban la escoria judía, negra, gitana, homosexual...

–¿La cúpula nazi formaba parte de Última Thule?

–Sí, todos ellos. Himmler, Rosemberg, Hess, Walther Darré y... Hitler, por supuesto. Uno de sus miembros, Dietrich Eckart, aleccionó al Führer. Le enseñó técnicas de persuasión. Era un experto en mesmerismo, esa capacidad malsana de hipnotizar a las masas. Hitler, en agradecimiento, le dedicó su *Mein Kampf*. Otro de los veintiún consejeros permanentes de Thule, Friedrich Krohn, sugirió a Hitler la utilización de la esvástica como símbolo de la nueva Alemania...

–Pero la esvástica, al menos eso tengo entendido, es un símbolo universal. Un símbolo sagrado, de evolución espiritual, que pertenece a muchas culturas.

–En efecto. Es un símbolo diseminado por toda la tierra. Aparece en la milenaria cultura védica; en los textos sánscritos; en el mazdeísmo; la usaron los hititas y los persas; Heinrich Schliemann la descubrió en sus excavaciones en Troya..., pero, y eso es lo más sorprendente, aparece en lugares ilógicos: en China, Japón y Corea; en el África negra; en los monumentos egipcios; en la cultura de los kunas de Panamá; entre los indios navajos en América. Por descontado, entre celtas, griegos y germanos. Curioso, ¿verdad?

–¿Cómo se explica su universalidad, su uso, entre civilizaciones que jamás mantuvieron contacto entre sí a lo largo de los tiempos? –indagó John Stewart, que asistía atónito a las explicaciones de Harvington.

–¡La pregunta del millón! –exclamó el aristócrata–. Bueno, podríamos tragarnos la hipótesis de Carl Sagan. Sagan aventuró que, en un pasado remoto, la cola gaseosa de un cometa dibujó esa cruz en lo alto del firmamento. Todos los seres humanos pudieron contemplarla durante mucho tiempo. Vivieran donde vivieran. Si esa propuesta no les complace, existe la teoría de los nazis.

–¿Cuál?

–Nuevamente la herencia de la mítica Thule. La esvástica era su símbolo sagrado. La Atlántida, según ellos, fue uno de los reinos fundados por esa cultura superior –murmuró–. Los que sobrevivieron al gran cataclismo que la sepultó en el fondo de los mares originaron, a su vez, civilizaciones a ambos lados del Atlántico. De ahí que la cruz gamada aparezca entre mayas y egipcios. De ahí la similitud entre las pirámides, los zigurats mesopotámicos, los templos precolombinos...

–Fascinante.

–Lo es. Supongo que ahora comprenderán cómo esos *descerebrados* nazis lograron forjar un cuerpo doctrinal, místico, tan formidable. Himmler, pieza clave en el Holocausto judío, envió a cientos de agentes de la organización Ahnenerbe por todo el mundo, con órdenes muy concretas. Visitaron el Tíbet, Persia, Crimea, el Cáucaso; buscaron el Grial por todo el planeta; buscaron, hasta dar con ella, la legendaria Lanza del Destino, la Lanza de Longino, el centurión romano que abrió la brecha en el costado de Jesucristo.

–¿Por qué deseaban poseer esa lanza?

–El Reich de los Mil Años pretendía ser heredero de la grandeza del Imperio romano. Hitler, en sus escritos, afirmó que la historia es una lucha eterna, a muerte, sin piedad, entre civilizaciones. La leyenda dice que aquel que posea la Lanza del Destino dominará el mundo –concluyó el aristócrata–. Ellos casi lo lograron.

La interrupción de Emma Lawrence quebró el silencio que se instaló en la biblioteca de la mansión Harvington.

–La comida está lista, señores, cuando gusten –anunció–. ¡Por Dios, sir Edward! ¿Cuándo dejará de fumar esos apestosos cigarros? Deberé volver a ventilar, ¡y se enfriará toda la casa!

Mientras se dirigían al comedor de invierno, situado en una acogedora habitación orientada al sol de la tarde, en la cabeza de Simon Darden se amontonaban las preguntas; un amasijo de interrogantes que el derrotero de la conversación le había llevado a posponer. En su fuero interno estaba resuelto a despejar la incógnita de esa ecuación maldita. Un enigma que parecía tornarse más críptico a cada paso que daba.

Recordó la advertencia de Heinz Rainer.

Y entendió que lo visible es sólo un pálido reflejo de lo oculto.

11

UN CASO PARA BRUNO KRAUSE

Maldito pedante! ¡Así te mueras, cornudo de mierda! –rugió el inspector Bruno Krause, descargando un contundente manotazo en la mesa de su despacho.

Después comenzó a estornudar.

Christian Eichel, desde el otro lado de la habitación, alzó la mirada y olvidó por unos instantes el dilema que le embargaba. No sabía dónde archivar el informe forense de una prostituta asesinada tres días atrás. Parecía asunto de drogas.

–¿Otra derrota por goleada? –preguntó con malsana satisfacción.

–Sí, joder, sí. Ese cerdo hace eso para joderme. Lo hace cada día.

Eichel se deshizo en una carcajada silente. Disfrutaba lo indecible viendo al enjuto e inconmovible comisario estrellarse contra el muro de tinta y papel que ese campeón del *Die Welt* levantaba a diario. De conocerle personalmente no dudaría en pagarle una copa por los buenos ratos que le hacía pasar.

Colocó el dosier en el lugar más lógico y esperó la consabida petición de auxilio que Krause le lanzaba invariablemente cuando tiraba la toalla.

En esa ocasión se retrasó algo más de lo habitual.

–Deberías buscar en Google, Bruno. Todo el mundo usa Internet.

–No, coño. No quiero buscar en Google. Las cosas no se hacen así.

–¿De qué se trata esta vez? ¿Mitología, historia?

–Psss, ¡claro! ¡Qué va a ser! –aseguró abatido.

–Tal vez pueda echarte una mano –sugirió fingiendo desinterés.

–Cinco vertical: dios romano que todo lo abre y todo lo cierra.

–¿Cuatro letras?

–Sí.

–Jano. Dios de las puertas, los comienzos y los finales. Janus, de ahí *Ianuarius*, enero –anunció Eichel reventando de felicidad–. ¿Qué más?

Bruno Krause se arrancó un pelo de las cejas. No podía evitar hacer eso cuando le invadía la ansiedad.

–Una de historia –admitió compungido–. Siete horizontal. Hijo de Ulises, rey de Ítaca. Algo así como Tolémaco.

–Telémaco.

–¡Mierda, entonces me he equivocado en una de las verticales! En fin, ¡al cuerno!

Bruno dobló el ejemplar del *Die Welt* y lo arrojó a la papelera. Se estiró cuan largo era, ahuyentando la pereza, y decidió que era hora de comer algo. Acababa de ponerse el abrigo cuando un agente asomó por la puerta.

–Inspector Krause, lo lamento..., malas noticias –alertó–. Un doble asesinato. En el número 23 de la calle Hardenberg. Un matrimonio anciano. Les ha encontrado la asistente social asignada por el ayuntamiento hace poco más de una hora. ¿Pido que le preparen un coche?

–¡Qué remedio!

–¿Quieres que te acompañe? –ofreció Christian.

–Sí. Mejor. Voy a tomarme un analgésico, me duele mucho la cabeza. Anda, espérame en la calle.

Minutos más tarde un coche de la jefatura central de la Policía de Berlín cruzaba la ciudad. Bruno Krause hubiera dado la mitad de su fondo de pensiones con tal de que el mundo se olvidara de él por unas horas. Llevaba varias noches durmiendo mal, con un dolor persistente en la zona lumbar; secuela, aseguraban los médicos, de viejos cólicos nefríticos.

Resopló.

–Holger, por lo que usted más quiera, desconecte esa maldita sirena, haga el favor –rogó al conductor–. Me estalla la cabeza. La sirena no devolverá la vida a esos ancianos. Además, hay aguanieve en el asfalto. Conduzca más despacio. Nos mataremos.

–Te veo mal, amigo mío –susurró Eichel–. Deberías tomarte esa semana de vacaciones que te deben. Si no la empleas antes de Navidad, la perderás.

Krause asintió. Comenzó a estornudar.

–Para colmo, me he enfriado. Estoy hecho un asco.

La calle Hardenberg había sido cortada en ambos sentidos. Frente al número 23, una casa de ladrillo rojo de dos plantas, aparecían estacionados dos vehículos de la Policía Científica y una ambulancia. Un buen número de vecinos, ociosos, se agolpaba a ambos lados de las cintas de seguridad tendidas por la policía.

Nada más cruzar el umbral se toparon con Florian Bohm, agente de la BKA, la Oficina Federal de Investigación Criminal. Christian Eichel sabía que entre su jefe y él existía una vieja y sólida aversión.

–¡Caramba, Bruno, tienes mala cara! –bromeó Florian.

–Te aseguro que hace unos segundos estaba como una rosa. Me habrá cambiado al verte a ti –espetó con sorna–. ¿Qué ha pasado aquí? ¿Un robo?

–No creo. No tiene pinta de ser un robo. Ha ocurrido a primera hora. No han forzado la cerradura. El que les ha matado lo ha hecho sin problemas. Le han abierto la puerta. Echa un vistazo y saca tus propias conclusiones –propuso el inspector.

Bruno Krause y Christian Eichel recorrieron el escenario del crimen.

En un pequeño salón de la parte trasera, asomado a un descuidado jardín, encontraron el cadáver de Gerald Gottlieb, un anciano de unos noventa años. Estaba sentado en una silla, con la cabeza desplomada sobre la mesa. Su boca se abría como una gruta. Presentaba un tiro limpio, entre las cejas. Una taza de café aparecía volcada a escasos centímetros de su mano derecha. Otra, intacta, delante de él.

–¿Qué deduces a la vista de esto, Christian?

–No sé, se diría que este hombre ha tomado café con su asesino, ¿no?

–Exacto. Por lo tanto, tiene razón Florian Bohm. Seguramente se conocían. Gottlieb ha franqueado el paso a su asesino y le ha ofrecido café. Le han disparado de súbito, sin que mediara pelea o violencia. Todo parece estar en su sitio. ¿Qué es eso? ¿Azúcar?

Eichel reparó en un pequeño dispensador. Aparecía algo más allá. Se puso los guantes y examinó el frasco.

–No es azúcar, más bien parece sal. ¡Quizá el viejo echaba sal en el café! –propuso jocoso. Ladeó el rostro y observó a Gottlieb con detenimiento–. ¡Qué raro, juraría que tiene sal en los labios!

–Pregunta a los inspectores de la BKA si han reparado en eso. Que tomen muestras y las analicen. Yo voy a echar un vistazo arriba.

Krause ascendió por una empinada escalera hasta el piso superior. La mujer de Gottlieb, de unos ochenta años, yacía en un pequeño espacio entre la cama y la pared de su dormitorio, en un escorzo imposible. Parecía una muñeca rota. Había recibido dos impactos de bala en el pecho. Su mano izquierda parecía querer alcanzar las muletas que se apoyaban en la mesilla de noche.

–Pobre mujer –mumuró asqueado intentando atrapar la última imagen impresa en sus pupilas–. Posiblemente dormías cuando has escuchado el disparo, ¿no? ¿Te han matado cuando intentabas incorporarte?

El comisario se disponía a salir de la alcoba cuando sus ojos se detuvieron en una cómoda antigua, de taracea, ubicada al otro lado del lecho. Varias fotografías descansaban en marcos de plata y madera. Una de ellas atrajo poderosamente su atención.

Rebuscó en su bolsillo y se colocó las gafas sobre el puente de la nariz.

Un jovencísimo Gerald Gottlieb posaba estirado como un palo, con aire marcial. Vestía el impecable uniforme del Ejército alemán y saludaba a la cámara con expresión de orgullo frente a la Puerta de Brandeburgo.

Bruno Krause dio un respingo. A pesar de que en su cabeza parecía disputarse el título por el campeonato del mundo de los pesos pesados, un recuerdo emergió con fuerza entre sus pensamientos. Dos días atrás había recibido una información remitida desde la jefatura de Múnich, un expediente de características similares: el dosier de un asesinato múltiple que había acabado con la vida de un viejo soldado, su hija y su yerno. No recordaba el nombre, pero sí haber leído que aquel anciano había sido un oficial adscrito al servicio externo del Führerbunker de Berlín en los últimos días de la guerra.

Frunció el ceño. Descendió portando el retrato en la mano. Christian Eichel seguía husmeando por la sala como un sabueso en busca de algún rastro.

–¿Está por aquí la mujer que les ha encontrado?

–Creo que está en la calle. La están interrogando. Ha sufrido una crisis nerviosa.

Krause salió al exterior. Un agente de la BKA hablaba con la asistente social del matrimonio Gottlieb en la parte trasera de un vehículo. La mujer llevaba el miedo estampado en la mirada. Permanecía cruzada de brazos, retraída.

Minutos después, terminado el interrogatorio, el inspector la abordó.

–Disculpe, sé que está muy alterada, es lógico, tranquilícese... –dijo en tono pausado–. Soy el comisario Bruno Krause. Quisiera preguntarle un par de cosas. No nos llevará mucho tiempo. ¿Cómo se llama usted?

–Gisela, Gisela Froese.

–Muy bien, Gisela, dígame: ¿los señores Gottlieb recibían visitas?

–No, nunca. No tenían familia. Él apenas salía de casa, a pesar de que se encontraba en buena forma; ella, jamás –aseguró–. Tenía artrosis. Su marido y yo la ayudábamos a bajar a la salita unas horas cada día, hasta media tarde. Le gustaba ver la televisión, los concursos, ya sabe.

–Entiendo. ¿Cuánto tiempo llevaba usted con ellos?

–Casi tres años –gimoteó–. Esto es horroroso, terrible.

–¿Tenían deudas?, ¿recibían correspondencia?

–Deudas, ninguna. Vivían cómodamente. El señor Gottlieb trabajó muchos años en una empresa de construcción. Tenía una buena pensión. Y cartas..., pues las del banco. Nada especial que yo sepa.

–¿Hablaba usted a menudo con el señor Gottlieb?

–Pues, claro, sí. ¿A qué se refiere?

–Tengo entendido que fue oficial durante la guerra.

–Sí. A veces recordaba eso y hacía comentarios. Sobre todo cuando veía el informativo de las tres y algo no le gustaba –explicó Gisela–. Era muy gruñón. Y muy pesimista. Eso sí que se lo puedo asegurar. Creo que nunca asumió la derrota. Su rostro se iluminaba cuando recordaba aquellos años. Un día me confesó que conoció a Hitler personalmente. Me dijo que había estado con él en tres ocasiones.

–Haga memoria, es importante: ¿sabe si estuvo adscrito a la Cancillería, a algún estamento oficial, al búnker del Führer, si mantenía contacto con algún general o miembro destacado del partido?

Gisela Lang se abstrajo durante unos segundos.

–Me contó que formaba parte del servicio de intendencia del búnker, pero no precisó a qué se dedicaba en concreto ni en qué época ocurrió eso. Lo siento.

–No se preocupe. Muchas gracias. Intente descansar –propuso Krause–. Si se me ocurre alguna otra pregunta la llamaré. Ande, váyase a casa.

La asistente arregló el cuello de su chaqueta, aseguró el bolso en el brazo y dio unos pocos pasos. Se giró repentinamente.

–El agente de la BKA me ha dicho que debo personarme en el Departamento de Investigación Criminal –anunció intranquila–. Yo ya les he dicho todo lo que sé.

–Cálmese. Es sólo una mera formalidad. Los de la BKA tienen cara de bulldog pero no la morderán –susurró en tono cómplice el inspector.

Media hora más tarde, durante el trayecto de regreso a comisaría, Bruno Krause comunicó sus sospechas a Christian Eichel.

–Quiero que obtengas una relación de los supervivientes de la guerra, oficiales y soldados, Christian.

Eichel le miró perplejo.

–Eso no va a ser fácil. Aún quedan muchos combatientes vivos.

–Introduce sesgos, parámetros –recomendó–. Céntrate en los nombres de aquellos que libraron la batalla de Berlín. Muy especialmente si pertenecían a las SS o estaban adscritos al servicio del Führerbunker. Apremia a los de la BKA para que nos remitan, en cuanto lo tengan, el informe científico.

El ayudante respiró profundamente.

–¿Crees que esto guarda alguna relación con la guerra?

–No lo sé, pero una corazonada me dice que sí.

Se quedaron en silencio. Krause comenzó a estornudar con violencia. Una y otra vez. Se llevó a la nariz un jirón de tela blanca, otrora un pañuelo.

–¡Joder, Holger! ¿Le importaría cerrar la ventanilla y subir la calefacción? ¿Me quiere usted matar? ¡Estamos a dos grados, acabaré con una pulmonía de caballo!

12

HIJOS DE HIPERBÓREA

Edward Harvington alzó la copa hasta situarla entre sus ojos y las llamas de la chimenea. El fuego arrancó una miríada de destellos añejos al coñac, bañando el rostro del aristócrata en una luz dorada. Su nariz se dilató complacida. Al punto, sin comedimiento alguno, vació la mitad del gran reserva de Martell.

–¿Byrd? ¿Se refiere usted al almirante Richard Evelyn Byrd? –preguntó con voz grave. Sus mejillas parecían encenderse gradualmente, atemperadas por la combustión interna del alcohol.

–Sí, supongo que se trata de él –vaciló Simon Darden–. ¿Hay algún otro Byrd con el que pueda ser confundido?

–No.

El periodista, el fotógrafo y el escritor habían regresado, tras la comida, a la biblioteca de la casa. Los tres andaban sumidos en la inevitable galbana que sucede al atiborre. Permanecían cómodamente apoltronados en las butacas.

–Un personaje misterioso el tal Byrd –convino Harvington–. Hace bien en incluirle en su artículo de casos no resueltos, misteriosos. Además, ese hombre guarda relación con uno de los capítulos más extraños acaecidos en los primeros años de la posguerra. ¿Han oído hablar de la operación Highjump?

–Precisamente quería preguntarle a ese respecto.

–Entiendo –asintió–. Le advierto que éste es un asunto espinoso. Se presta a muchas hipótesis, y acaso todas ellas erróneas. El problema, como siempre, estriba en que la información disponible es poca. El Gobierno americano se resiste a desclasificar papeles e informes de aquella época. Supongo que no ignora, señor Darden, que a estas alturas, cincuenta años después, todo eso debería haber salido a la luz y ser de dominio público. Ahí hay algo, algo inquietante y peligroso. Por eso continúa siendo materia reservada, de alto secreto, guardada bajo llave.

–Lo poco que he podido averiguar acerca de esa operación es que los americanos, a finales de 1946, cuando todavía Europa humeaba, desembarcaron en el Polo Sur.

–¿Desembarcar? Yo diría que más que un desembarco, Highjump fue una invasión en toda regla –aseguró Harvington divertido–. Vayamos por partes. Desde el principio.

El escritor dedicó los siguientes minutos a trazar, en un esbozo rápido, la semblanza del almirante Richard Byrd, explorador y militar del Ejército estadounidense, considerado por todos un héroe nacional. En 1926 aseguró haber sobrevolado el Polo Norte, junto a su piloto, Floyd Bennett; aunque algunos expertos que analizaron minuciosamente los aspectos técnicos del viaje, la autonomía del avión y la distancia a cubrir concluyeron que eso no era posible. Un año más tarde, Byrd intentó ganar el Premio Orteig. Se inscribió en una competición cuyo objetivo era volar desde Estados Unidos hasta Francia sin escalas. Bennett sufrió un aparatoso accidente durante las pruebas. Salvó la vida de milagro. El avión, un Fokker trimotor, tuvo que ser reparado. Para cuando Byrd se hallaba en condiciones de lanzarse al arriesgado salto transoceánico, Charles Lindbergh ya se había hecho con el premio y entrado en los anales de la historia de la aviación. Pese a todo, Richard Byrd, compartiendo los mandos con un nuevo piloto, realizó la hazaña a finales del mes de junio de ese mismo año.

Después, todo su interés se centraría en la exploración antártica. El continente helado le atraería como un imán a lo largo de las siguientes décadas.

–Byrd sobrevoló el Polo Sur en noviembre de 1929 –afirmó Harvington admirado. Vació el coñac que restaba en la copa y volvió a llenarla con una sonrisa indulgente–. Esa gesta le valió el reconocimiento de Norteamérica. Se convirtió en una leyenda. Regresó allí en cuatro ocasiones más. En 1934, durante la segunda expedición, pasó cinco meses en completa soledad, al frente de una pequeña estación meteorológica. Estuvo a punto de morir.

–¿Qué le sucedió? ¿Un accidente? –inquirió John Stewart, felizmente amodorrado junto al fuego.

–Byrd malvivía en un habitáculo diminuto, sepultado por la nieve, sin ventilación –aclaró el aristócrata–. El monóxido de carbono de una estufa casi acaba con él. Dejó de transmitir por radio. En el campamento base entendieron que algo andaba mal y emprendieron una angustiosa carrera contra el tiempo, por tierra y aire. Intentaron rescatarlo dos veces sin éxito, debido a la oscuridad y las ventiscas. Le hallaron en muy mal estado, pero ese hombre era un demonio. Se recuperó. Unos años más tarde, el Gobierno alemán, a través de su Sociedad Geográfica, le invitó a compartir sus descubrimientos y sus experiencias en una serie de conferencias celebradas en Hamburgo. Eso fue, si no me equivoco, en 1938. Muy poco antes del comienzo de la Segunda Guerra Mundial. Los nazis estaban sumamente interesados en el Polo Sur.

–¿Qué podía ofrecerles un emplazamiento tan lejano e inhóspito? –indagó Darden. El periodista seguía fascinado con la historia que Harvington iba desgranando de forma pausada. *Tiberio*, el golden retriever del aristócrata, se había quedado dormido a sus pies, recogido como un ovillo.

–La fascinación de los alemanes por esa inmensidad viene de muy lejos. De hecho, y creo no equivocarme, ellos fueron los primeros en explorar algunas zonas de ese continente. En 1873, Eduard Dallman abrió nuevas rutas con su barco, el *Grönland*; a principios del siglo XX efectuaron otros dos viajes, con equipos más adecuados y mejores cartas náuticas; finalmente, hacia 1925, en el periodo de entreguerras, el comandante Albert Merz, a bordo del *Meteor*, recorrió vastas regiones.

–Más allá del interés científico y geográfico, sigo sin entender qué despertaba la curiosidad de los alemanes –reiteró el periodista–. ¡En la Antártida sólo hay hielo!

–¡Quién sabe! Tal vez buscaban, eh, ¿la mítica Thule? –se preguntó Harvington en un arrebato teatral.

Adoptó un aire confidencial, misterioso, y prosiguió–: Ahora viene lo mejor, señor Darden. Esa misteriosa invasión llamada Highjump.

–Estoy en ascuas.

–Créame si le digo que estamos en las mismas –admitió el escritor–. A pesar de que sé más que usted sobre el asunto nunca he sacado nada en claro. Veamos, estamos en 1946, en el prólogo de lo que luego se convertiría en la guerra fría. Europa aún no se ha sacudido el horror de la contienda, en Núremberg se celebra el juicio contra los jerarcas nazis... ¿me sigue?

–Perfectamente.

–Es en ese momento cuando el alto mando de Estados Unidos decide poner en marcha Highjump. La operación se preparó en muy pocas semanas. No se confundan, caballeros, no estamos hablando de unas pequeñas maniobras llevadas a cabo por un destacamento de soldados. Chester W. Nimitz, por aquel entonces jefe de Operaciones Navales, y el almirante Ramsey movilizaron a casi cinco mil hombres, media docena de helicópteros, varios hidroaviones, cazas y aviones de transporte, una docena de fragatas y destructores y un portaaviones, el *USS Filipinas*. ¿Sabe a quién pusieron al frente de ese enorme despliegue?

–No.

–Al almirante Richard Byrd.

–Entiendo. Sin duda alguna era el más capacitado, el más experto.

–Dígame, sir Harvington, ¿se emitió algún comunicado al respecto? ¿Se hizo eco la prensa de esas *maniobras*? –inquirió el fotógrafo.

–Todo se llevó a cabo en medio del mayor de los secretos. Nimitz afirmó que el principal objetivo de Highjump era probar material bélico en condiciones extremas; entrenar al personal; extender y consolidar la soberanía estadounidense en vastas regiones de la Antártida; determinar lo factible de una presencia permanente en esa parte del mundo y, por descontado, recabar información geológica, hidrográfica, meteorológica... –enumeró Harvington.

–Suena a patraña –murmuró Stewart.

–Sí. Parece una cortina de humo, una tapadera –admitió el aristócrata–. Aún en mayor medida si se piensa en un hecho significativo. En los días previos a la guerra, el Gobierno alemán, tras esas conferencias en Hamburgo que he mencionado, anunció su voluntad de reclamar la soberanía de buena parte de la Antártida. Enviaron una expedición que fotografió y trazó los mapas de al menos la quinta parte del continente. Una región inmensa llamada Tierra de la Reina Maud. Durante semanas la sobrevolaron, arrojando miles de postes con la esvástica. La llamaron Neu Schwabenland, Nueva Suabia, en honor del histórico Estado alemán y del barco que realizó ese viaje.

–¿Qué ocurrió durante la operación Highjump? –indagó Darden cada vez más intrigado.

–Esa fuerza de ocupación se dividió en tres grandes grupos. A finales de diciembre de 1946, siguiendo la estela de los rompehielos, los americanos llegaron al mar de Ross. Trabajaron durante varios días, acondicionando campamentos y pistas de aterrizaje. Empezaron a reconocer el terreno, a sobrevolar el área, unos 500.000 kilómetros cuadrados. En 220 horas de vuelos tomaron 70.000 fotografías... –explicó Harvington. Hizo una pausa significativa y apostilló enigmático–: Entonces, todo concluyó. Con la misma celeridad con que había comenzado.

–¿Qué quiere decir con que todo concluyó?

–Salieron de la Antártida por piernas, señor Darden –murmuró–. Nadie sabe con certeza qué es lo que ocurrió allí. La prensa de la época habló de aviones y helicópteros perdidos, de soldados muertos. Las tropas fueron evacuadas por los rompehielos en tres fases, a partir del 22 de febrero. Así, unas maniobras destinadas a prolongarse entre seis y ocho meses, terminaron, de forma abrupta, a las pocas semanas. Es entonces cuando el almirante Byrd hizo las declaraciones más extrañas que he oído en mi vida.

El periodista no pudo evitar adelantar su cuerpo, como si un resorte oculto le impulsara. Su cerebro parecía estar a punto de estallar.

Harvington sonrió complacido. Había logrado, con su relato, galvanizar la atención de sus invitados. Se ofreció a rellenar sus copas con Martell. Darden, que siempre había odiado el coñac, no dudó en aceptar el ofrecimiento.

–Tras la evacuación, Byrd regresó a Washington. Allí fue interrogado en secreto por los servicios de seguridad –susurró el escritor–. En esos días aparecieron unas declaraciones del militar, recogidas por el periódico *El Mercurio*, de Chile. Las utilicé en uno de mis libros: *De la Segunda Guerra Mundial a la guerra fría*. Esperen. No quiero tergiversar ni una sola palabra.

Harvington se alzó y dio unos pasos hasta situarse frente al anaquel contiguo a la chimenea. Tomó un grueso volumen y rebuscó durante unos instantes.

–Aquí está –dijo satisfecho dando unos golpecitos a la página–. Es una cita textual: «Es imperativo que los Estados Unidos de América tomen medidas defensivas contra regiones hostiles. No quisiera que nadie se sintiera innecesariamente atemorizado, pero ésta es una realidad amarga que debemos tener presente: de producirse una nueva guerra, nuestro país podría ser atacado por *naves* capaces de volar de un polo al otro a velocidades inconcebibles...». ¿Qué les parece, señores?

–Asunto de ciencia ficción. ¡Ese hombre se volvió loco! –espetó Stewart–. Se diría que habla de platillos volantes.

–¿Loco? ¡Tal vez! –concedió Harvington–. Pero también cabe la posibilidad de que durante la operación Highjump, en algún lugar remoto de la Antártida, durante algún vuelo de reconocimiento, Byrd viera con sus propios ojos algo inexplicable, algo capaz de trascender las fronteras de la razón. Por lo que sé fue un hombre pragmático, serio, poco dado a alarmismos. ¿Qué ocurrió allí? ¿Qué llevó al alto mando a ordenar la retirada inmediata del Polo Sur? ¿Por qué no se ha desclasificado ese informe?

Darden se había sumido en un prolongado silencio. Parecía una estatua. Calentaba la base de la copa entre los dedos. Esa inmovilidad externa se correspondía con una intensa actividad mental. No podía obviar la recomendación de Heinz Rainer, el hombre que le había involucrado en la resolución del mayor rompecabezas de la historia.

Sinapsis. Capacidad de relacionar y unir mundos distantes.

–Escuche, sir Harvington... –anunció resuelto–. Hubiera deseado preparar mucho más esta entrevista.

La falta de tiempo no me lo ha permitido. Sin embargo me he documentado sobre un asunto que podría tener relación con lo que acaba de explicarnos. Sé que pocas semanas después de la caída de Berlín, Estados Unidos llevó a cabo una operación de alto secreto. La operación Paperclip.

–Encontrará información sobre el dosier Paperclip en este libro. Quédeselo, tengo algún ejemplar más –el escritor le tendió la obra que acababa de consultar–. Le explicaré de forma muy breve en qué consistió ese dosier, también materia reservada, claro. Verá, los americanos, y también los rusos, no tardaron en darse cuenta de que habían vencido a Hitler de milagro. Encontraron hangares, fábricas y laboratorios, enormes complejos subterráneos ocultos aquí y allá. Le aseguro que se quedaron aterrorizados. Los nazis estaban ultimando toda una generación de nuevas armas, nuevos cohetes, que dejaban obsoleta toda la tecnología conocida. Tanques dotados de visión infrarroja; misiles capaces de impactar en Nueva York; cañones de viento; aviones que vencían la fuerza de la gravedad por electromagnetismo y, por descontado, la bomba de dispersión, tal y como los alemanes denominaban a la bomba atómica. Al verse perdidos, al entender que en cuestión de semanas el Tercer Reich capitularía, los altos mandos dieron orden de destruir planos, prototipos y proyectos. Se dice que lo que cayó en manos aliadas no es sino un miserable 10 o 15 por ciento de sus logros.

–Sumamente inquietante.

–Los propios nazis ironizaron al respecto. Göring llegó a afirmar que si la contienda se hubiera prolongado unos meses más, apenas un año, habrían borrado del mapa a los aliados. Y no bromeaba, créame. Ante esa devastadora evidencia, los servicios de inteligencia de Estados Unidos diseñaron la operación Paperclip. Trasladaron a cientos de científicos alemanes a América, en secreto, violando incluso las leyes que impedían la entrada en territorio estadounidense a todos aquellos que pudieran ser responsables de crímenes de guerra. Los ubicaron y pusieron al frente de muchos proyectos y programas de investigación. Recuerde a Werner von Braun. Le diré algo más: el proyecto espacial de Estados Unidos, los primeros pasos de la NASA, se dieron gracias a la tecnología alemana. Miles de patentes e inventos nazis vertebraron el enorme desarrollo tecnológico e industrial de los siguientes años.

Darden sonrió. Harvington estaba confirmando lo que él sabía acerca de ese impúdico trasvase de ciencia y tecnología efectuado tras la guerra.

–Por consiguiente, si Richard Byrd habló de naves, aviones u objetos no identificados, capaces de sobrevolar la tierra de un extremo al otro en cuestión de segundos, tal vez no estaba tan loco, ¿no? –añadió el periodista con encantador cinismo.

El aristócrata se echó a reír.

–Si logra descubrirlo, señor Darden, no se olvide de devolverme el favor.

–Una última pregunta, se está haciendo un poco tarde y debemos volver a Londres –Simon consultó su reloj–. ¿Le sugiere algo, en relación con todo lo que hoy hemos hablado aquí, la palabra Shangri-La?

Sir Edward Harvington se rascó la coronilla.

–¿Shangri-La? ¡Claro que me sugiere algo! ¡Me recuerda una de mis películas favoritas, *Horizontes perdidos*, de Frank Capra! –bromeó–. Disculpen, sí, creo que podría decirles algo sobre Shangri-La. El almirante Karl Dönitz pronunció esa palabra una vez, una sola vez.

El periodista recordó que Heinz Rainer había mencionado a Dönitz entre el resto de claves. En sus pesquisas sólo había logrado obtener información referida a su vida, a su carrera militar. Dönitz había sido el comandante en jefe de la Kriegsmarine, la marina de guerra alemana; el organizador de la estrategia de los U-Boot, las temibles unidades de submarinos, y, de modo significativo, presidente en funciones de Alemania durante unas semanas, tras el suicidio de Hitler.

–Si las declaraciones de Richard Byrd les han dejado intranquilos, las palabras de Karl Dönitz les causarán aún mayor desasosiego –aventuró Harvington–. Escuchen, en 1943 ese hombre dijo: «La flota de submarinos alemanes se siente orgullosa de anunciar que ha construido, al otro lado del mundo, un Shangri-La, un paraíso, una fortaleza inexpugnable para el Führer...».

Simon Darden y John Stewart se quedaron petrificados, sin aliento.

El aristócrata les miró afable.

–Los americanos, que conocían muy bien esas palabras, interrogaron durante días y días a Dönitz, hasta la extenuación –añadió Harvington–. Siempre le hacían la misma pregunta: «¿Adónde ha llevado usted a Hitler?».

–Dios mío –balbuceó aterrorizado Darden.

–Si encuentra el Shangri-La del Führer, señor Darden, avíseme –rogó con una sonrisa cínica y encantadora en los labios–. Me gustaría verlo antes de morir. He pasado buena parte de mi vida rodeado de documentos, libros, memorias e informes de la Segunda Guerra Mundial. Y nunca he averiguado nada con respecto a ese paraíso. Tal vez sea cierto que ellos crearon una nueva Thule, más allá de las brumas de Borea, en el último confín del mundo, en medio del hielo eterno. Lo ignoro, pero no lo olvide jamás: ningún nazi bromeaba ni decía las cosas a la ligera. Y Dönitz, eso me consta, era un hombre serio hasta lo indecible.

Poco después, sir Edward Harvington les despedía en la puerta de su mansión. El periodista y el fotógrafo deshicieron el camino hasta Abberley. La última luz del día escapaba por Poniente, a través de una estrecha franja crepuscular que parecía devorar las siluetas y formas del mundo real.

El regreso a Londres transcurrió en un silencio sólo roto por los informativos de la radio, centrados en la Cumbre del Foro de Cooperación Económica Asia-Pacífico de Hanoi. A pesar de la insistencia de George Bush y del apoyo de Japón, la mayor parte de los países miembros se habían resistido a condenar formalmente al Gobierno de Corea del Norte por sus recientes pruebas nucleares.

La carretera parecía tomar el mando, convertida en una interminable cinta deslizante. Inmerso en la maraña que eran sus pensamientos, Simon Darden no podía intuir en modo alguno que en las siguientes horas se vería abocado a emprender un viaje sin retorno al mayor de los secretos.

La cruz bajo la Antártida.

13

DESTINOS CRUZADOS - I

Oscurecía en Berlín. Un delicioso olor a *döner kebab* de cordero asado emanaba de la tienda de Tarek. Ese aroma a carne dorada atrapaba a diario la atención de los transeúntes, que solían detenerse, rebuscar entre las monedas del bolsillo y llevarse algo rápido y delicioso a la boca. El libanés, cuchillo en mano, cortaba finas láminas de la pieza, dispuesta en un cilindro vertical, y las depositaba en una gran bandeja metálica. Su hijo, Saruca, algo más allá, las mezclaba con hojas de ensalada y tomate y rellenaba con parsimonia las tortas de pan ácimo que previamente había abierto; después, tras colocarlas en pequeñas bolsitas de papel, las disponía sobre la repisa del pequeño colmado.

A Günter Baum se le abrió el apetito de golpe. Sonrió complacido y no dudó en pasar al interior de la tienda.

–Buenas tardes, ¡qué frío! –dijo frotándose las manos.

–Sí. Y aún hará más. Lo han dicho en la radio –convino Tarek mirándole de reojo, sin dejar de afanarse en lo suyo–. ¿Qué será? ¿Una torta de *kebab* calentito?

–¿Eh? ¡Sí, por supuesto! ¡Huele de maravilla!

–No lo dude, es el mejor *döner kebab* de toda la ciudad. Ningún turco lo asaría mejor, se lo aseguro –alardeó el comerciante–. Saruca, vamos, apresúrate, un *kebab* para este señor. ¿Desea algo más, caballero, alguna bebida?

–No, gracias, pero ya que estoy aquí quisiera mostrarle algo. Una foto. La foto de alguien a quien estoy buscando –murmuró Günter entrecerrando los ojos. Su rostro adoptó el aspecto taimado de un lobo que sigue a su presa en las profundidades del bosque.

Puso una fotografía ante los ojos de Tarek. Era una copia ampliada de una imagen que, en origen, no debía de poseer gran calidad.

El tendero aguzó la mirada. Escrutó el rostro de un hombre rubio, de ojos claros y facciones angulosas. De unos treinta y tantos años. Sin duda, por su morfología, alemán o nórdico.

–¿Qué pasa con este hombre? –preguntó volviendo a ocuparse en lo suyo.

–¿Le conoce, le ha visto usted? –indagó Baum.

–No estoy seguro. Podría ser –murmuró receloso–. Aquí entra mucha gente.

Günter extrajo una cartera de piel negra del interior del abrigo y mostró una placa y una credencial.

–Me llamo Fritz Schlesinger, inspector de la Oficina de Investigación Criminal de Berlín –mascculló impasible, con un brillo altanero en los ojos–. Y este tipo de la foto es un asesino. Un criminal peligroso. Muy peligroso. Le seguimos la pista desde hace mucho tiempo. Creemos que se oculta en esta parte de la ciudad.

–¡Ah, ya!

Günter mordisqueó el sándwich de *kebab*. Tomó una servilleta del mostrador y la pasó delicadamente por los labios. Al punto, la estrujó arrojándola al suelo.

–Pues no sé qué decirle –farfulló el libanés volviendo a examinar el retrato depositado sobre el mostrador–. Ahí, en ese edificio del otro lado de la calle, el de ladrillo rojo, vive un hombre que se le parece. Aunque es moreno, lleva el pelo más largo y una barba corta, un poco descuidada. Juraría, no obstante, que los ojos son los mismos, pero, que Alá me perdone, podría estar equivocado.

–Tranquilo. De no ser él no hay motivo por el que preocuparse. Nuestro trabajo consiste en comprobarlo todo. Gracias por su colaboración.

El agente de Última Thule depositó una moneda sobre el mármol, esbozó una sonrisa que más bien era una mueca y salió a la calle alzando el cuello de su abrigo.

En la esquina se reunió con su segundo, Ewald Fleischer, y otros dos.

–Coincide con la dirección que nos han proporcionado –anunció ladeando el rostro levemente–. Ahí, delante de nuestras narices.

Los cuatro encararon el edificio de tres pisos. Era una finca vieja con aspecto de haber sido rehabilitada y convertida en un bloque de pequeños apartamentos.

En ese preciso instante, tras una de las ventanas del tercer piso, Elke Schultz deambulaba por el salón como una fiera enjaulada, con el teléfono en la mano.

–¡Ya te he dicho que sí, por Dios, mira que llegas a ser pesada! –gruñó aburrida–. No sufras, no olvidaré ni los guantes ni la bufanda.

La concertista miró con desazón las dos grandes maletas que se hallaban a medio hacer, abiertas sobre el sofá.

Una voz atiplada, chillona, llegó a través del aparato.

–Piensa que en Francia, Inglaterra, Estados Unidos y Canadá está haciendo muy mal tiempo. ¡Lo he visto en las noticias! ¡Déjate de tantos trajes de noche y coge un buen echarpe, rebecas y ropa interior de franela! ¡Y unos buenos botines forrados de gamuza!

–¡Que sí, mamá, que sí! –convino la concertista al borde del hartazgo–. Dime, ¿qué tal estás tú?, ¿qué tal va todo por ahí?

–¡Ay, hija, de maravilla! Aquí hace un tiempo espléndido. La gente se baña y pasea durante el día por la playa. Ayer nos tomamos en una terraza, tu tía y yo, un dry-martini delicioso. Y por la noche fuimos al casino. Está en el mismo hotel, el Santa Catalina. Ya verás qué maravilla de lugar, he hecho fotos. Ganamos casi doscientos euros apostando al rojo y al negro.

–Me das miedo, mamá, te estás aficionando al juego.

–¿Miedo? ¡Por favor, Elke, que ya me toca disfrutar un poco! ¡Desde que murió tu padre he vivido recluida! Te lo contaré con más calma, pero uno de los caballeros que jugaba en la mesa, un español muy distinguido, no me quitó el ojo en toda la noche. Yo llevaba el corpiño de lamé, el negro, y había ido a la peluquería...

La violinista sonrió. Despegó el aparato de su oído. La voz de su madre, a cierta distancia, se asemejaba al barullo estridente de una cotorra alterada. Caminó hasta la nevera y tomó una botella de vino blanco. Gracias al cielo quedaban tres dedos. Sacó el corcho con los dientes y llenó una copa hasta el borde. Cuando detectó que el monólogo tocaba a su fin preguntó:

–¿Cuándo vuelves?

–La próxima semana, hija. El martes. Prométeme que me llamarás desde París.

–Prometido.

–Una cosa más y te dejo, dime: ¿cómo va todo con Carl Weisman?

Elke Schultz cerró los ojos, apretó las mandíbulas y suspiró profundamente llenando su pecho de desasosiego. Estaba convencida de que el último torpedo iría directo a la línea de flotación.

–Con Carl todo ha acabado. Te advertí que pensaba dejarlo estar.

–¿Acabado? Te juro que no te comprendo, Elke, ¡pero si como quien dice estaba empezando! Además, me dijiste que él te gustaba.

–No hay nada que comprender, mamá. Carl es un hombre casado y yo no quiero saber nada de ese tipo de aventuras. ¿Tanto te cuesta entenderlo?

El silencio se instaló en la línea.

–En fin, cariño, tú sabrás lo que haces. Pero me duele ver que una mujer tan guapa como tú aún sigue sola, ¿sabes?, el tiempo no pasa en balde.

–Voy a colgar mamá. Voy a colgar. Cuelgo. Un beso. ¿Vale?

–Un beso, cariño, cuídate.

La violinista arrojó el móvil sobre el amasijo de ropa por doblar que se amontonaba en uno de los lados del sofá. Se llevó las manos a la cabeza, desordenando sus largos cabellos castaños. Al punto se quedó sin resuello, mirando hacia lo alto, como si la habitación no tuviera techo y ella pudiera salir volando de un momento a otro.

–¡Qué paciencia, Dios mío, qué paciencia! –masculló.

Apuró la copa. Echó un vistazo al reloj. Las siete y cuarto.

Se dejó caer a plomo en una pequeña butaca. En la mesita contigua, arropado por suave terciopelo rojo, descansaba el mejor de los amantes posibles: un cuerpo breve que no se resistía a sus caricias, tierno y fuerte a la vez. Deslizó los dedos por la piel del estuche y cerró los ojos, convenciéndose de que sólo necesitaba unos segundos de silencio.

Su conciencia se diluyó paulatinamente, adentrándose más y más en las lindes del sueño.

De súbito, alguien llamó a la puerta. Con insistencia. Tres timbrazos largos, apremiantes. Una sacudida nerviosa alertó a la concertista de que algo raro pasaba. No esperaba a nadie. Adormilada se aproximó hasta la entrada y fisgó por la mirilla.

Era su vecino. El tal Heinz Rainer. Deformado por el efecto de ojo de pez del visor. Sonrió. De forma instintiva se volvió hacia la ventana de la sala buscando a *Liz*. El alféizar estaba vacío. Descorrió el pasador de seguridad y entreabrió.

–¿Otra vez se le ha escapado la gata? –bromeó.

Antes de que pudiera entender lo que ocurría, Elke Schultz se vio arrinconada contra la pared, con una mano atenazando sus labios y el gélido cañón de una pistola presionando en el centro de su frente, entre los dos ojos.

–Si quiere vivir, cierre la boca... –susurró él con voz lúgubre.

14

DESTINOS CRUZADOS - II

Los ojos de Elke Schultz se abrieron desmesuradamente. El terror aleteó en el centro de sus pupilas como un cuervo negro precipitándose desde lo alto. El rostro de Heinz Rainer, a sólo unos pocos centímetros del suyo, brillaba encendido en un extraño fulgor. Intentó gritar, pero le faltaba el aire y las palabras se ahogaban en su garganta; forcejeó con desesperación, buscando librarse de los dedos huesudos de aquel demente, crispados sobre su rostro como una garra.

Rainer cerró la puerta suavemente, acompañando el recorrido de la hoja con la punta del pie.

–Le he dicho que guarde silencio. No quiero matarla, pero si no me deja otra opción lo haré, se lo juro –rezongó–. No intente nada. Ni se le ocurra.

La violinista se sumió en un espasmo convulso, epiléptico. Su cerebro parecía soltar las riendas y renunciar al control de las funciones más elementales. Por unos instantes creyó que iba a desmayarse.

–Unos hombres han venido a por mí –masculló Rainer sin dejar de encañonarla–; son asesinos, me persiguen desde hace años. Mi única culpa es haber descubierto algo terrible, de forma casual. No soy un criminal, debe creerme. ¿Entiende lo que le estoy diciendo?

Elke contestó de la única manera posible. Parpadeó.

–Bien. Preste atención. Acabo de verles entrar en el edificio. He reconocido el rostro de uno de ellos –susurró–. Seguramente se detendrán en cada puerta, intentando localizarme. Quiero que usted haga algo por mí. Si está de acuerdo cierre los ojos dos veces.

La mujer asintió. En algún lugar de su cerebro un sistema de emergencia había comenzado a funcionar. Parecía emitir una única orden, imperiosa, rotunda.

Sobrevivir a cualquier precio.

–Eso está mejor. Cuando llamen no debe abrirles –ordenó–. Se identificarán como policías. No lo son. Alegue cualquier pretexto, dígales lo que quiera, pero no les abra. Si le preguntan por mí, explique que se ha cruzado conmigo al llegar, que me ha visto salir. ¿Lo hará?

Los ojos de Elke se llenaron de aquiescencia.

–Confiaré en usted. Si me traiciona, me matarán, no le quepa duda.

Rainer aligeró la presión que sus dedos ejercían sobre el rostro de la mujer.

–Voy a retirar mi mano de sus labios –advirtió–. Por lo que más quiera, no grite. No haga ninguna tontería y los dos viviremos.

–¿Por qué...? –balbuceó ella al verse libre–. ¿Por qué me hace usted esto?

El rictus sañudo de Rainer se diluyó. Un destello culpable afloró en su mirada.

–¿Detendría su coche si viera a alguien agonizando en una cuneta?

Elke no supo qué contestar. De la agitación había pasado a un estado pétreo, inanimado. El color había huido de sus mejillas.

–¿Qué quiere decir?

–Que he sufrido un accidente y mis posibilidades de sobrevivir son escasas. Nadie se para a socorrerme. Acabo de lanzarme bajo las ruedas de su coche. Puede auxiliarme o rematarme, usted decide.

El sonido apagado de unos pasos arrastrándose por el descansillo llevó a Rainer a bloquear nuevamente los labios de la mujer. Sus ojos se llenaron de un miedo irracional. La violinista entendió que el temor de aquel hombre era superior al suyo.

Tras llamar sin resultado a las dos primeras puertas del rellano, los desconocidos se detuvieron frente al apartamento de Elke. Cuando el timbre sonó, el corazón de la violinista dio un vuelco. Contó hasta diez y tragó saliva.

–Sí, ¿quién es? –preguntó finalmente.

–Policía. Soy el inspector Fritz Schlesinger. Quisiera hablar con usted. Abra, por favor –anunció Günter Baum con voz recia.

–Lo siento, ahora mismo no puedo atenderle, acabo de salir de la ducha, me estoy vistiendo, ¿le importaría volver más tarde? ¿De qué se trata?

Heinz Rainer cerró los ojos y contuvo el aliento.

–Es importante. Buscamos a un hombre, un prófugo peligroso, violento.

–Aquí no hay ningún criminal –ironizó–. Estoy sola. El único hombre que vive en esta planta es el señor Rainer, en la primera puerta. Le he visto salir hará cosa de media hora, parecía tener mucha prisa.

–Escuche, señora, ¿cómo se llama?

–Schultz.

–¿Le importaría decirnos, señora Schultz, si ese hombre, el señor Rainer, es el que aparece en esta foto? La pasaré por debajo de su puerta, ¿le parece bien?

–Sí. No tengo inconveniente, pero rápido, me estoy helando.

Baum deslizó la imagen bajo la puerta. Elke la recogió. Buscó la connivencia de su captor. Permanecía entre penumbras, con la espalda pegada a la pared, con el arma en la mano.

Asintió.

–Pues, no sé qué decir…, sí, tal vez podría ser él, aunque no estoy muy segura. Lo cierto es que se le parece vagamente –balbuceó en un supremo esfuerzo por revestir de veracidad su discurso. Entendía que el final de su pesadilla dependía de que ese par de desconocidos dejaran el campo libre–. El señor Rainer es moreno, eso sí. Y lleva siempre barba de días.

Elke empujó la foto de regreso por debajo de la puerta.

–Muy bien. Gracias por la información. Le esperaremos en la calle. En cuanto a usted, sea prudente y no se acerque a ese hombre si le ve.

–Así lo haré, inspector.

Günter Baum y Ewald Fleischer se retiraron del umbral con la desconfianza estampada en el rostro. El segundo, al pasar ante la puerta de Rainer, aferró el pomo y sacudió la hoja buscando cerciorarse de la solidez de la cerradura. Un segundo después escucharon un maullido largo y lastimero que llegaba desde el interior.

–Puntos fuertes y anclajes –murmuró contrariado Fleischer.

–Sí. Anda, déjalo, vamos.

Baum ladeó el rostro de modo significativo. Los dos se perdieron escaleras abajo.

–Se han marchado –musitó Elke, echando un último vistazo a través de la mirilla–. Parece que me han creído.

–No. No se lo han tragado. Son demasiado listos. Sólo he ganado algo de tiempo.

–Por favor, se lo ruego, márchese. Yo ya he hecho lo que usted quería.

–La dejaré ir en cuanto logre salir de aquí, no antes.

–¡¿Qué?!

–¡Cállese, tengo que pensar!

Rainer, tras comprobar que la llave estaba echada, se aproximó hasta la ventana del salón. Corrió a un lado la cortina y escudriñó la calle. Vio a Baum y a Fleischer cruzar entre el tráfico hasta al otro lado y reunirse con los suyos.

–Póngase el abrigo, señorita Schultz, nos marchamos –anunció.

Elke se llevó las manos al rostro, incrédula. Al punto se encendió hecha una furia. No estaba dispuesta a ir a ningún lado con ese hombre.

–Escuche, señor Rainer, o como quiera que se llame –advirtió enojada–. He cumplido con mi parte. No le conozco ni quiero verme implicada en sus asuntos.

Salga de mi casa antes de que empiece a gritar. Usted no sabe cómo puedo llegar a chillar cuando me enfurezco. Grito como nadie es capaz de hacerlo..., en si bemol.

Rainer la miró imperturbable. Se adelantó hasta quedar a un paso de ella.

–Le he dicho que se tranquilice, no me haga perder la paciencia.

Los ojos de la concertista se llenaron de ira. Apretó los puños y prorrumpió en un alarido agudo, crispado, enervante, al tiempo que se abalanzaba contra su captor.

Sin el menor titubeo, Heinz le propinó una bofetada, la aferró por el cuello y la obligó a sentarse en una butaca. Elke se deshizo en un llanto histérico, ahogado.

–Lo diré sólo una vez más: póngase el abrigo y coja sus cosas –ordenó con expresión sañuda–. En unas horas todo habrá terminado y nos separaremos. Le he dicho que no soy un asesino.

Elke respiró alterada. Asintió. En cuestión de segundos se puso el abrigo, envolvió su cuello con una larga bufanda y cogió el estuche del violín.

–¡Muy bien! ¿Qué más? –espetó con arrogancia plantada ante la puerta.

–¿Adónde va con eso? –inquirió Rainer desconcertado.

–¡A todas partes! Esto va conmigo a todas partes –repuso Elke, engarzando la fina cadena del asa del maletín a una pulsera de piel sujeta a su muñeca–. ¡Si no le parece bien ya puede empezar a disparar, maldito hijo de puta!

Los ojos de la concertista rebosaban ferocidad. Parecía una tigresa. Heinz se encogió de hombros, descorrió el pasador de seguridad y entreabrió la puerta con cautela. La escalera parecía desierta. Salieron al rellano.

–Necesito recoger un par de cosas –alertó introduciendo la llave en la cerradura de su domicilio–. Será cuestión de un minuto. Entre.

La luz del piso de Rainer estaba encendida. Elke no pudo evitar mirar con expresión asqueada la vivienda de su secuestrador. Parecía una pocilga. Sobre la mesa principal se amontonaban latas de cerveza, bandejas de alimentos preparados y un cenicero repleto de colillas. *Liz* deambulaba de un lado a otro. Erizó el lomo y pasó entre sus piernas.

–Lamento el desorden –se excusó él. Tomó al animal en brazos, lo llevó hasta la puerta y lo soltó en dirección al tramo de escaleras que conducía a la azotea–. Vamos, preciosa, lárgate, regresa a los tejados. Ése es tu mundo. Yo ya no puedo cuidarte.

La gata escaló unos pocos peldaños, se detuvo y miró a Rainer. Parecía entender que su destino y el de su protector se separaban definitivamente en ese punto. Maulló y desapareció.

Heinz cruzó la estancia y echó un vistazo a la calle. Comprobó que Baum y los sicarios de Última Thule seguían ahí, plantados, a la espera. Salir del edificio no iba a ser fácil, pero él ya había huido en otras ocasiones. Tomó una pequeña agenda negra, abultada, la deslizó en el bolsillo de una gabardina que dobló sobre la manga del abrigo y, sin entretenerse, extrajo del armario del recibidor una lata.

Elke intuyó de inmediato el propósito de Rainer.

–Pero ¿está usted loco? –balbuceó atónita–. ¿Qué demonios se propone?

Heinz no contestó. Desenroscó el tapón y comenzó a verter gasolina por mesas y sillas, sofás, cortinas y estantes. Arrojó el resto del contenido por el piso de madera, creando un reguero hasta la salida; hecho eso, respiró satisfecho, impregnándose del olor penetrante del carburante; tomó el teléfono y marcó un número corto.

–¿Departamento de bomberos de Berlín? –interpeló con voz apremiante y temerosa a un tiempo–. Escuche: se ha producido un incendio en el 43 de Wartburg, junto al parque. Lo estoy viendo desde casa, desde el otro lado de la calle. Es un tercer piso, está ardiendo, envuelto en llamas. ¡Rápido, rápido, creo que hay heridos!

Colgó y sonrió. Elke, clavada como un poste, no daba crédito a la demencia que parecía animar a su captor. Entendió que era un hombre realmente peligroso. Al menos en ese punto sus perseguidores no habían mentido.

–No tenga miedo, lo tengo todo calculado –aseguró–. Ahora deberemos esperar unos minutos.

–Usted no está en su sano juicio, usted es un enfermo –musitó ella, inmersa en un tembleque nervioso. Comenzó a retroceder hacia la puerta. Instintivamente abrazó el estuche del Stradivarius con fuerza, contra el pecho.

Rainer miró a la mujer con desazón. No era momento para explicaciones. Además, de darlas, sabía que no serían creídas. Consultó el reloj, una y otra vez, invadido por la ansiedad. Los segundos transcurrieron con exasperante lentitud, como si el tiempo se hubiera convertido en densa melaza. A los dos les parecieron horas. Tras un paréntesis tenso y silencioso, el sonido de un enjambre de sirenas les advirtió de que el momento había llegado.

–Salgamos –apremió él–. No se separe ni un centímetro de mí.

Desde el umbral del apartamento Rainer arrojó un fósforo encendido. En un instante todo quedó invadido por las llamas. La onda de calor les abofeteó. Heinz cerró de un portazo, rompió con el codo el cristal de la alarma de incendios, presionó el botón y empujó a Elke escaleras abajo.

–¡Fuego, fuego! ¡El edificio arde! –gritó frenético, aporreando timbres y puertas a su paso–. ¡Fuego, salgan todos a la calle! ¡Rápido, rápido!

La reacción de los vecinos no se hizo esperar. Asomaron aterrados, uniéndose de inmediato a la pareja en una evacuación precipitada y angustiosa. Para cuando Rainer y Elke alcanzaron el portal del inmueble, las luces rojas de las unidades de bomberos, policía y ambulancias teñían el lugar del color de la catástrofe.

Rainer sujetó con fuerza el brazo de la mujer. Mantenía la pistola clavada en su costado, oculta bajo la gabardina. Sus ojos se cruzaron durante unos segundos con los de Günter Baum. Desde su puesto de observación, en el otro lado de la calle, el matón asistía desconcertado y perplejo al inesperado zafarrancho.

–Ahora, guarde silencio y no me contradiga –exigió Heinz a la mujer, encaminándose hacia un coche de policía estacionado a escasos metros.

Los agentes intentaban organizar a los transeúntes y facilitar a los efectivos del cuerpo de bomberos el despliegue de mangas y escaleras. Rainer abordó a uno de ellos.

–Escuche, agente, esos cuatro tipos que hay ahí, en el otro lado, ¿los ve? –preguntó cuando se hallaba junto a ellos.

–¡¿Eh?! ¡Sí! ¿Qué ocurre con esa gente?

–Mi mujer y yo les hemos visto entrar en este edificio hace unos quince minutos. Llevaban una lata de gasolina y parecían traerse algo turbio entre manos. Nos ha parecido muy sospechoso, ¿entiende?

Rainer presionó con saña el cañón de la pistola. Elke confirmó sus palabras con una retahíla de monosílabos nerviosos. El policía, confuso, no dudó en alertar a sus compañeros. Cruzaron la calle decididos, liberando la trabilla de la funda de sus armas, en dirección a Günter Baum y sus compinches.

–Esto nos da una pequeña ventaja –apremió Heinz–. ¿Tiene coche?

–Sí, está en un garaje, a dos calles de aquí.

–Pues camine, camine rápido. No se detenga.

Heinz Rainer y Elke Schultz abandonaron la escena aprovechando la confusión reinante. Unos metros más allá, traspasada la línea de seguridad, se volvieron y alzaron la vista. Los cristales del apartamento en llamas reventaban debido al inmenso calor acumulado en el interior. Cayeron a miles, como una lluvia mortífera, sobre bomberos y policía.

–Estáis muertos, muertos –masculló furioso Günter Baum viendo cómo los dos se perdían entre el gentío.

Después, sonrió ufano y miró de frente a los agentes.

–¡Qué desastre! ¿Podemos ayudar en algo? –inquirió consternado.

15

BOCCHERINI

El viejo Norbert frunció el ceño al ver a Elke Schultz descender por la rampa del garaje. Dejó a un lado el perrito caliente, se limpió los labios con la manga y miró el reloj. Las ocho y cuarto. Pocas horas antes la mujer le había pedido que aparcara su Volvo en un lugar apartado, asegurando que no lo utilizaría en bastante tiempo.

–La suya ha sido la gira mundial más rápida de la historia, señorita Schultz –afirmó divertido el vigilante asomándose a la puerta de su garita. Se sacudió las migas y dedicó al hombre que la acompañaba una mirada escamada–. ¿Algún problema?

–No, nada importante, Norbert, sólo un pequeño imprevisto –adujo ella.

–Lo tiene en la segunda planta, al fondo, entre las columnas. Saldrá sin problemas.

Elke y Rainer tomaron las escaleras.

–Deme las llaves, yo conduciré –exigió él.

–Escuche, por favor, escúcheme: puede quedarse el coche, no me importa –propuso la violinista rebuscando en el bolso–. Váyase. No le cogerán, pero déjeme marchar, se lo ruego.

Por unos instantes Rainer dudó. Hizo saltar la llave de contacto en la palma de su mano, se mordió el labio inferior y negó con un chasquido.

–Créame, ojalá no la hubiera metido en esto. Lamentablemente ya está hecho y no hay forma de dar marcha atrás –comentó apesadumbrado–. Quiero que sepa algo, es justo, se lo debo.

–¿Qué es lo que debo saber?

–Al utilizarla a usted tal vez he firmado su sentencia de muerte.

–No diga tonterías, lo que debe hacer, si es cierto que esos hombres son unos asesinos, es acudir a comisaría y solicitar protección.

–Usted no lo entiende. No hay celda o muro que les detenga. No duraría ni una noche –aseguró–. Bien, ya es suficiente, estamos perdiendo un tiempo precioso. Suba al coche.

–Pero...

–¡Maldita sea, he dicho que suba al coche! –gruñó mostrando el revólver.

Elke entendió que desembarazarse de Rainer no iba a resultar sencillo. Su cerebro parecía evaluar toda la información disponible, de segundo en segundo. Huir de ese sótano, a la carrera, se le antojó una locura. Él la atraparía en la rampa o simplemente le dispararía por la espalda. Entendió que la calle podía ofrecerle más posibilidades; tal vez escapar aprovechando una parada, pedir auxilio o lanzarse, en el peor de los supuestos, del vehículo en marcha. Cuando Heinz activó, al encender el motor, el bloqueo de puertas, ella respiró con ansiedad y apretó las mandíbulas.

Ese bastardo parecía leerle los pensamientos antes de que tomaran forma en su mente.

–Sería una locura –murmuró él suspicaz–. Olvídese de esa posibilidad.

El coche tomó la prolongada curva que desembocaba en el primer piso del garaje y enfiló la salida. Norbert había levantado la barrera. Rainer metió la segunda y apretó el acelerador. Al emerger en el vado se vio obligado a pegar un brusco frenazo.

Uno de los matones que acompañaban a Günter Baum había detenido una moto de gran cilindrada frente al aparcamiento. Escudriñaba la calle intentando recuperar un rastro perdido. El intercambio de miradas que se produjo puso a todos en evidencia.

–¡Mierda! –rezongó Rainer furioso–. ¡Abróchese el cinturón!

Sus ojos brillaron feroces cuando el coche salió disparado como un proyectil. Dio un volantazo preciso para esquivar al sicario y se sumó al escaso tráfico de Mozartstrasse.

El motorista no tardó en recuperarse de la sorpresiva irrupción. Arrancó un rugido sordo a los setecientos cincuenta centímetros cúbicos de su BMW. A los pocos segundos les iba a la zaga, pisándoles los talones.

–¡Por lo que más quiera, nos vamos a matar! –gritó Elke desesperada al comprobar que Rainer se lanzaba a una demencial carrera que no atendía ni a señales ni a semáforos. Se aferró a la maravillosa creación de Antonio Stradivarius con fuerza. La pesadilla tomaba visos de acabar en verdadero drama. Se vio a sí misma agonizando entre hierros retorcidos, convertida en un amasijo de sangre y noble madera de Cremona.

El perseguidor, en un rabioso golpe de gas, situó la moto en paralelo al coche. Cuando Heinz vio que se llevaba la mano al interior del tabardo, buscando la culata de su revólver, no vaciló en efectuar un salvaje quiebro a la izquierda y embestirle.

–¡Dios mío, basta, pare, deténgase! –chilló la concertista cubriéndose la cabeza.

El agente de Última Thule eludió milagrosamente, en el último momento, el encontronazo. Consiguió dominar la moto, yendo a situarse, una vez más, tras la estela del vehículo.

–Ese cabrón no va a dejar de acosarnos –mascullló Rainer contrariado, sin quitar ojo al retrovisor–. O él o nosotros. ¡Sujétese!

Elke Schultz se preparó para lo peor. Sus dedos se crisparon en el agarradero lateral. Miró al frente con ojos desorbitados. Rainer frenó como si la vida le fuera en ello.

Con un chirrido hiriente el Volvo detuvo su alocada carrera dejando tras de sí un negro rastro de caucho humeante sobre la calzada. Sin tiempo de reacción, el motorista no pudo evitar ir a estrellarse contra el maletero y salir catapultado por los aires. Sobrevoló el automóvil como el obús de un mortero, en una mortal parábola, aterrizando unos metros por delante. Durante unos segundos permaneció inerte, como un muñeco desarticulado. Al poco, se incorporó penosamente, hasta quedar arrodillado sobre el asfalto. Alzó la visera del casco y empuñó la automática.

Alargó el brazo y apuntó al coche sumido en un temblor incontrolable.

–Adiós, maldito cerdo –musitó Rainer pisando el acelerador.

El rostro perfecto de Elke Schultz se desfiguró en una mueca de horror y repugnancia al notar cómo los huesos de ese desconocido se hacían trizas bajo el cárter del automóvil. Pudo sentir cómo su cuerpo se doblaba y quedaba atrapado, reducido a un saco de sangre y carne arrastrado sin clemencia alguna a lo largo de un centenar de metros.

–¡Se lo ruego, por el amor de Dios, le está matando! –suplicó deshecha en lágrimas.

–No sea estúpida. Deje de llorar. Ese hombre nos hubiera asesinado sin el menor remordimiento. ¿Ni siquiera cree en lo que ven sus ojos? –reprochó furioso Rainer–. Su error consiste en considerar que la bondad mueve el mundo. Se equivoca por completo. En esta jungla sólo impera la ley del talión.

Elke encaró a Heinz. Conducía enajenado, a gran velocidad, en dirección al este de la ciudad, buscando la salida de Berlín. Su perfil anguloso se le antojó duro como el pedernal. No pudo evitar liberar un sentimiento de profundo asco. Le escupió.

–Es usted un ser despreciable, absolutamente despreciable –increpó–. No sé en qué momento de su vida se convirtió en lo que es. Me da usted mucha pena. Que Dios le perdone.

Sin dejar de mirar al frente, Rainer pasó la manga de su camisa por el rostro. No contestó de inmediato. Permaneció silencioso. La luz ambarina del túnel que atravesaban quebraba de forma intermitente el halo de penumbra y soledad que parecía envolverle.

–¿Por qué se lleva continuamente a Dios a los labios? –ironizó con acritud cuando Elke ya no esperaba recibir contestación alguna–. ¿Cree acaso que alguien está a nuestro cargo? ¡Pequeña ilusa! ¡Deje en paz a Dios y no me juzgue! No tiene derecho. Usted no sabe lo que es el sufrimiento, lo que significa huir, el regalo que supone vivir siquiera un día más. Su mayor pecado, señorita Schultz, y también el de los millones de seres que se le parecen, es la narcosis. Usted aún duerme. Yo, por desgracia, desperté hace mucho tiempo.

–Y por eso se comporta como un lobo, ¿no? –indagó con el ánimo herido la concertista–. Todo se reduce a matar o morir. Comprendo.

–Usted no comprende nada. Yo no he dicho que el estar despierto me haga mejor, ni más feliz. Al contrario. Ojalá pudiera ser el mismo estúpido que un día fui. Tal vez, a estas alturas, me habría casado, tendría hijos, aficiones, amigos. Mi mayor preocupación sería devolver cada mes el crédito de una hipoteca a ese puñado de repugnantes usureros que pueblan los despachos. No sé por qué me ha tocado a mí. Se lo aseguro. Supongo que por una rara coincidencia, por una maldita conjunción planetaria que me hizo estar donde no debía.

Elke no esperaba una contestación semejante. Miró a Rainer taciturna, descorazonada, sin fuerzas.

–Yo era biólogo, ¿sabe? –confesó él de súbito–. Creo que uno de los mejores. Me especialicé en flora y fauna de clima ártico. Supongo que es normal, puesto que nací en Noruega. Crecí rodeado de nieve. Mi padre se casó con una alemana que trabajaba allí. Vivíamos en una población pequeña, encantadora, cerca de uno de los fiordos más bellos que existen. Años después mi familia se trasladó aquí, se instalaron en Colonia. Yo estudié en esa ciudad. Me gradué con matrícula de honor. Hasta hace seis años yo no sabía qué tacto tenía un revólver ni había visto morir a nadie, ¿me cree?

–¿Por qué me cuenta esto? Prefiero no saber nada de usted.

Heinz esbozó una media sonrisa. Suspiró profundamente.

–Se dedica a la música, ¿verdad?

–Sí.

–Ese estuche es el de un violín –afirmó ladeando levemente el rostro.

–Toco el violín en la Filarmónica de Berlín.

–Mi padre era un incondicional de Karajan, un melómano. Tenía una discoteca extraordinaria. Gracias a él conocí a Sibelius, Prokofiev, Elgar, Debussy, Mahler y muchos otros –comentó ensimismado–. Es usted una mujer muy afortunada.

–Soy una mujer normal –zanjó ella desabrida.

Sobrevino un largo silencio. Berlín comenzaba a quedar atrás.

–No sabe cómo desearía poder decir lo mismo –musitó Rainer como si le hablara al aire–. ¿Normal, dice? Bonita palabra. Lástima que en estos tiempos sea sinónimo de anodino, silencioso, aquiescente...

–Déjeme en paz, le he dicho que no deseo hablar con usted. Y aún menos en ese tono confesional. No intente confundirme.

–¿No siente curiosidad por saber quién era ese hombre al que he aplastado con el coche?

–Ninguna. No tengo la menor idea. Seguramente uno de su calaña.

–Era un asesino a sueldo, un agente de una organización secreta llamada Última Thule, un gobierno en la sombra.

–Y ahora me dirá que su verdadero nombre es James Bond, ¿no? –gruñó Elke refugiándose contra el cristal de la ventanilla–. ¡Vamos, no me tome por estúpida! ¡Hace muchos años que no creo en Papá Noel! ¡Por favor, invéntese otra cosa, pero no me insulte!

Rainer optó por callar. Movió el termostato del

coche. Comenzaba a nevar copiosamente y el frío se hacía más intenso. Poco después conectó la radio. Elke mantenía invariablemente el dial sintonizado en la frecuencia de una emisora de música clásica. El tema principal de *La musica notturna delle strade di Madrid* sonaba en esos momentos.

–Boccherini, ¡qué maravilla! –exclamó Heinz canturreando la melodía–. ¿Le gusta Boccherini? Mi padre decía que él y Haydn crearon a Mozart. Pasó mucho tiempo en Madrid, en los días de Carlos III. La corte española, según se dice, era la más fastuosa de toda Europa.

Un pensamiento intranquilizador irrumpió en el cerebro de la violinista al escuchar esa afirmación, provocando, al punto, un sentimiento de absoluto desconcierto. Algo no encajaba. Ella sabía muy bien que la obra del músico toscano, claramente elitista, era poco o nada conocida por el gran público. Que su secuestrador –ese hombre al que había visto mentir, incendiar y matar sin reparos– supiera incluso que el compositor gozó de las prebendas de la realeza española era una incongruencia que sólo podía explicarse si consideraba a Rainer como a un raro cabrón ilustrado.

–¿Cómo sabe eso? –interpeló sin salir de su asombro.

–Se lo he explicado hace unos minutos. Mi padre era un musicólogo, un *connaisseur* –remarcó Heinz en impecable francés–. Mi hermano y yo crecimos escuchando música clásica. ¿Es usted dura de oído? Creo que deberé añadir otro sinónimo al término normalidad: sordera.

–¿Quién es usted?

–¿Por qué se interesa ahora por mi identidad? ¿Por haber reconocido a Boccherini? –susurró con desdén–. ¡Oh, vamos! Ha quedado bien claro que no desea saber nada de mí. Dejémoslo así. Soy un asesino, un hijo de puta que se dedica a liquidar a otros hijos de puta.

–¿Heinz es su verdadero nombre?

–No. He usado muchos nombres en los últimos años. Me llamo Eilert Lang, pero es mejor que me siga llamando Rainer. Heinz Rainer encaja mejor con lo que soy: un biólogo aburrido con un serio trastorno bipolar –apuntó sarcástico–. Durante el día estudio el crecimiento de bacterias y hongos con un microscopio y, al llegar la noche, salgo a limpiar las calles de escoria.

–Escuche, señor Lang, voy a hablarle con claridad, sin rodeos –resolvió Elke–. Mañana, a estas horas, toda la policía de Alemania me estará buscando. La Filarmónica de Berlín sale en dirección a París. Ésa es la primera ciudad de nuestra gira. Sonarán todas las alarmas. Mi rostro aparecerá en la televisión y en la prensa, por todas partes.

–Estoy seguro de que saldrá muy bien en pantalla. Su rostro es muy fotogénico.

–¿Se está burlando de mí?

–No, en absoluto, pero interprételo como quiera.

–¿Adónde vamos? ¿Adónde me lleva? ¿Es que no lo entiende? ¡Le van a dar caza, le acosarán sin cuartel! ¿Por qué no me deja marchar?

–No se preocupe, si todo va bien la dejaré en París, a usted y a su violín.

–¿En París?

–Sí, en París, o muy cerca. Vamos a Francia, señorita Schultz.

Eilert Lang subió el volumen de la música dando la conversación por terminada. La nieve caía ahora en gruesos copos sobre la carretera, creando un escenario fantasmal, al ritmo sincopado y solemne de la *Ritirata* de Luigi Boccherini.

16

BARRERA DE HIELO Y MIEDO

Simon Darden, de regreso en Londres, no reparó en el sobre que alguien había deslizado bajo la puerta de su apartamento en Hampstead. Al abrir, la hoja lo arrastró en su trayectoria, arrinconándolo contra el zócalo. El periodista dejó el abrigo sobre el respaldo de una silla, hizo saltar el termostato de la calefacción y se hundió con gesto cansino en una pequeña butaca. Estiró los pies sobre la mesa. Le pesaban los ojos.

La información que Edward Harvington le había proporcionado ocupaba sus pensamientos. Se diría que el escritor se paseaba estirado, con dignidad aristocrática, por algún ramal de su cerebro; parecía conectar, en su soliloquio, unas neuronas con otras; pasadizos que, lejos de señalar con claridad la salida del laberinto, no hacían sino más críptico e inexpugnable el dédalo de misterios propuesto por Rainer.

Darden tenía la angustiosa sensación de hallarse más y más perdido conforme avanzaba. Ojeó al azar el libro que el escritor le había regalado, dispuesto a leer siquiera unas pocas páginas antes de ceder al sopor que le invadía. Sus pupilas se negaron a clavarse en el intrincado galimatías de texto; oscilaban de una línea a otra, en un laxo y mareante vaivén. Bostezó abandonándose al abrazo del sueño.

El estridente tono del teléfono le hizo incorporarse sobresaltado.

–¡Sí!

–¿Papá?

–¿Brian? ¡Hola, hijo! –masculló consultando el reloj–. ¿Qué haces levantado a estas horas? Son casi las doce. Deberías estar en la cama.

–Estoy viendo *Little Britain*, ahora ponen anuncios.

–¿*Little Britain*? Ya hablaré yo con tu madre..., no creo que esa serie sea muy apropiada para ti.

–¡Bah! Ya tengo doce años. Me encanta. Es como *Monty Python*, pero a lo bestia.

Darden esbozó una leve sonrisa.

–Dime, ¿cómo va todo?

–¡Muy bien! ¿Sabes? ¡He pasado al nivel tres de *Dome of Warriors*! –afirmó excitado–. Sale un *djinn* invencible, de dos cabezas. Necesitas cinco armas para acabar con él.

–No sé lo que es un *djinn*, Brian.

–Un genio, un ser maligno. Hay que matarlo o encerrarlo en un cofre.

–¡Ah! Bueno, a ver si lo consigues. ¡Que la fuerza te acompañe!

–Mamá me ha dicho que te diga que aún no ha recibido tu transferencia.

–Entiendo, dile que mañana sin falta veré qué ha pasado y lo arreglaré.

El teléfono comenzó a vibrar, emitiendo un zumbido de baja frecuencia, alertando de que otra llamada se estaba produciendo. Simon echó un vistazo rápido a la pantalla luminosa. Reconoció de inmediato el número de Heinz Rainer.

–Brian, perdona, debo colgar ahora. Nos veremos el fin de semana.

Cortó de forma brusca la conversación. Respiró profundamente. Su corazón latía desbocado.

–¿Hola?

–¿Señor Darden?

–Sí, soy yo. Confieso que no esperaba su llamada a estas horas.

–La situación ha cambiado.

–¿Qué quiere decir? –indagó.

–Conteste, se lo ruego: ¿a cuántas personas ha mostrado la imagen que le envié?

El periodista, confuso, guardó un breve silencio.

–¿Por qué me pregunta eso? –vaciló–. No lo sé. Déjeme pensar. Tres expertos confirmaron su autenticidad. Dos de ellos sin saber de qué se trataba. Les entregamos una copia en papel fotográfico eliminando el rostro de Hitler, el único que puede ser reconocido a simple vista. También un fotógrafo y viejo amigo, John Stewart, la examinó y está al corriente del asunto, pero está libre de toda sospecha.

–¿Alguien más?

–Bueno, como usted comprenderá, también mi superior, Roger Alton, el editor de *The Guardian*. No podía ser de otro modo.

Simon Darden se mordió los labios y apretó las mandíbulas. Se maldijo interiormente por haber entregado a Alton una copia de la fotografía momentos antes de que éste se reuniera con los *centinelas* del Scott Trust.

–Se ha producido una filtración –reveló Rainer interrumpiendo de forma abrupta las explicaciones del periodista–. Usted sabrá de qué modo. Me han localizado. Estoy huyendo, señor Darden. Acabo de matar a un hombre, un agente de Última Thule. Para salvar la vida me he visto obligado a utilizar a una persona, una mujer que nada tiene que ver con todo esto. Mi tiempo se acaba.

–Pero...

–Por favor, calle y escuche –recomendó inflexible Heinz–. Mi intención inicial era facilitarle información, de forma progresiva y dosificada, de modo que usted pudiera asimilarla y ensamblar el mismo rompecabezas que yo he armado durante estos últimos años. Mi trabajo aún no está completo. Falta alguna pieza. Poseo documentos e informes vitales, explosivos. Están a buen recaudo. Toda esa información, lamentablemente, podría ser considerada papel mojado de no contar con el testimonio imprescindible de algunos *actores*.

–¿*Actores*? Lo siento, no le sigo.

–Los *actores* de la operación Shangri-La, el nombre en clave de la farsa destinada a hacer creer al mundo que el Führer estaba muerto –explicitó Rainer–. Fueron seleccionados cuidadosamente por el propio Heinrich Müller, el jefe de la Gestapo, por Karl Dönitz y algunos ayudantes. Unas veinte personas en total, dentro y fuera del Führerbunker. Hasta hace apenas una semana, cinco de ellos estaban vivos, pero Última Thule los está liquidando. Uno a uno. Emil Färber, junto a su hija y su yerno, fueron asesinados en Múnich; Gerald Gottlieb y su esposa, en Berlín. A lo largo de estos últimos meses intenté hablar con ellos, concertar una entrevista. Fue inútil, se negaron en redondo. Los dos introdujeron a los dobles en el búnker y facilitaron la salida de Hitler. Ahora sólo quedan tres.

–Entiendo.

–Dos están en Francia. El primero internado en un geriátrico, en París; el segundo vive en Lyon; el tercero, hasta donde he podido averiguar, reside en Andraitx, en Mallorca –enumeró Heinz en tono pausado–. Fueron piezas claves en la operación Shangri-La. Sacaron a Hitler de Alemania y le llevaron a Noruega. Creo que cuando intuyan el destino que les reserva Última Thule no dudarán en confesar. Necesitamos esos testimonios, señor Darden. Eso en el supuesto de que lleguemos a tiempo, ¿me entiende? Cada minuto es vital. Se lo explicaré con más detalle cuando nos encontremos.

–¿Dónde está usted ahora? –preguntó Darden, recorriendo impaciente todo el largo del pequeño apartamento. Su mirada se posó en un sobre abandonado junto a la puerta de entrada–. Señor Rainer, ¿me oye?

Heinz Rainer enmudeció. El periodista notaba su presencia al otro lado. Podía escuchar su respiración poderosa, entrecortada. Entendió que dudaba a la hora de revelar su paradero.

–Estoy en una gasolinera, en Alemania, camino de

Francia –confesó finalmente–. Está nevando con fuerza. Intentaba comprar unas cadenas para los neumáticos, pero están agotadas. Seguiré hasta donde me sea posible; después, esperaré a que el temporal amaine y los quitanieves despejen la carretera.

–¿Qué quiere que haga?

–Le propongo un *rendez-vous*. Reúnase conmigo, en París.

–¿Cuándo?

–Pasado mañana. Sobre la una del mediodía. En el hotel Lotti, en el número 7 de la calle Castiglione, entre las Tullerías y la plaza de Vendôme –indicó–. ¿Lo tiene?

–Lo estoy apuntando –confirmó Darden–. ¿Cómo le reconoceré?

–No se preocupe por eso.

–Muy bien.

–Algo más...

–Le escucho.

–Seguiré confiando en usted –murmuró Heinz en tono lúgubre–. Tampoco tengo otra alternativa. Cuando le elegí no lo hice al azar. Estoy convencido de que no saldré con vida de ésta. Así que si le pido que calle y se comporte como una tumba es por su propia seguridad. Si yo desaparezco se convertirá en el único depositario de mi historia. Será una carga terrible. Olvídese de seguir con su apacible existencia. Deberá huir. Y ni un solo día de los que puedan restarle dejará de preguntarse si es el último.

Tras ese terrible vaticinio fue Darden el que se sumió en un silencio largo y desconcertado.

–¿He hablado claro? –apremió Rainer desde el otro lado.

–Muy alto y muy claro.

–Si no le encuentro en París entenderé que ha tirado la toalla. No se lo reprocharé. Adiós, Simon Darden.

Rainer no esperó más. Cortó la llamada. Palmeó sus hombros y sus piernas, aterido, intentando que la sangre volviera a circular con normalidad. Después recorrió los pocos metros que separaban el edificio de la estación de servicio del coche en el que esperaba Elke Schultz. A lo largo de la conversación no había dejado de vigilarla un solo instante, pero ella no había intentado siquiera salir del vehículo. Permanecía encogida, hecha un ovillo.

–Nos vamos –anunció–. No hay cadenas. Seguiremos hasta donde sea posible. Unos kilómetros más. Después buscaremos un lugar donde pasar la noche.

Elke no contestó. Parecía haber optado por la indiferencia. Rainer evitó quedar atrapado en el fascinante claroscuro de su perfil; parecía una cariátide, imperturbable, esculpida en mármol, oteando el futuro.

El Volvo se reincorporó a la carretera. Unas dos horas antes habían abandonado la autovía de Hannover, girando hacia el sur, en dirección a Fráncfort, buscando alcanzar el septentrión francés.

Poco más tarde, en un punto entre Göttingen y Kassel, Rainer entendió que seguir circulando resultaba imposible. Había dejado de nevar, el espeso manto de nubes blanquecinas de desgajaba, pero una gruesa capa de hielo cubría el asfalto. Distinguió varias casas diseminadas entre el arbolado y abandonó la vía internándose por un estrecho camino vecinal. Eligió una de ellas al azar. La más aislada. Estacionó el coche en la parte trasera, frente a la puerta de servicio. Era evidente que se trataba de una residencia de verano. Parecía cerrada a cal y canto. Probablemente llevaba así semanas, acaso meses, a juzgar por el aspecto descuidado del jardín.

–Éste puede ser un buen lugar –murmuró–. Además, han dejado bastante leña junto a la escalera de la cocina. Entraremos en calor. Espere aquí. No se mueva.

Apagó el motor y guardó la llave. El frío exterior le llevó a rebuscar, instintivamente, en el abrigo. Encendió un cigarrillo. La puerta de la casa no parecía demasiado sólida, a buen seguro se abriría de un disparo. Descendió un peldaño y apuntó a la cerradura con la pistola. Se disponía a accionar el gatillo cuando el aleteo de un pájaro en una rama próxima le hizo tomar conciencia del extraordinario silencio que reinaba en la zona. Optó por propinar una contundente patada a la hoja y se coló en el interior como una sombra. Sus dedos toparon con un interruptor, pero la luz había sido desconectada. A tientas, a golpe de encendedor, cruzó la casa hasta llegar a los contadores del recibidor. Accionó el conmutador principal y deshizo el camino andado hasta la parte trasera, iluminando las estancias a su paso.

Una mueca contrariada se dibujó en los labios de Rainer al comprobar que la puerta del coche estaba abierta. Comprendió de inmediato la situación.

Elke Schultz había huido.

–¡Maldita estúpida! –gruñó entre dientes.

Distinguió a la mujer a un centenar de metros. Apenas una mota negra sobre un manto blanco. Atravesaba un descampado en dirección al bosque, avanzando penosamente con la nieve hasta media pierna.

Arrojó la colilla y se lanzó tras ella a la carrera.

En ese preciso instante, en Londres, Simon Darden permanecía petrificado, pálido como el papel, inclinado sobre una mesa, con la mirada clavada en la contundente advertencia que una mano anónima había consignado en una cuartilla.

«Si aprecia en algo la vida de los suyos, abandone ahora.»

17

UNA LEY LLAMADA AZAR

El forense extrajo el cuerpo de la cámara frigorífica y retiró la fina mortaja que cubría el cadáver, dejando el rostro y el tórax al descubierto. De inmediato, se hizo a un lado e invitó a Bruno Krause y a Christian Eichel a aproximarse.

El inspector levantó levemente las cejas. De todos los cadáveres que recordaba haber examinado a lo largo de los años, pocos presentaban tantos hematomas y contusiones como ése. Se diría que le habían molido a palos.

–Supongo que preguntar la causa de la muerte es estúpido –comentó con aire distraído.

El encargado de la morgue, desde su posición retraída, sonrió escéptico. Se rascó la barbilla y se encogió de hombros.

–El bazo reventó. La columna se partió en dos, a la altura de la séptima vértebra, pero no me pida que le diga si eso fue un segundo antes de que estallara el pulmón izquierdo o se le parara el corazón –ironizó–. Tiene tres costillas rotas, fracturas en el radio y en el cúbito derecho, un hombro dislocado y la clavícula hecha trizas. Le arrastraron más de cincuenta metros. No hay lesiones importantes en el rostro, llevaba un buen casco.

–¿Qué sabemos de este hombre, Christian? –preguntó a continuación mirando de soslayo a su segundo.

Eichel entreabrió una carpeta abultada, repleta de documentos, y extrajo un breve informe facilitado una hora antes por la BKA, la Oficina Federal de Investigación Criminal. Apenas unas pocas líneas.

–Pues no demasiado. Adriaan Schieffer, treinta y ocho años, de Dortmund, sin domicilio conocido, huérfano desde 1997. Su padre, Bert Schieffer, era un *lebensborn*.

–¿*Lebensborn*?

–Ya sabe, uno de los niños de Hitler.

–Ah, sí, ¡qué asunto tan triste!

–Aquí dice que el tal Bert reclamó innumerables veces una indemnización al Estado por ese motivo. Sin éxito.

–¿Qué arma llevaba este hombre?

–Una Walther PPK. Un arma antigua pero impecablemente conservada.

–Es curioso.

–¿Qué es curioso, inspector?

–El hecho de que haya tantas Walther antiguas en circulación. Parece que en los últimos días todo el mundo esté empeñado en desempolvarlas –apuntó Krause con suspicacia–. Färber y Gottlieb fueron asesinados con una Walther, el arma de las SS.

–Tal vez sea sólo una coincidencia. No son difíciles de encontrar en el mercado negro. Incluso se ven a menudo en tiendas de antigüedades. Aunque inservibles, claro.

–¡No diga majaderías, Eichel! –reconvino el inspector–. Si empezaran a aparecer cadáveres de carniceros zurdos con el cuchillo de despiece clavado en la frente, un día sí y otro también, ¿lo achacaría al azar?

–No es lo mismo –afirmó el subalterno impertérrito, conteniendo a duras penas la hilaridad.

–¿Ah, no? ¡Métaselo en la cabeza: las coincidencias no existen! Y menos en nuestro oficio. ¿No se lo dice el olfato? –rezongó Krause. Después se quedó silencioso, cruzado de brazos, con los ojos recorriendo centímetro a centímetro la anatomía de Schieffer–. Eh, ¡vaya!, ¿qué es esto?

–¿Qué es el qué?

–Esto –susurró el inspector señalando el hombro izquierdo del cadáver.

–Es un pequeño tatuaje, es evidente, ¿no?

–Sí. Un tatuaje. Nada relevante. Otra coincidencia, de hacerle caso a usted. ¿Puede decirme qué ve en ese tatuaje, Eichel? –propuso con sorna.

Christian Eichel miró con recelo a Krause. Conocía muy bien su negro sentido del humor. Entendió que le estaba poniendo a prueba.

–Pues unas hojas, algo parecido a unas ramas de... ¿laurel? –titubeó–. Parecen arropar una daga dispuesta verticalmente.

–¡Ajajá, correcto! La vista no le falla, gracias a Dios.

–¿Significa algo?

–¿Recuerda que hace seis o siete años detuvimos a dos jóvenes, dos agitadores de un partido neonazi? ¿Cómo se llamaba? ¡Algo así como El Reich del Sol Negro! ¡Siempre utilizan nombres muy rimbombantes!

–Sí. Lo recuerdo. Amenazaron de muerte a una diputada socialdemócrata: Carla Brant. ¡Menuda mujer, de armas tomar!

–Exacto. Pues aquellos dos tipejos llevaban el mismo tatuaje..., pero no me haga caso, seguro que es otra casualidad –apostilló burlón.

–Tal vez, en este caso, no lo sea.

–Mierda, ¡claro que no lo es! –zanjó crispado–. El azar no existe.

–Es usted un determinista, inspector. No entiendo cómo puede afirmar eso con tanta rotundidad, como si lo estuviera viendo con sus propios ojos.

–No lo veo.

–¿Entonces?

–¿Ha visto usted alguna vez una onda herziana?

–Son invisibles.

–Pero existen, ¿no?

–Sí, claro.

–Pues con el azar pasa lo mismo, Eichel. Hágame caso. Todo lo que está pasando guarda relación con los nazis.

Krause hizo una señal al médico forense, dándole a entender que ya había visto suficiente. Se despidió de él con un leve gesto de agradecimiento y buscó la salida seguido por Eichel.

–¿Qué se sabe del agresor? –preguntó ya en la calle, alzando el cuello del abrigo–. Diablos, ¡qué frío!

–Que se mueve con una identidad falsa: Heinz Rainer. Lo he comprobado. Alto, delgado, moreno, de unos treinta y nueve años; cortés, aunque de pocas palabras a decir del propietario del inmueble. Rainer alquiló el apartamento del tercero primera del 43 de

Wartburg a comienzos de este año. Pagó por adelantado, al contado. Nunca había dado problemas, apenas se relacionaba con los vecinos, parecía un tipo de lo más normal. Lo ha confirmado un comerciante libanés que le conocía.

–Y de súbito va y quema la casa, rapta a una mujer, huye y tritura a Schieffer.

–Sí.

–Joder con la normalidad.

–Mañana dispondremos de un retrato robot. Al escapar ha cruzado unas palabras con un policía. Ha acusado a unos transeúntes del incendio y ha desaparecido. También ha sido visto por el vigilante de un garaje.

Krause asintió. Se disponía a formular una nueva pregunta cuando comenzó a estornudar, una y otra vez.

–¡Mierda! ¿Me puede llevar a casa, Eichel? –rogó–. Necesito meterme en una bañera caliente, sentarme un rato junto a la estufa y dormir. Es más de la una. Mañana será otro día.

Christian sonrió. Tenía el coche aparcado a pocos metros.

–¿Puede poner al máximo la calefacción? Se lo ruego. Tengo los pies helados.

–Debería usar calcetines de lana y olvidar los de hilo.

–Los calcetines deben ser siempre de hilo..., y negros.

–Bobadas propias de caballero trasnochado –azuzó el subalterno–. ¿Sabe por qué yo no me resfrío nunca? ¡Llevo dos calcetines en cada pie! Mi madre siempre me decía: mantén los pies calientes y la cabeza fría.

–Parece que siguió usted la recomendación, Eichel. Diría que su cabeza, de tan fría, se le ha helado. Y en el proceso, las ideas.

Krause soltó una gruesa carcajada. Se arrebujó en el abrigo.

–Quiero que la imagen de esa mujer, ¿cómo se llama?

–¿La secuestrada?

–Sí.

–Elke Schultz, una violinista. Y de las importantes.

–Quiero ver su rostro a todas horas. En cada informativo, en cada periódico. Que se hable de ella en las emisoras de radio, en Internet... –ordenó–. Encárguese de eso.

–Ya lo he hecho. No ha sido necesario insistir demasiado. Es la líder de la Orquesta Filarmónica de Berlín. Una belleza de mujer. Precisamente en unas horas partían de gira. ¡Menudo revuelo se va a armar!

–¿Qué hay de esa lista que le pedí, la relación de los supervivientes de la batalla de Berlín?

–La tengo ahí, en la carpeta –comentó Eichel señalando en dirección al asiento trasero–. Quería depurarla algo más antes de dársela. Tras dos cribas aún sigue siendo muy extensa. Más de cien nombres.

Krause alargó el brazo y cogió el dosier. Encendió la luz interior del espejo retrovisor y fisgó ceñudo en las páginas.

–¿Encargados de abastos, médicos, artilleros? ¡No, no! Recuerde que Färber y Gottlieb estaban adscritos al cuerpo de intendencia, los dos relacionados con el Führerbunker. ¡Aplique ese perfil! ¡Ayudantes de jerarcas nazis, secretarios, personal adscrito a la Cancillería o al búnker! ¡Quiero esa relación hoy mismo, Christian, reducida a un máximo de diez nombres!

–Muy bien, ¡diez nombres! –convino Eichel de mala gana.

Al llegar a su domicilio, Krause se calzó unas gruesas zapatillas de lana y comenzó a llenar la bañera. Contrariado, constató que la nevera estaba vacía. Puso una cafetera al fuego y se entretuvo cambiando los canales de la televisión.

El rostro de Elke Schultz no tardó en aparecer en un avance informativo.

El inspector abrió desmesuradamente los ojos al verla en la foto oficial facilitada por la Berliner Philarmonie. Por una vez el majadero de Eichel no había exagerado. Era una mujer realmente hermosa.

–Joder, qué mala pinta tiene esto.

18

LA DECISIÓN DE ELKE

Ahogada por el esfuerzo que le había supuesto atravesar el prado que se extendía tras las casas, Elke Schultz alcanzó la linde de matorrales que delimitaba la planicie y se internó en la espesura. El aire escapaba de su pecho con violencia; su corazón parecía latir al borde del colapso, desbocado como un caballo enloquecido. Como una presa que se sabe acorralada, volvió el rostro una y otra vez, temiendo que su captor pudiera saltar, de un momento a otro, sobre su cuello, como un chacal. Tropezó y cayó de bruces. Se incorporó dolorida y reemprendió la carrera, alterando el rumbo, adentrándose más y más en la densa tiniebla del bosque. Las ramas parecían conjurarse entorpeciendo su huida; la fustigaban en los hombros, restallaban contra el estuche del violín y se enredaban como garras en sus cabellos.

Al constatar que Rainer acortaba distancias, el pánico la invadió por completo. No tardó en escuchar su respiración entrecortada y furiosa, resoplando como un fuelle a sus espaldas.

Gritó aun consciente de que nadie en aquel páramo solitario se haría eco de su desesperada situación.

Continuó por el borde de un altozano que descendía suavemente hasta fundirse con la orilla de un río caudaloso. Los aislados destellos del agua le permitieron distinguir, entre penumbras, el cauce. Serpenteaba a sus pies.

Una gruesa raíz, oculta bajo el manto de la nieve, puso fin a su errática carrera. Rodó por el talud golpeándose contra las piedras. Cuando unos segundos más tarde recuperó la conciencia se encontró tendida junto a la orilla, exánime. La corriente lamía sus pies.

Rainer la levantó inerme, como si fuera un fardo. Estaba rabioso.

–¡Estúpida, maldita estúpida! –chilló alterado a escasa distancia de su rostro. La agarró por las solapas del abrigo y la zarandeó como a un muñeco–. Haría bien en dejarla aquí y olvidarme de usted.

–Por favor, no me haga daño –suplicó. Alzó los brazos temiendo que Rainer pudiera golpearla en el rostro.

–¡Vamos, regresemos o el frío acabará con nosotros! –ordenó él entre gruñidos.

–¡El violín! ¿Dónde está mi violín? –reparó Elke cuando apenas habían dado unos pasos–. ¡Dios mío, lo he perdido, la cadena ha debido de partirse en la caída!

–¡Olvídese de él! –gritó sañudo Rainer obligándola a caminar.

–Se lo ruego, por favor, necesito encontrarlo, ¡no me iré sin él!

–¡Sólo es un violín, debió haberlo pensado antes!

–No. Es lo más valioso que tengo. Todo lo que poseo. Era de mi padre. No tiene precio. Le pagaré lo que quiera, ayúdeme a encontrarlo. ¡Es un Stradivarius!

–¡Pobre niña rica! –espetó él con desdén–. Ahora se echará a llorar, ¿no?

–Por favor, por favor... –rogó ella deshaciéndose en lágrimas. Se dejó caer sobre la nieve, de rodillas, ocultando su rostro entre las manos.

La ira desapareció del semblante de Rainer como por arte de ensalmo.

–¡Muy bien, basta ya! –zanjó–. ¡Acabemos con esto! ¡Quédese quietecita y no intente nada o partiré en mil pedazos su maldito violín!

Heinz aguzó la mirada. El lugar estaba bañado en una luz triste y exigua, difusa, que a duras penas permitía reconocer el contorno familiar de las cosas. Examinó palmo a palmo el lugar por el que Elke se había precipitado, sin éxito alguno. Optó por descender hasta ir a situarse junto a la corriente. Descubrió el estuche flotando en el centro del cauce, retenido por unas piedras, unos quince o veinte metros más allá.

–¡Mierda, sólo me faltaba esto! –rezongó contrariado.

–Yo iré por él, no se preocupe –aseguró decidida Elke a sus espaldas.

–No me haga reír, está usted temblando como una hoja, ¡no lo conseguirá!

–Lo conseguiré. ¡Apueste lo que quiera!

Rainer la inmovilizó con la mirada. Crispó amenazador el puño frente a su rostro. Parecía estar al límite de sus fuerzas. Se desprendió del abrigo y se adentró en las gélidas aguas del río. Avanzó encogido, resoplando, tanteando las rocas del fondo, sumergido hasta el pecho. El frío le traspasaba de parte a parte, como una puñalada. Sabía que debía recuperar rápidamente el estuche, sin dilación, y volver antes de que la hipotermia le paralizara por completo. De súbito, perdió pie y se hundió en la corriente. Emergió a los pocos segundos profiriendo un alarido inhumano. En un titánico esfuerzo consiguió aferrar el maletín y comenzó a deshacer camino a contracorriente.

Cuando por fin logró alcanzar la orilla, se sentía enfermo, aterido, al borde del colapso. Su rostro se contraía en una mueca amoratada y grotesca. Se desplomó de golpe sobre la nieve.

–Aquí tiene su violín –farfulló sin aliento–. Ahora márchese.

–¿Quiere que me vaya? –interpeló Elke incrédula.

–Sí. Será lo mejor.

La concertista no supo cómo reaccionar. Observó perpleja a Rainer, tendido a sus pies, contraído en un escorzo imposible, convertido en un carámbano de hielo.

–Le he dicho que se vaya. No me quedan fuerzas. Déjeme.

–Pero...

–No me debe nada. Al involucrarla en esto he cometido el mayor error de mi vida. He sido un cobarde. Tiene derecho a odiarme, perdóneme –susurró con un hilo de voz lánguida, inmerso en una tiritona incontrolable–. Llame a la policía. Todo le irá bien.

Elke respiró profundamente. La dentellada del frío la atenazaba por completo. Sacando fuerza de flaqueza comenzó a caminar. A los pocos metros se detuvo y regresó junto a Rainer.

–Escúcheme bien. No le voy a dejar aquí. No después de lo que ha hecho. No quiero que su muerte recaiga sobre mi conciencia. ¡Vamos, levántese! –ordenó–. Le ayudaré.

Rainer parecía hundirse en un profundo letargo. Elke comprendió que el frío le calaba hasta la médula, que su voluntad entumecida optaba por arrojar la toalla, dejaba de luchar y aceptaba el cortejo liviano de la muerte. Fue consciente de que sólo su energía y resolución lograrían sacarles de allí. Se arrodilló y comenzó a golpearle por todo el cuerpo. Según lo iba haciendo, notaba cómo su propia sangre comenzaba a deshelarse y volvía a fluir devolviendo el calor a su piel. En un esfuerzo supremo logró incorporar a Rainer y envolverle en el abrigo.

–¡Maldita sea, levántese, arriba! –gritó empeñando sus escasas fuerzas en alzarle–. ¡Si no pone un poco de su parte no lo conseguiré!

Heinz trastabilló ofuscado, incapaz de mantenerse erguido. Elke le agarró el brazo y lo pasó por sus hombros, llenó el pecho de aire y convicción y comenzó a caminar, tirando de él, paso a paso, con la testarudez de un buey. Regresar supuso un esfuerzo desmesurado. Emplearon una eternidad en recorrer poco más de trescientos metros. Ambos se desplomaron, exhaustos, al alcanzar la casa.

El crepitar de la leña seca y una agradable sensación de calor despertó a Rainer dos horas más tarde.

Al entreabrir los ojos distinguió a Elke en medio de la penumbra dorada que invadía la estancia. Parecía dormir plácidamente, hundida en un butacón, arrebujada en una gruesa manta, cerca del fuego. Se había desprendido de las botas y reposaba los pies en un escabel bajo.

La observó en silencio, fascinado por el imbricado juego de luces y sombras que las llamas creaban en el rostro de la mujer. Por vez primera pensó que era extraordinariamente bella.

–¿Se encuentra mejor? –preguntó Elke de improviso.

–¡¿Eh?! ¡Sí, algo mejor! Por un momento he creído que estaba usted dormida.

–Estoy intentando dormir, pero no es fácil, la situación requiere hacerlo con un ojo abierto –ironizó–. Lo siento, no me fío de usted en absoluto, señor... ¿Lang? Si no recuerdo mal me dijo que ése era su verdadero nombre.

Eilert Lang asintió con una leve sonrisa en los labios.

–Entiendo. No se lo reprocho –repuso en tono suave–, me lo he ganado a pulso, eh, dígame, apenas recuerdo nada: ¿quién me ha puesto este albornoz?

–Imagínelo.

–Deberé darle las gracias.

–Ahórreselas. Estamos en paz.

–¿Ha llamado a la policía?

–Aún no. Todo a su debido tiempo.

–Créame, no miento, no sé cómo reparar el daño que le he causado –adujo Eilert lastimero–. Al amanecer seguiré mi camino. No volverá a saber de mí.

Sobrevino un silencio incómodo, roto, al poco, por un silbido procedente de la parte trasera de la casa.

–¿Qué es eso? –indagó él sobresaltado. Intentó incorporarse.

–Eso es la cafetera, no tema.

–¿Ha encendido el fuego y ha hecho café? Lo confieso, es usted sorprendente.

–Ese comentario roza el insulto. ¿Qué tiene de particular? –recriminó Elke. Se levantó y, descalza y sin desprenderse de la manta, se perdió en dirección a la cocina. Regresó con una bandeja. La depositó en una mesita y se sirvió.

–¿No sabe que el azúcar es realmente pernicioso? –apuntó mordaz Lang al constatar que Elke vertía cuatro cucharadas en la taza.

–De algo hay que morir. Prefiero acabar diabética antes que repetir lo de esta noche –replicó con una inflexión desabrida–. Ahí tiene, si le apetece sírvase usted mismo.

Eilert se incorporó en el sofá, llenó su taza hasta el borde y se la llevó a los labios. Ardía como una bendición.

–Espero que su violín no se haya estropeado –masculló entre sorbo y sorbo.

–No ha pasado nada. El estuche es hermético.

–Me alegra oírlo, no me perdonaría que le hubiera ocurrido algo irreparable.

–Si le hubiera pasado algo irreparable a mi violín, señor Lang, usted no estaría ahora tomando café –aseguró Elke Schultz impertérrita, con la mirada clavada en las llamas–. Estaría muerto. No bromeo en absoluto. Le habría matado aunque eso fuera lo último que hiciera en esta vida. ¿Me cree?

–Sí. La creo. Sé lo que digo. Tengo alguna experiencia. Todos somos capaces de hacer cosas impensables cuando nos sentimos acorralados, cuando nos empujan más allá del límite de lo tolerable –convino él con un halo torvo en la mirada–. Si acepta usted esa posibilidad, entenderá mi desesperación. He pasado seis años viviendo acosado, huyendo, escondido en agujeros infames, temiendo que cualquier noche la puerta pudiera abrirse, en el preciso instante en el que el sueño gana la batalla, y que un cuchillo me atravesara el corazón. Es curioso. A veces incluso lo he llegado a desear. Supongo que sería una liberación. Nadie puede soportar algo así, no exagero. Por eso he arrollado a ese hombre en Berlín. Le juro que no me he inmutado al hacerlo. Es más, le confieso que he disfrutado acabando con su vida. Le ruego que no me mire así.

–No le he mirado de ningún modo.

–Sí, lo ha hecho. De soslayo. Durante un instante. Sus ojos han dicho lo que usted piensa de mí.

–¿Qué ha leído usted en mis ojos?

–Que me considera un enfermo.

–¿Lo es?

–Sí, lo soy. Es una locura incurable, se llama odio.

–Le compadezco.

–No deseo su compasión, guárdesela –aseguró Eilert Lang displicente. El cansancio, o más bien el hartazgo, volvieron a aparecer en su semblante–. Sólo quiero una cosa, una única cosa: ¡que me crea, que me escuche!

Elke Schultz dejó la taza en el escabel, recogió las piernas sobre la butaca y le miró de frente. Sus facciones, sumidas ahora en la penumbra, se intuían distantes e inexpresivas.

–¿Creerle, escucharle? ¿Por qué? ¿A qué obedece ese cambio en su actitud? –interpeló excéptica–. En las últimas siete horas ha irrumpido en mi vida, me ha encañonado, secuestrado, amenazado y puesto en peligro. Le he visto incendiar una casa y matar a un hombre. He estado a punto de desnucarme contra las piedras y de perder algo que he conservado toda mi vida como una reliquia. ¿A santo de qué esa necesidad de ser escuchado, comprendido? ¿Busca mi aquiescencia? Puede estar usted seguro de que no seré una víctima del síndrome de Estocolmo. ¡Ah, no, para nada, olvídese!

–En el río...

–¿Qué pasa con el río?

–Allí lo he comprendido, al ver cómo usted se derrumbaba, al verla llorar, suplicar por ese violín. He entendido que en mi demencia, en mi angustia, me estaba comportando como los miserables que me persiguen. Nadie tiene derecho a hacer algo así, es mejor abandonar y rendirse. La vida no vale tanto.

Elke se sumió en un largo silencio del que salió articulando una sorprendente propuesta.

–Usted y yo vamos a hacer un trato –anunció con voz pausada–. Le voy a conceder unas horas, Eilert Lang. Las que restan hasta el amanecer. Voy a escuchar su historia. No piense que le va a resultar sencillo engañarme. Tengo algunas dudas sobre usted; dudas razonables, pero no tantas como para bajar la guardia. Y le diré lo que ocurrirá a continuación, si lo que explica no me convence.

–¿Qué ocurrirá?

–Cuando se haga de día, sabré qué decisión debo tomar –advirtió Elke Schultz mortalmente seria–. Será una de tres. O bien saldré de esta casa, llevándome mi coche y olvidándome de usted, o bien llamaré a la policía...

–Entiendo –aceptó Eilert–. ¿Qué hay de la tercera?

–Es la peor de todas –zanjó la mujer–. Le mataré.

–¿Matarme? Mi automática está en el bolsillo del abrigo, puede cogerla. No la detendré. Interprételo como un gesto de buena voluntad. Necesito hablar con alguien, desprenderme de esta carga, aun a riesgo de que no me crea.

–Ya tengo su pistola, señor Lang, está aquí, conmigo –reveló Elke con una media sonrisa. Rebuscó entre los pliegues de la manta y la sopesó bien a la vista–. También tengo su teléfono y su libro de notas.

–¿Sabe usar una pistola? –ironizó él.

–Puedo tocar todas las sinfonías de Gustav Mahler con los ojos cerrados y sin partitura, sin errar una sola nota. ¿Cree que no soy capaz de quitar el seguro de este chisme y meterle una bala en el cerebro? Desde esta distancia no fallaré. Con decirle a la policía que en el forcejeo le arrebaté el arma y se disparó quedará todo resuelto.

–Tiene usted un carácter de mil demonios.

–¿Eso cree? Debería verme en mis días malos –apostilló ella en tono áspero–. Bien, es suficiente, su tiempo empieza a correr, no lo desperdicie.

Eilert Lang suspiró resignado. Se acomodó contra el respaldo del sofá y dirigió una mirada perdida a un rincón de la estancia, intentando traspasar la espesa bruma con que el tiempo lo envuelve todo.

–La verdad es que no sé muy bien por dónde empezar –admitió azorado.

–Como en los cuentos, por el principio –sugirió ella imperturbable–. Ya sabe: érase una vez...

19

LA CRUZ BAJO LA ANTÁRTIDA - I

Fue un 19 de septiembre, hace algo más de seis años –rememoró Lang–. Yo estaba precisamente en Berlín ese día. Quería comprar unos libros de biología y visitar a un compañero de facultad. Llevábamos mucho tiempo sin vernos. No fue un encuentro muy feliz. A él le habían diagnosticado un cáncer de páncreas. Reparé en que perdía el cabello y me lo confesó. Estaba comenzando ese calvario de la quimioterapia.

–Sé lo que es eso. Un hermano de mi madre murió así. Siga.

–Pese a todo estaba de buen ánimo. Dimos un largo paseo hasta el Checkpoint Charlie, en la Friedrichstrasse, ya sabe, el lugar en el que durante la guerra fría americanos y rusos intercambiaban espías.

–Lo conozco.

–A los dos nos encantaban las películas de espías, las novelas de detectives, el cine negro... –aclaró con una sonrisa feliz Eilert–. En los días de universidad pasábamos la mayor parte de las tardes en el cine. No sé cómo logramos terminar la carrera. Pese a toda esa indolencia, él y yo fuimos los primeros de nuestra promoción. Luego, la vida y el trabajo nos separaron. Gracias a mi padre yo había conseguido un puesto en el laboratorio de una importante industria farmacéutica en Dortmund. Incluso tenía algo muy parecido a una novia. En general fue una buena época para mí. Algunos veranos regresaba a Noruega, al pueblo de mi padre, y me dedicaba a lo que más me ha gustado siempre, el trabajo de campo.

–¿Qué pasó ese día?

–Bueno, nada especial, Walther, mi amigo se llamaba Walther, murió hace algún tiempo. Me preguntó si me interesaba formar parte de una expedición científica internacional. Debido a su estado se veía obligado a declinar la oferta que le habían hecho. Una propuesta sumamente tentadora. Suponía mucho dinero, y también prestigio.

–¿Una expedición?

–Sí. La Millenium Research 2000, también conocida, de puertas adentro, como la Antartic Research

–explicitó Lang–. Detrás de la iniciativa se encontraba un poderoso *trust* de industrias farmacéuticas, europeas y estadounidenses, y subvenciones de más de una docena de países, amén del beneplácito y el apoyo de departamentos de medio ambiente de algunas organizaciones y estamentos internacionales.

–Suena todo muy serio –comentó Elke en tono abúlico. Era evidente que el arranque de la historia de Rainer no encajaba con sus expectativas.

–En efecto. Tremendamente serio.

–Está hablando de una misión científica ¿en la Antártida?

–Sí. Exacto.

–¿Qué objetivo perseguía esa expedición?

–¿Le interesa la biología?

–La única biología que me interesa es la que me afecta directamente a mí.

–Entonces es mejor que no me detenga en ese punto, a riesgo de aburrirla –bromeó Eilert con desenfado–. Experimentos, mediciones, pruebas de laboratorio en condiciones extremas, comportamiento de células y microorganismos a bajas temperaturas, estudio de la capa de ozono y del hábitat de algunas especies, análisis del hielo profundo... Todas esas cosas.

–¿Hielo profundo? ¿Qué es eso?

–El espesor medio del hielo en la Antártida es de

unos dos mil metros sobre la plataforma rocosa, en muchas zonas alcanza los cinco mil –aseguró el biólogo–. El hielo profundo nos habla como un libro abierto. Midiendo los niveles de deuterio, uno de los isótopos del hidrógeno, podemos saber cómo eran las condiciones atmosféricas en este planeta hace miles de años y lo que ocurrió; resulta tan fiable como las pruebas de carbono 14 lo son en datación.

–Fas-ci-nan-te –silabeó Elke.

–No se burle, lo es casi tanto como diseccionar las tripas a una sinfonía de Mahler.

–¿Aceptó?

–Sí. Sin dudarlo. Llevaba muchísimo tiempo encerrado como un ratón, viviendo en laboratorios, de la mañana a la noche. Mi trabajo era reconocido y había recibido algunos premios importantes, pero necesitaba un cambio. Aire limpio. Pedí dos años de excedencia y me los concedieron.

–Y se fue a la Antártida con su microscopio.

–Bueno, tal y como usted lo expresa parece que la cosa consista en salir a la calle y coger un autobús –por primera vez Eilert Lang rió abiertamente–. No. No viajé al Polo Sur de inmediato. Pasé dos meses conociendo a los que iban a ser mis compañeros, en Tokio y en Nueva York. También en Austria, en los laboratorios de la firma Sandoz. El equipo se formó lentamente.

Una cosa así no se improvisa de la noche a la mañana. Es necesario establecer un programa de trabajo; conjugar los intereses comerciales de los que ponen el dinero con lo que realmente importa desde un punto de vista meramente científico, aunque esos asuntos puedan no ser siempre rentables a corto plazo; definir qué experimentos se van a realizar; seleccionar minuciosamente el material. Entre instrumental, víveres, equipajes, vehículos y remolques, la Millenium Research 2000 arrastró más de veinte toneladas al ponerse en marcha.

–¿Cuántos chiflados integraban esa expedición?

Eilert volvió a reír. Era más que evidente que Elke Schultz tenía un sentido del humor acusado, una encantadora propensión a la ironía nacida de su carácter descreído, altivo.

–Nueve personas. Muy diferentes entre sí, como suele ocurrir en estos casos. Les recuerdo a todos, como si les estuviera viendo ahora mismo. Con algunos no trabé una excesiva amistad; con otros, curiosamente, me llevé bien desde el primer momento. Especialmente con un francés, de mi edad, aún más alto que yo, un tipo muy sarcástico llamado Stan Barets. Parecía un impresionista bajo los efectos de la absenta –recordó el noruego–. Llevaba siempre una petaca en el bolsillo, no se separaba nunca de ella. Era hombre de pocas palabras, pero cuando abría los labios resultaba demoledor. Imposible no reírse con él. Durante las semanas que pasé en Tokio, poco después, llegué a conocer bastante bien a Hatsuka, un investigador metódico y reservado, discreto hasta lo exasperante, muy protocolario. Ya sabe lo formales que pueden ser los japoneses. Aman el ceremonial por encima de cualquier otra cosa. Cuando nos presentaron se pasó la mayor parte del primer día saludándome. Me miraba como si yo fuera una eminencia, Darwin, o Pasteur...; en realidad él era mucho más brillante que yo y así se lo hice saber cuando al cabo de unos días aceptó compartir una botella de sake conmigo.

–¿Piensa presentarme a todo su equipo? –interrogó Elke echando un vistazo cansino al reloj–. Son las cinco de la madrugada. Y le he dado un plazo de tiempo inapelable.

–Tiene razón. Pero hay algo más que debería saber antes de que cojamos ese autobús a la Antártida.

–¿Qué?

–Tras mi estancia en Viena y en Tokio, cuando ya los preparativos estaban muy adelantados, todo estuvo a punto de suspenderse. Yo había vuelto a Dortmund. Disfrutaba de unas semanas libres. El viaje estaba programado para finales de año, coincidiendo con el inicio del verano antártico. Recibí una llamada de una de las empresas que patrocinaban la Millenium Research 2000. No fueron muy explícitos. Me hicieron saber que habían surgido algunos problemas con los socios estadounidenses, dos compañías farmacéuticas poderosas, y que posiblemente el asunto se postergaría unas semanas, tal vez un mes o más. Me quedé desencantado, pero, estando de vacaciones como estaba, decidí aprovechar el tiempo y pasar unos días en Londres. Tengo allí algunos amigos. Diez días más tarde volvieron a llamarme. Me dijeron que debía volar a Nueva York de inmediato, que todo el equipo había sido citado allí. Me enviaron un billete de primera clase. Durante el vuelo me ocurrió algo sorprendente.

–Estoy en ascuas.

–Se sentó a mi lado una mujer muy atractiva. De unos treinta y tres o treinta y cuatro años, distinguida, muy inglesa. Me saludó, se abrochó el cinturón y se puso a leer *El guardián entre el centeno*, de Salinger.

–Conozco ese libro.

–Lo supongo. No pude evitar entablar conversación con ella. Le hice notar que tal vez, al llegar a Estados Unidos, podrían requisarlo. En los noventa fue una obra bastante polémica, rechazada por los sectores más conservadores. Incluso pesan algunas leyendas sobre esa novela. Se dice que era el libro de cabecera de Chapman, el asesino de Lennon. Lo comenté con ironía, disculpándome por haber fisgado en su intimidad. Ella se rió de buena gana. Dijo que hasta en su hipocresía los estadounidenses resultan ingenuos. Recuerdo que les tildó de naífs. Pasamos parte del viaje hablando de literatura, cine y mil otras cosas. Se llamaba Angela Brandley. Es curioso, me contó que se había divorciado recientemente, tras cinco años de matrimonio. Incluso me hizo alguna que otra confesión bastante íntima, bueno, al menos así me lo pareció a mí en aquel momento. No estaba flirteando conmigo, sólo era una mujer directa. No dijo ni una sola palabra acerca de su trabajo, ni sobre los motivos que la llevaban a Nueva York. A mí tampoco se me ocurrió preguntarle por esos asuntos.

–¿Tienen alguna importancia en esta historia?

Eilert Lang esbozó una sonrisa forzada, taciturna.

–¿Cree en el destino?

–No demasiado.

–Al aterrizar, tras recoger los equipajes, cuando ya nos despedíamos, escuché a un hombre vocear mi nombre. Le distinguí entre la gente. Levantaba una hoja de papel en la que habían escrito, en trazo grueso, Eilert Lang... ¡Y Angela Brandley!

–No lo entiendo.

–Esa mujer era el noveno miembro de la Millenium Research. Una de las mejores geólogas de Inglaterra.

Se había incorporado al proyecto en el último momento, dos días antes, en sustitución de otra persona. Estoy seguro de que el destino nos unió. Nos unió desde el mismo instante en que subimos a ese avión.

–¿Dónde está esa mujer ahora?

–Angela Brandley murió en la Antártida –anunció el biólogo con un hilo de voz atenazada–. Desvelamos un secreto terrible, y los dos lo hemos pagado caro, muy caro.

Elke Schultz advirtió que los ojos de Eilert se humedecían, que las lágrimas estaban a punto de desbordarle. Era evidente que llegado a ese punto de su relato realizaba un titánico esfuerzo de contención, sepultando sus emociones en lo más recóndito.

–¿Sabe? Me llegué a enamorar perdidamente de esa mujer –confesó tras un significativo silencio, en un tono que sonaba a liberación–. En tan sólo unas horas. Lo supe con certeza al saber quién era y qué hacía en Nueva York. Interiormente había aceptado que no volveríamos a vernos, me lo había repetido a lo largo del vuelo. El corazón me dio un vuelco cuando vi su nombre escrito en ese papel y me puse a temblar como un niño. ¿Nunca le ha pasado algo así?

–No lo sé. Tal vez, pero eso no importa ahora. No olvide que es su historia, y no la mía, la que está sobre el tapete.

–¿Por qué tengo la sensación de que es usted una mujer sumamente fría?

–Porque tal vez lo soy, y en esta situación con mayor motivo –zanjó Elke reconduciendo la conversación–. Si no recuerdo mal, estábamos en Nueva York, ¿no?

Eilert Lang asintió.

–Sí, en Nueva York. Allí nos esperaba una sorpresa. Sucedió algo imprevisto. Un cambio de planes. Nos presentaron a un científico del Ejército estadounidense, un coronel llamado Howard Rodby. Un tipo desagradable, prepotente, de ojos saltones. Nos convocó a todos en unas dependencias gubernamentales y nos anunció que el emplazamiento que debía servirnos de base de operaciones en el Polo Sur había cambiado de lugar, por motivos de seguridad. Unos noventa kilómetros al oeste de lo previsto. Recuerdo que la perplejidad fue general. No lográbamos entender el papel de ese militar en medio de nuestra misión. Los objetivos de la Millenium Research se centraban en una zona muy concreta del continente… ¿Tiene usted en mente el contorno de la Antártida?

–Ni siquiera de forma vaga.

–No importa. Recuerda ligeramente la cabeza de un triceratops, un animal prehistórico. El cuerno de la nariz, la península de San Martín, apunta hacia Tierra de Fuego, y el cráneo, la coronilla, hacia el Atlántico Sur y Sudáfrica –explicó Lang dibujando con el índice en el aire–. Es en esa parte donde en principio teníamos previsto establecer nuestro campamento; en una región conocida como Tierra de la Reina Maud, Nueva Suabia, un territorio extenso cuya soberanía reclamó Alemania durante la Segunda Guerra Mundial.

–¿A qué se refería el tal Rodby al aducir motivos de seguridad? –indagó Elke–. ¿Miedo a que pudieran perturbar el apareamiento de los osos polares?

El noruego no pudo evitar echarse a reír ante la observación.

–No hay osos en el Polo Sur, Elke; la bestia más feroz es el pingüino –puntualizó conteniendo la hilaridad–. Rodby alegó, de modo muy convincente, que una serie de movimientos sísmicos profundos habían creado grandes grietas en la zona de Nueva Suabia; fracturas y simas ocultas bajo el hielo. Anunció que nos instalaríamos en una vieja estación estadounidense, la base Wichita, fuera del área de peligro. Las empresas patrocinadoras y los organismos oficiales que respaldaban la misión aceptaron el cambio sin reticencias. No tenía sentido, por tanto, que nosotros nos opusiéramos a la medida.

–Me parece sumamente intrigante –confesó la violinista.

–Lo era. De hecho se trataba de una argucia destinada a alejarnos de esa parte de la Antártida, pero no teníamos modo alguno de saberlo.

–¿Cuándo llegaron usted y sus compañeros a esa base?

–Dos semanas después. Salimos de Buenos Aires, donde se había depositado todo el material, a bordo de un rompehielos. La base Wichita cuenta con un pequeño aeródromo, pero el mal tiempo reinante, pese a estar a comienzos del verano antártico, aconsejó que viajáramos por mar, con todos los contenedores y cargas. Atravesamos la gran barrera de hielo fragmentado que era el mar de Weddell y desembarcamos cerca de Belgrano, una pequeña estación meteorológica argentina. Allí nos esperaban una docena de científicos estadounidenses, dispuestos a cargar en orugas y remolques todo nuestro equipo. Esa operación supuso dos días. Al despuntar el tercero emprendimos viaje hacia Wichita. A unas veinte horas en dirección a ninguna parte.

–¿En dirección a ninguna parte? ¿Qué significa eso?

–La base Wichita está en el interior de esa cabeza de triceratops, a 75° de latitud sur y a unos 11° de longitud oeste, pero no aparece en los mapas. No consta que allí exista puesto alguno. Son muchas las estaciones permanentes en el Polo Sur, casi todas ubicadas en la costa, mantenidas por países que reclaman derechos históricos sobre esos territorios, porciones de pastel de ese continente.

–No acabo de entenderlo.

–Cuando le preguntamos por ese detalle, Rodby nos explicó que ésa era una vieja base, construida a comienzos de los años cincuenta, activa en el pasado, pero mantenida bajo mínimos en la actualidad. Las instalaciones, como pudimos constatar al llegar, eran excelentes, en absoluto la ruina que habíamos imaginado encontrar. Cinco grandes refugios centrales, dispuestos en los vértices de un pentágono imaginario, comunicados entre sí, rodeados por una maraña de pequeñas edificaciones, hangares y almacenes, abrigados por una cadena de montañas y hielo por el noreste.

–Su historia me está destemplando. Empiezo a sentir frío otra vez –anunció bruscamente Elke revolviéndose en la butaca–. Creo que el dueño de esta casa es un alcohólico impúdico. Voy a servirme un whisky, ¿quiere?

–¿Eh? Sí, gracias –aceptó Eilert–. Hace horas que no como nada, me ruge el estómago, pero creo que me reconfortará.

–Si tiene hambre he visto algunas latas en los armarios de la cocina, atún, espárragos y un paquete de tostadas, aunque me temo que rancias. Usted verá.

–Se lo agradezco, pero no. Odio el atún.

–Aquí hay de todo –constató la violinista toqueteando las botellas–. ¿Malta, escocés o bourbon?

–Malta, por favor. Es usted un pozo sin fondo. Me sorprende que sea capaz de distinguir un whisky de otro.

–Y a mí que sea usted tan machista.

–Deberá perdonarme. Soy un torpe. Hace mucho tiempo que no me relaciono con mujeres.

–¿Ve? ¡Siempre hay que darle las gracias al cielo por algo! –murmuró con una inflexión displicente Elke al tiempo que llenaba dos vasos cortos, de boca ancha. Le tendió uno a Lang y, antes de volver a recogerse en el sillón, atizó la lumbre añadiendo leña menuda. Hecho eso se quedó mirando fijamente al narrador, con semblante adusto. Sin palabras le hizo saber que estaba dispuesta a seguir escuchando.

En los ojos de Eilert Lang asomó una fugaz chispa de ironía.

–Creo que hemos cambiado los papeles –murmuró divertido.

–¿A qué se refiere?

–No me pregunte el motivo, pero ha pasado por mi cabeza la imagen de Sherezade entreteniendo al sultán con sus historias, intentando ganar una noche más.

–¿Con eso quiere decir que debería ser al revés?

–No, sólo era una imagen. No tiene importancia. Olvídelo.

–Haga lo que quiera, pero yo, si fuera usted, me centraría en lo que importa –recomendó Elke echando un vistazo sesgado a su reloj–. Son las seis. Clareará antes de dos horas. La base Wichita, ahí estábamos: jodidos de frío.

–Sí. Un frío intenso. A pesar de que durante el verano antártico no existe la noche y el sol, la luz intensa, es un castigo del que no hay forma de escapar –evocó Lang retomando el hilo–. Recuerdo que Hatsuka, el japonés, siempre llevaba su fino bigotito negro poblado de escarcha, lleno de multitud de diminutos carámbanos de hielo. Y que Barets, el francés, desaparecía con frecuencia, para regresar al poco con la petaca rellenada. Nada ocurrió durante los primeros días. Yo me sentía realmente feliz. Siempre encontraba una excusa para ayudar a Angela en sus trabajos. Y creo que ella hacía lo mismo. De forma tácita nos buscábamos el uno al otro. Eso nos granjeó más de una burla, parodias durante las cenas, de esas que provocan sonrojo.

–Amor bajo cero –apuntó Elke con una media sonrisa en los labios.

–Bueno, no exactamente amor. Era una abierta y mutua predilección, que podía terminar en mucho o en nada. ¿Tiene ahí mi libro de notas?

–Sí.

–Mire al final. Hay un amasijo de papeles sueltos. Guardo una Polaroid que nos hizo Stan Barets. Es el único recuerdo que conservo de ella –señaló Eilert–. También hallará un recorte del *New York Times*. Dimos una rueda de prensa dos días antes de partir hacia Buenos Aires.

Elke extrajo la abultada agenda. No tardó en hallar la imagen. Heinz Rainer, o mejor dicho, Eilert Lang, rubio y sonriente, enfundado en una gruesa pelliza, abrazaba a una mujer menuda, de ojos vivos y agradables facciones, ante un horizonte blanco y desolado, recortado sobre el azul intenso del cielo.

–Es..., era, una mujer muy atractiva –convino Elke. La violinista suspiró profundamente. Esa imagen le resultaba más perturbadora que todo lo explicado por Lang hasta el momento. Y no cabía duda alguna de que la página arrancada del periódico era auténtica.

–Mucho. Un ser encantador, una mezcla explosiva de timidez y descaro.

–¿Qué ocurrió?

–Tal y como le he dicho, no demasiado durante unos días. Los miembros de la Millenium Research nos centrábamos en nuestro trabajo mientras Rodby y los suyos hacían vida aparte. Entendimos desde el primer momento que no estaban dispuestos a mezclarse con nosotros, ni a confraternizar en exceso. En muchas ocasiones coincidíamos en el módulo habilitado como comedor, en la central de comunicaciones o en los hangares en que se guardaban las motos de nieve y el material, pero la mayor parte del tiempo llevábamos vidas separadas. Se mostraban siempre amables aunque sumamente reservados. Fue Stan Barets el primero en detectar ciertas anomalías.

–¿De qué tipo?

–Recuerdo que una mañana se acercó hasta donde yo estaba trabajando. Me ofreció un trago de vodka, bebía vodka con frecuencia, decía que era el aguardiente ideal en esa latitud, y me susurró al oído unas palabras que no he olvidado jamás.

–¿Qué le dijo?

–Me tocó en el hombro y, con su proverbial sarcasmo, me espetó: «Eilert, te juro que no estoy borracho, pero créeme si te digo que aquí hay pingüino encerrado».

Elke Schultz sonrió abiertamente, por primera vez.

–¿Y lo había?

–Sí. Barets me hizo reparar en algunos detalles reveladores. Era un analista de primera, muy observador. Comprendí que tanto Rodby como el resto del equipo estadounidense destacado en Wichita se traían algo entre manos; no eran científicos, eso se nos antojaba claro; nunca les veíamos enfrascados en mediciones, pruebas o experimentos; el laboratorio de la base era un lugar destartalado, desprovisto de materiales básicos, indispensables; pero lo más significativo es que siempre andaban, de la mañana a la noche, armados. Todos, sin excepción, llevaban su pistola al cinto. Disimulada bajo los chaquetones y la ropa. Eran militares, Elke. Y no nos quitaban, pese a su aparente distensión, el ojo de encima.

–¿Lograron averiguar el verdadero motivo de su presencia en ese paraje remoto?

Eilert Lang mantuvo un prolongado y dramático silencio.

–Sí, ese destacamento estaba ahí para custodiar la mayor mentira de la historia... –confesó circunspecto y sin ambages–. No tardé mucho en saberlo. Aunque por desgracia demasiado tarde. Pronto lo entenderá, permítame seguir con los hechos. No quiero que amanezca sin haber terminado. No deseo darle motivos para disparar esa bala que me ha prometido.

Elke bajó la mirada. Sus dedos acariciaron, bajo la manta, la culata del arma.

–Prosiga.

–A pesar de que a partir de ese momento jugar a las conjeturas se convirtió en un entretenimiento, seguimos adelante con el programa previsto. Una tarde encontré a Angela escudriñando el horizonte con unos potentes binoculares. Examinaba la estribación de un macizo montañoso, al noroeste de la base Wichita, que nacía a nuestras espaldas y corría bordeando la costa. Me tendió los prismáticos y señaló un punto alejado de esa cordillera. Al enfocar, distinguí un inmenso glaciar. Una lengua de hielo impresionante, hermosa y milenaria. Parecía arder devorada por el sol.

* * *

–Daría cualquier cosa por ver esa maravilla de cerca –afirmó Angela sin mirarme–. No recuerdo haber contemplado en toda mi vida nada semejante. Ni siquiera en el Himalaya. Es absolutamente majestuoso.

–Lo es. Parece el Walhalla, rutilando más allá de la vida.

–¿El Walhalla?

–El santuario de Odín, en Asgard, la morada de las quinientas cuarenta puertas, el palacio de los héroes, donde corre la hidromiel y aúllan los chacales.

–Eso es mitología nórdica, ¿no?

–En efecto. Muy nórdica.

–Estaba pensando, Eilert, que tal vez podríamos acercarnos discretamente a ese glaciar, por nuestra cuenta, en secreto.

Chasqueé los labios en clara señal de reprobación.

–Tal vez no sea una idea muy afortunada, Angela. Recuerda que Rodby ha dejado muy claro que no debemos adentrarnos en esa región, por encima de los 74° de latitud sur, bajo ningún concepto –razoné–. De precipitarnos por una sima podemos perder cualquier esperanza de ser rescatados vivos.

Ella se giró hacia mí, echó atrás la capucha de piel de su grueso tabardo y sonrió con deliciosa y encantadora picardía.

–Me juego lo que quieras, Eilert Lang, a que hay más grietas en el techo de mi casa de Londres que en esa llanura –apostó con un mohín descreído en los labios–. No tenemos forma alguna de conocer las razones de esa prohibición, pero te aseguro que los argumentos no son ciertos. Antes de salir de Nueva York hablé con un buen amigo del instituto sismográfico. Sólo me pudo decir que ellos no tienen constancia de ningún movimiento tectónico en esta parte del mundo en los últimos cuarenta años.

–¿Entonces?

–Entonces es otra mentira más. Y tú y yo vamos a recorrer esa zona, con las motos, pasado mañana.

* * *

–¿Lo hicieron? –indagó Elke.

–Sí. Angela era una mujer muy persuasiva. También muy tozuda. No logré sacarle la idea de la cabeza –explicó Lang–. Al día siguiente comunicó a Rodby que tenía un gran interés en descender un par de grados hacia el sur y estudiar una depresión que existe en esa zona. Yo estaba convencido de que ese bastardo se negaría. Para mi sorpresa no puso el menor reparo. Salimos a las siete de la mañana, en dos motos de nieve muy seguras y estables, provistas de un pequeño contenedor en la parte trasera. Cuando estuvimos suficientemente lejos, a unos siete kilómetros de Wichita, rehicimos camino hacia Nueva Suabia, en el norte, dando un amplio rodeo.

–Y comprobaron que la existencia de simas era una patraña –presupuso Elke.

–Sí, correcto. De todos modos le aseguro que yo no las tenía todas conmigo. Estuve tenso durante todo el viaje. Más de dos horas. Cada vez que nos deteníamos, Angela se burlaba de mí. Decía que yo era un apocado, que me faltaba osadía.

–¿Qué encontraron en ese maravilloso glaciar? ¿El Walhalla?

–Hielo. Un billón de toneladas de hielo descendiendo como una lengua de plata entre las vertientes del sistema montañoso. Nada fuera de lo normal. Nos ajustamos los crampones en las botas, ascendimos unos seiscientos metros y tomamos fotografías. Al bajar me di un buen costalazo. Resbalé y caí rodando como una piedra, dando tumbos. Por suerte había desenganchado el mosquetón de la cuerda que me unía a Angela y no la arrastré conmigo. Lo que sucedió entonces lo he rememorado miles de veces, como si se tratara de la escena de una película que se revisa fotograma a fotograma en una moviola.

* * *

Angela corrió hasta mí en cuanto logró descender. Llegó asustada, temiendo que me hubiera desnucado. Lo cierto es que yo todavía no era demasiado consciente de qué me dolía y qué no. Estaba realmente aturdido, mareado.

–Eilert, ¿estás bien? ¡Qué susto, por Dios! ¡No te muevas, puedes haberte roto algo! –recomendó alterada.

–No lo sé, creo que no, toda esta ropa ha amortiguado los golpes –mascullé.

–No se te ocurra levantarte, quédate quieto, regresaré en un minuto.

Volvió con una manta isoterma, una almohadilla y un pequeño botiquín.

–¿Crees que podrás utilizar la moto? –indagó mientras me arropaba–. Si no te ves capaz, regresaremos los dos en la mía. Contaremos cualquier excusa. Rodby no sospechará.

–No, todo está bien, tranquilízate. Creo que estoy entero. Sólo noto un dolor intenso en la zona lumbar. ¡Aquí, ay, maldita sea!

–Respira hondo. Te prometo que cuando lleguemos a Wichita te daré un masaje que te dejará como nuevo –aseguró sonriente inclinándose sobre mi rostro.

–¿Un masaje? –murmuré con expresión lasciva–. Si haces eso soy capaz de despeñarme por todos los glaciares que me salgan al paso.

–Vamos, no exageres.

No sé cómo me decidí en aquella situación a besarla. Soy algo tímido, pero supe que aquél era el momento. El único posible. Deslicé mis dedos entre sus cabellos, rodeé su cuello y la atraje lentamente hacia mis labios. Noté que ella no oponía resistencia.

En el último instante sus ojos esquivaron los míos. Advertí que dirigía la mirada algo más allá, hacia un punto indeterminado, a mi izquierda.

–¿Qué te pasa? –pregunté extrañado–. ¿Estás bien?

–Pero, pero ¿qué es eso? –balbuceó–. ¡Virgen Santa, Eilert! ¿Qué es eso? ¡Mira, mira ahí!

Logré recostarme y echar un vistazo sesgado al lugar

que ella señalaba. Me pareció distinguir un enjambre de sombras bajo el hielo, difusas, informes.

Miré de frente a Angela esperando una explicación. Se había puesto en pie. Retrocedía con el terror estampado en el rostro. Sus ojos, poseídos por un fulgor irracional, barrían el terreno a nuestro alrededor. Regresó hasta mí, espeluznada, me cogió de las manos y sin contemplaciones tiró de mí hasta incorporarme. Un segundo después, liberó un pavoroso alarido y ocultó su rostro en mi pecho.

En ese momento les vi. A todos ellos. Incontables.

Estaban por todas partes.

La mirada terrible de una legión de espectros parecía reclamarme desde las profundidades. Sus dedos crispados pugnaban por quebrar la gélida losa que sellaba sus tumbas. Me separé de Angela y caminé estremecido sobre la contraída distorsión que eran sus cuerpos; incapaz de pensar; tomando conciencia de que una pesadilla infernal, una broma macabra, había irrumpido en nuestras vidas.

Dispuesta a quedarse...

* * *

A lo largo de las dos siguientes horas, Elke Schultz, demudada y sin aliento, escuchó el escalofriante relato del biólogo. Al terminar había realizado el más extraño y perturbador de los viajes posibles, recorriendo la distancia que media entre la incredulidad y la fe. Envuelta en la manta se asomó al páramo helado que se extendía en la parte posterior de la casa, más allá del jardín. Con las primeras luces del día entendió que no podría escapar a una revelación semejante; que nadie podía inventar una historia así, y que de algún modo, por capricho del azar o dictado del destino, su camino y el de ese hombre se habían entrelazado indefectiblemente, al igual que ocurriera seis años atrás, cuando Eilert Lang y Angela Brandley descubrieron el horror que se ocultaba bajo los hielos eternos de Nueva Suabia.

20

TOUJOURS LA VOYAGE

No tardaré mucho. Será cuestión de unos minutos. Espérame en la esquina, allí podrás aparcar sin problemas –aconsejó Simon Darden con voz destemplada. La falta de sueño se reflejaba en su rostro.

–No te preocupes. A esta hora hay poco tráfico. Aquí estoy bien. Tómate el tiempo que necesites –tranquilizó John Stewart encendiendo un cigarrillo.

El periodista descendió del coche, alzó el cuello de la gabardina y llamó al timbre del que había sido su domicilio durante años, un edificio antiguo ocupado por dos únicos vecinos, al norte de Londres. Miró el reloj. Las seis y media de la mañana.

–¿Sí? ¿Quién es? –preguntó al poco una voz somnolienta.

–Claudia, soy yo, Simon, ábreme.

–¿Qué haces aquí a estas horas?

–Necesito hablar contigo, abre, déjame subir.

–¿Qué ha pasado? –indagó la mujer inquieta cuando él asomó un momento después en el descansillo.

–Nada grave, tranquilízate. ¿Puedo entrar?

–¿Es imprescindible?

–Lo es.

La mujer le franqueó la puerta con gesto huraño. Se miró de refilón en el espejo del recibidor, arregló sus desordenados cabellos y siguió a Simon hasta el salón de la casa.

–Tú dirás... –dijo cruzándose de brazos.

–Escucha, Claudia, voy a estar ausente dos o tres días, no sé exactamente cuánto tiempo –anunció el jefe de Internacional de *The Guardian*.

–¿Adónde vas?

–A París.

–¡Ah, ya, a París! ¿Por trabajo?

–Sí, digámoslo así. Aunque es un trabajo un tanto especial.

–¿Qué quieres decir con especial?

–Un asunto feo, un tanto inquietante –confesó Simon sin ambages.

–¿Te has metido en algún lío? ¡No me asustes!

–Espero que no. Confía en mí. De todos modos, me quedaré más tranquilo si esta semana Brian y tú os instaláis en el estudio de John. He recibido un anónimo, Claudia, una nota amenazadora.

–¿Amenazas? ¡Has perdido el juicio, Simon! ¿Meternos en el estudio de John? ¿Qué te llevas entre manos, algún asunto de droga, terrorismo? –interpeló ella nerviosa.

–Por favor, no alces la voz. Vas a despertar a Brian.

–Tanto mejor. Así se enterará de lo irresponsable que puede llegar a ser su padre.

–Claudia, haz el favor de calmarte. No ocurrirá nada malo. John va a estar con vosotros. Él se encargará de acompañar a Brian a la escuela y de recogerlo por la tarde.

–Si no me explicas de qué va todo esto, ni lo sueñes.

Simon Darden respiró profundamente. Comprendió que sólo una mentira le sacaría del atolladero.

–Política, como de costumbre. Estoy trabajando en un reportaje de investigación. Ya sabes, la habitual compra de voluntades por parte de Downing Street; concesión de títulos nobiliarios y prebendas a cambio de respaldo en el Parlamento. También asuntos turbios referidos al apoyo de Blair a Bush en lo de Iraq. Al primer ministro le quedan dos cafés si se destapa todo esto.

–Ya. Entiendo... Y has recibido amenazas, ¿del Gobierno? ¿Qué tenemos que ver tu hijo y yo en todo esto?

–Nada. Simplemente no quiero que estéis solos durante los próximos días. Anoche hablé con Roger Alton, el editor de *The Guardian*. Está al tanto de todo. Se ocupará de cualquier cosa que podáis necesitar. De todo, ¿entiendes?

–Muy bien. Como quieras –aceptó Claudia de mala gana–, pero graba bien lo que te voy a decir, Simon: si nos ocurre algo por tu culpa me encargaré de que no vuelvas a ver a tu hijo nunca más. Me conoces. Sabes que jamás bromeo.

–Lo sé. Tal vez por eso se acabó lo nuestro –apostilló Simon dirigiéndose hacia la salida. Se detuvo y entreabrió una puerta. Brian dormía apaciblemente.

–Dale un beso de mi parte. Lo harás, ¿verdad? –susurró en el último momento.

John seguía estacionado frente a la casa, con el motor en marcha. Dedicó una sonrisa afable a su amigo al percibir su expresión contrariada.

–Difícil, ¿eh?

–Muy difícil. Claudia siempre ha sido una persona desabrida. Un carácter de mil demonios. La conoces bien. He tenido que inventar una patraña para que se quede algo tranquila.

–No te preocupes. No me separaré de ellos ni un instante.

–Gracias. Mil gracias. Es posible que debas ser tú quien se instale aquí. No creo que Claudia quiera moverse de casa.

–No importa. Luego la llamaré –Stewart chasqueó los labios en señal de contrariedad–. Lo único que lamento es no poder acompañarte. No sabes lo que me fastidia perderme esto.

–No confío en nadie más que en ti. Eres mi mejor amigo –murmuró Darden dando un leve empellón al fotógrafo–. Será mejor que conduzca yo, ¿no? ¿Dónde quieres que te deje?

–Déjame cerca de la redacción, desayunaré en el Quality Chop House –decidió John–. A las ocho llamaré a Claudia y pasaré a recoger a Brian en un taxi.

–Muy bien. Me quedo muy tranquilo sabiendo que estarás con ellos.

Intercambiaron los asientos. Darden cruzó la ciudad en dirección a Farringdon Road con los semáforos abiertos. Las calles apenas despertaban.

–La primera rasca un poco –constató el periodista.

–Sí. Nada importante. Embrague a fondo. Desde ayer vengo notando que el neumático delantero, el de la derecha, está un poco bajo. Comprueba la presión.

–Entendido.

–Algo más. Encontrarás una bolsa en el maletero. Te dejo una de mis cámaras, la Nikon digital. Es excelente. No te preocupes por la luz, sólo dispara.

Simon sonrió.

–Voy más armado de lo que te imaginas.

–Si logras que ese hombre ponga este asunto en tus manos te vas a convertir en el periodista más famoso de todos los tiempos, cabronazo.

–Eilert, se llama Eilert Lang.

–¿Eilert? ¿Cómo lo has averiguado?

–La clave está en la Antártida, John –aseguró Darden concentrado en la conducción–. Todas las pistas apuntan en ese sentido. La fortaleza inexpugnable anunciada por Dönitz, en algún lugar remoto, al otro lado del mundo; la operación Highjump del almirante Byrd; la fotografía del cumpleaños del Führer... Recuerdo que en su primera llamada Eilert me dijo que la foto había sido tomada en el único lugar que no aparece en la bandera de las Naciones Unidas.

–¿No aparece la Antártida en la bandera de la ONU?

–No.

–¿Por qué?

–¿Cómo quieres que lo sepa? ¡No tengo la menor idea! –exclamó el periodista encogiéndose de hombros–. Pero es así. La silueta del Polo Sur ha sido eliminada.

–Suena raro.

–Quizá se deba a la perspectiva del diseño, vete tú a saber. El caso es que he estado rebuscando en las ediciones digitales del *New York Times*, el *Washington Post* y *The Guardian* –prosiguió Darden–. Y he hallado varias noticias referidas a una expedición científica al Polo Sur, la Millenium Research. Partieron a mediados de diciembre del año 2000. Y no regresaron. La información no era muy explícita. Menciona de forma sucinta un accidente. Una sima, o un alud, algo por el estilo. Parece que no pudieron recuperar todos los cuerpos. Se echó tierra al asunto rápidamente. De ese hombre, Eilert Lang, un noruego, nunca más se supo. Le dieron por muerto.

–Tal vez estés confundido.

–No lo sé. Ya veremos. Heinz Rainer habla un inglés impecable, pero tiene acento alemán, o nórdico, en cualquier caso un tanto gutural. Y aseguró haber burlado a la muerte hace seis años. Usó esa expresión: burlar a la muerte. Creo que coincide en el tiempo.

Simon accionó el doble intermitente y detuvo el coche frente al Quality Chop House. Distinguió a algunos redactores del turno de noche. Departían animados en torno a una mesa.

–¿Un café antes de marcharte?

–No, John. Quiero llegar al túnel del Canal lo antes posible. Te llamaré una vez esté en Francia, a eso de media mañana.

–Muy bien. Hazme un favor... –rogó el fotógrafo asomándose al interior del vehículo.

–Lo que quieras.

–Cuídate, jinete. Sólo eso.

–Prometido. Si todo sale bien nos vamos a regalar unas vacaciones en tu casa de la frontera con Canadá. Saldremos a cazar con arco, como hace tres años, ¿recuerdas?

John Stewart asintió divertido. Deslizó sus dedos por los pómulos como si aplicara pinturas de guerra.

–Haremos el indio, para variar –afirmó jocoso–. Por cierto, llevas unos cuantos discos en la guantera: Velvet Underground, Neil Young, Nick Drake... Y como siempre, Kevin Ayers. Inmejorable compañía.

–Por lo tanto, *Toujours le voyage*...

–Ayers dice *Toujours la voyage*, Simon.

El periodista pisó a fondo el acelerador en dirección al Eurotúnel de Folkestone, en Dover, mientras la voz hermosa e inquietante de John Cale en *Antarctica starts here* parecía invitar a la muerte a sumarse al viaje.

21

PARÍS TRAS LA LLUVIA

Ewald Fleischer chasqueó los labios, contrariado, y miró al cielo. La tormenta remitía, aunque demasiado tarde para él. Se había empapado de los pies a la cabeza en tan sólo unos minutos, los que había empleado en localizar un quiosco y comprar un plano de París. Propinó varios puntapiés secos al aire, aventando las gruesas gotas de agua de sus zapatos negros de cordones, y sorteó los charcos de regreso a la plaza de Saint Germain des Prés.

Günter Baum permanecía cómodamente instalado en el interior de Les Deux Magots. Removía con parsimonia una taza de café humeante, absorto en la decoración kitsch del lugar.

–¿Te ha cogido el chaparrón? –preguntó indiferente.

–Sí, mierda, sí... ¡Voy hecho un asco!

–¿Has encontrado un buen mapa?

Fleischer asintió. Dobló el abrigo sobre el respaldo de una silla contigua y desplegó los distintos cuerpos del callejero sobre la mesa. Se perdió en la intrincada red viaria de la ciudad, entrecerrando los ojos. No tardó en detener el índice en un punto a la derecha de la Tour Eiffel.

–Aquí está. La rue de Vaugirard…, cerca de la estación de Montparnasse. La residencia geriátrica está ahí. En el número 17.

–Perfecto. Por la tarde efectuaremos una cordial visita a Martin Höpfner.

–¿Sabes? Me pregunto si es realmente necesario hacer lo que estamos haciendo –murmuró Ewald abúlico, como pensando en voz alta–. No puedo evitar sentir cierta lástima, incluso rabia. Un ario de casta no merece acabar así.

–¿Cuestionas las órdenes de Thule? –husmeó Baum impertérrito.

–No. No es eso, pero son unos ancianos, todos ellos al borde de los noventa. Con un pie en la tumba. No creo que estén para contar muchas historias.

–Te aseguro que encontré a Färber y a Gottlieb muy lúcidos y locuaces.

–Tal vez Martin Höpfner sea sólo un vegetal. Tiene noventa y uno, Günter. Casi noventa y dos –adujo

Fleischer molesto. Levantó la mano y atrajo la atención de un camarero. Pidió una taza de café señalando la que estaba sobre la mesa y retornó al tema–. Quizá a estas alturas el alzheimer le haya dejado el cerebro más pulido que una bola de billar, ¿no? ¿Qué sentido tiene matarle en esas condiciones?

–Tal vez ninguno, aunque eso no cambia nada. Es mejor que te olvides –ordenó Günter con gesto hosco–. Las órdenes no se discuten. Además te diré una cosa, toma buena nota...

–¿Qué?

–Eilert Lang llamó repetidas veces a esos dos. Afortunadamente no consiguió nada, pero intentó por todos los medios obtener información, comprar sus testimonios.

–¿Cómo lo has averiguado? ¿Te lo dijeron ellos antes de morir?

–Conozco a alguien en la Oficina Federal de Investigación Criminal.

–¿En la BKA?

–Sí. Escucha: han revisado todas las llamadas efectuadas a los números de Färber y Gottlieb en las últimas semanas. Eilert las hizo desde el teléfono de su apartamento en Berlín. No sé cómo demonios ha conseguido la relación de los *actores* de Shangri-La, pero lo cierto es que conoce la identidad de todos ellos.

–Un verdadero fastidio –convino Fleischer olisqueando el café–. A ese entrometido hay que darle el pasaporte lo antes posible. Tengo ganas de acabar este trabajo. No me gusta.

–Calma. Es cuestión de un par de días más. Estoy convencido de que no tardaremos en encontrarle –apostó Baum–. Ese cabrón camina tras nuestros pasos. Acaso, a estas horas, ya esté en París. Sólo es cuestión de esperarle.

–¿Qué hay del periodista ese, el inglés?

–Darden.

–Sí, Darden.

–Asomará las orejas en breve. Seguro. A pesar de las advertencias no podrá resistir la tentación. Peor para él –zanjó Baum.

–¿Qué ocurrirá si la policía captura a Lang antes de que le encontremos? –interpeló Ewald inquieto–. ¿Has visto la prensa? Se ha cursado orden de detención internacional. El dibujo de su rostro y la foto de esa concertista aparecen por todas partes.

–De ser así nos habremos ahorrado una bala –aseguró con sorna Günter–. ¿Sabes lo que duraría Eilert en manos de la BKA? Los brazos de Thule son muy largos...

–Sí. Pero parece que la suerte le acompaña. Ese tipo es más escurridizo que una anguila. Se te ha escapado, eh, se nos ha escapado, tres veces.

–Se me escapó, no lo arregles –asumió Günter encendiendo un cigarrillo.

–¿Qué pasó en Siria?

–Última Thule fue alertada de que un desconocido poseía ciertos documentos, información muy peligrosa para la organización. Eilert Lang estaba negociando la entrega de esos papeles con el cónsul estadounidense en Damasco. De eso hace casi cinco años. A cambio pedía protección. Creo que estaba muy asustado. Era consciente de lo que tenía en su poder.

–¿A qué tipo de información te refieres?

–Eilert posee, entre muchos otros papeles, la relación completa de los *lebensborn* evacuados al final de la guerra. Más de ocho mil nombres. Es evidente que la consiguió en la Base 211, en Nueva Suabia, cuando los americanos le dieron por muerto –explicó Baum exhalando una espesa bocanada de humo–. Sabes muy bien cómo se llevó a cabo esa compleja operación, resultado de muchos años de trabajo discreto. Tu padre creció en Argentina, ¿no? El mío, en Chile. Después, según lo previsto, fueron confiados a la custodia de familias de confianza. Así se hizo en todos los casos. Eilert ofreció al cónsul americano una parte de ese listado, el referido a la identidad actual y paradero de los primeros mil quinientos *lebensborn*.

Las letras a, be y ce del alfabeto. Mi padre, Baum, estaba en esa lista.

–Entiendo. ¿Cómo logró huir?

–Me costó encontrarle. Lang se escondía como una serpiente, no dejaba rastro. Negociaba con la embajada a través de terceros, nunca utilizaba dos veces el mismo conducto. De hecho, nadie había visto su rostro, de ahí que desconociéramos por completo su identidad en aquellos días. Ir a ocultarse precisamente en Siria, uno de nuestros santuarios, ya es de por sí una osadía. Una mañana seguí a un anciano que había entregado un sobre al secretario del embajador. Se dirigió al barrio de las especias, en la parte vieja. Vi como le susurraba unas palabras al oído a un joven que parecía esperarle. Salió a la carrera. Él me guió, sin saberlo, hasta el escondite de Eilert Lang; una pocilga al final de un estrecho callejón. Al caer la noche me colé en la casa. Pagué cara mi torpeza. Lang había diseñado un sistema de alarma, primitivo pero muy efectivo. Y tenía preparada la huida. Vació su cargador. Casi me mata.

–Se esfumó…

–Durante dos años no supimos nada de él. Reapareció en Budapest. Esta vez se había puesto en contacto con un periodista.

–Conozco esa parte de la historia. Volvió a escapar.

–Sí, pero recuperamos la información. Y eliminamos al testigo. En su huida, Lang se cargó a uno de los nuestros. Ese biólogo es un tipo peligroso.

Fleischer apuró el café y consultó el reloj, impaciente.

–¿Qué hacemos ahora?

–Aún es pronto. Daremos un paseo. ¿Dónde has dejado el coche?

–A unas cuantas calles. Esta ciudad es imposible.

–¿Qué pasa con Lutz? ¿Se ha quedado en el hotel?

–Matthias ha desayunado conmigo, a las ocho, y ha dicho que le llamemos. Le he dejado en un *peep show*. Iba cargado de monedas.

Los finos labios de Baum se contrajeron en una mueca asqueada. Aplastó la colilla en el cenicero.

–¡Maldito onanista, la muerte le encontrará sin duchar y con el pene en la mano! –masculló el sicario de Thule–. Anda, paga esto y vámonos.

Salieron de Les Deux Magots. Un sol tímido pugnaba por colarse a través de las brechas abiertas en el cielo.

–Un lugar realmente peculiar, cargado de historia –murmuró Fleischer admirado, examinando una tarjeta de la cafetería–. Me pregunto si tu abuelo y el mío se llegaron a conocer. Tal vez compartieron una copa de coñac en la misma mesa que hemos ocupado.

–Lo dudo –repuso Baum escéptico.

–Los dos entraron en esta ciudad el 14 de junio de 1940.

–La Wehrmacht era un ejército inmenso en aquellos días, no lo olvides.

–Sí, pero ambos eran oficiales. Debieron coincidir en alguna ocasión, estoy convencido –insistió Ewald–. Mi padre suele releer su diario. Lo conserva como si fuera un tesoro. Me ha contado muchas veces que mi abuelo mantuvo un apasionado romance con una parisina. Una tal Claudine. Le llevaba chocolate y cigarrillos.

–¿Sabes? Tu padre es un hombre verdaderamente afortunado –susurró Baum enfundando las manos en unos finos guantes de piel negra–. Muy afortunado. No todos los *lebensborn* pudieron realizar el sueño de viajar a Nueva Suabia antes de partir rumbo a sus hogares de acogida. Mi padre siempre se lamentaba al respecto.

–Ya.

–Personalmente, daría años de mi vida por visitar el panteón.

–Sí, también yo. Te lo aseguro. Olvídalo, sabes que ya no es posible.

–Te ha hablado de eso, ¿verdad?

–¿Mi padre?

–Sí, de la cripta.

–Mi padre siempre habla de ese día.

–¿Qué dice?

–Que tanto él como el resto cayeron de rodillas bajo la enorme bóveda. Lloraron de emoción cuando les permitieron tocar el asta de la Lanza del Destino y besar la bandera que cubre su tumba.

22

LA CRUZ BAJO LA ANTÁRTIDA - II

Creo que aquí se separan nuestros caminos.
–Sí. Aquí.

Eilert Lang respiró profundamente, intentando mitigar el extraño desasosiego que invadía el centro de su pecho. Miró de soslayo a Elke. Siguió con la mirada, una vez más, su impecable perfil. Un viento desapacible, que llegaba a rachas, alborotaba sus cabellos. La concertista parecía abstraída, cansada. Se habían detenido frente a los jardines de un moderno edificio de siete plantas, entre los números 13 y 15 de la avenida Franklin D. Roosevelt de París.

–Hay algo que quisiera decirle –balbuceó Eilert.

–No. No diga nada más, basta de palabras, se lo ruego –aconsejó Elke–. No vuelva a pedirme perdón por lo que ha pasado. Despidámonos como lo harían dos pasajeros que han compartido unas cuantas horas de forzada compañía en un avión.

–Me temo que no ha sido un vuelo agradable. Demasiadas turbulencias.

–Lo mejor de los aviones, Eilert, es no tener que cogerlos –susurró ella–. Personalmente preferiría no haber hecho este viaje jamás. Su historia me ha afectado. No puedo negarlo. Es un regalo indeseable. Una carga insoportable. Lamento que deba llevarla a sus espaldas. Lo digo sinceramente, sin atisbo alguno de cinismo.

–Lo sé. Procure olvidarlo todo.

–Eso haré. No podría vivir teniendo presente algo así. Necesito descansar. Esta noche llegarán mis compañeros. Reencontrarme con ellos será un buen antídoto.

–Me encantaría verla sobre un escenario, aunque me temo que no será posible –lamentó el biólogo–. No le he preguntado por el repertorio.

–Gabriel Fauré, Ravel y Debussy.

–¿El *Preludio a la siesta de un fauno*?

–Sí, también, entre otras.

Lang apagó el motor del coche. Entregó las llaves a Elke.

–Sólo una cosa más, antes de separarnos.

–¿Qué?

–No se fíe de nadie. Recele de todos. Cuente lo que quiera de mí a la policía, pero no caiga en la tentación de dar a entender que sabe lo que sabe –recomendó con expresión sombría–. Su único seguro es el silencio. No lo olvide. Usted es la víctima circunstancial de un enajenado que la tomó como rehén en su huida, ésa es la única versión que debe salir de sus labios. No se mueva de ahí ni un ápice. ¿Entendido?

–Seguiré su recomendación.

Bajaron del coche. Elke aseguró el bolso sobre el hombro y agarró con fuerza el estuche del Stradivarius. Se observaron en silencio.

–Adiós, Elke. Que tenga mucha suerte. Ojalá nos hubiéramos conocido de otro modo.

–Cuídese, señor Lang.

–Rainer, no lo olvide: Heinz Rainer.

–Sí, cierto, Rainer.

La concertista cruzó entre los parterres del jardín, sin detenerse ni mirar atrás. Intercambió unas breves frases con el guardia armado que custodiaba la puerta. Al punto, su silueta se difuminó hasta desaparecer en el interior de la embajada de Alemania en París.

Lang comprobó la hora. La manecilla sobrepasaba el mediodía. Detuvo un taxi, indicó la dirección y se abstrajo en el animado discurrir del paisaje urbano. La ciudad parecía desplegar sus mejores galas ante la proximidad de las fiestas navideñas. El informativo de la radio se centraba en la llegada de Benedicto XVI a Estambul y en las extraordinarias medidas de seguridad adoptadas por el Gobierno turco ante la visita del Sumo Pontífice a la antigua Constantinopla.

–*Et voilà, monsieur: rue de Castiglione, Hôtel Lotti* –anunció el taxista–. *Ça coûte sept euros dix, s'il vous plaît.*

El hall del hotel Lotti era un bullicioso tráfago de turistas que confirmaban sus reservas en la recepción o disponían equipajes una vez finalizada su estancia.

–*Bonjour, mademoiselle*, me he citado aquí con un cliente, un señor llamado Simon Darden. Tal vez haya preguntado por mí. Soy Heinz Rainer –anunció a una de las recepcionistas.

Ella le miró por encima del puente de las gafas sin dejar de pulsar las teclas de un ordenador.

–¿Tiene usted reserva con nosotros, señor Rainer?

–¿Eh? No..., no.

–A ver, un segundo, por favor –solicitó afable. Revisó un puñado de notas dispuestas en un casillero. Le miró a la cara poco después con una en la mano–. ¿Ha dicho Darden? ¡Sí! El señor Darden ha llegado hace media hora. Le encontrará en la cafetería Lotti Lunch, al fondo del vestíbulo, a la izquierda.

Lang distinguió al periodista de inmediato. Se había situado bien visible, en una mesa aislada, junto a un alto ventanal de luz tamizada. Ojeaba *Le Figaro* al tiempo que daba buena cuenta de un pedazo de tarta de chocolate.

–Eso tiene un aspecto excelente –aseguró Eilert.

Simon Darden alzó la vista. Le costó dar con la mirada de Rainer. Sonrió.

–La verdad es que está delicioso, debería probarlo –recomendó–. Supongo que usted es el señor Heinz Rainer.

–Sí, en efecto.

–Es curioso, le imaginaba distinto –afirmó el inglés poniéndose en pie.

Lang le detuvo. Se estrecharon la mano.

–¡Ah!, ¿sí? ¿Cómo me imaginaba? –preguntó el biólogo tomando asiento.

–Pues, no lo sé, tal vez como a uno de los personajes de *El tercer hombre*.

–¿Me parezco a Orson Welles?

–Bueno, en su caso daría mejor en el papel de Joseph Cotten.

Eilert se echó a reír. Lo hizo abiertamente. Después, cruzó las manos sobre la mesa y se quedó mirando al periodista entre afable y curioso.

–Creo que nos entenderemos muy bien. Supongo

que es una coincidencia el que haya mencionado esa película. Es una de mis favoritas. O mejor dicho: lo era. Hace muchos años que no voy al cine –confesó.

Se produjo un breve silencio.

–Por favor, siga comiendo, se lo ruego. Yo también pediré algo. Estoy muerto de hambre –sugirió al intuir el desconcierto de Darden–. Reconozco haber jugado con una ligera ventaja: tiempo atrás vi una foto suya en la edición *on-line* de *The Guardian*.

–¡Claro, mi columna de política internacional!

–Sí. La eligió bien –bromeó Lang–. Juraría, de todos modos, que ese retrato tiene unos cuantos años; no recuerdo esas canas.

Darden asintió con expresión de cazador cazado.

–Los periodistas somos gente vanidosa –admitió.

–Dígame: ¿es el afán de notoriedad el que le ha traído hasta aquí?

–¿Qué quiere decir?

–Bueno, tal vez sueña con ganar algún premio de periodismo de investigación destapando este asunto. No me malinterprete. No quiero ofenderle. Me refiero a que lo que le contaré no tiene nada que ver con las películas de espías. En el cine los protagonistas sobreviven. Es cierto que no siempre acaban en buenas condiciones, pero suelen llegar a los créditos finales. Y normalmente se quedan con la chica.

–Muy buena imagen.

–La realidad siempre supera a la ficción. A mí me tocó interpretar un papel estelar en... –Eilert dudó durante un segundo, desenfocó la mirada en el mantel– en lo que en un principio parecía ser un documental feliz, ameno y divulgativo, que por capricho del guion terminó siendo una película de terror. De haberlo sabido, le aseguro que no habría firmado contrato con la productora.

–Lo supongo.

–Por eso le dije que pensara bien lo que iba a hacer.

–Escuche, Eilert, yo...

–Perdón, ¿ha dicho Eilert?

–Su verdadero nombre es Eilert Lang. Lo sé. Y juego con ventaja –afirmó Simon mostrando las palmas de sus manos–. Escalera de color, señor Lang. Encontré una foto de la Millenium Research en el *Washington Post*. Se le veía entusiasmado.

–Muy bien. Una simple pareja de rojos –reveló admirado el biólogo admitiendo la jerga del póquer como tapete de encuentro–. Y ya que estamos en Francia, *touché*. Sí, soy Eilert Lang.

–Se lo agradezco. Evitemos preámbulos innecesarios –recomendó el periodista a media voz–. Tengo claro que esto no va a ser un bucólico paseo por el campo. Me han amenazado. Y lo he tomado en serio. Muy en serio. Tengo mujer y un hijo. Si les ocurriera algo no me lo perdonaría jamás.

–Lo comprendo.

–¿Qué ocurrió en la Antártida, Eilert?

–Concédame un minuto y se lo explicaré. ¿Qué me recomienda? –preguntó echando un rápido vistazo a la carta.

–El *tournedo* con salsa de setas y mostaza.

–Me parece bien.

Tras ordenar la comida, Eilert Lang hilvanó la misma historia que dos días atrás había relatado a Elke Schultz. El periodista apenas le interrumpió. Se limitó a pedir permiso para grabar la conversación sin que su interlocutor pusiera reparo alguno.

–Encontrar esos cadáveres bajo el hielo fue un *shock*, se lo aseguro –afirmó con un hilo de voz. Parecía estar reviviendo en toda su intensidad aquel lejano día.

–¿Eran soldados alemanes?

–Sí. Algunos muy jóvenes. Angela y yo quebramos la capa de hielo con los picos. Desenterramos parcialmente a cuatro de ellos. Era evidente que habían sido abatidos durante la operación Highjump. En aquel momento ni ella ni yo sabíamos nada acerca de ese enorme despliegue militar estadounidense. Todo nos parecía irreal. No lográbamos entender qué hacían allí todos esos cuerpos. Lo descubrimos poco después.

Otros cadáveres, en cambio, pertenecían a hombres de avanzada edad, casi ancianos. Ese lugar es un cementerio, señor Darden. El cementerio de Nueva Suabia.

–¿Comunicaron el hallazgo a sus compañeros de expedición?

–Aunque aquello superaba nuestra capacidad de comprensión, tuvimos claro que debíamos guardar silencio. Regresamos a Wichita temblando. Afortunadamente nadie advirtió nuestro estado alterado. Decidimos volver al lugar tres días más tarde. Queríamos tomar fotografías y recoger pruebas. Yo le propuse a la doctora Brandley compartir nuestro hallazgo con los demás, pero ella se negó en redondo. El miedo la paralizaba.

* * *

–¿Estás loco, Eilert? ¡No puede ser que hables en serio!

–La locura es intentar mantener esto en secreto –insistí nervioso.

–Lo siento pero no me fío de nadie. Aquí se oculta un secreto terrible. Si Rodby y los suyos intuyen que hemos metido las narices en sus asuntos podemos pagarlo muy caro –advirtió alterada–. Ahora ya sabemos por qué nos mantienen lejos de la Tierra de la Reina Maud: es territorio prohibido, vedado. Lo que debemos hacer es dejar pasar unos días y seguir con lo nuestro, sin despertar sospechas. Regresaremos al glaciar y recogeremos pruebas. Luego decidiremos qué hacemos.

–Tal vez sea lo más prudente –convine al no tener más opciones a la vista.

–Lo es. Nuestra seguridad depende de que no desconfíen de nosotros. De momento todos ellos parecen tranquilos.

–¿Te has fijado en que nunca le quitan ojo a esa habitación que hay en el módulo central, junto a la emisora de radio?

–Sí.

–Tal vez allí guardan documentos, algún tipo de información que explique lo que está pasando aquí.

–No lo sé y no quiero saberlo. Júrame que no harás nada que nos comprometa.

–Tienes mi palabra.

* * *

–¿Cumplió esa promesa?

–No. Todo ocurrió por mi culpa.

Eilert Lang suspiró con desasosiego. Sus ojos quedaron cubiertos por una pátina acuosa, azorada. Darden intuyó que el biólogo, en un arrebato imprudente, había propiciado la catástrofe que se desencadenaría en los siguientes días.

–¿Por qué no me lo cuenta? –aconsejó el periodista rozando levemente el hombro de Lang–. Creo que le hará bien desprenderse de ese peso.

–Tal y como le he dicho, tres días más tarde regresamos a la zona. Tomamos fotografías de los cadáveres. Yo recogí algunos objetos. Me llevé varias condecoraciones. Entre ellas, una Cruz de Hierro, la máxima distinción del Ejército alemán. También una pistola. Una Luger. Estaba en buen estado y tenía el cargador lleno. La limpié. Aunque no la llegué a utilizar, la perdí durante mi huida.

–¿Qué sucedió?

–Ese día realizamos un nuevo descubrimiento –rememoró Lang–. Disponíamos de tiempo y decidimos reconocer la zona. Recorrimos de nuevo la cordillera, a ambos lados del glaciar. Angela acabó por encontrar una compuerta en la roca, una especie de poterna parecida a la de los submarinos. Intentamos abrirla en vano. Estaba trabada desde el otro lado. Sólo pude constatar algo que me llamó poderosamente la atención. Era de una aleación rarísima, un metal desconocido, del color del grafito. El pico apenas lograba erosionarlo. Y a pesar del frío, estaba tibio.

–Realmente extraño.

–En aquel momento, sí. Dos años después encontré una información que me hizo entender su naturaleza. A comienzos del verano de 1940, Hitler ordenó a los mejores científicos nazis el desarrollo de un nuevo tipo de metal, capaz de resistir y aislar recintos sometidos a temperaturas próximas a los sesenta grados bajo cero.

–Dios mío –balbuceó Darden.

–Sí. La construcción de la Base 211 en Nueva Suabia había sido aprobada –aseguró Eilert–. Una empresa descomunal, pero no nos adelantemos.

–¿Qué ocurrió en Wichita, cómo se desencadenó todo?

–Maldito lugar –masculló. El periodista advirtió que un ligero temblor se apoderaba de sus manos al extraer un cigarrillo del paquete y llevárselo a los labios–. No me lo perdonaré jamás. Jamás. Esa noche, de regreso en la estación, expliqué todo lo que habíamos descubierto a Stan Barets, el francés.

–¿Les traicionó?

–No. Era un buen hombre, pero aquejado de una verborrea peor que la mía. Al principio no creyó nada de lo que le conté, aunque se rindió a la evidencia cuando le mostré las fotos y los objetos que habíamos recogido. Pese a todo, creo que se lo tomó como un juego. Él fue quien me propuso echar un vistazo a esa habitación cerrada. Por las noches sólo dos soldados americanos permanecían de guardia en el módulo, en una estancia próxima. Barets se presentó allí con una botella de vodka, alegando insomnio, y les animó a echar una partida de cartas. Era un consumado jugador de póquer. Mientras él les entretenía, yo logré colarme en el archivo de la base.

–Estoy en ascuas...

–Hallé mucha información referida a las actividades alemanas en el Atlántico Sur en los meses siguientes al final de la contienda. Eran copias de documentos clasificados con el sello de alto secreto. Llevaban el membrete del Departamento de Defensa de Estados Unidos.

–¿De qué actividades habla? –indagó Darden escéptico–. A todos los efectos, Alemania capituló incondicionalmente en 1945.

–Sí. Eso cree el mundo entero –zanjó Lang en tono áspero–. ¿Ha oído hablar en alguna ocasión de la flota perdida?

–¿Flota perdida?

–No me refiero a portaaviones –ironizó–. Alemania sólo llegó a construir uno. Me refiero a los submarinos. La nueva serie bautizada como XXI U-Boot. Casi un centenar de ellos desapareció como por arte de magia. Sin dejar rastro. Se volatilizaron. Poseo la relación y los nombres de sus capitanes. Esos submarinos, señor Darden, evacuaron a miles de alemanes entre mayo de 1944 y febrero de 1945. Miles. Tenían puertos seguros en los que aprovisionarse, en España y en Argentina. Franco no quiso intervenir en la contienda, pero su simpatía por el régimen nazi era manifiesta. Eso está en los libros de Historia. En cuanto a Perón, sabrá que admiraba al Führer. Su país jugó un papel decisivo en todo lo que le estoy contando. Los U-Boot alemanes se dedicaron sistemáticamente a transportar materiales, obras de arte, armas, tecnología y prototipos, provisiones no perecederas. Todo era enviado por vía férrea hasta España y trasladado a barcos y sumergibles.

–Pero no lo comprendo –titubeó el periodista desconcertado–. Estamos hablando sólo de una base, ¿no? ¡Una base militar en la Antártida!

–Cuando los alemanes comenzaron la construcción de Nueva Suabia tenían en mente una base. Eran verdaderos expertos en ingeniería subterránea. Poseían las tuneladoras más poderosas de la época. Las trasladaron hasta Argentina en barcos de carga y, desde allí, hasta la Tierra de la Reina Maud, territorio que habían reclamado formalmente a comienzos de la Segunda Guerra Mundial. Neu Schwabenland fue concebida como un enclave estratégico que les sirviera para dominar el sur del Atlántico, pero no tardaron en cambiar de opinión. ¿Me sigue?

–Creo que no demasiado.

–Alemania sólo cometió un error de bulto durante la conflagración, Simon. Hitler, en su obcecación, enardecido por los triunfos de la guerra relámpago, rompió el pacto de no agresión con Stalin e invadió Rusia. Ése fue el principio de su fin.

–Eso es una visión simplista. Stalin tampoco hubiera respetado ese pacto, sé lo que digo.

–Seguramente no, pero el Führer precipitó el desastre al abrir ese frente. Todos los que le rodeaban intuyeron que más pronto o más tarde serían derrotados. Es entonces cuando se decidió que la Base 211 se convirtiera en una ciudad.

–¿Una ciudad? ¿Qué entiende usted por ciudad?

–Una ciudad descomunal, inmensa. Más allá de cualquier límite concebible. Una ciudad capaz de crecer y albergar a miles de personas. Una nueva Thule bajo los hielos.

–Suena a guión de ciencia ficción.

–Lo supongo, pero es así. Para Hitler y la cúpula nazi, la totalidad de la Segunda Guerra Mundial, con todo su horror y destrucción, era tan sólo un capítulo más, un peldaño en su misión sagrada. La posibilidad de ser derrotados sólo era contemplada como un contratiempo en sus planes supremacistas.

–Supongo que se refiere a su ideario, a la mística –apuntó Darden suspicaz.

–Sí. Sólo se puede entender el nazismo si se analiza desde la óptica de la religión. Pretendían crear un nuevo credo universal. El Führer dejó constancia de su propósito sobre el papel. Recuerde sus palabras: «Me siento en el deber de obrar del mismo modo en que lo hizo el Creador Todopoderoso».

–Las conozco.

–Eso facilita las cosas, aunque nos estamos desviando. Y queda mucho por contar. Le decía que en el archivo de Wichita, aquella noche, hallé información acerca de los submarinos alemanes –afirmó Lang retomando el hilo principal de la historia–. En los meses siguientes al término de la contienda, varios de ellos fueron avistados en el Atlántico Sur. Algunos navegaban en superficie, desorientados, con problemas en sus sistemas eléctricos, cargados de provisiones. Tres de ellos, los *U-Boot 530*, *977* y *465*, se rindieron en el Mar de Plata durante el verano de 1945. Dos de los capitanes, Schaeffer y Wermoutt, fueron conducidos a Estados Unidos, primero, y a Inglaterra, después. Les sometieron a interminables interrogatorios. Nadie podía entender que, meses después de la rendición de Alemania, empezaran a emerger submarinos en el hemisferio sur. Los servicios de inteligencia aliados comprendieron por fin dónde había construido el Reich ese Shangri-La anunciado por Dönitz. Los servicios de espionaje americanos lograron averiguar, en Buenos Aires, el emplazamiento de la Base 211. De inmediato comenzaron los preparativos de lo que sería la operación Highjump. En el año 1947, con el almirante Byrd al frente, los americanos desembarcaron en la Antártida. Fue una operación a gran escala. Miles de marines apoyados por una flota poderosa.

Eilert Lang se quedó ausente durante unos instantes. Darden hubiera jurado poder vislumbrar esa vasta fuerza de ocupación avanzando hacia la Tierra de la Reina Maud a través de hielos y ventiscas; parecía surgir de las pupilas del biólogo como un ejército de espectros.

–Los nazis les esperaban, señor Darden. Les tendieron una trampa mortal. Fue una carnicería. Se encontraron atrapados bajo un terrible fuego cruzado, hostigados desde el aire...

–¿Desde el aire?

–¿Ha oído usted hablar de los *foo fighters*?

–¿*Foo fighters*?

–Existen incontables informes de los pilotos ingleses referidos a los *foo fighters*. La aviación británica vengó, en la recta final de la guerra, el horror y la destrucción que las bombas volantes alemanas, las V-1 y V-2, habían sembrado en sus ciudades. Pulverizaron la capital del Reich. Palmo a palmo. En sus partes de vuelo consignaron haberse cruzado en el aire con naves, aviones, que despedían una potente luz anaranjada. Todos coinciden, sin fisuras, en que su forma era esférica, ovalada, similar a una pompa de jabón, y en el hecho de que volaban a velocidades inauditas. Las bautizaron como *foo fighters*. Yo hallé, señor Darden, dos naves que coinciden con esa descripción en las entrañas de la Antártida.

Un escalofrío sacudió al periodista de pies a cabeza. Recordó que sir Edward Harvington, al referirse a la operación Highjump, había mencionado las extrañas declaraciones realizadas por Richard Byrd a los medios de comunicación tras la precipitada retirada de las tropas estadounidenses destacadas en el Polo Sur. Esas palabras, extrañas, turbadoras, le supusieron ser considerado poco menos que un orate por parte de la opinión pública, y que recibiera una seria advertencia del Departamento de Defensa de Estados Unidos. Byrd no volvió a mencionar el asunto jamás.

–«Es imperativo que Estados Unidos de América tome medidas defensivas contra regiones hostiles... –parafraseó el periodista en tono sombrío–. No quisiera que nadie se sintiera innecesariamente atemorizado, pero es una realidad amarga que debemos tener presente: de producirse una nueva guerra, nuestro país podría ser atacado por *naves* capaces de volar de un polo al otro a velocidades inconcebibles...»

–¡Ajajá, muy bien, le felicito! Ahí lo tiene: Byrd se refería a los *foo fighters* nazis. En la Antártida, esas asombrosas naves les hicieron huir como a conejos. Los acribillaron... –sentenció Lang–. En los archivos de Wichita hallé varias fotos de esos aparatos, capaces de vencer la gravedad por electromagnetismo. Los americanos ya habían encontrado prototipos al terminar la guerra. En Polonia. Toda esa tecnología desencadenó la operación Paperclip: los yanquis se llevaron a los mejores científicos nazis a América. ¡A los pocos que quedaban, claro!

–Me he informado acerca de eso –aseguró Darden–. Siga con el relato de los hechos. ¿Qué hizo con todos esos documentos que encontró en Wichita?

–Esos documentos, y unos cuantos más que después cayeron en mi poder en Nueva Suabia, están a buen recaudo –aseguró Eilert con un brillo malévolo en los ojos–. A la mañana siguiente les mostré a Angela y a Stan todo lo que había sustraído del archivo. Entre los tres conseguimos ensamblar algunas partes del enorme puzle. Dos días más tarde, la doctora Brandley y yo regresamos a Neu Schwabenland. Teníamos claro que bajo esas montañas, bajo ese glaciar, se ocultaba una base alemana. Nos decíamos que de un modo u otro terminaríamos por hallar la forma de entrar en ella.

–Y la encontraron, ¿no?

–No. Descubrimos dos accesos más, pero nos resultó imposible introducirnos en ese búnker. Es divertido, pensábamos que lo que se hallaba bajo nuestros pies debía ser una especie de búnker. Nada más lejos de la realidad. Estaba herméticamente sellado. A media tarde regresamos a Wichita. Habíamos tomado una decisión: intentar comunicar por radio todo lo que habíamos descubierto. Eso, en aquellos momentos, se nos antojaba el mejor de los salvoconductos, la garantía de que nada malo podría pasarnos si la información salía de Wichita y se hacía pública a través de la prensa. Pero al llegar a las proximidades de la base, a tan sólo unos centenares de metros, Angela sugirió que nos detuviéramos. Entendí que algo andaba mal.

* * *

–Algo raro está pasando –afirmó con absoluto convencimiento.

Bajó de la moto y caminó unos metros hasta coronar un suave repecho de hielo. Vi como escudriñaba a lo lejos. Después volvió y tomó unos prismáticos. Recuerdo que cuando me miró, su rostro era el vivo reflejo del pánico. Me tendió los binoculares y apuntó hacia Wichita. Pude ver claramente a Rodby y a sus hombres empujar sin miramientos a Stan, a Hatsuka y al resto.

–¡Dios mío! ¿Qué ocurre? –balbuceé atónito.

–Lo que ocurre, Eilert, es que alguien ha hablado demasiado.

–Pero no es posible... ¡Dios mío! ¿Qué están haciendo?

Amparados por la momentánea seguridad que suponía la distancia, asistimos al más terrible de los desenlaces posibles. Los militares, tras conducir a nuestros compañeros a una zona despejada, les obligaron a ponerse de rodillas y procedieron a eliminarlos de un tiro en la nuca. Los asesinaron sin titubeos. Uno a uno. Cuando el fragor seco de los disparos cesó, los empaparon en gasolina y los quemaron. Recuerdo que Angela lloraba y se agitaba en una convulsión frenética. Yo, no lo puedo ocultar, temblaba muerto de miedo. Creí perder el sentido. Vomité.

Entendimos que Stan había sido incapaz de preservar nuestro secreto. Tal vez le había comunicado a Hatsuka lo que sabíamos. Y éste, a su vez, lo había transmitido al resto. Cualquiera de ellos, ignorando la gravedad del asunto, terminó por preguntar abiertamente a alguno de los militares.

* * *

–¡Qué horror, qué horror! –murmuró Simon conmocionado.

–En aquel momento, señor Darden, supe que Angela y yo íbamos a morir. Le aseguro que no existe nada comparable a la certeza de la muerte. Se convierte en una presencia devastadora –musitó Lang turbado, mortalmente serio.

–¿Qué hicieron?

–Lo único que podíamos hacer. Huir. Pero no hay lugares a los que huir en la Antártida. Es un océano de soledad. Un interminable espejismo blanco. Yo tenía un mapa. Sabíamos que más allá de la Tierra de la Reina Maud existía una base noruega. Calculé que debía de estar a unos doscientos cincuenta kilómetros y que la gasolina de reserva no nos permitiría llegar hasta allí. Decidimos que el único lugar que podía ofrecernos una posibilidad, siquiera remota, era Nueva Suabia. La Base 211. El Shangri-La de los nazis. Si lográbamos hallar la forma de entrar, claro. Para nuestra desgracia, el coronel Howard Rodby también lo entendió así.

–Comprendo.

–Si lo que le he contado hasta este punto le parece increíble, el desenlace desbordará su capacidad de comprensión –advirtió el biólogo. Depositó los cubiertos en paralelo sobre el plato, limpió sus labios y, tras doblar cuidadosamente la servilleta, se cercioró de la hora–. Permítame que me detenga en este punto y aplace el resto del relato. Ahora deberíamos efectuar una visita, antes de que oscurezca.

–¿Una visita?

–Si le he citado aquí, en París, es debido a que necesito..., necesitamos, el testimonio de un *actor*. Creo que se lo expliqué. Por lo que sé sólo quedan tres hombres en el mundo capaces de contar lo que jamás se ha contado. Sus palabras valen infinitamente más que todas las pruebas que yo he reunido a lo largo de los últimos seis años. Y Última Thule los está eliminando. Uno a uno. Ojalá no lleguemos tarde.

23

DE LAS BRASAS AL FUEGO

Cómo se encuentra, señorita Schultz? ¿Algo más tranquila? –preguntó la secretaria del vicecónsul alemán empujando la hoja de la puerta con el pie–. Le he traído un café con leche y unas pastas. Esto le sentará de maravilla. Vaya, veo que apenas ha probado la comida.

–Muchas gracias. Se lo agradezco. No tengo apetito, pero estoy algo mejor –aseguró Elke recogida en una esquina del sofá.

–¿Ha conseguido dormir un poco?

–Apenas unas cabezadas. Aunque estoy muy cansada, me cuesta dormir, supongo que es el propio agotamiento.

–Sí. Es eso. Pronto estará bien. Ya ha pasado todo –afirmó la mujer, depositando la bandeja sobre una mesita. Se acomodó en un sillón contiguo y sacudió un sobre de azúcar–. No se mueva, haga el favor. Permítame que le sirva.

–Dos.

–¿Dos?

–El azúcar… –señaló Elke–. Siempre le pongo dos sobres al café con leche.

–Yo hago lo mismo. Me encanta el dulce –convino la secretaria con una sonrisa cómplice en los labios–. Tiene que probarse la ropa. Hemos comprado unas cuantas cosas para usted en una *boutique*; espero haber acertado con la talla. Usa una treinta y ocho, ¿verdad?

–Sí.

–Tengo buen ojo para la ropa. ¿Ha podido hablar con su familia?

Elke suspiró. La pregunta le trajo de inmediato al pensamiento a su madre.

–He estado tentada de llamar a mi madre. Está de vacaciones en Canarias, con su hermana. Dos viudas sin problemas, imagínese –bromeó la violinista–, pero he desistido. La conozco. Sería capaz de dejarlo todo, coger un avión y no separarse de mí en tres meses. Eso sería más de lo que estoy dispuesta a aguantar. He telefoneado a un buen amigo, Carl Weisman, el director de la Filarmónica de Berlín. Estaba de camino al aeropuerto. Su vuelo a París sale en unas horas.

–¿Sabe? ¡Mi marido tiene dos entradas para el tercer concierto! –reveló la funcionaria–. Le costó muchísimo conseguirlas. Será una maravilla verla a usted.

–Desearía estar recuperada para entonces. No lo sé –dudó Elke–. Todo esto me ha dejado muy hundida.

–¡Oh, vamos, señorita Schultz, lo va a olvidar rápidamente!

–Eso espero.

–Tal y como le he dicho, el cónsul, el señor Klaus Neubert, estará todo el día fuera. Tenía una comida con empresarios alemanes y un acto oficial en el museo del Louvre. Se inaugura una exposición de grabados y óleos de Durero. Le recibirá el vicecónsul, el señor Frank-Walter Richter. Acabo de cruzarme con él. Me ha preguntado por usted. No ha querido molestarla hasta que hubiera descansado un poco, se está encargando de todo personalmente –explicó–. ¿Por qué no se da una buena ducha y se prueba la ropa? El baño está ahí. Nada como el agua caliente para sentirse mejor.

–Muy bien. Sí. Tiene razón. Ya está bien de lamentaciones –resolvió la concertista–. No sabe lo que le agradezco todo esto, eh, disculpe, creo que no he retenido su nombre.

–No importa. Catherine, Catherine Prévost.

–Mil gracias, Catherine. Es usted mi ángel de la guarda.

–¿Ángel? ¡Para nada, mi marido dice que me engendró el mismísimo diablo!

Media hora más tarde, Elke Schultz era recibida por el vicecónsul en su despacho de la quinta planta. La concertista constató desde el primer momento que Frank-Walter era un hombre sumamente afable y vivaz, de escasa estatura, rostro bermejo y figura oronda. No pudieron comenzar a conversar hasta que él se desembarazó de llamadas y dio orden de no ser molestado en lo sucesivo.

–¡Ya lo ve, esto es un no parar! –exclamó ufano mientras ponía orden en su mesa. Después se quedó mirando a la concertista en silencio, embobado–. No sabe cuánto me alegro de que todo se haya resuelto bien. En las últimas treinta horas todo el mundo la ha estado buscando. He hablado hace un rato con el superior de la Policía francesa, también con la jefatura de Berlín, ¡menudo revuelo!

–Lo supongo.

–Ese hombre, el tal Rainer, ¿le ha hecho daño?

–No. No me ha golpeado si se refiere a eso.

–Le cogerán. Puede estar segura. Esto ha sido un mal sueño, pero ya ha terminado. Ha tenido usted mucha suerte, señorita Schultz, mucha suerte.

–Creo que sí.

–Heinz Rainer es sumamente peligroso. Un demente. Hace una hora he recibido una llamada de Florian Bohm, inspector de la BKA, la Oficina Federal de Investigación Criminal. Si no he entendido mal lo que contaba, le están buscando desde hace años. Ha matado a más de uno.

–No sé nada de él, apenas cruzamos unas pocas frases.

–Pero algo debió de explicarle, ¿no? –indagó sinceramente intrigado Frank-Walter.

–No. Nada. Es un hombre reservado. De pocas palabras. Y yo, yo estaba muerta de miedo. Me dijo que me mantuviera callada, tranquila, que me dejaría libre al llegar a París. Y en eso ha cumplido.

–¿No dijo nada acerca de los motivos que le traían hasta aquí?

–No.

–En fin, bien está lo que bien acaba –anunció el vicecónsul palmeando la mesa–. La prefectura de Policía de París quiere interrogarla. Les he pedido que esperen unas horas, hasta que usted esté en condiciones. El inspector Bruno Krause, de la Policía de Berlín, está en camino. Llegará a última hora. Se reunirá con usted mañana por la mañana. Krause se encargará de acompañarla en todo: entrevistas, papeleo y trámites.

Por su parte, el señor Bohm, el agente de la BKA, ha dispuesto que esté usted custodiada en todo momento. Casualmente algunos de sus hombres se encuentran en París. No tardarán en llegar.

–¿Es necesario todo esto?

–Ése es el procedimiento habitual cuando se cursa una orden de búsqueda internacional, y lamento los inconvenientes. Pediré que la molesten lo menos posible.

–La verdad es que preferiría coger una habitación en un buen hotel y dormir veinticuatro horas seguidas.

–Catherine se ha encargado de eso. No se apure. Hemos reservado para usted una suite en el Concorde La Fayette. Verá París desde las nubes, se lo aseguro. Y la cocina es excelente. Le recomiendo que pruebe...

El teléfono comenzó a sonar interrumpiendo la conversación. Frank-Walther descolgó. La concertista se abstrajo durante unos segundos. Los ojos de Eilert Lang se abrieron en el centro de sus pensamientos, apenas un instante, y desaparecieron.

–Me avisan de que ya están aquí –anunció.

–¿Perdón?

–Los encargados de su seguridad. Han llegado. Están en la embajada.

–¡Ah!

La puerta del despacho se abrió poco después. Una sonriente Catherine Prévost precedía a tres hombres elegantemente vestidos. Elke los miró de refilón, sin prestarles demasiada atención. Sus ojos se encontraron con los de un hombre de notable estatura, facciones angulosas, ojos claros y cabellos del color del oro viejo, cuidadosamente peinados hacia atrás.

–¿Señorita Schultz? –preguntó solícito.

–Sí...

–Me alegra encontrarla a salvo. Soy Fritz Schlesinger, de la BKA.

–Encantada de conocerle –murmuró tendiéndole la mano.

Ocurrió en ese preciso instante. El rastro familiar que Elke había detectado en el rostro de Schlesinger dio paso a una contundente certeza. Él pareció advertir el brillo intranquilo que encendía la mirada de la mujer.

–¿Me recuerda? –preguntó–. Llamé hace dos días a su puerta.

Como si recuperara el pasado reciente a través de un pequeño visor, Elke rememoró la tensión vivida en su apartamento de Berlín. Volvió a sentir el contacto frío de la pistola de Eilert presionando en su sien. Después, como en el vértigo circular de un tiovivo, los sucesos de las últimas horas desfilaron ante sus ojos al igual que una película examinada en una moviola.

–Vagamente, lo lamento –mintió.

–No se preocupe. Es normal. Puedo imaginar lo terrible de su situación, con ese indeseable amenazándola.

–Sí, ha sido horrible –murmuró al tiempo que la voz de Eilert Lang, resonando en el centro de su cabeza, revelaba el verdadero nombre del supuesto agente de la BKA: Günter Baum.

–Descuide, no irá muy lejos. En la huida arrolló a uno de nuestros mejores agentes. En cuanto a usted, permanezca tranquila. Vamos a llevarla a su hotel.

–Debo recoger mis cosas.

–Por descontado. La acompañaremos.

–La dejo en las mejores manos –afirmó el vicecónsul poniéndose en pie–. Espero que descanse y se recupere. Nos veremos mañana.

Elke Schultz salió del despacho seguida de cerca por los agentes de la BKA. Su corazón comenzó a latir desbocado. Las últimas palabras de Lang, al despedirse, resonaban como un eco distante en su cabeza. «No se fíe de nadie –había insistido el biólogo–, guarde silencio». Intentó recordar todo lo que su captor le había explicado sobre Günter Baum y Última Thule, pero el cansancio le impedía ordenar los fragmentos de la compleja historia. Pensar con claridad no sólo resultaba difícil sino doloroso. Se aferró al único tablón que flotaba en medio del mar revuelto que era su ánimo. Tal vez, se dijo, Eilert era sólo un maldito farsante, un embaucador, un asesino esquizofrénico que descargaba sus culpas creando fábulas tan asombrosas como inverosímiles.

Se encontró, al salir del ascensor, con la mirada afectuosa de Catherine Prévost. La secretaria había llevado sus pocas pertenencias hasta el vestíbulo de la embajada. Sonreía abiertamente.

–¡Oh, vamos, Elke, querida! ¿A qué viene esa mirada azorada? –la animó–. Todo va a salir de maravilla. Créame, usted sólo necesita dormir, dormir...

La violinista asintió. Su resistencia interior se quebró en el preciso momento en que Catherine le dispensó un emotivo abrazo de despedida. Supo que no podía seguir manteniendo por más tiempo sus recelos. La embajada de Alemania no podía estar confabulada con un puñado de matones. Lo suyo rozaba la paranoia.

–¿Ése es su coche? –indagó Günter Baum al atravesar el jardín.

–Sí, ése.

–Deberá darme la llave. Más tarde lo recogeremos. Habrá que examinarlo. Por las huellas, ya sabe.

–Muy bien.

Se dirigieron al aparcamiento de la embajada, situado en uno de los laterales del edificio. Baum señaló un BMW negro. Elke tomó asiento en la parte posterior. Respiró profundamente.

–¿Sabe? Ese maldito Rainer nos está causando muchos quebraderos de cabeza –murmuró el agente de la BKA acomodándose a su lado. Aflojó el nudo de la corbata con expresión de fastidio.

–Me ha dicho el vicecónsul que es un desequilibrado, gracias a Dios he tenido suerte –comentó Elke distraída.

–¿Sabe por qué la ha traído hasta aquí, hasta París?

–Esa misma pregunta me la ha formulado el señor Frank-Walther, y le he dicho que no tengo la menor idea.

–Yo diría que viene buscando algo. Intente recordar. Seguro que en algún momento hizo algún comentario, dejó escapar algún nombre, un contacto, una cita –insistió el agente de la BKA.

–Lo puedo decir más alto, pero no más claro, señor Schlesinger –murmuró la concertista entre abúlica y desabrida–. Lamento no poder ayudarle.

El coche se sumó al tráfico de la calle. Elke Schultz no tardó en reparar en el hecho de que la dirección que tomaban les alejaba más y más del Concorde La

Fayette. Conocía la ciudad. Además, la silueta del hotel, un rascacielos emblemático, era visible desde muchos puntos.

–Disculpe. Creo que se ha despistado. Debería girar a la derecha en la próxima confluencia, el hotel queda hacia allá –indicó al conductor.

–Lamento el retraso, pero antes tenemos que atender un asunto urgente –afirmó Baum.

–¿Un asunto urgente? –preguntó Elke desconcertada–. Entiendo. No se preocupe. Déjenme en la próxima esquina. Caminaré o tomaré un taxi.

–Usted no va a ir a ninguna parte –rezongó entre dientes el sicario de Thule–. No antes de que nos haya contado todo lo que Eilert Lang le ha dicho.

El BMW se había detenido en un semáforo. Elke comprendió que había cometido un error de bulto no creyendo en los avisos de Eilert. Evidentemente, Schlesinger y los dos que le acompañaban no eran agentes federales. A través del retrovisor pudo ver cómo el conductor a duras penas lograba contener una sonrisa taimada, ladina. La observaba de hito en hito, con un mohín torvo en los labios. Lang no había mentido. Tenía que salir de ese coche a cualquier precio. Intentó abrir la puerta del automóvil antes de que se pusiera en marcha. En vano. Estaba bloqueada.

Baum la detuvo agarrándola por el cuello.

–Si quieres vivir más vale que te quedes quieta, putita –gruñó.

–¡Suélteme, maldito bastardo, quíteme la mano de encima!

Günter la abofeteó, lanzándola contra el cristal.

–¿Te lo estás tomando a broma, verdad, zorra? ¡Peor para ti! –masculló escupiendo en su rostro–. Te lo podemos hacer pasar mal, muy mal, ¿no es así, Matthias?

El conductor asintió. Ladeó el rostro y dirigió una mirada lasciva a la violinista.

–Matthias es un semental –aseguró Baum–. Ewald y yo apenas podemos contenerle. Le contaré una historia. Creo que necesita oírla. Hace tres años tuvimos que hacer un trabajito en Italia. ¿Conoce Italia, señorita Schultz? ¡Es un país maravilloso, la comida es excelente, la gente sumamente amable!

–¡Déjeme en paz! ¡Van a pagar muy caro todo esto!

–¿No me escucha? ¡Es una pena, le aseguro que es una historia muy entretenida! ¿Es o no es una buena historia, Ewald?

–Cojonuda, Günter.

–¿Ve? ¡Debería oírla! –aseguró sonriente el matón–. Verá, le decía que estábamos en Florencia, en el centro, ¿cómo se llama esa calle, Ewald?

–¿Via Cavour?

–¡Exacto, via Cavour! Una calle muy selecta –convino Baum–. Pues bien, resulta que disponíamos de unas cuantas horas antes de visitar a alguien. Y Lutz, Matthias, decidió ir por su cuenta, darse una vueltecita. Acordamos que nos reuniríamos a eso de las ocho, en el Ponte Vecchio. Ese puente le encantaría, está lleno de joyerías. A todas las putas de lujo les gusta el Ponte Vecchio.

–¡Maldito cerdo! –espetó Elke apretando las mandíbulas. Sus ojos ardían inundados de rabia.

–¿Cerdo? ¡Joder, Matthias, la zorrita acaba de llamarte cerdo! –se carcajeó Baum. Ewald Fleischer se sumó a su hilaridad al punto–. El caso es que cuando llegó la hora de cumplir con el trabajo, el cabrón de Matthias no apareció. Ewald y yo tuvimos que despachar el asunto solos. ¿Sabe qué ocurrió? ¿Por qué no se lo cuentas tú, Matthias?

–No me líes, Günter. Tú lo explicas mejor.

–Resulta que Matthias se lió con dos putitas. Se las llevó a una pensión. Se las tiró una y otra vez, hasta que ya no se le levantaba ni con polea. Y después se las cargó. Ewald y yo nos enteramos por el periódico, al día siguiente. Y él decía no recordar nada. Desde entonces, siempre que desaparece, le buscamos en el primer burdel que nos sale al paso.

–Pretendían que les pagara el doble –adujo Matthias Lutz contrariado.

–¿Qué quieren de mí? –preguntó crispada Elke–. Yo no sé nada. ¿Por qué me hacen esto?

–Tú cuéntanos todo lo que te ha explicado Lang y podrás marcharte. Si no colaboras, dejaremos que Matthias se divierta contigo en el primer callejón apartado que encontremos, ¿entiendes?

–No conozco a ningún Lang. ¡Heinz, Heinz Rainer!

–¡Eilert, Eilert Lang! ¿No te dice nada ese nombre?

–No, nada.

El rostro de Günter Baum adquirió el tono encendido de las llamas. Resopló como una caldera a punto de estallar. Con un movimiento rápido arrebató a Elke el Stradivarius y se lo tendió a Ewald Fleischer.

–Está visto que esta mujer no nos cree. Tanto peor –musitó.

–¡Devuélvame ese violín, maldito bastardo!

Por toda respuesta, Baum propinó a la mujer un manotazo seco con los nudillos. Elke comenzó a sangrar profusamente por la nariz. Se llevó las manos al rostro y prorrumpió en un sollozo que era mezcla de pánico, frustración e ira mal contenida.

Ewald Fleischer abrió el estuche.

–¡Joder, Günter, es un banyo, parece un banyo! –exclamó entre admirado y sarcástico. Al punto, rebuscó en el bolsillo de su abrigo y extrajo un mechero.

–¡Por Dios, por lo que más quiera! ¿Qué va a hacer? –gritó desaforada Elke adelantándose en el asiento.

Baum extendió el brazo, aplastándola contra el respaldo.

–¡Me encantan los banyos! –afirmó Ewald impertérrito. Acercó la llama a las cuerdas y las hizo saltar una a una. Se partieron emitiendo un chasquido seco, parecido al de un diminuto látigo–. ¿Lo quemo todo, Günter?

–Tú mismo.

–¡Basta, basta, deténgase, se lo suplico! ¡Les diré todo lo que sé!

–¡Ah, caramba, eso está mucho mejor!, ¿verdad, chicos? –mascculló Baum complacido–. Veamos, señorita Schultz: ¿por qué ha venido Eilert Lang a París?

–No estoy segura. Le oí decir que quería encontrarse aquí con alguien –balbuceó alterada–. No recuerdo el nombre. Mencionó un nombre pero yo no lo recuerdo. Créame, estoy diciéndole la verdad.

–¿No sería, por casualidad, un tal Martin Höpfner? –azuzó Günter–. ¿Le suena ese nombre: Martin Höpfner?

–Sí, es posible –tartamudeó Elke–. No lo podría jurar, pero creo que sí.

–¿Dijo algo acerca de un periodista inglés?

–Sí, sí. Habló de un periodista. Me parece que se habían citado a mediodía.

–¡Muy bien! ¿Ve qué fácil es?

–No sé nada más.

–Cálmese. Conteste una última pregunta y habremos terminado: ¿para qué quiere Lang encontrarse con Höpfner?

–¡Cómo quiere que yo sepa eso?

–Parece que la señorita Schultz sufre un nuevo ataque de amnesia, Ewald. ¿Querrías quemar esa mandolina con el encendedor?

–Será un placer, Günter.

Ewald Fleischer acercó la llama al diapasón de ébano del Stradivarius. Elke, con el terror en los ojos, pugnó por desembarazarse de la atadura obstinada y sañuda que era el brazo de Baum, desplegado como una barrera a la altura de su cuello.

–¡No, no, basta, por lo que más quiera! ¡Escuche, creo que Lang busca que ese hombre, el tal Höpfner, le ayude a desvelar un secreto! ¡No sé de qué se trata! ¡Lo juro, lo juro! ¡Sólo dijo que necesitaba hablar con él, que era muy importante!

–Muy bien. Pues ya está –aseguró Baum complacido–. ¿Ve? ¡Tampoco era para tanto!

–¡Devuélvame el violín! –exigió Elke.

–Vamos, Ewald, dáselo.

–Siempre he querido tener una balalaica –se lamentó Fleischer.

–¡Dáselo, joder! A las zorritas hay que tenerlas siempre contentas.

–Sobre todo en la cama –apostilló Matthias Lutz echando un vistazo sesgado al espejo.

La concertista se quedó temblando como una hoja. Tomó el instrumento y lo devolvió al estuche como una autómata, incapaz de detenerse a constatar los posibles desperfectos. Al punto, se derrumbó.

–Déjenme marchar, por favor –suplicó entre sollozos.

–Cálmate, gatita. Vamos a charlar un rato con el señor Lang. Y después veremos qué hacemos contigo –decidió Baum.

El BMW se perdió en el intenso tráfico de París al atardecer, en dirección a la rue de Vaugirard. En el asiento trasero, Elke Schultz, aterrada, parecía maldecir el día y la hora en que su camino y el de Eilert Lang se habían cruzado.

24

CON MAL PIE

Has apuntado, encanto?

–Sí. Ya está...

–Parece urgente –advirtió el copiloto desde la cabina.

–Ahora mismo buscaré al señor Krause.

Hannah Steinmeier colgó el teléfono y comprobó la relación de pasajeros de *business class* del vuelo LH4314 de las 17.30 horas de Lufthansa con destino a París. Descorrió la cortinilla de acceso al área y se deslizó con la gracia de un felino sobre la suave moqueta.

–¿Señor Krause? ¿Bruno Krause? –susurró al oído de un viajero adormecido.

–No. No soy Bruno Krause, aunque estoy dispuesto a cambiar de nombre si acepta que cenemos juntos en París.

Hannah sonrió. Enarcó levemente una ceja y comprobó el número de la butaca.

–¿Usted es…?

–Carl Weisman.

–¿Carl Weisman, el director de la Orquesta Filarmónica de Berlín?

–Creo que sí.

–Es un honor tenerle a bordo, señor Weisman. Me parece que se ha sentado en una butaca equivocada –murmuró la azafata divertida–; de todos modos, no importa, nadie se ha quejado.

–Siempre me siento cerca del bar. Si hay que estrellarse, lo mejor es tener un whisky gran reserva a mano –ironizó.

–Hoy no toca catástrofe. Disfrute del vuelo. Vamos algo retrasados debido al tráfico aéreo sobre París, pero en una media hora aterrizaremos en el Charles de Gaulle.

–¿Qué hay de mi propuesta? –indagó Weisman atusando sus endiablados rizos–. Déjeme tentarla con un pato en su sangre al estilo de Rouen en La Tour d'Argent.

–Oh, bueno, la verdad es que me siento muy halagada. Nadie me ha invitado nunca a cenar pato con certificado de origen, pero me temo que me espera alguien.

–Lástima. Otra vez será –aceptó flemático el director.

–Es posible.

La azafata encontró al comisario Krause dos filas más allá. Roncaba arrebujado en una manta de viaje. Le tocó levemente en el hombro.

–¿Comisario Krause?

–¿Eh? ¡Sí, soy yo! ¿Qué pasa? –repuso el policía sobresaltado entreabriendo los ojos. Pulsó el botón del brazo de la butaca y la devolvió a su posición normal.

–Hemos recibido una llamada de París.

–¿Para mí?

–Sí. Nos piden que le digamos que al desembarcar debe dirigirse a las dependencias policiales del Charles de Gaulle. El inspector Alain Goulard, de la Gendarmerie, le espera. Insisten en que es muy importante.

–Entendido, se lo agradezco –convino con voz pastosa.

Krause se desperezó. Ajustó discretamente la hebilla del cinturón y buscó a tientas sus zapatos. En la butaca contigua, Christian Eichel permanecía absorto en lo que parecía una comedia de enredo. El comisario le zarandeó.

–¿Ocurre algo? –preguntó el subalterno desprendiéndose de los auriculares–. Deberías ver esta película, es absolutamente estúpida pero muy divertida.

Bruno miró de reojo el pequeño monitor.

–No soporto a Leslie Nielsen –rezongó–. Escucha, me acaban de decir que un representante de la Policía francesa nos está esperando en el aeropuerto.

–¿Y eso es bueno o es malo?

–¡Ni bueno ni malo, joder, pero sí anormal! –exclamó a media voz–. Ésta no es una visita oficial, Christian. Eso significa que ha pasado algo.

El avión aterrizó poco antes de las ocho de la tarde. El aparato recorrió un intrincado dédalo de pistas hasta aproximarse al *finger* de la terminal principal del aeropuerto. Nada más desembarcar, Krause y Eichel se dirigieron a las oficinas de la Policía. Tras una breve espera les invitaron a pasar a un despacho.

–Es un placer conocerle, señor Krause –aseguró solícito el inspector Alain Goulard saliéndoles al paso–. Espero que haya tenido un vuelo agradable.

–Muy agradable, gracias. Le presento a mi segundo, Christian Eichel.

–Encantado. Por favor, siéntense –rogó–. ¿Desean tomar algo, un café, un resfresco? ¿Tienen hambre?

–No, gracias. Hemos cenado en el avión.

–Muy bien. Verán, no sé cómo decirles esto, pero me temo que no tengo noticias muy agradables –advirtió Goulard con expresión compungida.

–¿De qué se trata?

–De la señorita Schultz. Ha desaparecido.

Krause y Eichel cruzaron una mirada perpleja.

–Disculpe, pero eso no es posible. Elke Schultz estaba en la embajada de Alemania hace unas horas, a salvo –puntualizó el comisario.

–Sí. Así es. Hasta donde sé, Heinz Rainer la ha liberado a media mañana. He hablado, a eso de las cuatro y media de la tarde, con el vicecónsul, y en ese momento ella estaba allí, descansando –explicó el francés–. Yo quería interrogarla, pero él me ha rogado que postergáramos hasta mañana la entrevista.

–¿Qué más?

–El señor Frank-Walther me ha llamado hace algo más de una hora. Sobre las seis y media. Estaba muy nervioso. Me ha informado de que tres hombres, que se han acreditado como agentes de la BKA alemana, se la han llevado. En teoría a su hotel, pero en el Concorde La Fayette niegan que ella se haya registrado.

–¿Agentes de la BKA, dice?

–Eso ha dicho el vicecónsul. Al parecer, un tal Florian Bohm, inspector de la Oficina Federal de Investigación Criminal de Berlín, al que la embajada había comunicado la liberación de la señorita Schultz, ha querido que algunos de sus agentes se encargaran de protegerla, pero cuando se han presentado en la embajada se han encontrado con que tres, eh..., falsos agentes, se les habían adelantado. Todo el mundo está consternado.

–¡Qué demonios está pasando aquí! –exclamó Krause encolerizado, sin poder contener su ira–. ¿Consternados? ¿En la embajada están consternados? ¡Joder, esto es para volverse loco!

–Tranquilícese. La encontraremos. Se lo aseguro. Tengo a más de cincuenta hombres buscándola por todas partes.

Un ayudante del inspector francés interrumpió la conversación en ese punto.

–Disculpe, señor Goulard, tiene una llamada por la línea dos –anunció–. Es de la central. Parece importante.

–Gracias, René. Perdónenme, caballeros, enseguida estoy con ustedes –aseguró Alain Goulard descolgando el auricular.

Bruno Krause se dejó caer contra el respaldo con expresión abatida.

–Aquí hay algo podrido, muy podrido, Christian –farfulló.

–¿Qué?

–No lo sé, pero esto es más gordo de lo que parece a simple vista. Quiero que llames a Berlín. Habla con ese cabronazo de Florian Bohm –ordenó–. Acribíllale a preguntas. Exígele que te diga a qué hora ha tenido constancia de la liberación de Elke Schultz; quién más en la BKA se ha enterado de que ella estaba en la embajada de Alemania en París esta mañana y por qué varios de sus hombres estaban *casualmente* en la ciudad. ¡Aquí hay algo que no cuadra! ¡Falsos agentes de la BKA!

–No vaya tan rápido o no lo recordaré todo.

–¡Joder, joder, joder!

–Cálmese, inspector.

–¡Agarra el teléfono y no pares hasta que saque humo!, ¿entendido?

Christian Eichel salió discretamente del despacho dejando a Krause echando espumarajos por la boca. El alemán tuvo tiempo de sosegarse siquiera un poco: Alain Goulard seguía atendiendo la llamada entrante. Asentía con leves movimientos de cabeza y lacónicos monosílabos ante lo que parecían ser malas noticias. Tras cinco insoportables minutos, colgó.

–¿Ocurre algo? –preguntó Bruno ante la cara de circunstancias de su homólogo francés.

–Me temo que esto se está poniendo feo –balbuceó Goulard.

–¿Más feo? ¡Parece imposible!

–Creo que sí. Me comunican que ha habido un tiroteo en una residencia geriátrica, en la rue de Vaugirard, en el centro. Algo gordo. Seis muertos y dos heridos. Toda la zona está acordonada.

–¿Y eso qué tiene que ver con lo nuestro? –husmeó Krause a punto de perder los estribos.

–Diría que mucho. Pronto lo sabremos. La información todavía es confusa, pero todos los indicios apuntan a que esos falsos agentes de la BKA son los responsables de la matanza.

–¡Dios mío! ¿Qué hay de Elke Schultz?

–No sé nada de ella, pero no perdamos tiempo. ¡Vamos!

Goulard, Krause y Eichel, acompañados por varios agentes, abandonaron el aeropuerto Charles de Gaulle precipitadamente, embarcándose, de inmediato, en una temeraria carrera a lo largo de los veintitrés kilómetros de intenso tráfico que les separaban del centro de París.

Las inmediaciones del número 17 de la rue de Vaugirard se desplegaron ante sus ojos como el decorado de una catástrofe. Más de una docena de vehículos de policía, ambulancias, furgones de cuerpos especiales y unidades móviles de televisión conformaban un caótico laberinto de vértigo y premura; pero la visión del drama desencadenado en el interior de la residencia resultó infinitamente más opresiva y terrible de lo que Bruno Krause podía presuponer al traspasar el umbral.

–¡Santa Madre de Dios, qué carnicería! –murmuró recorriendo las estancias con un hilo de aire en el pecho.

25

17, RUE DE VAUGIRARD

Eilert Lang retuvo bruscamente a Simon Darden al doblar la esquina. Le agarró obligándole a buscar el amparo de un seto. Tras dejar el coche unas calles más allá, los dos habían zigzagueado sumidos en un mutismo hermético hasta alcanzar la rue de Vaugirard. Se encontraban a escasos metros de la residencia geriátrica en la que estaba internado Martin Höpfner. El periodista, extrañado, buscó los ojos del biólogo. Brillaban encendidos en desconfianza.

–¿Qué ocurre, pasa algo? –inquirió sobresaltado.

–Creo que sí –musitó Lang señalando el edificio–. ¡No es posible! ¡Elke!

Darden echó un vistazo sesgado a la entrada. Era una casa antigua, señorial, aislada, de tres plantas coronadas por una elegante buhardilla de teja de pizarra, rodeada por una verja metálica y un breve jardín delantero. Constató que dos hombres, que parecían custodiar a una mujer, se colaban en el interior del centro mientras un tercero permanecía entre las columnas de la puerta, bajo un alto soportal, con expresión de cancerbero, oteando la calle a un lado y al otro.

–Tienen a Elke, no lo entiendo –musitó Eilert conmocionado–. Maldita sea, me parece que hemos llegado tarde. Muy tarde.

–¿Ésa es la mujer de la que me ha hablado, la violinista?

–Sí. Se llama Elke Schultz. La he dejado en la embajada de Alemania esta mañana. No logro comprender qué hace aquí.

–¿Conoce a esos tres tipos?

–Conozco bien a uno de los que ha entrado. El rubio alto, Günter Baum. A los otros dos les vi hace un par de días en Berlín. Matones de Thule.

–¿Qué hacemos ahora?

–No lo sé. Deme unos segundos. Necesito pensar –instó Lang nervioso.

El rostro del inglés se contrajo en un rictus incrédulo cuando poco después vio al biólogo llevarse la mano al bolsillo de la gabardina y sacar una automática.

–¿Piensa entrar ahí, armado? –indagó intranquilo.

–Ya le dije que esto podía acabar muy mal.

–Pero...

–No hay peros que valgan –zanjó Eilert sañudo quitando el seguro al arma–. Usted haga lo que crea más conveniente. Esa gentuza pretende asesinar a Martin Höpfner, ¿entiende? Y yo voy a intentar impedírselo. Además, esa mujer, Elke, está metida en esto por mi culpa. No puedo quedarme de brazos cruzados. Deséeme suerte, amigo. Si todo sale mal, márchese, salga por piernas y regrese a Londres.

El miedo inmovilizó a Simon Darden. Sus rodillas se doblaron. Una convulsión interior, parecida al restallido de un látigo, le advertía de que si seguía a Lang en ese momento no habría marcha atrás posible. El rostro de su hijo desfiló entre el vértigo de pensamientos que se arremolinaban en su cabeza.

–Voy con usted –resolvió reuniendo arrestos.

–Como quiera.

–¿Qué propone?

–Cruzar al otro lado, discretamente, un poco más allá –apuntó Lang–. Y acercarnos al edificio por detrás. Me parece que el jardín de la parte posterior de la residencia llega hasta la siguiente calle. Por allí podremos entrar discretamente, sin ser vistos.

Sin esperar aprobación a su plan, Eilert echó a andar a paso rápido por la rue de Vaugirard, alejándose del geriátrico, seguido de cerca por un desconcertado Darden.

Günter Baum esgrimía, en ese preciso instante, la más encantadora de sus sonrisas, acodado en el mostrador de la recepción del centro. A sus espaldas, impasible, Ewald Fleischer sujetaba sañudo el brazo de Elke Schultz mientras clavaba el cañón de la pistola en su costado.

–¿Martin Höpfner, dice? –la telefonista vaciló. Mordisqueaba con desgana una barrita de cereales. Calzó unas gafas de breve montura sobre el puente de la nariz y revisó una lista–. Un segundo, por favor. La mayor parte de nuestros huéspedes ha salido. Una de esas visitas facultativas, ya sabe –puntualizó–. El ayuntamiento les ha invitado a la inauguración de un monográfico sobre la obra de Durero, en el Louvre. No tardarán en regresar. El autocar llegará de un momento a otro.

–Gracias. Sentimos no haber anunciado nuestra visita con antelación. Estamos de paso por París y quisiéramos saludar a nuestro tío –adujo en tono taimado Baum–. Hace mucho tiempo que no le vemos. Se alegrará mucho, seguro.

–¡Vaya, pues sí, estamos de suerte! –anunció finalmente la mujer–. Creo que Martin Höpfner se ha quedado. Seguramente está con sus amigos. Cada tarde juega a los dados con Ferdinand y Maurice en el saloncito posterior, junto al jardín. Le avisaré. Dígame, señor, ¿a quién debo anunciar?

–Si no le importa, preferiríamos que fuera una sorpresa.

–Entiendo, pero eso no es posible –apuntó la mujer, chasqueando los labios en señal de desaprobación–. Las normas de la institución prohíben visitas no programadas. Y menos a estas horas. Si les parece, avisaré al señor Höpfner de que están ustedes aquí. Saldrá enseguida. Podrán reunirse con él ahí, en la salita de visitas.

–Sabe, señorita, ¡mujeres como usted son culpables de que yo acabe siempre por perder la compostura! –rezongó Günter empuñando la Walther. Se cercioró del nombre inscrito en la pequeña chapa prendida en la bata de la recepcionista, echó atrás el percutor y encañonó su rostro–. Escúcheme con atención, Juliette Chardin: si quiere seguir con su puto régimen y meter su puto culo en una puta falda, dígame dónde está Martin Höpfner ahora mismo.

–¡No dispare, por lo que más quiera, tengo dos hijos! –suplicó ella aterrada ante la inesperada reacción de Baum; aunque demasiado tarde, entendió el significado de la mirada obsesiva y crispada de Elke Schultz. La violinista había intentado alertarla del peligro desde el primer momento, en silencio. No había apartado sus ojos de ella ni un solo instante.

–Probablemente el señor Höpfner estará en esa sala –Juliette Chardin apuntó de forma inequívoca a una puerta corredera, de doble lámina, al fondo del corredor.

–Muy bien. Ahora, conteste: ¿está usted sola?, ¿dónde están sus compañeros? –preguntó Günter recelando de la tranquilidad del lugar.

–Hay dos enfermeras cenando, arriba, en la segunda planta –contestó ella con un hilo de voz trémula–. Y otra en el primer piso, preparando las medicaciones de la noche.

–Perfecto. Ahora, Juliette, sea buena chica y quédese calladita.

–¿Te acompaño, Günter? –preguntó Fleischer.

–No. Vigila a estas dos. Si intentan algo, ya sabes.

Baum enfiló el pasillo. A ambos lados se abrían numerosas estancias destinadas al ocio de los huéspedes. Comprobó que estaban vacías. Hizo a un lado una silla de ruedas, arregló el nudo de su corbata y entreabrió las hojas de lo que era una amplia sala de juegos y lectura.

–¡Póquer de ases a la jota! –aseguraba una voz en tono triunfal.

–¡Oh, vamos, Martin! ¿Póquer de salida? ¿Y de ases? –exclamó Ferdinand incrédulo–. ¡Eso huele a mentira podrida! ¡La jota siempre miente! ¡Si te compro una doble de rojos negros ya te puedes dar con un canto en los dientes!

–Tú haz lo que quieras, pero yo te paso un póquer a la jota –reiteró ufano Höpfner–. ¡Jódete! ¡Donde las dan, las toman!

–Te advierto que yo no pienso comerme ningún marrón para salvarte –advirtió Maurice, entre risas, zarandeando a Ferdinand–. Ni se te ocurra pasármelo a la dama. ¡Te juro que levanto sin pensármelo dos veces!

–¿Ves? ¡Maurice tiene razón, Martin! ¡Para ir de salida, apuntas muy alto!

–Cuando se puede, se puede. Si no me crees, no lo compres: levanta y apúntatela... –aseguró Martin Höpfner inflexible. Deslizó el cubilete a lo largo de la mesa hasta situarlo delante de las narices de su compañero.

–Yo no dudaría de la palabra del señor Höpfner, caballeros –aseguró Günter Baum revelando su presencia. Había observado la escena desde un lugar discreto. Tomó una silla, la arrastró hasta la mesa de juego y se sentó a horcajadas, cruzando los brazos sobre el respaldo.

Los tres ancianos se miraron desconcertados.

–¡Usted no conoce a Martin! –afirmó Ferdinand dirigiéndose al recién llegado–. Es el rey de las trampas. Miente más que habla.

–Es posible, pero ahí hay cuatro ases. Yo, en su lugar, pasaría los dados y cantaría superior –aconsejó Baum.

–¡Muy bien, como quiera! ¡Se convencerá de que Höpfner es un cantamañanas! –resolvió Ferdinand deslizando cuidadosamente la jugada a lo largo de la mesa–. ¡Superior, Maurice, superior!

–¿Y ahora qué se supone que debo hacer yo? –interpeló divertido Maurice dando unos golpecitos al cubilete de piel.

–Ahora, usted me pasa los dados a mí. Yo le compro un póquer al rey –tranquilizó el matón.

–Como quiera.

El francés se encogió de hombros y prolongó el viaje de la jugada por el tapete.

Baum fisgó discretamente en el interior del cubilete. Sonrió y destapó los dados. Cuatro ases y una jota.

–¿Qué les había dicho? ¡Nuestro amigo no mentía! –murmuró agrupando los ases en el centro de la mesa. Agitó el quinto dado y de un golpe seco plantó el cubilete ante Martin–. ¡Al as, señor Höpfner!

–¿Repóquer? ¡Y una mierda! No estoy para sacar quintillas... ¡Aquí no hay un as! –rezongó el alemán levantando la jugada. La sonrisa se le borró de un plumazo.

Un as.

–¡Mierda, esto sí que es mala suerte! –constató molesto.

–Muy mala… –musitó Günter.

Höpfner y Baum se miraron fijamente, durante un minuto eterno, sin que ninguno de los dos aflojara en el pulso crispado en que se fue convirtiendo el cara a cara.

–Creo que no nos conocemos, caballero –balbuceó finalmente el anciano–, pero algo me dice que usted me busca a mí.

–En efecto.

–Lo temía. Empecé a temerlo cuando supe que Färber y Gottlieb habían sido asesinados –murmuró resignado–. ¿Sabe? ¡Nunca más volví a ver a esos dos, ni a ninguno de los que estuvimos allí en aquellos días finales!

–Días tristes…

–Sí, tristes. A mí me capturaron los americanos cuando intentaba huir. Al menos en eso tuve algo de suerte. Con los rusos me hubiera ido mucho peor. Pasé dos años fregándoles las letrinas a esos cerdos, sacando pozales con sus excrementos.

–Su vida no ha sido fácil. Me consta.

–Bueno, luego me casé. Esa parte fue la mejor. Cuando murió mi mujer, hace siete años, me vine a vivir a París. El marido de mi hija mayor es directivo de Michelin.

–Lo sé.

–Dígame, ¿hay algún modo de evitar esto?

–Creo que no.

–Entiendo, ¿supongo que no le importará que me ponga en pie?

–Se lo ruego.

Martin Höpfner se incorporó ante la mirada atónita de sus compañeros de juego. Se puso a canturrear, emocionado, erguido como una estaca.

«Deutschland, Deutschland über alles, über alles in der Welt...»

Sin dejar de retar a Baum rebuscó en el bolsillo de su batín de seda. Mostró un sobrecito. Lo hizo saltar en la palma de la mano.

–Como verá, lo tengo todo preparado –susurró rompiendo la bolsita de sal. En un gesto rápido vació parte del contenido bajo la lengua–. ¡En la vida o en la muerte, sobre la sal! *Heil*, Hitler!

–Tuya es la Corona de Vril, hermano ario –apostilló Baum alzándose a la velocidad del rayo. Colocó el cañón de la pistola en su sien y disparó.

El impacto lanzó violentamente al viejo contra una mesa adyacente. Höpfner se desplomó arrastrando en su caída varias sillas. Sin perder un segundo, el agente de Thule se encaró con Ferdinand y Maurice.

–¡Está..., está usted loco! ¿Pero qué..., qué ha

hecho? –tartamudeó el primero despavorido–. ¿Por qué nos apunta? ¡Por Dios, deténgase!

–Una buena partida de dados no se puede dejar a medias –gruñó Günter apretando el gatillo–. ¡Buen viaje, caballeros!

Eilert Lang y Simon Darden alcanzaron la parte trasera del edificio en el preciso instante en que el eco soterrado de dos disparos consecutivos resonaba en el ambiente. Habían atravesado a la carrera el jardín de la residencia. Para cuando pudieron atisbar, a través de uno de los ventanales, lo que sucedía en el salón, Baum había finalizado su trabajo y abandonaba la estancia camino del vestíbulo.

–¡Muertos, están muertos! –constató el periodista sobrecogido, doblado por el esfuerzo. Tras haber fisgado brevemente en la estancia permanecía agazapado, recostado contra el muro.

–¡Cállese, maldita sea!

–¡Debemos llamar a la policía, de inmediato! –decidió Darden sacando su teléfono.

–¿La policía? ¡No diga sandeces, para cuando estén aquí, todo habrá terminado!

–¿Se le ocurre algo mejor?

Lang no contestó. Su atención parecía viajar más allá de la habitación de juegos, acompañando a Baum en su retirada. Reconoció la silueta inconfundible de

Elke Schultz, a lo lejos, en el vestíbulo. La mujer intentaba zafarse en vano del férreo control de uno de los matones. Consciente de que el tiempo se agotaba, el biólogo descendió la breve escalera que comunicaba la puerta trasera con el jardín y recorrió la fachada buscando el modo más fácil de colarse en el interior.

–¿Ya está? –indagó Ewald Fleischer al ver llegar a Baum.

–Sí, ya.

–Y con estas dos, ¿qué?

Günter se llevó un cigarrillo a los labios. Lo encendió.

–Son tuyas. Mátalas. Te espero en el coche... –ordenó camino de la puerta.

Fleischer apuntó a la recepcionista mientras atenazaba a Elke en un abrazo rabioso y asfixiante. Juliette Chardin, sin posibilidad de huida, atrapada tras la ilusoria seguridad que representaba el mostrador del vestíbulo, intuyó su terrible final. Se llevó las manos a la cabeza y comenzó a chillar presa de la histeria.

–¡Cierra la boca, maldita zorra! –espetó irritado el secuaz.

–¿Qué está pasando aquí? ¿A qué viene todo este estrépito? –interrumpió una voz malhumorada en el último instante, cuando los dedos de Fleischer ya se crispaban sobre el gatillo.

Alertada por el sonido de los disparos y el escándalo que llegaba desde la entrada, una enfermera hizo su aparición. Llevaba entre las manos una pequeña bandeja repleta de medicinas. No tuvo tiempo de entender lo que ocurría. Ewald, sobresaltado, giró sobre sus talones dando un nuevo destino a su bala. El proyectil traspasó a la mujer a la altura del esternón. Cayó a plomo, inundando el lugar de pastillas de colores.

–¡Y ahora, tú, estúpida! –gruñó el matón apuntando nuevamente a la cabeza de la recepcionista.

–¡No! ¡Ahora tú, hijo de puta! –tronó Eilert Lang irrumpiendo en el corredor como una tromba.

El biólogo no esperó a que Fleischer le mirara. Efectuó tres disparos consecutivos, a la carrera, angustiado por la posibilidad de que alguna de las balas pudiera alcanzar a Elke. Ewald cayó de rodillas, en medio de un aullido doloroso. Quedó postrado, con el antebrazo agujereado y la mano derecha reventada. Nada más verse libre, Elke Schultz se revolvió contra él, propinándole un contundente y rabioso puntapié en pleno rostro.

–¡Cabrón, maldito cabrón, muérete, muérete! –gritó fuera de sí.

–¡Basta! ¡Basta, Elke! –ordenó Lang conteniéndola–. ¿No quería llamar a la policía, señor Darden? ¡Pues ahora es el momento! ¡Baum y el otro no tardarán en asomar las narices al ver que éste no se les une! ¡Coja esa pistola, la vamos a necesitar!

–Yo llamaré a la policía –propuso Juliette Chardin, intentando sobreponerse al pánico que aún la embargaba. No podía apartar los ojos del cadáver de su compañera, tendido sobre un charco de sangre unos metros más allá.

–Muy bien, hágalo, ¡pero hágalo rápido! –acordó Eilert–. ¡Maldita sea, Darden: le he dicho que coja esa automática!

El periodista, como un autómata, levantó el arma. Jamás había tenido una pistola entre las manos. Intentó dominar el temblor nervioso que se apoderó de su brazo al sujetarla con fuerza.

–¡Ya, ya está, la tengo! –farfulló asustado–. ¿Ahora qué?

–¡Ahora apunte a este hijo de puta en la cabeza, y si se mueve dispare hasta que no le queden balas! ¿Lo entiende o necesita una demostración? –rezongó Lang cáustico.

Al ver que Darden asentía se volvió hacia la violinista.

Elke Schultz se había dejado caer sobre el brazo de una pequeña butaca. Abrazaba el estuche del violín como si fuera un ser desprotegido. Miraba con ojos vacíos y perdidos en dirección a ninguna parte. Apenas lograba respirar.

–Elke, yo, lo siento, lo siento mucho –susurró el biólogo.

–Cállate. No me hables, Eilert. No digas nada.

–Quisiera que supieras.

–Te odio. Te odio con toda mi alma. Todo lo que está sucediendo es culpa tuya.

–Lo sé.

–Pero..., pero te agradezco que me hayas salvado –murmuró, deshaciéndose a continuación en un llanto atenazado.

–No llores, por favor. Prefiero verte furiosa, en pie. Esto no ha acabado. Créeme, tenemos que salir de aquí ahora mismo –afirmó Lang consciente de que el tiempo se escapaba como la arena de un reloj.

–La policía está de camino –comunicó Juliette con voz atenazada.

–Muy bien. Nosotros nos vamos. Explíqueles todo lo que ha ocurrido.

–¿Van a dejarme sola con este criminal? –indagó inquieta la mujer.

–No tema. Este cerdo viene con nosotros –aseguró Eilert–. ¡Vamos, bastardo, arriba, nos vas a ayudar a salir de aquí!

Lang agarró a Fleischer por el cuello del abrigo obligándole a incoporarse; le clavó la rodilla en el espinazo y lo alzó violentamente. A empellones, hincando el cañón de la pistola en su nuca, le condujo hasta la puerta.

Los temores del biólogo se materializaron. Günter Baum y Matthias Lutz, extrañados ante la tardanza de su compañero, habían desandado el camino hasta la residencia geriátrica. Se encontraron todos frente a frente, en el exiguo espacio que mediaba entre el edificio y la cancela de entrada.

–Vaya, ¡qué agradable sorpresa! –exclamó Baum–. ¡Una bonita reunión de familia!

–Hazte a un lado si quieres que tu amigo viva –ordenó Eilert.

–Ha pasado mucho tiempo, Lang.

–Sí. Mucho.

–Parece que tú y yo estamos condenados a encontrarnos, una, y otra, y otra vez. ¡Damasco, Budapest, Berlín, París! –ironizó Günter–. ¿No te aburre tanto viaje?

–¡Basta de charla, apártate!

Matthias Lutz se llevó la mano al interior de la gabardina, en claro ademán de sacar su automática. Baum le contuvo.

–No sabe dónde se ha metido, señor Darden –amenazó el agente de Thule encarándose con el periodista–. No tardará en lamentarlo. Usted y la señorita

Schultz deberían redactar testamento. Lo antes posible.

–La fuerza se te va por la boca, cabrón –increpó Lang.

–Estás muerto, Eilert. Lo sabes. Eres un cadáver putrefacto. Un puto zombi –masculló Baum con expresión asqueada–. Y voy a devolverte a patadas a esa tumba de la que no debiste salir.

–Seguro, pero tú me acompañarás al infierno. ¡Y ahora esfúmate o los sesos de éste arruinarán ese bonito abrigo de paño que llevas!

Günter Baum y Matthias Lutz habían comenzado a recular cuando el chirrido hiriente de unos frenos les hizo mirar hacia atrás. Un gran autocar estacionaba frente a la residencia y abría sus puertas, descargando a un tropel de octogenarios bulliciosos y enfermeras agotadas. Lang consideró esa irrupción un hecho providencial. Agarró a Ewald Fleischer por los cabellos y lo empujó decidido, colándose entre el amasijo de cuerpos enclenques y renqueantes que invadía el lugar, abriendo paso al periodista y a la mujer.

–¡Encárguese de Elke! ¿Me oye, Darden? ¡Oblíguela a correr en dirección al coche! –ordenó entre reniegos.

Simon cogió a la violinista por el brazo y tiró de ella, pugnando por salir del caos informe que les rodeaba. Cuando Lang constató que emprendían la huida, llenó su pecho de aire y propinó un salvaje empujón a Fleischer, arrojándolo como a un fardo contra Baum. El encontronazo los desequilibró a los dos. Lutz, ante el cariz que tomaban las cosas, se resolvió a sacar el arma. Comenzó a disparar, poseído por un frenesí irracional. El biólogo vio como el cuerpo breve de una anciana se interponía en la trayectoria de las balas que le estaban destinadas. La mujer, con ojos desorbitados, se aferró a su brazo como a una tabla de salvación, mientras él, a su vez, liberaba un infierno de plomo.

No dejó de apretar el gatillo hasta vaciar la totalidad del cargador.

El sicario de Thule, acribillado, se desplomó como una marioneta.

Aprovechando la indescriptible locura que se desató en la rue de Vaugirard, Eilert Lang corrió como alma que lleva el diablo en pos de Simon y de Elke.

26

NAZIS, EICHEL, NAZIS

Era el Presidente, Jacques Chirac en persona! –balbuceó consternado Alain Goulard colgando el teléfono–. ¡*Sacré bleu*, qué desastre!

El inspector francés se dejó caer de golpe en el sofá. Ocultó el rostro entre las palmas de sus manos deseando que la tierra le tragara, y regresó, tras una breve estancia en ninguna parte, al drama que era la realidad. Ordenó cuidadosamente sus cabellos plateados y cruzó los dedos en actitud reflexiva.

Bruno Krause y Christian Eichel le dedicaron una mirada conmiserada.

–Sí, es un día negro –murmuró abatido el comisario alemán.

–Está furioso. Furioso. Y con razón –aseguró con un hilo de voz–. Todo el lugar se ha llenado de cámaras de televisión. Las imágenes darán la vuelta al mundo. En pocas horas París será la capital del crimen, señor Krause. Esto va a repercutir negativamente en el turismo.

–Tonterías.

–Ha dicho que jamás, durante su mandato, había ocurrido nada semejante. Sé de buena tinta que no quiere presentarse a las próximas presidenciales. Está harto. He oído decir que tiene intención de hacer pública su renuncia antes de la próxima primavera.

–Esta tragedia no va a empañar la carrera de Jacques Chirac, a los políticos sólo les importa su imagen. Tranquilícese –propuso el alemán.

–Pero será una mancha negra en la mía. No se lo he dicho, pero me jubilo a finales de enero –confesó Goulard–. Le aseguro que he visto muchas cosas en mi vida. Demasiadas, pero ninguna parecida a ésta.

Krause no pudo sino asentir. Tampoco él recordaba haber presenciado, en sus muchos años de servicio, nada similar. El lugar era un hervidero de agentes, médicos y enfermeras, jueces y forenses. Todos los huéspedes del geriátrico habían sido trasladados a un hospital cercano, en el mismo autocar empleado en su visita al Louvre, sumidos en un estado de ansiedad que en más de un caso parecía el preludio de una crisis cardíaca. Seis cadáveres, introducidos en bolsas negras, ocupaban el pasillo central de la residencia a la espera de ser retirados. Moverse por el interior de la primera planta resultaba imposible. Numerosos investigadores discutían a media voz mientras tendían largos hilos destinados a determinar la trayectoria de las balas y la posición de los implicados. Por doquier se recogían casquillos, se reconstruía lo sucedido y destellaba el flash de las cámaras. En medio de ese panorama desolador, Juliette Chardin, la recepcionista, atendía los requerimientos de unos y de otros con expresión enajenada. Era la única testigo del drama.

–Hemos terminado, inspector Goulard, al menos por ahora –anunció uno de los criminalistas, asomando por la puerta de la pequeña sala en que el francés y sus colegas alemanes permanecían a la espera–. ¿Desean interrogar a la señora Chardin?

–Sí. Siempre que se encuentre con fuerzas para continuar, claro está –afirmó Goulard–. ¡Pobre mujer, no va a olvidar esto así viva cien años!

Unos segundos más tarde Juliette traspasaba el umbral y era invitada a sentarse.

–¿Cómo se encuentra?

–Mal.

–¿Quiere que pida que le traigan un coñac, algo carbónico? –propuso solícito el inspector.

–No, gracias. Me he tomado dos sedantes. Estoy agotada y con unas terribles ganas de llorar, pero no puedo...

–Lamento su estado. Procuraremos ser rápidos. Lo que nos pueda contar ahora será vital a la hora de capturar a esos asesinos –murmuró Krause, entreabriendo una carpeta en la que se acumulaban los primeros informes–. Aquí tengo la descripción que ha facilitado de esos dos criminales. Es muy buena, muy detallada. Nos ayudará mucho.

–Ojalá.

–Sí. Sin duda alguna. Si le parece bien, señora Chardin, quisiera empezar mostrándole una foto y un dibujo hecho por nuestros fisonomistas en Berlín.

–Como quiera.

–¿Tienes la foto ahí, Christian?

Eichel sostuvo ante la mirada de la mujer una imagen de Elke Schultz. Una de las fotografías que la Berliner Philarmonie había puesto a disposición de los medios de comunicación.

–¿La reconoce?

–Sí. Es ella. Entró con ese par de bestias. Juraría que intentó advertirme desde el primer momento de lo que pasaba. Con la mirada. Ahora lo sé. Llevaba un estuche. Supongo que era el violín.

–Perfecto. Ahora mire con atención este retrato

robot. Dígame si este hombre fue el que irrumpió en el corredor y disparó sobre el que la amenazaba –propuso Krause.

La señora Chardin adelantó ligeramente el rostro y entrecerró los ojos. Asintió con gesto cansino.

–Sí. Ése es el hombre que apareció cuando yo ya me daba por muerta. No está muy bien dibujado; la barbilla es un poco más angulosa, no tan redonda, y los ojos no son tan pequeños, pero sí, es él. Disparó dos o tres veces. Le destrozó la mano a ese bastardo.

–¿Él fue quien le pidió que avisara a la policía?

–Sí, él. Bueno, no. No ocurrió exactamente así. Se lo ordenó al que le acompañaba. Recuerdo que le llamó dos veces por su apellido, Darden. Entonces yo me ofrecí y le pareció bien.

–¡Mierda, aquí hay algo que no encaja! –rezongó Krause entre dientes.

–¿Qué es lo que no encaja? –husmeó Goulard enarcando una ceja.

–Luego se lo explicaré –propuso el alemán solicitando postergar el asunto–. Dígame, señora Chardin: ¿recuerda si el tal Darden, o tal vez la señorita Schultz, llamaron en algún momento a este hombre por su nombre?

La recepcionista apartó la mirada y revisó sus recuerdos.

–Creo que ella le llamó... ¿Eilert? Bueno, no sé, sonaba así. Algo parecido a Elbert o Eilert –murmuró con escaso convencimiento–. Él y esa mujer cruzaron unas cuantas frases. Entendí que se conocían. Él parecía excusarse por todo lo que estaba pasando. Ella estaba muy enfadada. Más que enfadada, rabiosa. Parecían dos enamorados tras una pelea fuerte. No recuerdo más.

–¿Dos enamorados, dice? –inquirió Krause escéptico–. ¡Ahora sí que no entiendo nada!

–Sí. Ya sabe: un matrimonio que intenta recomponer la vajilla tras tirársela a la cabeza –aseguró la señora Chardin–. Me refiero a que se hablaban en un tono cómplice, familiar.

–Ya...

–Tal vez lo estoy imaginando, pero creo que fue así.

–Bien, es suficiente. Háblenos ahora de ese par de asesinos. Intente recordar: ¿dijo ese hombre, el rubio y alto, el motivo por el que querían ver a Martin Höpfner?

–No. Dijeron ser parientes.

–¿Cuánto tiempo llevaba Höpfner en la residencia?

–Pues algo más de tres años; tenía una diabetes de tipo B y arritmia. Su hija y su yerno creyeron que aquí estaría mejor atendido que en casa.

–¿Se relacionaba con el resto de los huéspedes?

–Al principio no demasiado, pero con el tiempo hizo muy buenas migas con Maurice y Ferdinand. Jugaban a los dados. Eran de la misma quinta. El resto del tiempo lo dedicaba a escuchar ópera y leer. Pueden comprobarlo. Su habitación está llena de libros. Libros sobre la Segunda Guerra Mundial.

–Sólo alguna pregunta más y habremos terminado –anunció el comisario–. Le ruego que ahora haga un esfuerzo, que piense bien antes de contestar. Acaba de decir que Martin Höpfner solía leer libros sobre la guerra.

–Sí. A todas horas. Cuando hacía buen tiempo se pasaba las mañanas en el jardín posterior, bajo los tilos, con algún libro en las manos.

–¿Solía hablar de lo que él hizo durante esos años?

–¿Durante la guerra? ¡Menuda pregunta! Sí, alguna vez. Me contó que había sido un excelente aviador, un piloto de la Luftwaffe. En una ocasión llegó a confesar que había conocido a Hitler personalmente, aunque yo no le creí. Me pareció que me tomaba el pelo. De todos modos, esas cosas se las contaba, sobre todo, a sus dos amigos. En esto no puedo ayudarle demasiado. No teníamos mucha relación. Lo que sí recuerdo es que hace un par de años mantuvo una discusión acalorada con Maurice. Casi tuvimos que separarlos. Faltó poco para que llegaran a las manos. Después no se dirigieron la palabra en unas cuantas semanas.

–¿Por qué?

–Por lo visto Martin le explicó a Maurice algo confidencial. No me pregunte qué. Algo referido a la guerra. Algo que para él era muy importante. Y Maurice, que era tremendamente guasón, se burló. Le dijo que estaba loco de remate.

–¿Qué más?

–¡Pues nada más!

–¿Maurice no llegó a explicar el motivo de esa trifulca a nadie?

–Creo que no. Sólo recuerdo que durante los días que duró el enfado caminaba marcando el paso y alzaba el brazo cuando se cruzaba con Höpfner. Ya sabe, el saludo ese de los nazis. Chiquilladas propias de viejos.

–Ya.

–¿Queda mucho más? Quisiera marcharme –rogó la mujer–. Estoy agotada.

Krause intercambió una mirada con Alain Goulard. El inspector francés parecía no tener preguntas que formular. Se levantó, solícito, y acompañó a la señora Chardin hasta la puerta.

–Escuche, voy a pedir que la acompañen hasta su casa. Durante unos días estará custodiada por dos de mis agentes. No quiero asustarla, supongo que no se le escapa el hecho de que es la única persona que ha presenciado todo lo que aquí ha pasado –murmuró en un tono cordial–. Procure descansar. Nos veremos.

Tras dar órdenes precisas a sus subordinados, Goulard regresó a la estancia. Reparó en que Bruno Krause y Christian Eichel también mostraban síntomas de cansancio en el rostro.

–Me hubiera gustado invitarles a cenar, pero intuyo que después de todo esto nos resultaría imposible disfrutar de una velada agradable –afirmó circunspecto sentándose de nuevo–. Tal vez quieran que les llevemos a su hotel. ¿Tienen alguna reserva hecha?

–Sí. Gracias. No se preocupe por eso.

–Bien. Supongo que ahora, comisario Krause, podrá explicarme qué es lo que no encaja en esta historia, ¿recuerda? –husmeó Goulard con expresión suspicaz.

–Hay muchas cosas que no encajan.

–Dígame una.

–No me cuadra que el hombre al que estamos persiguiendo por haber secuestrado a la señorita Schultz, un tal Heinz Rainer –explicó Bruno Krause, golpeando con el índice sobre el dibujo que reconstruía el rostro de Eilert Lang–, la libere a las puertas de la embajada de Alemania en París. Es muy significativo. De entrada, me permite entender que la utilizó para huir de los que han provocado esta masacre.

–Prosiga.

–Esa mujer, de algún modo, no pinta nada en todo esto, simplemente es...

–¿Una víctima colateral?

–¿Colateral? ¡Ah, sí, los americanos son buenos acuñando eufemismos! ¡Exacto, una víctima colateral! –convino el alemán–. Alguien que estaba ahí en el peor momento, mientras el tal Heinz, o Eilert, o como coño se llame, ajustaba viejas cuentas con esos tipos. Es muy curioso cómo dos historias distintas, aparentemente divergentes, acaban encontrándose.

–Lo siento, no le sigo en absoluto –adujo Goulard.

–Se lo explicaré. Cuando se produjo el secuestro de la señorita Schultz, hace dos días, Eichel y yo estábamos investigando un asesinato cometido en Berlín. Un crimen que guarda cierta relación con otro que se había producido poco antes en Múnich. Esos dos asesinatos presentan ciertas similitudes: los muertos eran dos ancianos que durante la guerra sirvieron en unidades de intendencia, en la Cancillería y en el Führerbunker de Hitler; las balas que acabaron con sus vidas fueron disparadas por una misma pistola, una Walther antigua, de los tiempos de la guerra.

–¡Oh!

–Espere. No he terminado. En su huida, teniendo a Elke Schultz en su poder, el tal Rainer mató a un hombre. Un tal Adriaan Schieffer. Le trituró todos los huesos con un coche. Examinamos su cadáver. Llevaba un tatuaje muy especial en el hombro. El símbolo de una organización secreta nazi. Thule, Última Thule.

–Sigo sin entender adónde quiere ir a parar.

–Esta mañana, en el preciso instante en que nos ha llegado la notificación de que Elke Schultz había sido liberada en París, Christian Eichel y yo estábamos examinando una relación de supervivientes que sirvieron a las órdenes de los jerarcas nazis refugiados en el búnker de Berlín.

–Sí, ha sido una coincidencia asombrosa –admitió Christian saliendo de su mutismo.

–¡Nada de coincidencias, Eichel, sobre el azar ya hemos hablado todo lo que debíamos hablar! –amonestó Krause ante la mirada perpleja de Goulard, retomando el asunto con celeridad–. Le decía que habíamos cribado esa lista, reduciéndola más y más, hasta quedarnos sólo con cuatro nombres. El primero de ellos es Bernd Freytag von Loringhoven. Ese hombre se encargaba de la radio y de descifrar los partes de guerra. En la actualidad tiene unos noventa y tres años. Publicó, hace algún tiempo, un libro sobre sus recuerdos en el búnker de Berlín. Ahora mismo le tenemos vigilado. Vive en Múnich. Le hemos advertido de que algo raro está pasando. Juraría, de todos modos, que Freytag es ajeno a toda esta trama.

–Entiendo.

–Martin Höpfner, Hans Dietrich Steinmeier y Klaus Münzel son los otros tres.

–Los otros dos –corrigió Christian Eichel.

–Sí, exacto. Los otros dos.

–Me parece que empiezo a entender –asintió Goulard.

–Escuche, al venir a París para hacernos cargo de la custodia de la señorita Schultz, nos habíamos propuesto, de paso, visitar a Martin Höpfner. Hablar con él. Y ahora resulta que está muerto. Y que dos asuntos muy distintos, un secuestro y unos crímenes que parecen guardar relación con algún suceso del final de la guerra, se han convertido en un único caso, ¿entiende?

Goulard asintió. Ante la expresión reconcentrada de su rostro, Krause dedujo que el inspector francés maldecía su mala suerte. Parecía sopesar, en medio de la vorágine en que a buen seguro se habían convertido sus pensamientos, qué comunicar en la inevitable declaración que los medios de comunicación exigirían a la Gendarmerie.

–Sí. Entiendo –musitó resignado–. Un maldito rompecabezas.

–Quisiera cerciorarme de algo –comentó Krause.

–¿De qué?

–Aún no han retirado los cadáveres, ¿verdad?

–Siguen ahí, en el pasillo.

–Me gustaría echar un vistazo al de ese matón, el que murió en el exterior del edificio.

El inspector francés solicitó que la bolsa fuera abierta de inmediato. Krause sintió que el estómago se le revolvía hasta la náusea ante la visión. El rostro de Matthias Lutz, para él sólo un cuerpo sin nombre, era un amasijo sanguinolento, repulsivo. Las balas de Rainer habían impactado en un pómulo y en el puente de la nariz, entre los ojos.

El comisario enfundó sus manos en unos finos guantes de látex y desabotonó el chaleco y la camisa del hombre. Examinó su pecho ante la mirada desconcertada de todos. Por último procedió a descubrir sus hombros.

–¡Ajajá! ¿Ve? ¡Tal y como suponía! –afirmó señalando un pequeño tatuaje. Una daga arropada por una corona de hojas de laurel trenzadas. Con una diminuta cruz gamada sobre el puño del estilete.

–¿Es el mismo símbolo que llevaba Adriaan Schieffer? –inquirió con evidente escepticismo Christian Eichel.

–Idénticos. Me atrevería a decir que los dos son obra del mismo tatuador.

–Entonces…

–¿Entonces? ¡Nazis, Eichel, nazis! ¡Ya se lo advertí! –gruñó Krause incorporándose. Dedicó a su subordinado una mirada de reprobación y se dirigió a su colega francés. Con mirada vacía murmuró–: Dos asuntos, un único caso.

Goulard parecía confuso, incapaz de entender el alcance real de los hechos.

–¿Qué cree que debemos hacer? –titubeó.

–Buena pregunta. Diría que la parte que a usted le toca está muy clara, amigo mío –aseguró Bruno–. Sólo quedan dos nombres en nuestra lista. Y uno de ellos, Hans Dietrich Steinmeier, reside en las afueras de Lyon.

–¡Dios mío! –balbuceó Goulard.

–El que Rainer, en su huida, haya venido hasta aquí, y con él, o tras él, esa pandilla de asesinos, dice a las claras que todos ellos están embarcados en una demencial carrera –reflexionó el comisario en voz alta–. La próxima parada es Lyon, señor Goulard. Creo que debería alertar a sus colegas en esa ciudad de inmediato. Tal vez lleguen ustedes a tiempo.

–¿Qué piensa hacer usted?

–En primer lugar pediré a nuestro equipo en Berlín que intente averiguar la identidad de Rainer. Ese hombre es la clave de este asunto. También quiero saber qué está pasando en la BKA; me temo que tenemos un topo infiltrado en nuestro departamento de investigación criminal. Por último, necesitaría que me hiciera un favor.

–Si está en mi mano...

–Poca cosa. Pida a sus subordinados que nos reserven dos billetes en el primer vuelo a Mallorca. Klaus Münzel vive allí. A la velocidad en que están sucediendo los acontecimientos creo que lo mejor será separarnos.

–Haré algo más.

–¿Qué?

–Mantengo una vieja amistad con algunas personas del Ministerio del Interior, en España; gente con la que he trabajado en materia antiterrorista –explicó Goulard–. Hablaré con ellos para que les faciliten cualquier cosa que puedan necesitar.

–Muy bien, buena idea. Hablaremos mañana.

Krause y Eichel abandonaron la residencia geriátrica de la rue de Vaugirard. Caminaron en silencio alejándose del ajetreo de la zona. Una fina lluvia comenzó a caer. En las inmediaciones de la Tour Eiffel lograron parar un taxi.

Esa noche, el comisario alemán apenas pudo conciliar el sueño. Los sucesos de los últimos días se agolpaban en el centro de sus pensamientos, reclamando atención, llevándole de un asunto a otro. Agotado, cayó finalmente en un profundo sopor, cuando el despuntar del día perfilaba un horizonte cubierto por espesas nubes del color del plomo.

27

CAMBIO DE PLANES

Basta, maldita sea, basta! –tronó Simon Darden al tiempo que efectuaba un sorpresivo quiebro a la derecha–. ¡Cállense de una vez, me están volviendo loco!

El coche cruzó de forma milagrosa entre la interminable caja de un tráiler que avanzaba por el carril central de la autopista y la cabina del que le seguía a corta distancia. El chirriar de los frenos y un enervante bocinazo devolvió a Eilert Lang a la realidad.

–Pero ¿qué demonios hace? ¿Quiere que nos matemos? –interpeló el biólogo encarándose con el periodista.

Darden se aferraba al volante con saña. Miró a Lang por el rabillo del ojo durante un instante. Un brillo malsano encendía su rostro.

–¿Matarnos? ¡Muy ocurrente! ¡En eso estamos!, ¿no? –aseguró entre reniegos, dando un manotazo al intermitente cuando ya tenía encima el carril de desaceleración de un área de servicio–. ¡Voy a detenerme, eso es lo que voy a hacer! ¡Parada técnica, señor Lang! ¡Necesito un café y un whisky, o mejor dicho: dos, dos whiskys! Llamaré a Londres, me cerciorаré de que los míos siguen vivos y aprovecharé para vomitar. Confieso que no tengo estómago para ciertas cosas. Mientras tanto, ustedes pueden proseguir con su trifulca, ¿les parece bien?

Lang no contestó. No le quedaban demasiadas energías. Tampoco lo hizo Elke Schultz, hundida en el asiento trasero. La violinista resoplaba como un felino acorralado. Su expresión ceñuda decía a las claras que estaba dispuesta a asestar un zarpazo mortal al primero que osara acercarse.

El periodista detuvo el coche, cogió su gabardina y enfiló en dirección a la cafetería dando un fuerte portazo.

–¡Cabrón! –musitó Elke tras un silencio prolongado.

–Muy bien, como tú quieras: cabrón –convino Eilert al punto.

–Sí, ¡cabrón! –insistió ella. Propinó un contundente golpe con el puño cerrado al respaldo del asiento de Lang.

–¡Ya está bien! ¿Es que no lo entiendes? –gruñó él volviéndose hacia la parte posterior.

–¿Qué es lo que no entiendo?

–Te lo he explicado mil veces, pero es inútil –aseguró hastiado.

–Inténtalo otra vez.

Eilert bajó el cristal de su ventanilla. Una ráfaga de viento helado se coló en el interior del vehículo enfriando su ánimo. Respiró profundamente.

–Elke, escucha… –dijo con desgana–. Te van a matar. No lo dudes. Irán a por todos nosotros. Ya has visto cómo se las gasta esa gentuza. No les tiembla el pulso. Les da lo mismo disparar a un anciano que a una mujer. De nada servirá que supliques.

–¡Me arriesgaré, puedo ser muy persuasiva!

–No.

–Dejadme aquí. O en Lyon. En una comisaría. No me pasará nada, no temas. Y de pasarme, te eximo de toda culpa.

–¡Dos hombres sobre los que te había advertido, dos hombres cuyo rostro conocías, te han sacado sin problemas de la embajada alemana en París! ¡Y tú les has seguido como un cordero! ¿Crees que una comisaría les detendrá? –ironizó Eilert.

–No puedo estar huyendo toda mi vida.

–Te he pedido sólo veinticuatro horas. Treinta y seis a lo sumo.

–Tu guerra no es mi guerra, Eilert –reprochó ella

entre dientes–. Sé que no has mentido, sé que todo lo que me has contado es verdad, pero no puedes pretender que te acompañe en tu viaje a la tumba.

–A la tumba iré solo. Lo sabes. Antes preferiría perder la vida que ser la causa de tu desgracia.

–Demasiado tarde. Ya me has causado demasiadas desgracias –zanjó la concertista en tono desabrido–. Basta, por favor, no puedo más, esto es una pesadilla; dejémoslo aquí, necesito andar.

Elke salió del coche y comenzó a caminar sin rumbo, con la mirada extraviada en el brillo del asfalto. Lloviznaba. Eilert no tardó en seguirla; vio como rebuscaba en el bolsillo del abrigo y se llevaba un cigarrillo a los labios.

–¡No te acerques, quiero estar sola! –advirtió sulfurada al intuir que él se amparaba en el eco de sus pasos.

Se detuvo dándole la espalda.

–¿Sola? ¿Sabes cuál es tu peor pecado, Elke Schultz? Yo te lo diré –murmuró Lang en su oído–: Tu mayor pecado es el orgullo. Ese maldito orgullo es el culpable de que siempre estés sola. Eres demasiado inteligente. Y también demasiado egoísta. Una combinación explosiva. Tú y tu violín. Un muro infranqueable, un matrimonio perfecto.

–Hasta que la muerte nos separe.

–Nunca has permitido que nadie se te acerque. Lo veo con absoluta claridad. Algunos no eran demasiado buenos, no lo suficiente como para renunciar a tu vida y a tu carrera; otros no pretendían ir más allá de una noche, y si cambiaron de parecer diste al traste con sus expectativas.

–Eres un petulante. Tú no sabes nada de mí –increpó ella furiosa volviéndose sobre sus talones. Le dedicó una mirada del color del azufre–. Además, no tienes ningún derecho para hablarme de ese modo. No después de todo lo que ha pasado.

–Tienes razón. No tengo ningún derecho. Yo no soy nadie, sólo el maldito insensato que te ha metido en este tremendo embrollo, alterando tu ordenada existencia –admitió Eilert, azorado ante el desafío que eran los ojos de la mujer–. Aun con todo, creo que te lo debo decir. Es el único regalo que podré hacerte antes de irme al infierno. Piénsalo, no serás feliz mientras te empeñes en crear esa tierra de nadie a tu alrededor. No hay amor que pueda traspasar eso.

–¡Deja de sermonearme! ¿Qué te hace pensar que yo necesito oír todo esto?

–El agravio que siempre brilla en tu mirada.

–¿Agravio? ¡No sabes lo que dices!

–Lo sé muy bien. Culpas al mundo de una situación de la que sólo tú eres responsable. Eso no es fácil de admitir. Por eso te escudas en el desdén; por eso te dices que estás mejor sola, con tus cosas, con tu pequeño mundo perfecto, monótono aunque exento de sobresaltos –aseguró el biólogo reuniendo arrestos–, pero la vida no se mide en días, meses o años. Te lo aseguro. Sólo estamos realmente vivos cuando perdemos el aliento, cuando algo nos lo arrebata. Así es el amor. Lo has intuido mil veces. Te lo dice ese Stradivarius cada vez que lo sacas de su estuche. Aunque nunca lo escuchas. Te limitas a tocarlo. Una maravillosa sinfonía sin alma, impecable en su ejecución aunque carente de emoción, eso eres tú. Y eso seguirás siendo mientras no dejes que alguien llegue hasta ti y te diga lo que siente.

Elke Schultz profirió un alarido agudo, doloroso, como si un estilete la hubiera traspasado de parte a parte. Propinó una violenta bofetada a Lang. Él no intentó detenerla. Encajó una segunda, impertérrito, y una retahíla de golpes deslavazados, inconexos. Después, cuando ella rompió a llorar sin consuelo, la rodeó con sus brazos y la estrechó contra el pecho.

–He llegado como un ladrón, en medio de la noche –admitió–. Puedes maldecirme por eso. Pero he realizado el viaje. He cruzado la tierra de nadie. Y te estoy diciendo lo que siento.

–Estás loco, eres un demente –balbuceó ella entre gemidos.

–Ahora sé por qué burlé a la muerte hace seis años.

–¡Cállate!

Elke crispó los dedos de sus manos, impotente. Deseaba golpearle, una y otra vez, hasta vaciar toda la ira que se acumulaba en su pecho. Temblaba como una hoja. Eilert, en un movimiento suave, hizo a un lado el telón que eran sus cabellos.

–Mírame –rogó.

–No quiero mirarte. Lo único que quiero es olvidarte.

–Mírame. Sólo una vez. Y dime que no sientes nada por mí. Dime que he hecho el viaje en vano; que prefieres que te deje aquí y que desaparezca de una maldita vez.

–Yo...

–Mírame, Elke. Necesito que lo hagas.

Con los ojos arrasados por las lágrimas, Elke Schultz alzó el rostro. Eilert recorrió la mínima distancia que les separaba y la besó.

–¿Por qué me haces esto? –musitó ella entre sollozos intentando apartarle.

–Porque he descubierto que te quiero.

–No es posible, no...

–Lo es –afirmó Eilert–. Te quiero.

Y volvió a unir sus labios a los de Elke.

–Treinta y seis horas, no te pido nada más, dame esas horas y confía en mí. Te protegeré con mi vida.

Una voz, con una inflexión guasona, interrumpió la intimidad del momento.

–¡Del infierno al cielo sin escalas! ¡Podían haber empezado por ahí, me habrían ahorrado el bochorno de presenciar un espectáculo deplorable! –espetó el periodista en tono cáustico. Volvía ligero, aferrando una bolsa abultada–. ¡Me equivoqué con usted, señor Lang! ¿Le dije que me recordaba a un personaje de *El tercer hombre*? ¡Error de bulto! ¡Viéndole ahora diría que se parece más a Cary Grant en *La fiera de mi niña*!

Eilert Lang esbozó una sonrisa que sólo lo era a medias. Encajó el golpe deportivamente. Elke aprovechó la circunstancia para zafarse de sus brazos. Ocultó el rostro durante un instante y enjugó con disimulo las lágrimas en la manga del abrigo.

–¡Azúcar, amigos míos! –exclamó ufano el inglés–. Chocolate, galletas, caramelos, yogur y una botella de whisky de malta de doce años. También agua, para lavarnos la cara, ¡claro! Creo que con este octanaje llegaremos a Lyon a la velocidad del sonido.

–A qué viene ese drástico cambio de humor, ¿le ha tocado la lotería?

–Casi. He hablado con John Stewart, un viejo amigo. Mi familia está bien, sin novedad. Y me he reconciliado con el mundo.

–¿Perdón?

–Me he arrodillado ante él y le he entregado un adelanto de lo que seré en el futuro.

–Muy gráfico. Entiendo.

–¿Nos vamos?

–Sí, pero hay un cambio de planes.

–¿Cambio de planes? ¿Qué cambio de planes? –indagó Simon intrigado.

–No nos detendremos en Lyon. Vamos a pasar de largo.

–¿Por qué?

–Porque tenemos el marcador en contra y poco tiempo a favor. En el mejor de los casos llegaremos a Lyon cuando ya no haya nada que hacer. Acaso Hans Dietrich Steinmeier esté muerto a estas horas –reflexionó Eilert en voz alta–. Y tal vez en esta ocasión no salgamos tan bien parados de volver a toparnos con esos bastardos. Me parece que lo mejor que podemos hacer es tomarles la delantera, ser más rápidos, de otro modo todo habrá sido inútil. Klaus Münzel es el quinto y último *actor*. Y también el más importante de todos. Vamos a Mallorca.

–¿A Mallorca?

–¿Se ve capaz de conducir hasta Barcelona? –inquirió el biólogo–. Podríamos turnarnos al volante y estar allí a primera hora de la mañana.

–Ésa es una de mis ciudades favoritas. En Barcelona tuve una novia –bromeó Simon.

–Al llegar nos separaremos. Les dejaré en el aeropuerto y yo cogeré un *ferry*.

–No lo entiendo.

–Si se le ocurre el modo de subir a un avión con dos automáticas en el bolsillo y no acabar esposados, podemos ir juntos –apostilló Lang con sorna.

Pocos minutos más tarde, con el estómago reconfortado, Darden pisaba a fondo el acelerador, decidido a alcanzar cuanto antes el Mediodía de Francia. La autopista estaba despejada, apenas unos pocos camiones circulaban en dirección a Lyon. Elke no tardó en caer en un profundo sopor, agotada por todo lo vivido en las últimas cuarenta y ocho horas. Lang logró mantenerse despejado a pesar de que el cansancio pesaba también en sus párpados. A lo largo de la siguiente hora él y Darden apenas cruzaron unas pocas frases.

–Siento haber bromeado antes –confesó el periodista de súbito.

–¿A qué se refiere? –indagó Eilert aturdido frotándose los ojos.

–A lo de Cary Grant.

El noruego se encogió de hombros y sonrió.

–No tiene importancia. Era un buen actor.

Simon echó un vistazo breve al espejo. La silueta oscura de Elke Schultz dibujaba una línea sinuosa y apetecible en el asiento trasero.

–Esa mujer, Elke, es una auténtica belleza –susurró de modo casi inaudible.

–Sí. Lo es –asintió Eilert ladeando ligeramente el rostro.

–Y tiene un carácter de mil demonios –añadió.

–Lo tiene.

–¿Cree realmente que con nosotros está a salvo?

–No, pero sin nosotros está perdida –sentenció el biólogo–. Quiero que me prometa algo, Simon.

–No me gusta hacer promesas; he dejado de cumplir alguna que otra y aún me pesa.

–Ahora no le queda más remedio. Quiero que se comprometa a velar por ella si me ocurre algo a mí, quiero oírle decir que la protegerá a cualquier precio.

–Lo haré, se lo aseguro –convino circunspecto el periodista de *The Guardian*. A renglón seguido, en un quiebro claramente irónico, inquirió–: ¿Son imaginaciones mías o se está usted enamorando de ella?

Eilert Lang no contestó.

–Su silencio es muy significativo –musitó suspicaz Darden.

–Todos lo son. De todos modos, la respuesta es sí.

–No quiero meterme donde no me llaman, pero diría que esa mujer sufre todos los síntomas del síndrome de Estocolmo –aseguró con evidente sorna.

–Si no estuviéramos circulando a ciento cincuenta por hora le hundiría la nariz de un puñetazo, señor Darden.

–¡Oh, vamos, no se lo tome todo tan en serio! –adujo Simon en tono conciliador–. Soy muy bromista. Ya me irá conociendo. No lo puedo evitar. Supongo que es resultado de haber crecido viendo el *Flying Circus* de Monty Python en la BBC...

Por primera vez el biólogo rió abiertamente, sin ambages. A la vista de su hilaridad, el periodista no pudo sino sumarse a esa risa abierta y contagiosa.

–Mi escena favorita siempre ha sido la del loro muerto –confesó Eilert–. Recuerdo el diálogo línea a línea. Adoraba a John Cleese.

–Sí, sensacional. Yo me quedo con el chiste que elimina a los nazis, ¿lo recuerda?

–Claro. ¡Ojalá pudiéramos acabar con todos ellos leyéndoles ese chiste!

Ante la inevitable imagen de los británicos acercándose a las trincheras alemanas con un papel en una mano y un megáfono en la otra, volvieron los dos a carcajearse. Después se instaló un extraño silencio entre ambos.

–Queda una parte de la historia por contar, Eilert.

–¿Me ha leído el pensamiento?

–Tal vez no le apetezca hablar de eso ahora –tanteó Darden con cautela–. No tiene nada que ver con una comedia feliz.

–No, pero tampoco tenemos mucho más que hacer en las próximas horas.

–¿Qué ocurrió en Wichita?

El perfil de Eilert Lang adquirió paulatinamente la textura del granito. Todo rasgo amable huyó de sus facciones. Su mirada traspasó el telón negro e interminable que era la autopista hasta hundirse en el pasado.

En un día aciago, del color de la maldición.

28

LA CRUZ BAJO LA ANTÁRTIDA - III

Sí, en Wichita. Ahí nos quedamos ayer, en esa monstruosidad –rememoró.

–¿No pudieron hacer nada por ayudar a sus compañeros?

–¿Qué se supone que podríamos haber hecho? –interpeló escéptico el noruego–. Estábamos solos, aterrados. Angela se agitaba descompuesta, atenazada por el pánico. Estuvo a punto de delatar nuestra presencia con sus gritos. La obligué a agazaparse sobre el hielo. A pesar de que el miedo me paralizaba por completo, mi cabeza se mantenía fría. Supe que debíamos huir, marcharnos de allí de inmediato. Logré que ella reaccionara. Empujamos las motos en silencio, durante mucho tiempo, hasta convencernos de que no podrían oírnos. El eco de los disparos parecía perseguirnos.

–¿Regresaron a Nueva Suabia?

–Sí. Alteramos la ruta sensiblemente. Atravesamos las cordilleras que se extienden a lo largo de la Costa de la Princesa Marta y de la Costa de la Princesa Astrid. Teníamos un buen mapa, muy detallado. Yo propuse que continuáramos por el litoral. Allí existen dos bases rusas, Novolazarevskaya y Druzhnaya III. Incluso un poco más allá, una pequeña estación meteorológica alemana, la Georg Foster. Normalmente, durante el verano antártico, están ocupadas por científicos de esos países. Resultó imposible, nos quedamos sin gasolina en las inmediaciones del monte Mühlig-Hoffmann, al otro lado del glaciar que desciende hasta el cementerio de la Base 211 alemana.

* * *

–¿Y ahora qué? ¡Jamás lograremos llegar a la estación rusa! –exclamó Angela sumida en la desazón.

–No tenemos muchas más opciones. No podemos quedarnos aquí –aseguré yo, intentando fingir un aplomo que no poseía.

Lo cierto es que un presagio funesto me estremecía el ánimo. Sabía perfectamente que recorrer esa distancia a pie era imposible. Probablemente moriríamos en el intento. Además, parecía que los elementos se aliaban en nuestra contra. Se desató una fuerte ventisca. Soplaba desde la costa, barriendo las cumbres, cargando en sus alas un infierno de nieve.

–Cojamos todo cuanto podamos llevar. Sólo lo que pueda sernos de alguna utilidad –propuse.

Acumulamos en dos grandes mochilas todas las provisiones disponibles, un botiquín básico, una pistola de señales, sacos y una pequeña tienda de campaña. Nos pusimos en marcha, cruzando entre la placa de hielo de Fimbul y las montañas. Avanzar resultaba agotador; a pesar de las botas con crampones y los bastones, resbalábamos constantemente debido a la inclinación del terreno y a la dureza del hielo.

Como yo temía, a las dos horas, Angela, derrengada, se negó a proseguir.

–Eilert, detengámonos, por favor, no puedo más –rogó arrodillándose.

–Sólo un poco más, una hora más, hasta llegar a esas paredes –balbuceé, señalando un grupo de picachos que se alzaba al borde de la costa helada.

Sacando fuerzas de flaqueza conseguimos alcanzar la base de las montañas. En una zona resguardada levantamos la pequeña tienda. No olvidaré esa noche nunca.

* * *

–¿Qué ocurrió esa noche?

–Nada que pueda explicarse con palabras –murmuró Lang sombrío–. Nos cubrimos con todo lo que teníamos a mano, buscando mantener el calor. El agotamiento nos vencía, pero apenas pudimos dormir. Abrimos los ojos en innumerables ocasiones. Y al encontrarnos en nuestras miradas, tanto ella como yo entendíamos que no estábamos solos. La muerte viajaba con nosotros, como una presencia invisible pero real. Por la mañana reiniciamos la marcha. Recuerdo que yo andaba algo adelantado, con la brújula en la mano, decidiendo qué ruta resultaba más practicable. El terreno era empinado, nos obligaba a descender cada vez más hacia el litoral; el mar, en esa zona, era una inmensa placa de hielo que el buen tiempo comenzaba a cuartear. Estábamos a unos doscientos metros de la orilla cuando escuchamos el rugido de las motos de nieve de nuestros perseguidores. Howard Rodby y media docena de los suyos nos habían localizado.

–Dios mío...

–Angela comenzó a gritar, se desprendió de la mochila y corrió hacia mí con desesperación. Yo retrocedí. Quería ayudarla. Estaba dispuesto a quedarme con ella, ¿qué otra cosa podía hacer? –contó Eilert con un nudo en la garganta–. Vi claramente como esos asesinos dejaban los vehículos y empuñaban las ametralladoras. Comenzaron a disparar. Las paredes del Mühlig Hoffmann, a nuestra derecha, amplificaban el sonido hasta convertirlo en un rugido ensordecedor. Angela cayó acribillada. Rodó ladera abajo, como una piedra. Yo, al entender que nada podía hacer por ella, eché a correr. Me desembaracé de todo lo que llevaba y corrí. Corrí como no lo he hecho en mi vida. ¿Sabe en qué pensaba en aquellos momentos?

Simon Darden negó levemente, sin palabras, sin apartar la mirada del trazado de la autopista. El relato de Lang le mantenía en un estado de absoluta crispación. La oscuridad, apenas rota por las luces de los escasos vehículos que les adelantaban, parecía dispuesta a tragárselos.

–En nada. No pensaba en nada. Cuando la muerte respira tan cerca, el mundo entero se detiene –aseguró Eilert en tono pausado–. Todo queda en suspensión, inanimado. El corazón late, aunque una única vez, sabiendo que será traspasado de un momento a otro. Toda nuestra consciencia se concentra ahí. No queda nada en la cabeza. No existen pensamientos finales. Curiosamente, en ese último instante, estamos más vivos que nunca.

–¿Cómo logró salvarse? –husmeó el periodista.

–Una parte de mí murió allí; otra se empeñó en aferrarse a la vida desesperadamente. No al futuro, que se hace inconcebible. Sólo deseaba que mi corazón latiera una vez más. Descendí por la pendiente helada, como una exhalación, a tumba abierta. Me abandoné en los brazos de un designio superior, aceptando que Él decidiera por mí. Acabar acribillado o desnucado es lo mismo. Tanto da. Tropecé y caí. Rodé más de un centenar de metros, arrastrando nieve y piedras, hasta una cornisa que bordeaba el mar. Me desplomé sobre la placa de hielo. Se quebró. Mis pensamientos volvieron a encender mi cerebro cuando el latigazo gélido del agua me golpeó. No sé cómo logré emerger. Recuerdo que intenté en varias ocasiones afianzarme en esa tabla gélida, salir de aquel agujero mortal, pero se fragmentaba una y otra vez. Finalmente, cuando ya lo daba todo por perdido, mis dedos toparon con unas rocas a ras de agua. Me aferré a ellas con obstinación y conseguí alcanzar un estrecho pasillo bajo la cornisa.

Como si la evocación de ese momento trágico helara la sangre de su cuerpo, Eilert Lang rebuscó en la bolsa. Echó un largo trago de whisky, buscando quemar su garganta. Respiró con ansiedad.

–Siempre que recuerdo esos momentos me maldigo.

–¿Por qué?

–Por no haber sido capaz de decirle a Angela que la quería de verdad. Es una equivocación terrible pensar que uno tiene tiempo por delante. El peor de los espejismos.

–Eso es cierto.

–Me quedé allí, encogido, aterido por el frío, sin atreverme siquiera a respirar –prosiguió Eilert–. No tardé en escuchar a Rodby y a los suyos. Descendieron hasta el mismo borde del talud bajo el que me ocultaba. Les oí hablar. A la vista del hielo quebrado debieron suponer que me había ahogado. Pese a todo descargaron sus armas. Esos malnacidos dispararon hasta quedarse sin munición. Merodearon por los alrededores como chacales y se marcharon. No tardé en comprender que sólo había retrasado mi muerte. No tenía forma de trepar por esa escarpa resbaladiza. Reparé en que la hoquedad en la que me hallaba, fruto de la erosión del mar, parecía prolongarse a mi derecha. Era un pasillo estrecho, peligroso. Lo recorrí penosamente, dejándome la piel de las manos en las aristas. Al doblar un recodo, topé con la boca de una inmensa caverna que se abría en una rada oculta. El mar penetraba en su interior como una alfombra blanca.

–¿Nueva Suabia? –conjeturó el periodista.

–Sí. El Shangri-La del Führer, señor Darden. El inmenso puerto de la Base 211 alemana –confirmó el biólogo–. Comprobé que en esa parte, a resguardo de los rayos del sol, el hielo era sólido y soportaba mi peso. Entré en esa madriguera a gatas, reptando como un gusano. Al principio no lograba distinguir nada, apenas un puñado de sombras informes. A los pocos minutos, cuando mis pupilas se habituaron a la exigua luz del lugar, distinguí la silueta de esos monstruos metálicos.

–¿Monstruos?

–La flota perdida de submarinos nazis. Casi una treintena de ellos, inmovilizados por el abrazo del hielo, abarloados, casco contra casco, surcados por docenas de pasarelas de madera que los unían entre sí y los mantenían en contacto con los muelles. Fue una visión devastadora. Mi razón no alcanzaba a entender qué era aquello. Angela y yo, al descubrir el cementerio de Neu Schwabenland, habíamos intuido que en esa parte de la Antártida existía un reducto nazi, aunque en modo alguno podíamos imaginar la dimensión real de ese lugar, gigantesco, descomunal...

–¿Estaba desierto?

–Por completo. Al principio pensé que alguien caería sobre mí de un momento a otro. Hasta mi respiración resonaba allí. El eco de esa gruta era formidable. Recuerdo que alcancé el malecón pasando entre los cascos de dos de esos U-Boot. Los clavos de mis botas arrancaron un chirrido sordo a su piel. Llegué a temer que la bóveda se resquebrajara, que el lugar se llenara de luz, que comenzaran a aparecer militares por todas partes. Nada de eso ocurrió. Llegué hasta las dársenas. Distinguí un montón de cajas, cuerdas y sacos y me derrumbé. Perdí el conocimiento.

–¿Cuánto tiempo permaneció allí?

–¿En la Base 211?

–Sí.

–Casi diez días.

–¿Diez días?

–Permítame explicárselo –propuso Lang–. Cuando desperté, dos sensaciones me asaltaron al unísono. Todo el cuerpo me dolía, como si me hubieran molido a palos, pero creo que la punzada en la boca del estómago resultaba aún peor. Mis ojos se habían habituado a la penumbra. Veía como un gato. Atravesé el muelle y entré en lo que parecía ser la comandancia del puerto. Todo estaba soprendentemente ordenado. Como si el último en salir de aquellas oficinas hubiera dedicado mucho tiempo a dejarlo todo en perfecto estado de revista. Encontré varias lámparas, queroseno y encendedores de mecha que me permitieron inspeccionar el recinto. Necesitaba encontrar comida. Las fuerzas me abandonaban y moverme se hacía cada vez más penoso. Entré en el interior de varios submarinos. Las escotillas no estaban trabadas, sólo oxidadas. El abandono, en el interior, era notorio; el olor, nauseabundo, pútrido. Hacía muchos años que habían dejado de navegar bajo los mares. Tras rebuscar aquí y allá localicé unas latas de arenques. El aspecto era terrible, el sabor repugnante, pero en aquellos momentos me hubiera comido una rata viva, se lo juro.

–Le creo.

–Vomité durante horas. Una y otra vez. A la mañana siguiente encontré un bote hermético que contenía cacao en polvo, y en la cabina del capitán de uno de los submarinos, un manojo de puros enmohecidos –bromeó el biólogo–. El agua era lo único que no escaseaba. Por las paredes, y desde lo alto de la bóveda, caía en abundancia, procedente del glaciar que cubre la mayor parte de la cordillera. Así pasé mis dos primeros días en ese mundo fantasmal, reuniendo fuerzas, sin atreverme a ir más allá. Había descubierto una gran compuerta metálica, de doble hoja, al final del muelle, coronada por una cruz gamada. Era de la misma rara aleación que las poternas que Angela y yo habíamos encontrado al otro lado, en las proximidades del cementerio. Al tercer día me armé de valor y la abrí. Un ingenioso mecanismo de desmultiplicación permitía que un hombre moviera esas enormes láminas sin demasiado esfuerzo. No sabía lo que iba a encontrar al otro lado, y seguía temiendo por mi vida.

–¿Me pasa la botella de whisky?

–¿El whisky? Sí, claro, aquí está.

–Lo necesito –solicitó Darden. Sacó el corcho con los dientes, sin apartar la atención de la autopista, y bebió como si fuera el último trago de un condenado a muerte. La devolvió medio vacía al biólogo–. También necesito fumar, ¿le importa?

–En absoluto.

–¿Quiere un cigarrillo?

–Ahora no, gracias.

–¿Qué encontró tras esa puerta?

–Una ciudad.

–Una base...

–No, he dicho una ciudad –recalcó el noruego–. La compuerta permitía acceder a un amplio corredor, cuyas paredes y techo estaban recubiertas, una vez más, por ese metal que he mencionado. Me llamó la atención, desde el primer instante, que el pasadizo estuviera iluminado.

–¿Luz eléctrica?

–No. Luz natural. Cuando los alemanes construyeron Nueva Suabia, diseñaron un sistema que les permitiera captar la luz del exterior, arriba, en lo alto del glaciar, y conducirla, por medio de espejos y prismas, al interior. Y no hacía frío. Yo había pasado dos días aterido, acobardado por la humedad que me calaba hasta el tuétano, y al entrar allí me invadió una agradable sensación térmica.

–Ingenioso.

–Mucho. El mérito es de ese metal. Un aislante perfecto.

–Descríbame Nueva Suabia.

–Es sencillo. Imagine una esvástica –propuso Eilert–. Una esvástica gigante cuyo punto de intersección, allí donde se solapan las aspas, sirve de acceso a otras seis cruces, idénticas; tres por encima de la planta en que yo me encontraba, y otras tantas por debajo. Las recorrí una y otra vez durante los siguientes días. Las inferiores estaban ocupadas por laboratorios, hangares, armerías, talleres y almacenes. La central, unida al puerto, destinada exclusivamente a oficinas, archivos, salas de mapas, logística e intendencia. La quinta y la sexta, más próximas a las cumbres del Mühlig Hoffmann, albergaban los dormitorios, comedores y zonas de descanso de la guarnición. La séptima, finalmente, estaba reservada a los oficiales y jerarcas nazis.

–¿Hitler vivió allí, en la Base 211?

–Tras huir de Berlín pasó más de un año en Nueva Suabia. Después se instaló en Argentina, en la zona de Bariloche. ¿Sabe?, el paisaje de Bariloche es muy parecido al de Baviera –bromeó Eilert–. En las proximidades del lago Nahuel Huapi existen dos grandes haciendas: la Estancia San Ramón, propiedad de una empresa de capital alemán, y la residencia Inalco, cuyo dueño, finalizada la guerra, mantenía fuertes vínculos con magnates alemanes y con el Gobierno de Perón. Esos lugares fueron, durante mucho tiempo, un paraíso para todos ellos. Allí se refugió también Erich Priebke, el oficial que asesinó a 335 civiles en Italia en marzo de 1944, y Adolf Eichmann, y el doctor Josef Mengele antes de asentarse en Brasil. De todos modos, volviendo a su pregunta, Hitler viajó en numerosas ocasiones a Neu Schwabenland, al igual que los jóvenes *lebensborn*.

–Necesito seguirle, y creo que me pierdo por momentos. Tengo demasiadas preguntas en la cabeza –aseguró Darden confundido. La avalancha de información le impedía pensar con claridad.

–Empiece por cualquiera de ellas –propuso el biólogo.

–¿Ha dicho *lebensborn*?

–El proyecto Lebensborn, o Fuente de Vida, fue otra aberración más de los nazis. El propio Heinrich Himmler estuvo, desde 1934, al frente de ese programa que buscaba asegurar la pureza racial de la Alemania futura. La pureza aria. A tal fin, crearon una red de centros en diversos lugares de la Europa ocupada: Austria, Dinamarca, Polonia, Bélgica, Francia, obviamente en Alemania, pero sobre todo en Noruega. En mi país existieron más de diez de esos paritorios.

–¿Paritorios?

–Los altos mandos de las SS, los oficiales de rango, incluso soldados laureados, acudían a esos centros con relativa frecuencia. Era, a un tiempo, un deber y un honor para ellos. Allí les esperaban mujeres que habían sido cuidadosamente seleccionadas: altas, rubias, de piel blanca y ojos azules. En mi querida Noruega tenemos muchas así –ironizó Eilert una vez más–. Durante esos años nacieron miles de niños perfectos, miles. Jamás se podrá saber exactamente cuántos. Los nazis se encargaron de destruir todos los archivos y borrar sus huellas cuando su monstruoso imperio se derrumbó. Al terminar la guerra el asunto se investigó, hubo juicios, se siguieron pistas..., pero sin demasiado éxito.

–¿Qué fue de esos niños?

–La mayor parte de ellos permaneció en Alemania. Ingresaron en orfanatos y centros especiales; las autoridades les buscaron padres adoptivos. En la actualidad existen asociaciones Lebensborn. Esa gente ha pasado la mayor parte de su vida dedicada a reconstruir su pasado; buscando averiguar, en definitiva, quiénes fueron sus progenitores. Es una historia dolorosa.

Simon Darden no podía salir de su perplejidad. Apenas conocía ese extraño y terrible capítulo de la barbarie nazi.

–¿Qué ocurrió con el resto? –indagó con el alma en vilo–. ¿Llevaron a esos niños a la Antártida? ¡Eso, eso no es posible!

–No. Los *lebensborn* desaparecidos fueron conducidos a Argentina y a otros países de Iberoamérica a finales de 1944 –reveló Eilert Lang–. Su custodia se confió a muchas familias germanófilas. Al cumplir los dieciséis años eran enviados, por grupos, a la Base 211. La flota de submarinos viajaba regularmente a las costas de Argentina. Emergían en Chascomos, en el norte, y en Río Negro, al sur del país. Dos de esos sumergibles se hundieron allí. Sus restos aún traen de cabeza a los investigadores. En Neu Schwabenland se completaba la formación de esos muchachos, como paso previo a su nuevo destino. Ya puede imaginar qué tipo de formación. Supongo que no tiene nada que preguntar al respecto.

–No. Nada. Puedo imaginarlo.

–Lo que no imagina, señor Darden, es dónde están esos muchachos en la actualidad.

–Supongo que peinando canas –bromeó el periodista.

–Sí, indudablemente tienen unas cuantas. La pregunta es dónde y cómo las peinan. Le descubriré todo eso más tarde, no se preocupe.

–¿Pretende mantenerme intrigado hasta el final? –indagó Darden sarcástico.

–No queda mucho para el final. Permítame terminar. Estábamos en Neu Schwabenland. Aunque empleara muchas horas en el empeño, no conseguiría contarle todo lo que encontré allí. En un hangar descubrí dos prototipos de naves. Creo que es mejor hablar de esos aparatos utilizando ese término, naves. Referirse a ellos como aviones no sería hacer justicia al asunto. Ayer, cuando nos encontramos, le hablé de los *foo fighters*, los extraños objetos que los pilotos de la RAF decían avistar en sus vuelos ¿Recuerda?

–Sí, perfectamente.

–Esos dos aparatos eran *foo fighters*. Entendí que su construcción había sido paralizada en algún momento, de forma brusca, pero estaban prácticamente terminados. Al verlos, me vino a la mente la imagen del avión invisible del Ejército estadounidense, aunque lo cierto es que en términos aerodinámicos esos aparatos lo superaban en muchos aspectos. Mis indagaciones fueron interrumpidas al quinto o sexto día. Para entonces yo había perdido en buena medida la noción del tiempo y me movía sin excesivos temores por ese intrincado dédalo de galerías y estancias.

–¿Qué ocurrió?

–Un estrépito me alertó de que algo sucedía. Me oculté. Todo el lugar se llenó al poco de pasos y actividad. Reconocí la voz del coronel Howard Rodby dando instrucciones a los suyos. Se distribuyeron por todo el complejo. Durante más de tres horas inspeccionaron el lugar. Lo hacían de un modo que me pareció meticuloso y rutinario a la vez. El eco de sus fanfarronadas se perdió, al cabo de un tiempo, en algún punto del nivel más elevado. No salí de mi escondrijo hasta que el sonido de una pesada compuerta al cerrarse retumbó haciéndome entender que volvía a estar solo. Es curioso cómo se acentúa la audición cuando la visión queda relegada a un segundo plano. Estaba sumamente intrigado. Volví a inspeccionar, palmo a palmo, el aspa de la esvástica del nivel superior, la que corre al Oeste y gira al Norte. La vocinglera de los americanos había llegado desde allí.

–¿Qué halló?

–Esa zona fue ocupada por nazis de alto rango –aseguró Lang–. Los dormitorios y salones, si bien sobrios, estaban profusamente amueblados. Se abrían a los lados de un pasillo interrumpido por una pared final. En el centro de ese muro, suspendida a media altura, aparecía una daga metálica, dorada, rodeada por una corona de laureles. La examiné detenidamente. En el pomo encontré una pequeña esvástica; al presionarla, la pared se deslizó en silencio. Penetré en el sanctasanctórum de la Base 211. Allí encontré el mayor de los tesoros imaginables: centenares de obras de arte, cuidadosamente amontonadas en una docena de grandes salas; cuadros de incalculable valor: óleos de Rembrandt, Fragonard, Cranach y Durero; estatuas y jarrones; huevos del joyero Fabergé que habían pertenecido a la familia imperial rusa; mamotretos e incunables procedentes de todas las bibliotecas expoliadas durante la ocupación. Y cientos de lingotes de oro. En esa zona hallé los aposentos privados que ocuparon Adolf Hitler y Eva Braun. La foto que le mandé estaba sobre una cómoda de caoba. Fue una de las muchas cosas que me llevé de Nueva Suabia. De todos modos, nada de todo lo que le he contado puede compararse al asombro que me invadió al encontrar el mausoleo del Führer.

–¿Su tumba?

–Sí. Un panteón circular, iluminado por un haz de luz cenital. En el centro, sobre una basa de mármol negro, se alza un águila de bronce, de tamaño formidable, con las alas desplegadas, y a sus pies, la lápida con su nombre y las fechas de nacimiento y muerte. Hitler murió en 1971, en Bariloche. Sus restos fueron trasladados a la Antártida. Suspendido sobre el sepulcro, a unos dos metros de altura, distinguí un objeto que en aquellos momentos no tenía para mí significado alguno.

–¿Qué clase de objeto?

–Una lanza.

El cerebro de Simon Darden se iluminó. Una extraña sacudida eléctrica recorrió su cuerpo, al tiempo que la imagen de lord Harvington emergía en el centro de sus pensamientos.

–¡La Lanza de Longino! –exclamó.

–Le felicito. Excelente ejercicio sináptico –convino Lang–. Sí, la Lanza del Destino, la sagrada reliquia conservada a lo largo de los siglos.

–Pero los aliados la recuperaron –objetó Darden–. Fue devuelta a...

–Olvídelo. Una excelente falsificación. Como muchos de los cuadros del Louvre.

Eilert Lang se echó a reír ante la expresión pasmada del periodista.

–¿Cómo salió de allí?

–Del único modo posible, por mar. En el puerto había varias barcazas. Aparejé una de ellas. Supongo que ser noruego resultó decisivo en mi situación. En Noruega aprendemos a navegar a temprana edad –explicó Eilert–. En la base encontré un sextante y una brújula en buen estado; también cartas de navegación.

El buen tiempo me acompañó. Al quinto día, en dirección a Sudáfrica, me crucé con un mercante holandés. El resto ya lo conoce.

–Asombroso –musitó el periodista–. Me pregunto cómo ha logrado subsistir desde entonces. Entiendo que no pudo recuperar su vida, volver a ser una persona normal.

–He vivido oculto, escondido como una rata, reuniendo más y más información, comprando testimonios y voluntades –confesó Lang.

–¿De qué modo?

Una risa soterrada escapó de la garganta del biólogo.

–Me llevé algo más que pruebas comprometedoras de esa ciudad bajo los hielos, Simon. Tengo dinero suficiente como para vivir cien vidas.

–¿Podemos probar todo esto? –preguntó aturdido el periodista tras un largo silencio–. Sería la noticia más importante de todos los tiempos.

–Podemos –sentenció Eilert. Desabrochó los dos primeros botones de su camisa y mostró al inglés una cadena en cuyo extremo oscilaba una pequeña llave–. Esta llave, en combinación con una secuencia numérica, abre una caja de seguridad del Coutts Bank de Londres. Hace algo más de un año deposité en ella todos los documentos y pruebas que he reunido. No dejan margen a la duda. Son una bomba de relojería. ¿Tiene usted buena memoria?

–Sólo para algunas cosas. Soy incapaz de recordar números de teléfono. Es la mejor excusa que esgrimo cuando mi madre me recrimina mi falta de atención.

Lang sonrió, se cruzó de brazos y adoptó una postura distendida. Una miríada de diminutas gotas perló la luneta del coche. Darden accionó los limpiaparabrisas.

–22... 28... 9... 77...

–Lo intentaré.

–Recuerde el número dos tres veces. Súmelos y añada otro dos, y ya tiene el cuarto. Añada uno y ahí está el quinto. Reste dos y ya tiene los dos sietes.

–¡Menudo recurso mnemotécnico, creo que es mejor memorizar la secuencia!

–Hágalo.

–Creo que lo tengo.

–Bien. Entonces acabaré. Queda muy poco –anunció Eilert dispuesto a concluir su historia–. Los documentos que hallé en los archivos de esa ciudadela subterránea me permitieron comprender la historia en toda su dimensión. Logré encajar todas las piezas. Encontré papeles que explicaban cómo los hombres de Dönitz construyeron Nueva Suabia; rutas detalladas seguidas por los submarinos; puntos de aprovisionamiento; información referida al paradero de criminales de guerra; pasaportes falsos; listas de contactos; ubicación de otros santuarios nazis en diversos puntos del planeta. Reparé en un detalle al revisar todos esos papeles...

–¿Qué detalle?

–Me di cuenta de que los documentos más recientes no iban más allá del verano de 1973.

–Parece muy significativo.

–Lo es. El Shangri-La del Führer fue sellado a cal y canto ese año. La pequeña guarnición que quedaba abandonó la base. El objetivo había sido cumplido. La semilla del IV Reich, los *lebensborn*, crecía en tierra adecuada; el mundo se había olvidado de ellos, poseían identidades nuevas, vidas estables y una misión que llevar a cabo.

–¿Se rindieron a los americanos?

–Ésa no es la palabra adecuada. No hubo rendición alguna. El alto mando estadounidense había creado la base Wichita muchos años atrás, después del descalabro de la operación Highjump. Sabían que los alemanes estaban allí, conocían el paradero y los escondrijos de la cúpula nazi, pero Última Thule está infiltrada en los más altos estamentos del Gobierno de Estados Unidos.

–¡Me cuesta creer lo que está insinuando, señor

Lang! –exclamó Simon dando un respingo–. ¿Quiere decir que el Gobierno de Estados Unidos, sabiendo todo eso, no hizo nada? ¿No movieron un solo dedo?

–¡Me extraña que sea tan inocente! ¿Tiene mala memoria? –espetó en tono desdeñoso el noruego–. El mundo parece haberse olvidado de que, en los años previos a la guerra, la simpatía de los estadounidenses por Alemania era más que notoria. Buena parte de la población abrazaba las ideas germanófilas de pureza racial. ¿Recuerda al Ku Klux Klan? ¡Cualquier historiador riguroso desmontaría el mito de que eran sólo una pandilla de granjeros palurdos! Muchas organizaciones antisemitas, amén de la sociedad más rancia y conservadora de la época, veían con buenos ojos a los nazis. Incluso la esvástica fue un símbolo aceptado por los americanos en un pasado no tan lejano. Héroes como Charles Lindbergh, el célebre aviador, eran proclives al aislacionismo y firmes defensores de un pacto de no agresión con Hitler. En aquellos días, sumidos en la falsa seguridad que supone tener dos océanos de por medio, eran muchos los que apostaban por un mundo gobernado a tres bandas. Europa para los nazis; Asia para Japón; América para los americanos...

–Eso me recuerda el reparto apocalíptico de Orwell en *1984*.

–Sí, Orwell –convino Lang–. Existen muchos otros factores que llevaron a Estados Unidos a mirar hacia otro lado y encogerse de hombros. La guerra fría les hizo entender que los jerarcas nazis podrían ayudarles en el futuro. Si algo odiaban, por encima de cualquier otra cosa, era el comunismo. Stalin era la bestia negra. Además, no lo olvide, la mano de Última Thule es muy larga. Todos sus miembros, durante generaciones, han pertenecido a la plutocracia del país. Ellos son los verdaderos gobernantes.

–Es una acusación muy seria.

–Usted es periodista. Posee más información de la que dispone cualquier ciudadano medio. ¿No recuerda que hace poco más de un año salió a la luz el origen de la fortuna de la familia Bush? –inquirió el biólogo.

Simon asintió. Todo parecía encajar. *The Guardian* se había hecho eco de una noticia que venía a confirmar que el abuelo del actual presidente de Estados Unidos, el senador Prescott Bush, mantuvo lucrativos negocios con la Alemania nazi como representante de los intereses de la familia Thyssen en América. Prescott Bush era director de la Union Banking Corporation, entidad financiera que trabajaba en exclusiva para uno de los bancos de Thyssen en los Países Bajos. La poderosa familia alemana se había enriquecido poniendo al servicio del Reich su industria metalúrgica, contribuyendo decisivamente al rearme de Hitler. Esa y muchas otras acusaciones ponían en tela de juicio al antepasado del Presidente.

–Conozco ese turbio asunto de la familia Bush.

–Muy bien –aceptó Lang–. Veamos a qué velocidad funciona su capacidad sináptica. Conteste rápidamente, sin titubeos.

–¿Me propone un juego?

–Algo parecido –murmuró Eilert esbozando media sonrisa–. ¿Quién apoyó el golpe de Estado que acabó con Allende, presidente democrático, e instauró una dictadura en Chile?

–Sí…, Estados Unidos.

–Correcto. La verdad es que Última Thule estuvo detrás de esa intromisión fascista. Sus intereses en la industria del cobre, que Allende pretendía nacionalizar, le llevó a organizar, en Viña del Mar, esa infamia que entregó el poder a Pinochet.

–Lo sé.

–¿Qué me dice de Sadam Husein?

–América le armó hasta los dientes.

–¿Y de Bin Laden? ¿O del auge de la extrema derecha en muchos países? ¿Todo le parece casual?

–Sí, es cierto, no siga, intuyo adónde quiere ir a parar, pero…

–No hay peros que valgan, Darden. No me salga con que ésas son cuestiones de geoestrategia. No mire hacia otro lado –reprobó Lang–. ¿Recuerda lo del Nuevo Orden Mundial? Al lobo siempre se le ven las orejas. Al menos no se muestre sorprendido si le digo que Estados Unidos hizo la vista gorda con los nazis. Así fue. Antes le he asegurado que le diría qué fue de todos aquellos jóvenes *lebensborn*. ¿Sabe dónde están ahora peinando canas?

–Puedo imaginarlo.

–Todos ellos se integraron, siguiendo un meticuloso plan, en el seno de familias ultraconservadoras, en Estados Unidos, en Austria, Francia, Alemania, Italia, Inglaterra, España... –reveló–. Ellos y sus hijos detentan el poder económico y tiran de los hilos de lo político desde la sombra; son miembros activos de las logias que Última Thule tiene en infinidad de países; pertenecen y asisten a las reuniones anuales del prestigioso club de los Ciento Treinta de Bilderberg; se relacionan con familias aristocráticas europeas; se codean con los principales líderes mundiales; son, en definitiva, y usando una vez más una imagen cinematográfica, la semilla del diablo.

La desazón inundó el pecho del periodista. Asintió.

–¿Qué significa todo esto? –acertó a preguntar casi sin voz tras un notorio silencio–. Creo que estoy perdiendo el norte.

Eilert Lang no tardó en contestar. Lo hizo en tono lúgubre.

–Todo esto significa que el armamento ha sido renovado; que las estrategias de antaño han encontrado un nuevo terreno de juego, más adecuado y sutil: un tablero maldito en el que se desarrolla una partida macabra. Ellos son los jugadores y todos nosotros, no lo dude, las piezas.

–¿Por qué me habla con metáforas?

–Porque si le dijera, de forma simple y llana, que la Tercera Guerra Mundial se está librando ahora mismo, usted me tomaría por loco.

29

LYON

Una violenta explosión sacudió la avenida Louis Dufour de Lyon dos minutos antes de las ocho de la mañana. El inmueble situado en el número 4, una casa de dos plantas próxima a la confluencia con la calle del Général Leclerc, voló por los aires y se desplomó estrepitosamente, en medio de una inmensa nube de humo, cascotes, vigas y cristal que barrió la zona como una tormenta, desatando un infierno de caos y confusión en el centro de una ciudad que apenas despertaba.

Günter Baum y Ewald Fleischer no se movieron de la mesa que ocupaban en el interior de una pequeña cafetería próxima cuando todos los clientes, tras el sobresalto inicial, abandonaron periódicos y tazas y salieron precipitadamente al exterior intentando comprender qué había sucedido.

–Algo ha fallado... –murmuró Baum con rictus impasible echando un vistazo al reloj–. Ha estallado antes de lo previsto. El temporizador no ha funcionado bien.

–Lo ha hecho. Ocurre que a veces olvido que mi reloj retrasa algo más de dos minutos –ironizó Ewald sorbiendo tranquilamente su café.

–Entiendo. Deberías cambiar de reloj.

–Debería.

–¿Qué tal esa mano?

Fleischer movió los dedos, contrayéndolos una y otra vez, como si estuviera realizando un ejercicio de rehabilitación. Ocultaba el vendaje bajo un guante negro.

–Bien. No duele demasiado. Un agujero limpio.

El sonido apagado de un teléfono móvil se dejó oír. Günter desdobló el abrigo que había dejado en el respaldo de la silla contigua, comprobó el número con una leve sonrisa en los labios y contestó.

–Buenos días, Florian –murmuró. Se apoyó en el respaldo de la silla y extrajo un largo cigarrillo de un paquete de tabaco.

–¡Serás estúpido! ¡No vuelvas a pronunciar mi nombre!

–¡Oh, vamos!, ¿a qué viene tanto temor? –indagó guasón.

–Eres un imbécil, Günter. Me la estoy jugando. Y no me gusta jugarme el tipo por un chapucero como tú.

–¿Ahora me insultas? ¡Mide lo que dices o me encontrarás!

–¡Bueno, basta, basta ya! –zanjó crispado Florian–. Escucha, Günter: en Thule se están empezando a poner muy nerviosos. Mucho. Lo que hicisteis ayer en París clama al cielo. Una escabechina sin sentido, una barbaridad; toda la prensa lo publica en primera página.

–Lo que se hace bien merece ser noticia.

–Métete la ironía por el culo. Has perdido a dos hombres en poco más de tres días, y un comisario de Berlín te está siguiendo la pista de cerca –alertó–. Es un sabueso, un hombre inteligente y muy metódico. El nombre de Thule ha salido a colación.

–Eso no es posible.

–Lo es. Aunque no logra comprender el alcance del asunto, ese policía te pisa los talones. Tiene claro que todo esto guarda relación con la operación Shangri-La. Lo verás aparecer por Lyon de un momento a otro. Atando cabos ha logrado entender qué ruta estás siguiendo.

–Lo de Lyon está resuelto, cálmate –sugirió Baum–. Hans Dietrich Steinmeier ha muerto apaciblemente mientras dormía. Ya nos vamos.

Un silencio largo ocupó la línea.

–Ya, bueno. Sólo espero que en esta ocasión haya sido un trabajo discreto.

–Un trabajo limpio y discreto, no temas.

–¿Qué pasa con Eilert Lang?

–Volvió a escaparse. Está con esa mujer, la del violín, y le acompaña ese periodista de *The Guardian*.

–Simon Darden.

–Sí, creo que se llama Darden... ¿Verdad, Ewald?

Ewald Fleischer asintió desde el otro lado de la mesa. Se entretenía observando a través de la luna de la cafetería el incesante tráfago de agentes de policía y bomberos por la zona.

–De ese entrometido ya nos estamos ocupando. Nuestro enlace en Inglaterra me acaba de confirmar que tenemos a su mujer y a su hijo. Elimínalo. Sin titubeos. A él y a Elke Schultz, pero, sobre todo, ocupaos de Lang. Ese cabrón ya nos ha causado demasiados problemas.

–Entendido.

–Algo más.

–¿Qué?

–Dirígete a Marsella.

–¿Para qué?

–Busca a Pierre Signoret. En el puerto. Él y varios de los suyos os acompañarán. Son tiradores de élite. Os esperan con un crucero potente –explicó Florian–.

Estaréis en Mallorca en muy pocas horas. Liquidad a Klaus Münzel. Este asunto debe quedar resuelto mañana, ¿me has oído?

–Alto y claro. Adiós, Florian, recuerdos a los nuestros en la BKA.

–¡Bastardo!

Günter colgó y dejó el teléfono sobre la mesita.

–Parece que el tal Bohm tiene problemas de estreñimiento, ¿eh? –observó con aparente desinterés Ewald ante la expresión contenida de Baum.

–Para variar.

–¿Nos vamos?

Salieron a la calle. El área estaba siendo acordonada. La policía desviaba el intenso tráfico de la zona por rutas alternativas e impedía el acceso de los transeúntes a sus trabajos.

Baum abordó a un agente que le salió al paso.

–Perdone, ¿qué ha sucedido?, ¿podemos ayudar en algo?

–Pueden ayudar no pasando por aquí –contestó desabrido el gendarme–. Una explosión de gas. Parece que ha sido una explosión de gas. Váyanse, hagan el favor.

El alemán alzó el cuello del abrigo, se metió las manos en los bolsillos y comenzó a caminar satisfecho, en dirección al coche, seguido de cerca por Ewald.

–Muy efectivo, sí señor –murmuró complacido unos metros más allá.

–Cuarto de contadores, una llave inglesa, un poco de explosivo plástico y un temporizador: un cóctel perfecto.

–Sí, pero haz el favor de cambiar de reloj. Ha sido una chapuza. La puntualidad es sagrada. Una norma de vida.

–Es suizo, Günter.

–¿Suizo? –interpeló Baum con un mohín de asco en los labios–. En ese país se deberían dedicar sólo a fabricar chocolate. ¿No sabes que ese paraíso pulcro y perfecto es el lugar del planeta con mayor número de depresivos por metro cuadrado?

–¿De verdad? ¡Suena raro, con tanto dinero!

–Lo que yo te diga, Ewald. Cambia el puto reloj.

30

UN PASEO SOBRE LAS AGUAS

El sol de media tarde se reflejaba como una moneda recién acuñada sobre la superficie tranquila del puerto de Andraitx. Una docena de grandes balandras de pesca apagaba motores y amarraba sus cabos en los noráis del malecón. Las gaviotas quebraban con su graznido estridente la tranquilidad que reinaba en la bahía a esa hora; se precipitaban desde lo alto, como proyectiles, sobre los restos del pescado arrojado por los marinos en las aguas próximas a la lonja y remontaban el vuelo con su botín en el pico.

–Parece el azogue de un espejo –comentó Elke entrecerrando los ojos, intentando abarcar de un vistazo la rada en toda su dimensión.

Simon Darden se detuvo y retrocedió dos pasos.

Andaba distraído, sumido en sus pensamientos. Se quedó contemplando la serena placidez de las aguas.

–¿Te refieres al mar?

–Sí, al mar.

–Una balsa de aceite, diría yo. Aunque resulta más poética esa comparación con el azogue –admitió condescendiente.

–Se diría que se puede caminar sobre su superficie y cruzar al otro lado.

–Bueno, es posible, pero esto no es el lago Tiberíades y yo...

–Y tú no eres Jesucristo.

–Exacto. No cuentes conmigo, Elke. Si quieres intentarlo, adelante.

–Tampoco yo soy María Magdalena –bromeó ella divertida.

–La Biblia no dice que María Magdalena caminara sobre las aguas –reconvino suavemente el periodista–. Además...

–Además esto está lleno de combustible de las gabarras –admitió ella echándose a reír–, estamos en pleno diciembre y...

–Y no llevamos bañador ni toalla –apostilló él.

Elke sonrió y continuó su paseo por los muelles de la zona de pesca de Andraitx, junto al casco viejo de la población. Los habían recorrido varias veces desde su llegada, un par de horas antes, tras reservar habitaciones en el hotel Brismar.

Acabaron sentándose en las rocas de una pequeña caleta ocupada por barcas varadas. La violinista se quitó las botas y hundió los pies en la arena tibia.

–Me encanta esta sensación, ¿sabes?, estuve aquí hace mucho tiempo –reveló, absorta en el romper manso del agua en la orilla.

–¿Aquí? ¿Cuándo?

–No estoy segura. A los trece o catorce años, con mis padres. En aquella época viajábamos con frecuencia –explicó–. Mi padre era un espíritu inquieto. Decía que el mundo debe ser visitado; que no recorrerlo, en su totalidad, es una muestra de desamor. Me llevó a la India cuando cumplí dieciocho. Decía que ése era uno de los viajes más importantes que se pueden realizar. Y es cierto. ¿Has estado en la India?

–No.

–Mi padre te hubiera animado a ir. Ese país le fascinaba. Me puse enferma en Calcuta. Supongo que por el picante y el agua.

–Yo me bañé una vez en el Támesis y sobreviví. Te aseguro que está más contaminado que el Ganges. Incluso vi pasar el cadáver de un lord inglés.

Elke prorrumpió, al punto, en una abierta carcajada.

Simon Darden no pudo evitar quedar atrapado en la belleza de su perfil sereno. Se aferró a la ironía para no perderse en ese dédalo de líneas perfectas.

–Déjame adivinar –propuso divertido–: Seguramente tu padre era el dueño de una importante agencia de viajes, ¿me equivoco?

–No, no. Simplemente era un hombre muy vehemente. De los de antes. Lleno de firmes convicciones. A él le debo muchas cosas –puntualizó ella recuperando la compostura.

–La pasión por la música…

–Sin duda alguna. Era un violinista consumado.

–El carácter…

–Por descontado. Bueno, la verdad es que él no era tan dado a la trifulca como yo –reconoció divertida–. Era un hombre temperado, ajustado a la escala, afinado.

–Como un buen piano.

–Exacto. Como un clavicémbalo antiguo o un buen Steinway de cola. Yo soy infinitamente más desequilibrada, más colérica. Supongo que es una forma de contrarrestar el desatino en que se ha convertido mi vida; una válvula de seguridad, una espita.

–¿Qué quiere decir eso?

–Que a los demonios hay que exorcizarlos de un modo u otro. Mi vida es disciplina; interminables horas de disciplina rígida y práctica agotadora –explicitó en tono serio, sin dejar de mirar el abigarrado conjunto de casas que escalaba la montaña al otro lado del puerto–. El vuelo de una mosca me saca de mis casillas. No puedo evitarlo.

–Así que ese cabrón de Mozart es el culpable de que el mundo haya perdido a un ángel. Bonita forma de justificar el malhumor.

–¿Malhumor? –preguntó frunciendo el ceño–. No te equivoques, tampoco soy una malcarada.

–En absoluto se me ocurriría decir algo así viendo lo que veo.

Elke se echó a reír una vez más. Le miró directamente a los ojos.

–¿Me estás tomando el pelo? –preguntó indagando en la expresión de Darden.

–¿Eso crees? –replicó él en una magistral simulación de asombro.

–No lo sé. En cualquier caso no me gusta nada esa sensación.

–¿No será que siempre estás a la defensiva?

–No. No estoy siempre a la defensiva.

–Juraría que sí lo estás. Admítelo.

–Como quieras. Es posible –concedió.

–Esto mejora por momentos. Una posibilidad siempre es un buen comienzo –murmuró el periodista con una cáustica sonrisa en los labios.

Elke volvió a ensimismarse en el espectáculo que era la bahía. Por un momento Darden creyó que ella daba la conversación por zanjada; tomó una piedra plana y la lanzó con desgana contra la superficie del agua. No rebotó.

–Esta noche, en el coche... –balbuceó Elke de súbito.

–¿Sí?

–He escuchado entre sueños lo que tú y Eilert habéis hablado.

–Eso es jugar sucio –bromeó Darden–. ¿Todo?

–Lo importante –acotó ella–. Nada de juego sucio. Y menos en estas circunstancias.

–¿Importante? Lo siento pero no logro intuir qué es lo importante para ti. En mi caso, como periodista, todo este asunto me está cambiando la vida.

–¿Crees que destapar los tejemanejes de un puñado de fascistas te convertirá en un hombre célebre? ¡Seguro, lo veo con claridad! –apostó la violinista con una inflexión cínica–. Escribirás artículos y libros, concederás entrevistas y firmarás autógrafos.

–Me conoces muy poco. Eso me importa una mierda.

–A mí sólo me interesa lo que me concierne de forma directa. Me es igual que el mundo salte por los aires. Suena tremendamente egoísta, pero es así.

–Hablemos claro. Lo que te desconcierta, lo único

importante, y me imagino que te refieres a eso, es que Eilert pueda quererte de verdad. Que lo aceptes o no es cosa tuya, Elke, pero para mí es más que evidente. Él se maldice por haberte metido en esto –apostilló Darden molesto ante el derrotero que tomaba la conversación–. ¿Qué me dices de ti?

–No sé lo que pasa conmigo. De verdad, no lo sé. Y empieza a preocuparme. Tal vez Eilert tenga razón –comentó con expresión confusa–. Me reprochó haber levantado un muro a mi alrededor, haber cortado todos los caminos y puentes que me unen al mundo. Es curioso. Mi madre lleva años diciéndome lo mismo con otras palabras. Incluso Carl Weisman, mi director, me lo ha intentado hacer ver en más de una ocasión. Es como si yo misma me negara la posibilidad...

–¿De ser feliz?

–De ser cualquier cosa más allá de lo que ya soy.

–Ése es un mal endémico. Lo sufrimos todos –reconfortó Darden.

–No me sirve que otros lo sufran –rechazó Elke–. ¿Cómo puedes tener la certeza de que quieres a alguien? ¿Te has enamorado perdidamente alguna vez?

–Casi cada semana desde que cumplí los quince. Algunas semanas, incluso dos veces.

Elke esbozó una sonrisa forzada.

–No bromees, estoy hablando en serio.

–Está bien. Sí. Me he enamorado más de una vez –reconoció Simon–. Y lo que preguntas no tiene respuesta posible. Al menos no una respuesta lógica. ¡No hay modo de saber ni de analizar en qué consiste el amor, sólo puedes experimentarlo!

–Supongo que es así.

–¿Por qué no pruebas a caminar sobre el agua sin hundirte?

–Porque sé que me hundiría.

–No. Te han enseñado que te vas a hundir. Eso es muy distinto. Recuerdo que hace muchos años leí un libro que me fascinó. Una novela de un polaco, Jerzy Kosinski, llamada *Desde el jardín*, ¿la conoces?

–No, creo que no –negó Elke abrazando sus rodillas. Parecía tiritar.

–¿Tienes frío?

–Un poco, pero estoy bien. Sigue.

–El libro se convirtió en película. La última película que protagonizó Peter Sellers, *Bienvenido Mr. Chance* –apuntó Darden.

–¡Ah, sí! La vi. Recuerdo que me gustó.

–Perfecto. Es la historia de un hombre absolutamente simple. No sabe nada del mundo. Ha vivido toda su vida recluido tras los muros de un jardín. Lo poco que sabe del exterior le llega a través de la televisión. Su única experiencia real la constituyen las plantas.

Sólo sabe cultivar plantas, flores. En eso es un maestro, pero del resto lo ignora todo por completo. ¿Recuerdas la última escena?

–Vagamente.

–Sellers comienza a caminar por el prado que bordea un lago. Y al llegar a la orilla continúa haciéndolo sobre la superficie del agua. Unos metros más allá, se detiene, mira sus pies y con expresión curiosa hunde la punta de su bastón sondeando la profundidad mientras una voz en *off* dice: «La vida es un estado mental» –explicó Darden–. Así que olvídate de lo que sabes o crees saber y simplemente experimenta sin negarte ninguna posibilidad. Camina sobre brasas o paséate sobre las aguas.

–Y milagrosamente no me hundiré.

–O te hundirás por completo. Ése es el único precio que debes estar dispuesta a pagar si te decides a encaramarte al muro del jardín y averiguar qué hay más allá.

Elke asintió.

–Ahora sí que comienzo a tener frío. El sol está bajando.

–¿Tienes hambre? Te propongo que comamos algo. Eilert no llegará antes de una hora –sugirió el periodista consultando el reloj. Se incorporó con gesto dolorido y sacudió sus pantalones.

Entraron en La Consigna, una de las pocas cafeterías abiertas en el paseo.

–Ensaimadas, *gâteaux*, chocolate caliente y café –anunció ufana la camarera, depositando platos y tazas sobre la mesa.

–Perdone, ¿es usted de aquí? –preguntó él cuando ella ya volvía a su quehacer.

La mujer giró sobre los talones y miró a Darden con expresión curiosa.

–De aquí de toda la vida. Estaba yo antes de que hicieran todo este estropicio urbanístico –aseguró entre risas.

–Tal vez pueda ayudarnos. Estamos buscando a alguien. Un caballero alemán, bastante mayor –explicó Simon mientras vertía el azúcar en el café–, de unos ochenta y tantos años.

–Por aquí viven demasiados alemanes –afirmó la camarera con la guasa en los labios–. De hecho llevan mucho tiempo queriendo comprarnos la isla. ¿No puede ser más preciso?

–Sólo sé que se llama Münzel, Klaus Münzel.

–¿Münzel? ¿Alto, espigado, de ojos azules?

–Es posible. No lo he visto nunca.

–Sí. Debe de ser él. Si es de los que viven todo el año en Andraitx, debe de ser él –conjeturó–. Esto en invierno está muy vacío. Aquí, en La Mola, la montaña que hay en esta parte de la bocana, viven varios matrimonios alemanes, pero son más jóvenes. El caballero al que usted se refiere vive allí, pasado el club de vela. Desayuna aquí algunos días.

La mujer señaló a través del cristal el otro lado de la bahía.

–Eso está lleno de casas –adujo el periodista, poniéndose en pie y echando un vistazo.

–Venga conmigo –propuso la mujer. Dejó la bandeja sobre una mesa y salió al exterior. Caminó hasta el mismo borde del muelle–. ¿Ve esa villa de cuatro plantas, con rampa para las barcas y una pequeña atalaya que se asoma a un gran muelle privado?

–Sí.

–Eso es Casa Hernández.

–¿Hernández? He dicho Münzel.

–Aquí la conocemos por Casa Hernández. En el Camino del Faro. Era de un industrial de Barcelona, Inocente Hernández, un ricachón muy querido por todos. La construyó cuando aquí aún no había nada. A su muerte, su hija se la vendió a Münzel.

–Entiendo.

–Pues ya sabe dónde encontrarle. Es viudo. Enviudó hace cuatro años –apostilló ella de regreso a la cafetería.

Una hora más tarde, Eilert Lang llegó a la recepción del hotel. Parecía agotado. Dispensó al periodista un saludo cordial y miró con vaga tristeza a Elke. Parecía buscar en sus ojos un vestigio de complicidad que la alemana rehusó concederle.

–Necesito ducharme y comer algo –anunció con voz arrastrada–. El *ferry* no ha parado de moverse, aún estoy mareado.

–Pruebe el *gâteau*.

–¿*Gâteau*? ¿Qué es eso?

–Un bizcocho delicioso, de almendras, especialidad de la zona –sugirió el periodista–. Elke y yo nos hemos vuelto adictos.

Con la última luz de la tarde se dirigieron a la casa de Münzel, rodeando la bahía. Tras cruzar el Saluet, un canal natural en el que los pescadores ponían sus viejas mallorquinas a resguardo de temporales, pasaron ante un club náutico desierto y enfilaron una suave cuesta. Las casas de esa parte eran antiguas, separadas del mar por breves muelles, embarcaderos y terrazas. Los veleros, anclados a escasa distancia de las rocas, giraban suavemente, al unísono, buscando encarar sus proas al viento.

En ese instante, una voz enfurecida rompió la calma del lugar.

–¡Maldito incompetente! –tronaba–. ¡Ésta es la última vez que hace algo así!

Se detuvieron ante el pequeño muro de una de las villas. En medio de un cuidado jardín, erguido como una estaca, un hombre alto, de pelo cano, zarandeaba sin contemplaciones a otro, más corpulento y joven. Parecía lanzar espumarajos por la boca.

–¡En mis tiempos a los cretinos como usted los fusilábamos! ¿Me oye, estúpido?

Eilert Lang, Simon Darden y Elke Schultz se miraron desconcertados.

El periodista reparó en una cerámica adosada junto a la puerta principal. En trazo azulado aparecía el nombre de la propiedad: Casa Hernández.

–Juraría que este basilisco es Klaus Münzel –murmuró.

31

MÜNZEL

Sólo he hecho lo que usted me pidió! –se excusaba el hombre con voz entrecortada al tiempo que intentaba zafarse de los largos dedos del alemán–. ¡He seguido sus instrucciones al pie de la letra!

–¿Mis instrucciones? ¡Majadero! –increpaba Klaus Münzel al borde del colapso, agarrándole por la camisa–. ¡Ha arruinado en una hora años de trabajo bien hecho!

–En cuatro días volverá a estar igual, ¡incluso mejor!

–¿Cuatro días? ¡Deme esas tijeras, que le podaré el pene y en cuatro días lo tendrá como nuevo!

Eilert Lang sonrió. Se fijó en que todo el lugar estaba lleno de ramas secas, retorcidas como sarmientos. La pared lateral del jardín, colindante con lo que parecía ser el garaje de la finca, había sido despojada de un inmenso arbusto, dejando al descubierto el entramado de alambre que le servía de sujeción y guía.

–¡Lárguese! ¡Fuera de mi casa, no quiero volver a verle! –chilló Münzel al borde de la afonía, despachándole con cajas destempladas.

El jardinero reunió, en un abrir y cerrar de ojos, sus herramientas, diseminadas aquí y allá, y se dirigió a paso rápido hacia la salida, buscando ponerse a salvo del diluvio de increpaciones y blasfemias que el anciano largaba en alemán.

–¡Ya le haré llegar la factura! –amenazó mientras salía por la puerta. Al ver a los recién llegados no se privó de advertirles–: Háganme caso, den media vuelta, ¡es peor que un dóberman!

El anciano, que le había seguido, cerró la verja de una patada. La hoja rebotó violentamente golpeándole en la rodilla.

Con una mueca de dolor en los labios, Münzel procedió a correr el pestillo. Parecía una caldera a punto de estallar.

–¿Es usted Klaus Münzel? –preguntó Lang cuando sus miradas se encontraron.

–¿Quién lo pregunta?

–Me llamo Eilert Lang.

–Lo siento, no le conozco; es muy tarde y no compro nunca nada –gruñó.

–Hablé con usted, por teléfono, en dos ocasiones, hace unos tres meses, ¿recuerda? –explicó el biólogo–. Por prudencia dije ser quien no soy.

Münzel se apoyó en uno de los pilares que jalonaban el muro. Miró detenidamente a Lang, con un atisbo de recelo en la mirada.

–¿Heinz Rainer? ¡Sí, ya le recuerdo! ¡Le dije que me dejara en paz!

–Mi nombre es Eilert.

–Me es igual cómo se llame usted. No tengo nada que decirle.

–En cualquier caso, debería escucharme. Yo sí tengo algo que decirle.

–Lárguese, no hay nada de lo que usted y yo debamos hablar.

El alemán se volvió en dirección a la casa. Propinó un puntapié a las ramas que entorpecían el paso. Lang le obligó a detenerse.

–Su mejor amigo, Gerald Gottlieb, me pidió que le entregara algo. Se lo daré y me iré –mintió el biólogo con aplomo.

Münzel dudó. Con la desconfianza estampada en el rostro regresó hasta la valla.

–¿Gerald? ¿Conoce usted a Gerald? ¿De qué se trata?

Lang rebuscó en el bolsillo del abrigo y le tendió un pastillero de plata.

–Llévelo encima, señor Münzel. Muy pronto lo va a necesitar.

–¿Qué es esto? –preguntó entreabriendo la tapa.

–Sal. Sólo es un poco de sal.

Simon y Elke constataron cómo la expresión contrariada del alemán se desdibujaba hasta trocar en una nueva en cuestión de segundos. Las líneas de su rostro se desplomaron hasta perder todo atisbo de fiereza y determinación. Una sombra de miedo sobrevoló su rostro.

–¿Gerald le ha pedido que me entregue esto?

–Gottlieb y su esposa fueron asesinados en Berlín, hace muy pocos días, tal vez lo haya leído en algún periódico –indagó Eilert mirándole fijamente.

–No leo la prensa –acertó a decir Münzel desarbolado.

–En los años sesenta, tras mucho tiempo sin verse, usted y él se reencontraron. Hasta bien entrados los ochenta hicieron negocios juntos.

–Gerald..., ¿ha muerto?

–Sí. Y también Färber, en Múnich; Höpfner, en París, y, casi con total seguridad, Steinmeier, en Lyon. Todos han sido asesinados. Su existencia se había convertido en un grave problema para Thule.

–¡No sé de qué me está hablando! ¿Thule? ¿Qué problema?

–Yo soy el problema de Thule, señor Münzel –zanjó Lang–. Usted no quiso hablar conmigo. Es comprensible. Está atado a un juramento solemne, pero ahora es el último actor de Shangri-La. El único que podría dar fe de que Adolf Hitler y Eva Braun escaparon de Berlín en 1945, poco antes del final de la guerra. Por eso me he permitido venir hasta aquí y traerle un poco de sal. Los rituales siempre deben cumplirse. Buena suerte, hermano ario.

Con un brillo astuto en los ojos, Eilert hizo saber a Simon y a Elke que debían simular una retirada en toda regla. Apenas habían dado dos pasos cuando la voz de Münzel, frágil como un hilo de seda, les alcanzó en forma de claro ruego.

–Espere. No se vaya. Es posible que tenga algo que decirle –titubeó.

–Estoy dispuesto a escucharle. Incluso a protegerle –aseguró el noruego–. Todos estamos en peligro, se lo aseguro.

Münzel respiró hondo, como si necesitara llenarse de convicción antes de decidirse a cruzar un umbral sin retorno, y les franqueó la puerta. Al punto, se excusó por el desorden que reinaba en todo el jardín.

–Siento el estropicio. Ese cantamañanas ha arruinado mi buganvilla. La planté cuando compré esta propiedad, hace más de catorce años. ¡Qué desastre!

Al penetrar en el amplio vestíbulo de la casa, Eilert procedió a presentar a Simon y a Elke. Un halo de desconfianza volvió a teñir la mirada del alemán al enterarse de que Darden era un periodista de *The Guardian*.

–Nada de grabadoras, ni de fotos –advirtió hosco–. No permito que nadie me haga fotos. Eso debe quedar claro desde el primer momento, ¿entendido?

–Perfectamente. Todo *off the record*.

–Exacto, *off the record*, como dicen ustedes. Pasen, hace frío y ya es casi de noche. Tengo el fuego encendido –propuso, abriendo de par en par el acceso a un gran salón desde el que se divisaba toda la bahía–. Perdonen el desorden, vivo solo desde que murió mi esposa, Gertrudis, hace más de tres años. La señora Vera viene dos veces por semana a hacer la limpieza. Aun con todo, esto es demasiado grande, nueve habitaciones, bodega, distribuidores, cuatro baños...

–No se preocupe.

–Vengan, les mostraré algo. La vista es sensacional. Compré esta casa por las vistas. Por lo demás, está llena de barandillas y escaleras que me agotan. Cada año gasto una fortuna en repintarlo todo. El salitre, ya saben: devora el metal.

Cruzaron la estancia. Las llamas de una gran chimenea, que dividía el espacio en dos zonas asimétricas, templaban el ambiente. Münzel les condujo hasta una terraza que daba la vuelta a todo el perímetro de la primera planta. Un voladizo similar asomaba en el piso inferior. La panorámica, tal y como había prometido el anciano, era espectacular. Se podía abarcar la totalidad de la bahía de Andraitx, desde el espigón, que cerraba la embocadura del puerto por la derecha, rematado por un faro de piedra de mediana altura, hasta la última de las casas que trepaban por las montañas del otro lado, sobre el núcleo urbano. Elke se aproximó a la barandilla y echó un vistazo a la rampa de cemento que permitía que las embarcaciones hibernaran dentro de la casa y al amplio muelle de la propiedad, de caprichoso trazado. Retrocedió de inmediato, mareada.

–¿Te ocurre algo? –preguntó Eilert–. Estás blanca.

–No es nada. Sólo vértigo. Las barandillas bajas me aterran. Llevo muy mal lo de la altura. No imaginaba que esta casa fuera tan alta –comentó aturdida.

–Cálmate. Todo irá bien. Te lo prometo. En unas horas todo habrá terminado.

–Eilert, escucha, quiero que sepas...

–¿Qué?

–Que confío en ti –confesó a media voz con mirada esquiva–, que no hay nada que deba ser perdonado. No más reproches, Eilert.

–No más reproches, Elke –convino él.

Pasearon a lo largo de la terraza. El crepúsculo creaba un estrecha grieta por la que escapaban los restos de luz. Darden reparó en la expresión preocupada de Lang, que caminaba algo retrasado, ajeno a las explicaciones del anciano. Parecía olfatear cada rincón de la villa.

–¿Algo va mal?

–Esta casa va mal.

–¿Qué pasa con la casa?

–Es indefendible, vulnerable. Se puede acceder a ella desde cualquier punto.

–¡Vamos, olvídese! –propuso el periodista–. Debemos concentrarnos en hacer que el viejo cuente lo que sabe. Si lo conseguimos, todo se resolverá felizmente.

El biólogo asintió sin convencimiento alguno.

Poco más tarde, Münzel les invitó a tomar asiento junto a los ventanales. Añadió varios troncos al fuego y colocó cuatro vasos y una botella de whisky en el centro de la mesa. Después se acomodó en una de las butacas y cruzó significativamente los dedos de sus manos.

–Dispongo de tiempo. No me gusta la televisión, y a mi edad duermo poco o nada –anunció grave dirigiéndose a Lang–. Así que será mejor que me cuente quién es usted, qué sabe de Gottlieb y de mí y por qué ha venido. Si sus explicaciones no me convencen, no le diré nada, y usted y sus amigos se marcharán por donde han venido, sin más. Ésas son mis condiciones.

–Me parecen razonables –aceptó Eilert.

–Pues sírvase whisky, aclare la voz y empiece por donde quiera –sugirió taxativo el alemán.

A lo largo de la siguiente hora, en un complejo y agotador ejercicio de síntesis, Lang contó su historia. A medida que avanzaba el relato, Münzel parecía hundirse más y más en la butaca. Cuando el biólogo le puso al corriente de los acontecimientos de los últimos días, una expresión sombría se instaló en su semblante.

–Y eso es todo, señor Münzel –concluyó el biólogo–. Supongo que ahora entenderá mi interés en hablar con usted.

–Esperaba una buena historia –masculló cariacontecido–, pero debo admitir que no tan buena. Aun sabiendo todo lo que sé, me parece realmente asombrosa. Discúlpenme un segundo.

Klaus Münzel se levantó con dificultad. Se quedó mirando al aire con ojos vacíos, y, con paso indeciso, se dirigió a un estrecho armario en el otro extremo del salón. El mueble era un pequeño arsenal. Para asombro de todos, regresó con una escopeta, una automática y dos cajas de munición.

–¡Dios mío! ¿Qué... qué se supone que está haciendo? –tartamudeó Elke Schultz al ver que el viejo procedía a cargar con parsimonia las armas.

–¡Preparar un recibimiento adecuado a esa gentuza! De haberlo sabido con algo más de tiempo hubiera puesto champán a enfriar –ironizó.

La violinista se agitó nerviosa. No estaba dispuesta a verse envuelta en otro tiroteo como el del día anterior en París. La mirada intranquila de Darden decía a las claras que se hallaba en idéntica situación. Sólo Lang permaneció imperturbable, sereno, ante el ánimo belicoso del anciano.

–¿Nos explicará lo que sabe, señor Münzel? –le preguntó.

El alemán le miró de refilón y enarcó una ceja.

–Sí, supongo que ahora me toca a mí dar sentido a su historia; pero, maldita sea la hora, créame: no me apetece nada recordar todo esto.

Por un instante, los tres creyeron ver, en las pupilas de Münzel, el estallido de las bombas pulverizando los restos de un Berlín en llamas.

32

FÜHRERBUNKER

Gerald y yo nos juramos no hablar nunca de esto. Ni siquiera entre nosotros –aseguró–. Éramos amigos de infancia. Nos criamos en el mismo barrio. Nuestras familias se conocían. Tanto su padre como el mío eran partidarios del régimen. Llevaban grabadas en el ánimo las humillaciones del pasado. Creían a pies juntillas que Hitler devolvería a Alemania el esplendor de otros tiempos. Los dos eran miembros de Thule. No gente importante. Pertenecían al segundo círculo, el de los adeptos; un nivel un poco más comprometido que el de los simpatizantes y allegados. En el año 1935 solicitaron formalmente que Gerald y yo fuéramos aceptados en la orden cumpliendo con el rito. Éramos sólo dos muchachos, un par de imberbes.

–¿En qué consistía esa ceremonia de iniciación? –preguntó Darden intrigado.

–Un maestro de primer grado, un miembro del quinto nivel, nos adoctrinó durante semanas. Ya sabe..., toda esa pamplina esotérica acerca de los hiperbóreos, el origen de los arios, la mítica Thule, los planes futuros de la jerarquía oculta, los Siete Maestros de Vril –enumeró con un mohín de desdén–. En aquel momento surtió su efecto. Nos lo tragamos. A continuación siguieron los alegatos acerca de la supremacía y destino final de nuestra raza y los motivos por los que debíamos odiar a judíos, bolcheviques, negros, gitanos y homosexuales.

–Entiendo.

–Cuando consideraron que estábamos preparados, en una ceremonia tan pomposa como incomprensible, procedieron a iniciarnos –prosiguió Münzel–. Nos llevaron a una casa, en las afueras de Berlín. Éramos catorce jóvenes. Los veintiún miembros del sexto nivel, en la penumbra, nos preguntaron acerca de nuestras convicciones. Dijimos lo que querían oír. Al final, tras pisar el crucifijo y manchar de polvo nuestros hombros, depositaron sal en nuestra boca. Poco más.

–¿Fueron marcados?

–Sí. Con un pequeño hierro candente en el hombro, ¿quiere verlo?

–No es necesario. Dígame, señor Münzel, ¿qué ocurrió durante la guerra? ¿Gerald y usted permanecieron juntos?

–No. Cuando comenzó la guerra nos destinaron a unidades distintas. Yo estuve en Polonia. Eran días de euforia. Todo nos parecía un paseo. Me reencontré con él tiempo más tarde, en París. Nos divertimos en esa ciudad, pero a los pocos meses mi unidad recibió orden de acuartelarse entre Nantes y Saint Nazaire, junto al Loira. Lo cierto es que tuve mucha suerte. Me refiero al frente ruso, ya sabe, aquello fue una carnicería. También me libré de Normandía. Apenas entré en combate.

–¿No volvió a ver a Gottlieb en todo ese tiempo?

–No. Él corrió peor suerte. Fue herido en Dunkerque por los canadienses. Le trasladaron a Berlín en julio de 1944. Yo estaba en la capital desde comienzos de verano. Era ayudante de un oficial, Traugott Woorman. Un buen tipo. Me mantuvo mucho tiempo en unidades de intendencia. Decía que así salvaría el pellejo en la que se avecinaba. Era un auténtico disidente. Más de una vez me invitó a beber con él. En privado no se mordía la lengua y criticaba abiertamente a Hitler. Cuando lo destinaron a Berlín no se olvidó de mí. Casualmente me enteré de que Gerald estaba convaleciendo de sus heridas en un hospital y le visité. Al darle el alta se integró en mi unidad. La suya había sido aniquilada. Le pedí a Woorman ese favor y lo hizo. Fue su último favor. A los dos días murió en un bombardeo. Le recuerdo a menudo...

–¿De qué modo fueron asignados usted y Gerald al Führerbunker?

–A finales de otoño de 1944 aquello empezó a ser un caos. De un día para otro todo cambiaba –musitó Münzel ensimismado en sus recuerdos–. La moral de las tropas era baja. Sólo nos llegaban malas noticias. De algún modo empezamos a ser conscientes de que la guerra estaba perdida. Hitler se había salvado milagrosamente de una conspiración; la defección, aunque velada, comenzaba a asomar en todos los niveles. En los siguientes meses las cosas aún fueron a peor. Supimos que los aliados habían pactado no hacer concesiones, no concedernos tregua ni cuartel hasta la capitulación incondicional del Reich. La gente abandonaba discretamente la capital, en un éxodo que luego sería masivo. Muchos civiles se dirigieron a Dresde, convencidos de que allí estarían a salvo de los bombardeos. Se equivocaron, esa ciudad sería su tumba. La aviación enemiga la desintegró un par de meses después. Pese a la confusión reinante, en la capital había música en los bares y la vida continuaba; de algún modo nos empeñábamos en permanecer ajenos a la debacle que se avecinaba.

–¡Disfrutemos de la guerra, la paz aún será peor! –exclamó Simon Darden, parafraseando el dicho acuñado por los berlineses en aquellos días inciertos.

–¡Sí, exacto, eso se oía decir por todas partes! –convino Münzel retomando a renglón seguido su historia–. Estábamos solos y aislados. Sólo Eslovaquia, Croacia y los restos de Hungría se mantenían de nuestra parte. Italia se daba por perdida. Y Japón, ¡Japón no servía de consuelo, al otro lado del mundo! Se llamó a filas a la quinta del 29 debido a que todos los que tenían entre dieciséis y sesenta años ya empuñaban las armas. En esos días se crearon las Volkssturm, las milicias populares, para defender Berlín calle por calle. Muchos jóvenes, incluso niños, sin preparación y mal armados, fueron movilizados. Recuerdo que más de una noche, cuando sonaban las sirenas y bajábamos a los refugios, les veía temblar. Intentaban disimular el miedo que sentían, pero en sus ojos asomaba su angustia. El silencio en aquellas ratoneras era impresionante. Aún mayor cuando las bóvedas parecían venirse abajo.

–Mientras tanto, los rusos avanzaban como una apisonadora, a razón de treinta kilómetros al día, entre el Vístula y el Oder, en pleno corazón de Alemania –apuntó Lang.

–Sí, una pesadilla. No hace falta rememorarla. Les contaré cómo Gerald y yo fuimos trasladados al Führerbunker. Lo que ahora explicaré sucedió a finales de marzo de 1945. Una noche se presentó Hans Krebs, el jefe del Estado Mayor del Ejército, en nuestro acuartelamiento, al norte de la ciudad. Una visita de inspección, algo rutinario. No tuvimos tiempo ni de ponernos el uniforme; saltamos de las literas y formamos en el centro del barracón. Él se paseó un par de veces, arriba y abajo, y terminó deteniéndose junto a nosotros. Comenzó a soltar una arenga. Aseguraba que en breve dispondríamos de un nuevo armamento capaz de cambiar el signo de la contienda. En medio de su discurso se detuvo. Se quedó mirando a Gerald y después a mí. Murmuró unas palabras en el oído de un teniente que le acompañaba y prosiguió. Al terminar, el oficial se nos acercó y nos dijo que cogiéramos nuestras cosas y les siguiéramos.

–¿Por qué les seleccionó? –preguntó Darden.

–Krebs había reparado en las dagas, la marca de Thule en nuestros hombros.

–Entiendo.

–Nos llevaron a la Cancillería. Allí se nos dijo que quedábamos vinculados al servicio del Estado Mayor. Realizábamos tareas de enlace entre Krebs y sus subordinados, pero lo cierto es que también Goebbels y

Bormann, incluso Himmler y Göring, nos daban órdenes a las primeras de cambio. Todo era muy confuso en aquel agujero de hormigón. Cada vez que entrábamos allí teníamos la curiosa sensación de que todos ellos, y a un tiempo ninguno, detentaban el mando –ironizó Münzel sirviéndose más whisky.

–¿Conocieron a Hitler personalmente?

–Sí, a él y a la mayor parte de sus generales. Hicimos buena amistad con las secretarias de Hitler. Especialmente con Trauld Junge –recordó Münzel–. Era una joven encantadora, tímida. Creo que muy ingenua. Hace diez o doce años un colega me facilitó su dirección en Múnich y le mandé una postal. Me remitió una larga carta en la que me decía que me recordaba perfectamente. Ella me bautizó cordialmente con el mote de Flaco. Yo era un joven muy delgado –Klaus alzó expresivamente su dedo índice–, y para colmo no comíamos demasiado. Así que más bien debería decir famélico. O escuálido. Volviendo a Trauld, su verdadero sueño, en aquella época, era bailar; esa chica tenía la cabeza llena de pájaros, pero Albert Bormann la forzó a presentarse a esas pruebas de mecanografía y su destino, durante la guerra, quedó unido al de Hitler. Le siguió a todas partes. Lo cierto es que le llegó a apreciar sinceramente. No sé si saben esto, pero les aseguro que el Führer era un hombre sumamente afable con la gente.

Ella jamás tuvo conciencia de las aberraciones que se cometían; los asesinatos, las deportaciones, los campos de concentración...

–¿Qué me dice de usted y de su amigo? –interpeló a bocajarro Lang.

La pregunta no pareció sentar muy bien a Klaus Münzel. Se removió en la butaca y vació el vaso de un trago largo. Después arrugó los labios.

–Si le digo que no teníamos idea clara de lo que ocurría, ¿me creería?

–Supongo que sí.

–Lo intuíamos. Ésa es la verdad. Todos lo intuíamos, aunque curiosamente nadie hablaba de esas cosas. Le aseguro que en todos esos años nunca oí mencionar Treblinka o Auschwitz a nadie.

–Hábleme de Hitler, ha dicho que le conoció –resolvió el biólogo cambiando de tercio–. ¿Es cierto que estaba enfermo?

–Desde luego, no estaba en su mejor momento –convino Münzel–. Habló con nosotros en un par de ocasiones. Nos estrechó la mano. A mí me pidió que intentara conseguirle un buen hueso de ternera, una rótula.

–¿Cómo dice?

–Un hueso, un hueso grande, para *Blondie*, su perra. La hacía cantar, se lo juro. La adoraba. Luego la hizo matar.

–Lo sé.

–Lo cierto es que no gozaba de mucha salud. Le temblaba el pulso. En algunas ocasiones le vimos deambular con mirada torva, enajenada. Movía divisiones fantasmas, convocaba reuniones a horas intempestivas, su ánimo oscilaba como un péndulo. Pero ese mito de que estaba acabado no es cierto. Se lo aseguro. Era un hombre de una fortaleza enorme. Aun envejecido y abatido era tremendamente magnético.

Münzel hizo una breve pausa. Parecía estar sacando hechos y sucesos de un baúl no abierto en años así los iba encontrando.

–Gerald y yo estábamos en el búnker el día 20 de abril –mumuró perdido.

–¿Qué ocurrió ese día?

–Era el cumpleaños de Hitler. Aquello se llenó, todos acudieron a felicitarle, ¿no es gracioso? ¡El mundo se desplomaba a nuestro alrededor, la ciudad estaba estrangulada, no quedaban esperanzas, y a pesar de todo eso se descorcharon muchas botellas de champán en esa cueva! ¡Incluso Eva Braun puso ese disco en su honor! ¿Cómo se llamaba? ¡Sí, exacto: *Las rosas rojas te hablan de amor*! –rememoró con la sorna en los labios–. Todos pudimos oír claramente cómo Keitel, Speer, Göring y otros rogaban al Führer que se pusiera a salvo, que saliera de Berlín, pero él negó una y otra vez esa posibilidad, con obstinación, con la terquedad propia de un capitán que se resiste a abandonar la nave. Su aplomo nos insufló unas mínimas ínfulas. Se diría que aquel calvario iba a durar para siempre, pero dos días más tarde sucedió algo –advirtió el anciano, adelantando el cuerpo en dirección a la mesa–. Escuchen bien: el día 22 de abril tuvo lugar una reunión a la que asistieron todos los generales. Rochus Misch, el radiotelegrafista, andaba desesperado. La poca información que le llegaba era contradictoria. Tan pronto se decía que el Cuarto Ejército Panzer se movía hacia Görlitz, dispuesto a cortar el avance soviético, como todo lo contrario. Los gritos del Führer resonaban por todo el búnker. Ni siquiera se tomaron la molestia de mantener la reunión a puerta cerrada. Hitler decidió que el Ejército del general Walther Wenck, que si no me equivoco estaba en esos momentos al sureste de Magdeburgo, socorriera la ciudad. Como saben eso no resultó. El Führer salió de aquella sala enajenado, furioso. Le habían vuelto a insistir para que escapara de Berlín. Cuando ya todos se disponían a abandonar el lugar, Hans Krebs, en persona, se acercó hasta mí. Recuerdo que me cuadré y contuve la respiración. Aquel hombre imponía verdadero respeto. Me susurró al oído algo que me intranquilizó.

–¿Qué le dijo? –indagó el periodista.

–Palabra por palabra: quiero que ustedes dos estén a medianoche en la entrada del Ministerio de Propaganda.

–¿Nada más?

–Sólo eso, y al punto señaló a Gerald, que estaba algo más allá, de forma inequívoca.

–Obviamente acudieron a esa cita.

Münzel se carcajeó.

–Sí, obviamente.

–¿Se encontraron con él?

–¿Con Krebs? ¡No, en absoluto! Uno de sus oficiales nos esperaba. Nos invitó a fumar un cigarrillo en las escaleras del ministerio y nos comunicó que el general contaba con nosotros para un trabajo sumamente delicado. Un trabajo que debería realizarse en cualquier momento, en las siguientes horas o días. Añadió que deberíamos obedecer las órdenes de alguien que se identificaría con una contraseña, una clave que constaba en un sobre que nos entregó a continuación, no sin antes hacernos jurar que no lo abriríamos bajo ningún concepto.

–Me parece que empiezo a entender.

–¿Sí? ¡No lo creo! –zanjó Münzel con desdén–. Al menos no creo que tenga la menor idea de quién estaba detrás de ese trabajo delicado. Como podrán suponer, tanto Gerald como yo nos quedamos en un estado de tremenda ansiedad. No teníamos la menor idea de lo que se esperaba de nosotros. Pasamos la noche consumidos por los nervios. Los días siguientes fueron terribles, interminables. A medida que se sucedían, se desmoronaba lo poco que quedaba en pie. Llegó un teletipo de Göring en el que anunciaba que ante la ausencia de noticias daba por sentado que el proceso de sucesión del Führer debía ponerse en marcha; se dijo que Himmler intentaba negociar, a través de un diplomático sueco, con los aliados; supimos del final de Mussolini... –enumeró–. Y en medio de toda esa demencia, los niños de Marta Goebbels correteaban por los pasillos jugando al escondite. Hitler apenas salía de su habitación. Comía con las secretarias o tomaba el té con ellas por la noche, en silencio, mientras los oficiales vaciaban botellas y hablaban de cuál era el método idóneo para quitarse la vida sin demasiado sufrimiento.

–La caída de los dioses –apuntó burlón Lang–. ¿Cuándo les llegó la orden de abrir ese misterioso sobre?

–Hitler y Eva Braun se casaron el día 28. Después de eso, el Führer dictó a Trauld Junge su testamento político y personal. Todos entendíamos que cumpliría, en las siguientes horas, su promesa de quitarse la vida. Lo había dejado claro en numerosas ocasiones –explicó Klaus–. Trauld procedió a pasar a máquina sus notas de taquigrafía. Hizo tres copias. A mí me ordenaron que llevara una de ellas a Karl Dönitz, gran almirante de la Kriegsmarine. Estaba en la Cancillería. Permanecí ante él mientras leía las últimas voluntades de Hitler, en silencio, sin expresión alguna en el rostro, en medio de una estancia desmantelada, llena de cristales rotos y polvo, en la que sólo quedaba una pesada mesa y algunas sillas. Al terminar, dobló cuidadosamente los papeles, me miró y me preguntó si tenía cierto sobre en mi poder. Yo asentí con recelo. Sonrió brevemente y me pidió que lo abriera. Nunca me ha temblado el pulso, pero en aquellos momentos no podía controlarlo. Rompí el sobre y saqué una cuartilla al tiempo que él decía alto y claro: «211».

El rostro de Eilert Lang se llenó de estupefacción.

–¡211! ¡Ahí tiene su base en la Antártida, señor Lang! –exclamó ufano el anciano–. Nunca he sabido qué sentido tenía esa contraseña hasta esta misma noche. Créame si le digo que la he recordado un millón de veces sin entender por qué Dönitz escogió ese número y no cualquier otra cosa para identificarse.

–Extraordinario.

–Sí. Al principio no entendía nada. Apenas podía pensar. Tampoco me atrevía a hablar. El almirante abrió un cajón de la mesita y me entregó un documento en el que se detallaba todo lo que debíamos hacer. Instrucciones muy concretas. Me pidió que lo examinara, allí, en su presencia, y al terminar me preguntó si tenía alguna duda. Le dije que no. Me acompañó hasta la puerta y se despidió de mí con un saludo que sólo utilizan los miembros de Thule.

–¿Qué decían esas órdenes?

Un brillo diabólico iluminó los ojos de Klaus Münzel.

–Eran órdenes terribles, parte de un plan complejo en el que estaban involucrados otros miembros de la orden, muchos de ellos adscritos a las SS. Lo que se nos pedía a Gerald y a mí era que resolviéramos un pequeño fragmento del puzle sin el más mínimo error. Y sin preguntas.

Eilert, Simon y Elke cruzaron una mirada de perplejidad. El relato del anciano les había conducido a un estado de tensión insoportable. Él debió de entenderlo así ya que se apresuró a desvelar el final del misterio.

–Si la incertidumbre de los días previos nos había crispado de un modo inconcebible, las horas que pasaron hasta la tarde del día 30 nos dejaron exhaustos –rememoró abstraído–. Gerald se había quedado sin cigarrillos, no paraba de ir de un lado a otro, mirando el reloj cada cinco minutos. Yo me enfrentaba a un dilema terrible, se lo aseguro. Cumplir esas órdenes significaba mancharse las manos con sangre inocente. A eso del mediodía, con un nudo en la garganta, nos presentamos los dos en la casa de August Borsen.

–¿Quién era ese hombre? –interrumpió Darden.

–Ese pobre hombre era un profesor de ciencias naturales, una persona tranquila y amable a la que el destino había castigado con una única maldición –confesó Münzel apesadumbrado–. Era exactamente igual que el Führer. Su vivo retrato. Diría que sólo unos centímetros de altura les diferenciaban. Nos abrió la puerta y no se sorprendió al vernos. Eso aún me intranquilizó más. Estaba acostumbrado a que le hicieran salir de casa a horas intempestivas, cada vez que Hitler debía viajar o presentarse en zonas que se intuían peligrosas para su seguridad. Nos pidió que le concediéramos unos minutos. Se puso el abrigo y una bufanda y nos siguió.

El anciano detuvo su relato. Parecía seriamente afectado. Su rostro denotaba sincera aflicción.

–¿Le llevaron al búnker?

–No. Nos acompañó a otra parte de la ciudad, al sur de la Cancillería. Creo que cuando nos presentamos en la casa de Hubertina Franz, él entendió que algo malo iba a pasarle. Esa mujer era muy parecida a Eva Braun.

–¡Dios mío!

–No se conocían, pero se miraron fijamente a los ojos, con el alma en vilo.

–Está claro. Todo empieza a estar muy claro... –susurró Eilert Lang cabizbajo.

–Les llevamos a los dos a las inmediaciones del Führerbunker. Allí nos esperaban Hans Dietrich Steinmeier, su hombre de Lyon, y Emil Färber. Nos guiaron hasta una vieja casamata de ladrillo, un lugar destartalado en el que se guardaba gasolina, próximo a la torre de vigilancia del búnker –contó con un hilo de voz Münzel–. Al entrar, reparamos en una amplia trampilla abierta en el suelo. Färber, al que conocíamos de vista, entregó a Hubertina y a August dos bolsas. Les dijo que debían cambiarse de ropa. Él permaneció con ellos en el interior, mientras se vestían. Los demás, esperamos fuera, con cara de circunstancias, sin cruzar palabra. Poco después descendimos todos por una escalera que desembocaba en un largo pasadizo, un vericueto zigzagueante que se hundía más y más en la tierra. Steinmeier nos abría camino con una linterna. Llegamos a una zona más amplia, junto a un muro de hormigón. Y entonces...

–¡Vamos, prosiga, hemos llegado hasta aquí! –instó Lang, comprendiendo que el alemán se hallaba inmerso en un auténtico caos emocional.

–Entonces, yo, Gerald y yo, golpeamos a esos dos pobres infelices con la culata de la pistola. Con fuerza. En la sien. Se desplomaron. Färber abrió una pequeña poterna metálica en el muro. Comunicaba con la habitación del Führer. Él y Eva Braun estaban allí, a la espera. Se agacharon, nos miraron con curiosidad y preguntaron si todo iba bien. Contestamos que sí y les ayudamos a entrar en el lugar. Recuerdo que ella se sacudió la falda nada más incorporarse. Él consultó su reloj. Permanecieron en silencio mientras introducíamos los dos cuerpos en la estancia. Los acomodamos en un sofá. Steinmeier rompió una ampolla de ácido prúsico y lo vertió en los labios de Hubertina.

En ese punto Münzel se negó a continuar. Se le llenaron los ojos de lágrimas. Realizó un duro ejercicio de contención, sepultando sus emociones.

–Recuerdo que Gerald..., Gerald apartó la mirada cuando el cuerpo de esa mujer inconsciente experimentó una sacudida brusca y seca –balbuceó conmocionado–. El veneno la mató en escasos segundos. Después, Steinmeier repitió la operación con August. Cuando todo había terminado para ellos, me miró imperturbable y me tendió la pistola del Führer, agarrándola por el cañón. Me dijo que debía disparar al doble en la cabeza. A pesar de la turbación del momento no me costó recordar que Hitler había repetido, una y otra vez, que se mataría de un tiro en la sien. Todos lo dábamos por hecho. Cumplí con las órdenes, aplacando mi conciencia, diciéndome que August Borsen, después de todo, ya estaba muerto. Tras hacer eso, salimos de allí, cerramos la trampilla y desandamos el camino hasta el cobertizo. En el exterior nos esperaban dos coches con cortinillas y cuatro personas. Una de ellas era Martin Höpfner, el hombre asesinado ayer en París.

–¿Qué papel jugó él en la operación Shangri-La? –preguntó Eilert intrigado.

–Höpfner era aviador, uno de los mejores pilotos de la Luftwaffe. Participó en los bombardeos sobre Inglaterra hasta que le destinaron al servicio de la plana mayor del Ejército; en más de una ocasión había trasladado a Hitler, Himmler y Goebbels. Por descontado, era miembro de Thule.

–¿Cómo salieron de Berlín?

–Estaba todo previsto. Mientras el médico de Hitler y otros miembros de Thule certificaban la muerte del Führer y de su esposa, les cubrían con una manta y procedían a incinerarlos, nosotros viajábamos hacia el norte por una ruta que se había mantenido abierta, lejos del avance ruso. Llegamos de ese modo hasta Warnemünde, en la costa, cerca de Rostock. Allí tomamos una pequeña carretera que nos llevó hasta el final de una península estrecha y larga, a un lugar llamado Zingst. Un hidroavión nos estaba esperando. Gerald y yo, junto a Höpfner y dos más cuyo nombre no recuerdo, ayudamos a Hitler y a su esposa a instalarse. Volamos con ellos.

–¿Adónde?

–A Arendal, en Noruega.

Eilert conocía esa parte de la historia. Uno de los documentos que obraba en su poder, hallado en Nueva Suabia seis años atrás, confirmaba que el testimonio de Münzel era digno de crédito. En las inmediaciones de Arendal se ocultaba una importante base de U-Boot de la Kriegsmarine nazi.

–Nadie habló durante el vuelo. Apenas unas pocas palabras. Vi como Eva Braun le susurraba a Hitler algunas frases al oído, pero le aseguro que él, fuera lo que fuera lo que ella le decía, no denotaba la más mínima emoción. Parecía muy cansado, ausente –explicó Münzel en la recta final de su historia–. Amerizamos dos horas después en un lugar próximo a Arendal. Varios coches nos esperaban. Nos llevaron hasta una base de submarinos a unos diez o quince kilómetros en dirección noreste. Todo parecía dispuesto. Recuerdo que lo primero que hizo Eva Braun al llegar, nada más bajar del coche, fue encender un cigarrillo. Y luego otro. Uno tras otro. Caminaba por el muelle, arriba y abajo, fumando con ansiedad mientras el Führer conversaba con el capitán del sumergible y se disponía todo para zarpar. Ella se quedó sin cerillas y se acercó hasta mí, me susurró unas palabras a modo de excusa.

–¿Excusa?, ¿qué le dijo? –preguntó sinceramente intrigada Elke Schultz saliendo de su mutismo.

Münzel sonrió.

–Nada importante. Me dio las gracias por la cerilla y alegó que fumaba de ese modo ya que no podría hacerlo en muchos días –concluyó Klaus–. Entendí que el viaje de aquel submarino sería largo. Unos minutos después, ella y Hitler cruzaron la pasarela y desaparecieron por una escotilla ayudados por la tripulación.

–¿Eso es todo? –husmeó Darden.

–Sí. Eso es todo. Nunca jamás llegué a saber qué fue de ellos. Tampoco Gerald supo nada. Esta noche sus dudas han quedado despejadas. Y al mismo tiempo las mías.

Se hizo un silencio largo. Nadie parecía tener nada más que decir o preguntar. Lang apuró el resto del whisky mientras Darden, galvanizado por el final del relato, se llevaba nervioso un pitillo a los labios.

El biólogo tanteó a Münzel.

–¿Estaría dispuesto a repetir lo que nos ha contado en una declaración oficial?

Klaus frunció el ceño. Sus labios se entreabrieron, dispuestos a articular una rotunda negativa, cuando el teléfono sonó proporcionando a todos unos segundos de tregua.

–Discúlpenme, enseguida estoy con ustedes.

El anciano se levantó y cruzó la estancia. Descolgó el auricular.

–¿Sí? ¿Hola..., hola? –repitió–. ¿Oiga?

Todos pudieron escuchar con claridad la detonación sorda de un arma. Una fracción de segundo después, uno de los cristales del salón caía hecho añicos y una bala silbaba buscando atravesar el cerebro de Klaus Münzel.

33

CARA A CARA

Nos disparan! –gritó Simon Darden aterrorizado. El periodista se llevó las manos a la cabeza buscando protegerse de la lluvia de cristales.

El proyectil rozó la frente de Münzel y se incrustó en la pared. El anciano perdió el equilibrio y se derrumbó con un quejido lastimero en los labios.

La reacción de Eilert Lang fue fulgurante. Se abalanzó sobre Elke y la obligó a buscar protección en el exiguo espacio que mediaba entre el sofá y la mesa. De inmediato, echó mano a su automática. Comprobó el cargador, quitó el seguro y disparó contra las dos lámparas que iluminaban esa parte del salón. La estancia quedó sumida en una penumbra rojiza, tenebrosa, alimentada por la débil luminiscencia de las brasas de la chimenea. El biólogo reptó hasta uno de los ventanales y fisgó a través de la cortinilla de láminas del postigo exterior.

–¡Están ahí, en la atalaya que conduce al embarcadero! –constató.

Varias siluetas furtivas se deslizaban con la agilidad de los gatos, al amparo de los árboles y rocas del jardín.

Klaus Münzel se incorporó maltrecho. Regresó encogido hasta el lugar que había ocupado y tomó la escopeta.

–Tengo esta escopeta desde hace años. Es de caza, pero de caza mayor –farfulló–. Ideal para abatir elefantes.

El alemán descargó el peso de su cuerpo breve sobre la butaca que había ocupado, empujándola en dirección a la puerta de acceso a la terraza. Después, se parapetó tras uno de los brazos y retrajo el percutor.

–¿Qué vamos a hacer? –preguntó entre sollozos Elke–. ¡Nos van a matar!

–Vamos a recibir a esos cabrones por todo lo alto –replicó Münzel enervado, apretando la mandíbula.

–No creo que podamos detenerlos –apuntó Lang escéptico–. Juraría que nos superan en número. He dejado de verlos. Creo que rondan por la terraza de la planta inferior.

El noruego, sin previo aviso, se alzó y atravesó la

estancia como una exhalación, en dirección al vestíbulo de la casa.

–¿Adónde vas? –interpeló Elke angustiada. Por primera vez estaba dispuesta a admitir que el aplomo que caracterizaba a Lang suponía para ella una tabla de salvación. En París, cuando él la dejó, las cosas habían ido a peor.

–¡Tranquilízate, no te dejaría por nada del mundo, sólo quiero comprobar el piso inferior! –aseguró el biólogo a media voz cruzando el umbral. En el último instante, al reparar en la expresión desconcertada del periodista, le espetó–: ¡Darden, por lo que más quiera, manténgase firme y no dude en disparar a cualquiera que intente entrar por esas ventanas!, ¿me ha entendido?

El periodista asintió. Tenía un nudo en la garganta. Tragó saliva. Apenas podía controlar el temblor que se apoderaba de su mano; sostenía con crispación la culata de la pistola. El arma se le antojaba un peso insufrible.

Lang cruzó el recibidor y descendió un largo tramo de escaleras. Desembocaban en un pequeño distribuidor. Una lámpara encendida sobre un taquillón le permitió trazar con celeridad un mapa del lugar en su cabeza. A la derecha, un estrecho pasillo conducía a las habitaciones. Lo recorrió a la carrera, entreabriendo una puerta tras otra según avanzaba. Comprobó que todas las estancias poseían ventanas amplias, las cuales daban a una terraza lateral que comunicaba con el acceso al muelle. Al final del corredor, una puerta de cristal translúcido, reforzada por barrotes de hierro, cerraba el paso. Parecía segura.

Deshacía camino, dispuesto a examinar el otro lado de la planta, cuando dos disparos resonaron en el piso superior. El estrépito de un cristal al fragmentarse contra el suelo le encogió el ánimo. Una fracción de segundo después escuchó una detonación mucho más poderosa, doble, rabiosa. Y un grito de dolor, seguido de un gruñido triunfal, le permitieron entender que Münzel había descargado los dos cartuchos de su escopeta al unísono y con buen tino.

Con sigilo abrió la única hoja a la izquierda del descansillo. Para su sorpresa se halló en un espacioso bar. Olía a moho. Contrariado, comprobó que otra puerta, vieja y frágil, permitía acceder desde allí a la terraza exterior.

–¡Maldita sea, esto es una pesadilla! –gruñó.

El pomo comenzó a moverse. Era evidente que los sicarios de Thule tanteaban, uno a uno, todos los posibles accesos a la casa. No vaciló en disparar a través de la madera, aunque sin éxito. Unos pasos precipitados, en abierta retirada, decían a las claras que había malgastado munición inútilmente.

Se disponía a regresar al salón cuando un golpe contundente derribó la puerta que se divisaba al final del siguiente tramo de escaleras. El acceso directo a la dársena y al muelle de la casa no resistió la embestida de los matones. La hoja se abrió de golpe, saliéndose de sus goznes. Dos sombras temibles se recortaron ante el umbral.

Lang respiró profundamente. Se deslizó, a lo largo de la pared, hasta quedar en posición estable. Afianzó su pulso con la mano izquierda y, en la quietud entre dos hálitos, vació lo que restaba de cargador sobre el primero de ellos. Un agente de Thule salió despedido hacia atrás, profiriendo un grito pavoroso; el segundo fintó el cadáver de su compinche y se coló en el interior de la casa, amparándose en un vendaval de plomo que obligó a Lang a replegarse escaleras arriba.

–¡No disparen, soy yo! –alertó el noruego de regreso en el salón. Cerró la puerta y la aseguró arrastrando una pesada mesa y una vieja arquilla hasta su base.

Münzel bajó el cañón de su escopeta. Había estado a punto de reventarle la cabeza.

–¡En esta trinchera todo va bien, sin novedad! –anunció con sorprendente ironía–. A uno de esos cerdos le he abierto un boquete inmenso en las tripas.

–Creo que yo he acabado con otro –murmuró Lang yendo a apostarse entre Darden y Elke–. De todos modos, esta batalla está perdida. Han conseguido entrar. Están abajo, en la planta de acceso al muelle.

–¿Perdida? ¡En absoluto! –rezongó Münzel.

–Sí, perdida. ¿Cómo es posible que no intuyera que antes o después vendrían a por usted? ¡Esta casa tiene más agujeros que un queso emmental! –recriminó el biólogo con acritud. Al punto se dirigió a Darden. El periodista intentaba, una y otra vez, establecer comunicación con su teléfono móvil–. ¿Se puede saber qué está haciendo?

–¿Está ciego? ¿Necesita luz? –replicó furioso el inglés–. ¡Intento llamar a la policía, la línea telefónica ha sido cortada y este maldito cacharro no tiene cobertura en este país! ¡Ni siquiera podré despedirme de los míos!

Eilert rebuscó en el bolsillo. Extrajo un nuevo cargador y lo introdujo con un golpe seco en la pistola. Los dedos de Elke se tensaron en ese instante sobre su brazo.

–Eilert, escúchame, por favor, escúchame –susurró a escasos centímetros de su rostro, con un hilo de voz entrecortada, lastimera–. Tengo mucho miedo, mucho miedo. No quiero morir. No quiero. Abrázame, te lo suplico.

El mundo se derrumbó para Eilert Lang ante el peso de esa rogativa. Elke se deshizo en lágrimas, hundiendo el rostro entre sus brazos, mientras él se maldecía interiormente por haber causado la desgracia de una mujer a la que amaba con todas sus fuerzas. Las imágenes de los últimos días desfilaron a endiablada velocidad ante sus ojos. Una rara certeza le invadió. Enredó sus dedos en los cabellos lacios de la mujer, delicados como hebras de seda. Por un instante, como si de una burla cruel del destino se tratara, imaginó qué maravillosa podría haber sido la vida junto a ella.

Intentó articular una frase de consuelo, pero ninguna palabra acudió a sus labios. Un infinito dolor le traspasó de parte a parte.

–No quiero morir –reiteró ella con la tristeza pesando en el ánimo.

–Nada malo te va a ocurrir. Lo sé.

–Escucha, Eilert, escúchame: tal vez si devolvieras a esa gentuza todos esos documentos nos perdonarían la vida –sugirió Elke temblando como una hoja.

–Eso no serviría de nada. Nos matarían a sangre fría. Cálmate, saldremos de ésta.

Tres disparos pusieron punto final a la recapitulación emocional en que todos andaban sumidos. La cerradura de la puerta principal de la casa saltó por los aires. Una patada seca contra la hoja y unos pasos precipitados les hicieron entender que el final era inminente.

–¿Ha asegurado el acceso a la cocina? –inquirió Münzel desabrido.

–¿De qué puerta está hablando? –preguntó en un respingo Lang.

–¡De ésa, mierda, de ésa! –rugió el viejo, dirigiendo el cañón de la escopeta hacia una discreta lámina, oscura y rectangular, disimulada a la derecha, tras un caprichoso requiebro de pared.

Lang supo que la advertencia llegaba demasiado tarde. Recordó haber visto en el vestíbulo un acceso que parecía comunicar con la zona de servicio de la casa. No había reparado, pese a todo, en que el peculiar trazado de la mansión unía esa parte con la estancia en que se hallaban a través de una portezuela de servicio.

–¡Ahí vienen! –anunció sobrecogido Darden.

–¡Esto pinta muy mal! –admitió Eilert.

Todo sucedió en décimas de segundo. Günter Baum y Ewald Fleischer penetraron en el salón como dos diablos, disparando a ciegas, con tal furia que Münzel, Lang y Darden no pudieron sino ponerse a salvo tras el mobiliario que les servía de parapeto.

Eilert intentó calcular la munición empleada por los matones de Thule. Su cerebro se esforzó en contabilizar las balas, según pasaban silbando sobre su cabeza, pulverizaban cristales o perforaban el respaldo de alguna de las butacas. Como si fuera capaz de leerle el pensamiento, Münzel, atrincherado a su derecha, parecía aguardar con nervios de acero el final del órdago, dispuesto a emplear sus dos cartuchos en el momento oportuno.

Ambos se alzaron simultáneamente, en medio del angustioso intervalo de silencio y desinformación que sobrevino cuando las pistolas callaron. Sólo Lang llegó a disparar sobre una sombra evanescente, a bulto, una única vez.

En ese momento todo se precipitó.

El ventanal que el noruego tenía a sus espaldas se vino abajo, traspasado brutalmente por un cuerpo a la carrera. Un asesino aterrizó en el interior de la estancia profiriendo un alarido desmesurado, sobrecogedor. Para cuando lograron comprender qué ocurría, éste, envuelto en cristales y astillas, agarraba ya a Elke Schultz por el cuello, en un abrazo poderoso, y amenazaba con hundir la hoja de su cuchillo en el centro del corazón de la mujer.

34

CONTIGO AL INFIERNO

El juego ha terminado! ¡Arrojad las armas! –conminó Baum con voz imperiosa desde el otro lado de la estancia.

–¡Jódete! –gritó desaforado Eilert Lang.

El biólogo había girado sobre sus talones y encañonaba con rabiosa determinación al matón que retenía a Elke.

–¡Oh, vamos, Lang! ¿Acaso crees que lograrás salvar a esa zorra? ¡No seas imbécil, has perdido la partida! –aseguró Günter con sarcasmo–. Tirad las armas, arrojadlas en el centro, en lugar visible, y discutiremos sobre cómo resolver esto a gusto de todos. ¡Incluso podríamos tomarnos una copa!

–¿Las armas? ¡Venid a por ellas! –espetó Klaus Münzel apuntando al vacío.

–No tenemos nada que negociar, cabrón –rezongó Lang–. Te dije que iríamos juntos al infierno y así será.

Los ojos del noruego, acostumbrados a la oscuridad, se esforzaban en escudriñar, de soslayo, la estancia, sin dejar de apuntar, con ademán crispado, al asesino que retenía a Elke. La voz de Baum llegaba, inequívocamente, desde la parte posterior de la gran chimenea central.

–Tranquilízate, Eilert. Enfría ese ánimo. Voy a encender la luz. Así nos podremos ver todos las caras. El viejo, el periodista, la putita, tú y yo. Haremos una bonita foto de familia –masculló Günter con voz cantarina. A renglón seguido se dirigió a su compinche–: ¿Estás ahí, René? ¡Escucha: si cualquiera de estos héroes de pacotilla intenta algo, degüella a la mujer de inmediato! ¿Me has entendido?

El matón asintió con un gruñido. Un sonido desesperado, gutural, pugnó por escapar de la garganta de Elke cuando notó que el filo del cuchillo se deslizaba lentamente sobre su piel.

–¿Dónde está Pierre Signoret? –inquirió Baum.

–En la terraza, agujereado. El viejo se lo ha cargado –contestó René sañudo.

–¿Y Gilbert?

–¡A ese hijo de puta lo he despachado yo! –informó Eilert–. Si hacemos caso del marcador, estáis perdiendo por goleada.

Un silencio espeso flotó en el salón.

Baum caminó hasta la entrada y accionó el interruptor de la luz. Después, seguido por Ewald Fleischer, se plantó ante ellos, bien visible, retador. Parecía un dios invulnerable. Alzó lentamente el arma y apuntó a la cabeza de Lang mientras su compañero mantenía a raya a Simon Darden y a Klaus Münzel.

–Así será más fácil –aseguró el miembro de Última Thule–. Y también infinitamente más divertido. Un juego mortalmente divertido. Te voy a explicar en qué consiste, Eilert: tú apuntas a René, René degüella a Elke, yo te mato a ti, Ewald despacha al viejo y...

–Te olvidas de mí, bastardo –advirtió Simon Darden en tono agrio.

El periodista estaba blanco como el papel de fumar, pero curiosamente su pulso no temblaba en la medida en que lo había hecho en los minutos precedentes. Parecía comprender, de un modo u otro, que sólo su concurso lograría deshacer el complejo nudo de voluntades en el que todos se hallaban trabados.

–¡Oh, sí, perdón, qué descortesía! –bromeó Baum cruzando una mirada cómplice y divertida con Ewald–. ¡Nos olvidábamos del audaz reportero que nos inmortalizará a todos escribiendo esta fantástica historia!

–Escucha, cabrón, no intentes reírte de mí. No he disparado en mi vida, pero a esta distancia te juro que te llenaré la boca de balas –amenazó el inglés pugnando por mantener sus nervios bajo control–. Dispararé, una y otra vez, hasta verte vomitar sangre.

–¡Joder, nos ha salido gallito el *paparazzi*! Es una pena que un periodista de *The Guardian* esté tan mal informado de lo que se cuece en su país –Baum chasqueó los labios fingiendo infinito fastidio–. ¿Tú crees, Ewald, que deberíamos explicarle lo que pasa en Londres?

–Creo que nos lo agradecerá –convino Fleischer.

–¿Qué están insinuando? –tanteó Darden confuso.

–Que yo no me preocuparía tanto de política exterior como de la suerte de su familia, estúpido. Lamentablemente ya es un poco tarde. Seguramente a estas horas su encantadora esposa y su adorable hijito flotan en el Támesis, camino del mar.

Las palabras de Baum acribillaron el cerebro del periodista. Un alarido inhumano brotó de su pecho. Invadido por una furia irracional, amartilló la pistola y crispó el dedo sobre el gatillo. Sus ojos se llenaron de lágrimas.

Eilert Lang calculó, en décimas de segundo, todas las posibilidades del macabro juego. Las fichas, sobre el tablero, habían llegado a una posición en la que ninguna victoria era posible. Poco importaba quién pudiera ser el primero en lanzar los dados. Todos iban a ser derrotados por la muerte en esa habitación. No habría supervivientes.

Cruzó una última mirada con Münzel. El semblante del anciano decía a las claras que estaba resuelto a bañarse en sangre ajena.

–¡Te has equivocado, hijo de la gran puta! –chilló convulso Darden avanzando un paso en dirección al matón–. Si los míos han muerto, no tengo ningún deseo de seguir viviendo. Es hora de ir al infierno. Y tú me vas a enseñar el camino. Adiós, Günter Baum.

Una décima de segundo antes de que la locura les arrastrara a todos al abismo, dos nuevos jugadores se sumaron a la partida.

–¡Quietos, que nadie se mueva! ¡Nadie se irá al infierno sin mi permiso! –advirtió una voz gruesa y autoritaria a espaldas de Baum y Fleischer–. ¡Vosotros dos, hijos de puta, soltad las armas o estamparemos vuestros sesos contra el techo!

Los dos agentes de Thule dejaron caer las automáticas al suelo y alzaron lentamente las manos al saberse encañonados.

–¡Vamos, Christian, recógelas! –ordenó–. ¡Por una vez en mi vida consigo llegar al final de una buena película sin haberme dormido! Me llamo Bruno Krause, señores, de la Policía de Berlín. El primero que parpadee es hombre muerto, ¿entendido? Vamos a calmarnos todos mientras esperamos la llegada de la Policía española. Les hemos avisado de esta fiesta.

El comisario hundió con saña su revólver en el pescuezo de Günter, obligándole a arrodillarse. Lo mismo hizo su ayudante con Fleischer tras apoderarse de las armas.

–Usted debe ser Klaus Münzel, ¿me equivoco? –indagó el alemán.

El anciano asintió. Seguía apuntando a Ewald Fleischer con su escopeta.

–¿Y quién de ustedes es Heinz Rainer?

–Yo.

–Pero su verdadero nombre es…

–Eilert Lang.

–Muy bien, Eilert, ¿le importaría bajar la pistola? No sé cómo se las apaña el diablo, pero, créame: siempre consigue que se disparen solas. Y sería una lástima que eso sucediera cuando ha llegado la caballería, ¿no? –ironizó el comisario. Al punto clavó su mirada en René–. En cuanto a usted, le recomiendo que arroje el cuchillo y suelte a esa mujer. La paciencia no es una de mis virtudes. Si cuento hasta tres y no lo ha hecho, mataré a sus dos compinches y le obligaré a limpiar la sangre del suelo con la lengua.

Ante la contundente mirada de Baum, René optó por dejar caer la daga sobre un sofá y liberó a Elke Schultz. La violinista respiró con ansiedad y buscó refugio junto a Lang.

–Esto empieza a gustarme algo más –aseguró satisfecho Krause–. Me alegro de que esté bien, señorita Schultz. Le confieso que he temido seriamente por su vida. Tendrá que contarme algunas cosas que no acabo de entender. Lo cierto es que estoy en un verdadero dilema. Nunca me había pasado algo parecido. Tengo un montón de preguntas y no sé cuál es la primera. ¿Tú por dónde empezarías, Christian?

Christian Eichel sonrió y se encogió de hombros.

–Supongo que sería bueno saber qué papel juega cada uno de estos señores en esta historia, ¿no? –sugirió el subordinado.

–Estos matones son agentes a sueldo de Última Thule, una organización nazi con ramificaciones en todo el planeta –declaró Eilert Lang señalando a Baum y a Fleischer.

–Es curioso, ¡de todo lo que podría explicarme ha ido a decir precisamente lo único que ya sé! –afirmó jocoso Krause–. ¿Algo más?

–Los asesinatos. Los crímenes cometidos en los últimos días, en Alemania y Francia, buscan eliminar a los últimos testigos de un hecho que sucedió en Berlín, al final de la guerra –añadió el biólogo–. Una operación secreta.

–¿Quizá algo relacionado con el Führerbunker? –olfateó Bruno suspicaz entrecerrando los ojos como un zorro. Ante la expresión asertiva de Eilert no dudó en exclamar–: ¡Te lo dije, Christian, te lo dije! ¡El Führerbunker!

–Sí, es cierto. El Führerbunker. Creo saber a qué operación se refiere el señor Lang –murmuró Christian Eichel con voz pausada–. Usted siempre ha dudado de mi capacidad de análisis, inspector, pero para mí todo este asunto está muy claro.

El policía miró de soslayo a su ayudante. Enarcó una ceja, desconcertado.

–¿Qué es lo que está tan claro?

–De entrada, la existencia del destino, ¿recuerda? Me he resistido siempre a aceptar sus teorías sobre el destino, pero debo reconocer que estaba equivocado. En esta obra todo está escrito, desde el principio. Incluso mi texto.

–¡Mierda, Christian, que no estoy para acertijos! –gruñó Krause visiblemente irritado–. ¿De qué coño está hablando si puede saberse?

Christian Eichel sonrió, un brillo taimado asomaba en sus ojos.

–Conteste, Bruno: animal de cuatro letras que simboliza la intrusión no deseada.

Bruno Krause no acertó a comprender el significado sutil que encerraban las palabras de Eichel. Apenas comenzaba a dibujarse la perplejidad en su rostro cuando su ayudante dejó de encañonar al matón de Thule. En un movimiento rápido colocó la pistola en el parietal de su superior y le disparó a quemarropa.

La cabeza del comisario alemán reventó como fruta madura.

–Siempre fuiste malo resolviendo crucigramas –susurró Eichel, limpiándose la sangre del rostro con una mueca de asco en los labios. Al instante, arrojó las dos automáticas entre Baum y Fleischer. Los matones habían asistido a la breve conversación tan desconcertados como el resto–. ¿A qué esperáis, pandilla de ineptos? ¡Acabad vuestro trabajo!

El diablo arrojó los dados, buscando poner fin a la partida.

Eilert Lang y Simon Darden tardaron en reaccionar. El sorpresivo vuelco de los acontecimientos les había paralizado. Sería Klaus Münzel el primero en tomar cartas en el asunto. El viejo no había dejado de apuntar a Fleischer en ningún momento. Cuando vio que éste se incorporaba, arma en mano, crispó su dedo en el doble gatillo de la escopeta de caza y liberó un infierno de pólvora contra su pecho. No tuvo tiempo de recargar. Günter Baum, desde el suelo, le atravesó de parte a parte. El anciano trastabilló, con el rostro desencajado, y fue a desplomarse ante la puerta de la terraza.

Christian Eichel abrió fuego contra Darden y Lang. Una de sus balas destrozó el hombro izquierdo del periodista, mientras la otra alcanzaba de lleno al noruego.

El biólogo notó cómo la fuerza de sus rodillas se quebraba. Se vino abajo, desvencijado, contraído por el dolor. Consciente de su irremediable fin, decidió emplear sus últimas energías en detener la demencial embestida de René. El matón había recuperado el cuchillo y se abalanzaba como un mastín furioso contra Elke Schultz.

La realidad desaparecía por momentos para Lang. Su vista comenzaba a nublarse. Apuntó antes de que todo se convirtiera en un amasijo informe y apretó el gatillo. El sicario francés, acribillado, aterrizó sobre la mesa, con una mueca grotesca en los labios.

Eichel no había imaginado una resistencia tan enconada. Dos de los suyos habían perdido la vida en tan sólo unos segundos. Cuando vio que Eilert se revolvía en el suelo, convulso, e intentaba fijarle como blanco, se dispuso a rematarlo.

Elke Schultz, en un estado próximo al paroxismo, destilando ira por todos los poros de su piel, no vaciló en lanzarse frontalmente contra el policía. Cazó al vuelo el estuche de su violín y, utilizándolo como escudo, se interpuso en la trayectoria de la bala destinada a Lang.

El proyectil se incrustó en el Stradivarius.

Siguiendo el ejemplo de la mujer, aceptando su propia muerte pero dispuesto a vender cara su vida, Simon Darden se arrojó a tumba abierta sobre un desconcertado Baum.

Eichel se halló, en un abrir y cerrar de ojos, derribado contra la chimenea de la estancia, en abierta desventaja. Había perdido su arma en el encontronazo. Elke estaba dispuesta a matarle. A cualquier precio. Cayó sobre él como una furia, descargando en su estómago un formidable golpe con la base del estuche. Viéndole a su merced, sin respiración, incapaz de defenderse, intentó estrangularle. Sus largos dedos se crisparon sobre la garganta del traidor como las garras de un halcón.

Fue entonces, en medio de ese derroche de violencia, cuando Elke reparó en las brasas al rojo vivo; se consumían en el centro de la chimenea, a la altura de sus ojos, a escasos centímetros de su mano. En un movimiento tan rápido como preciso se hizo con uno de los hierros que colgaban de un trípode y atrajo la montaña de tizones. Cayeron como una maldición sobre el rostro de Eichel, prendiendo, al punto, en su pelo y en su ropa.

Aullando como un animal, crispado por un dolor insoportable, el alemán se libró de Elke y consiguió incorporarse; recorrió la estancia a ciegas, enajenado, convertido en una antorcha humana, derribando, a su paso, sillas, mesas y objetos; propagando, en su locura, las llamas por telas y cortinas. Acertó a sobrepasar el cadáver de Klaus Münzel y continuó avanzando por la terraza, en un viaje a ninguna parte, hasta topar con una fina barandilla.

Se precipitó al vacío. Su cuerpo fue a estrellarse contra la rampa de la dársena de la casa, a tan sólo un metro de las aguas.

Elke, temblando, entendió que su terrible misión no había concluido. Sus ojos buscaron de inmediato a Lang. Yacía inmóvil, pálido, apenas aferrado a la vida por un frágil hilo de seda. Mantenía los ojos entreabiertos. Una pequeña chispa de consciencia aleteaba en sus pupilas. Parecía decirle que la amaba profundamente.

Ella hubiera deseado arrojarse en sus brazos, besarle, encadenarlo a la vida…

Pero la vida aún libraba una última y trágica batalla.

Simon Darden y Günter Baum habían trabado sus cuerpos en un brutal y desigual combate en el que el primero llevaba todas las de perder. Se aferraban el uno al otro por las muñecas, intentando dispararse; se propinaban sañudos cabezazos y rodaban por el suelo de la estancia como una pelota. El periodista no poseía la fortaleza del alemán. Luchaba con obstinación, al borde del agotamiento. Su tiempo estaba contado.

Elke respiró profundamente. Una y otra vez. Le resultó imposible controlar el latido de su corazón. Observó sus manos y sus brazos, palpó su rostro buscando reconocerse. Reparó, en un estado próximo al delirio, en que todo en aquel salón estaba teñido de rojo. Supo que el horror no cesaría mientras no se hubiera derramado hasta la última gota de sangre.

Miró una vez más al biólogo. En su último estertor, Lang parecía decirle lo que debía hacer.

–Sí, lo sé, lo sé –murmuró–. Maldito seas, Eilert, yo también te quiero. Nunca te olvidaré. Nunca.

Agarró con saña el atizador de la chimenea y avanzó como un espectro al encuentro de Baum y Darden, deshecha en un llanto silente, atenazado; sobrecogida ante el papel monstruoso que le tocaba en el reparto de la obra.

Envuelta en gélida inclemencia, con la insania aleteando en los ojos, esperó con aplomo a que la nuca de Baum fuera visible y todo pudiera resolverse con un único golpe, con la precisión de un *pizzicato,* veloz y poderoso, entre el puente y el diapasón del violín.

Tras hundir el cráneo del alemán, dejó caer la barra al suelo y se derrumbó.

35

LA PLOMADA

Cinco días después, en un vuelo regular de British Airways, Simon Darden aterrizó en el aeropuerto de Heathrow acompañado por dos abogados que Roger Alton, editor de *The Guardian*, había enviado a España con el propósito de agilizar los complejos trámites que retenían al periodista. Las autoridades españolas, pese a entender su papel circunstancial en los hechos, no le permitieron abandonar el país sin antes asegurarse de que una fuerte suma era depositada en concepto de fianza, y de que recibían, por parte del cónsul británico, plenas garantías de que el periodista comparecería cuando fuera requerido por el juez encargado de la instrucción del caso.

Cuando Alton lo vio aparecer por la puerta de llegadas internacionales, el corazón le dio un vuelco. Se diría que Darden había envejecido en tan sólo una semana. Andaba cabizbajo, unas profundas ojeras del color de la ceniza hundían sus ojos y un montón de nuevas canas asomaban entre sus cabellos.

Los abogados, tras intercambiar con el responsable del periódico unas frases, entendieron que éste deseaba conversar con Darden a solas y se despidieron.

–¿Alguna noticia? –balbuceó Simon sin vida cuando Alton le dispensó un fuerte abrazo–. Ten cuidado, el dolor del hombro aún es insoportable.

–No. Ninguna noticia.

–No es posible.

–Tal vez debamos prepararnos para lo peor, tal vez.

–No. Brian y Claudia están vivos, Roger –aseguró Darden agarrando al editor por las solapas de la gabardina–. Lo sé. Si les hubieran matado yo lo sabría, ¿lo entiendes? ¡Mi corazón me lo diría a gritos!

–Sí, lo entiendo. No quiero que te derrumbes, ¿me oyes? Nos mantendremos todos en pie, enteros, hasta que la policía descubra alguna pista –aseguró apesadumbrado Alton–. De momento no hay nada. Y John no sirve de mucha ayuda en su estado.

–¿Cómo está?

–Mal, pero saldrá de ésta. Al menos eso dicen los médicos del Royal London Hospital. Recibió un golpe muy fuerte. Una fractura terrible en el occipital –explicó llevándose la mano a la coronilla–. Salió ayer del coma tras casi seis días en ninguna parte.

–Vuelve a explicarme cómo sucedió todo –exigió Simon mientras se dirigían al aparcamiento de la terminal de vuelos internacionales.

Alton narró de forma pormenorizada lo que Simon sabía a grandes rasgos. Horas después de la llamada que él había realizado desde un área de servicio de la autopista, entre París y Lyon, unos desconocidos penetraron en el que había sido su domicilio; golpearon a Stewart, que dormitaba acomodado en un sofá, y secuestraron a Claudia y a Brian. La policía había descubierto, en los lechos de la mujer y del niño, rastros de cloroformo, lo que explicaba que ningún vecino hubiera oído petición de auxilio alguna.

–Scotland Yard asegura que eran profesionales, Simon. No forzaron la puerta del edificio, ni la de la casa. No han dejado huellas. Todo está en su sitio. Debieron cargarlos como a fardos y meterlos en un coche –conjeturó el editor.

–Esa gentuza es muy profesional. Mi familia es su mejor baza. Estoy seguro de que a estas horas ya saben que estoy en Inglaterra. Se pondrán en contacto conmigo –afirmó el periodista con absoluto convencimiento.

–Dime, ¿tienes toda la historia? –husmeó Alton mientras abría la puerta del vehículo.

Simon le miró desde el otro lado compungido. Apoyó las manos en el techo del coche y hundió el rostro.

–Sí. Tengo toda la historia –aseguró. Al hacerlo, notó el tacto leve de una pequeña llave oscilando en su pecho, y la secuencia numérica que el biólogo le había hecho memorizar se dibujó en su mente.

–Confieso que la impaciencia me devora –admitió el editor de *The Guardian*–. Será la noticia del siglo. Vamos, sube y cuéntamelo todo.

Darden frunció el ceño y se opuso.

–Lo lamento, Roger. Te vas a quedar sin historia.

–¿Cómo?

–Ya me has oído. No hay historia, amigo mío. No la habrá mientras mi familia no esté a salvo. Incluso en el supuesto de que esto acabe bien, no la habrá. No voy a jugar con nitroglicerina. Ni ahora ni en el futuro. He sido un estúpido. El mayor de los estúpidos.

–No sabes lo que dices, Simon. El mundo merece conocer la verdad.

–El que no sabe en absoluto lo que dice eres tú, Roger. Por lo que a mí respecta el mundo se puede ir a la mierda, ¡a la mierda! ¿Dónde está el botón? –preguntó con crispado sarcasmo Darden, golpeando de forma expresiva la chapa del coche con el índice–. Mira lo que hago con el mundo, Roger Alton: ¡boooom! ¿Ves? ¿Cuántos somos? ¿Seis mil, siete mil millones? ¡No importa! ¡Miles de millones de cretinos a la mierda, en un acto rápido y piadoso! ¿El mundo, dices? ¡No me hagas reír!

–Me parece que no estás en tu sano juicio. Creo que necesitas descansar. Esto te ha afectado infinitamente más de lo que yo suponía –masculló Roger desconcertado.

–El horror, lo he visto con mis ojos. No sabes lo que es eso. Creo que ya nada me afectará jamás. El mundo no merece ser salvado. La verdad no le redimirá ni le hará más libre. Apenas quedan justos. Lot estaba equivocado. Los ángeles tenían razón.

–¿Lot?, ¿los ángeles?, ¿se puede saber de qué coño estás hablando?

–Déjalo, aunque te lo propusieras no lo entenderías, pero no te preocupes: esta aberración tiene cuerda para rato. Esa pandilla de cabrones del G-8 ya se las apañará en su próxima cumbre para que este estercolero se mantenga en órbita unos cuantos siglos más.

El editor de *The Guardian* apartó sus ojos de los del periodista. En sus pupilas parecía arder un incendio pavoroso, capaz de abrasar el planeta de un extremo al otro. Subieron al coche y mantuvieron un tenso silencio durante buena parte del trayecto.

–¿Qué sabes de esa mujer, la violinista? ¿Está bien? –indagó Alton temeroso.

–Lo único que sé de Elke es que las autoridades alemanas la repatriaron hace dos días –contó Darden abatido–. No nos volvimos a ver. Salimos de aquella casa en dos ambulancias. Ayer, en los juzgados, pregunté por ella a un funcionario. Le rogué que me dijera siquiera cómo estaba. Me contó que la mantuvieron en observación, en un hospital de Palma de Mallorca, en un estado enajenado, próximo a la demencia. La tuvieron que sedar. Espero que se recupere.

–Dios mío –balbuceó Alton.

–¿Sabes? ¡Creo que esto sí puedo contártelo! ¡Ahí tienes una gran historia con la que ensuciar más papel! –exclamó Simon soltando una risotada cínica–. Eilert y ella llegaron a quererse, de un modo extraño, enfermizo, como no podía ser de otro modo.

–¿Bromeas?

–En absoluto.

–Me parece increíble.

–Es lógico. Eres un hombre demasiado pragmático, pero sí, se amaron intensa y brevemente. Yo lo vi.

–Muy bien. Si tú lo dices, seguro que fue así –admitió Alton sin ganas de discutir. En un quiebro rápido cambió de tercio–. Escucha, Simon, Scotland Yard quiere interrogarte, pero supongo que antes querrás dormir un poco, ¿no? ¿Quieres que te deje en tu casa y te recoja más tarde, en dos o tres horas?

–No. Llévame al Royal London Hospital, por favor. Quiero ver a John.

–Ya te he dicho que está inconsciente. Tal vez no sea una buena idea.

–Lo es. Si él no puede hablar, yo hablaré por los dos.

Alton no discutió. Optó por acompañar al periodista hasta la entrada principal del centro. Darden masculló unas palabras de agradecimiento y se apeó del vehículo. Tras preguntar por la habitación de John Stewart, buscó los ascensores y subió a la sexta planta.

Entreabrió la puerta de la habitación 614 suavemente. Distinguió a una enfermera. Puesta en pie, junto a la cama, procedía a cambiar la bolsa de suero del fotógrafo y a anotar sus constantes en un amasijo de papeles prendidos a una tablilla. Le miró con recelo.

–Disculpe, señor, las visitas a este paciente están restringidas –susurró–. ¿Es usted un familiar?

–No. Sólo soy un buen amigo. Le ruego que me permita quedarme siquiera unos pocos minutos. No molestaré, se lo aseguro –rogó apesadumbrado–. ¿Cómo se encuentra?

–Sus constantes son buenas. La actividad cerebral

parece normal. Hace un par de horas ha entreabierto los ojos y ha pestañeado, pero su estado es aún muy delicado. Procure no hacer ruido –aconsejó.

–Entiendo. Se lo agradezco. No tardaré en irme.

La mujer abandonó la habitación con paso liviano. Darden trasladó con delicadeza una silla y se sentó junto al lecho. Se quedó ausente, embargado por una extraña tristeza. Sólo los ojos y una mínima parte del rostro bonachón de Stewart asomaban entre el grueso vendaje que comprimía su cabeza.

–¿Qué te han hecho, amigo mío? –murmuró.

Rozó levemente su mano. Al punto, un reflejo eléctrico pareció animar los dedos del fotógrafo.

–Soy yo, Simon. Todo va a ir bien –aseguró en un bisbiseo deslizado en su oído–. Saldrás de ésta. Pronto este mal sueño habrá terminado para todos. Nos iremos a la frontera con Canadá, a tu casa de las montañas. Repararemos las viejas piraguas, barnizaremos el porche y escucharemos cada noche a Neil Young con una botella de tu maldito bourbon hasta llorar y caer derrumbados.

Un ligero temblor sacudió la mano de John.

–Me oyes, ¿verdad? Estoy seguro de que me puedes oír –susurró el periodista–. Saldremos a cazar ciervos, con los arcos. Esta vez no dejaremos que el olor nos traicione. Pasaremos toda una jodida semana sin comer carne, escuchando los consejos de ese indio borrachín amigo tuyo.

A medida que hablaba, los ojos del periodista se fueron llenando de lágrimas. Quince minutos después, convertido en una sombra, abandonó la habitación. Se detuvo durante unos instantes en el umbral, respiró profundamente y salió.

Hacía frío en la calle. Alzó el cuello del abrigo, se llevó un cigarrillo a los labios y paseó sin rumbo, errático, con las manos metidas en los bolsillos, mirando con desinterés los escaparates, decorados con alegres bolas de colores. Quedaban pocos días para Navidad. La imagen de Brian acudió a su mente al pasar ante una juguetería.

Acabó por detenerse frente a un quiosco y repasó, ausente, la miríada de publicaciones y diarios expuestos. No pudo evitar examinar con detalle la portada de *The Guardian* y esbozar una sonrisa circunstancial, contrariada, al comprobar el poco tino de su subordinado, Richard Garnet, a la hora de poner título a las noticias. Siempre apostaba por el catastrofismo.

Pensó que al redactor no le faltaba razón.

Se disponía a proseguir su camino cuando la presencia de un hombre, detenido a sus espaldas, le sobresaltó. Su aspecto era el de un caballero inglés, de porte aristocrático; cabellos plateados, cuidadosamente peinados, y abrigo impecable, de tres cuartos, en paño azul. Se apoyaba en un fino bastón de madera de arce mientras sus ojos saltaban de una cabecera a otra con expresión divertida.

–¡Qué curioso! ¿No le parece todo muy curioso? –inquirió con voz afable mirándole por el rabillo del ojo.

–Perdone, no sé a qué se refiere –repuso Darden con desgana.

–Bueno, me divierte ver cómo la misma noticia es tratada de forma tan distinta por la prensa. Me refiero a la visita de Su Santidad, Benedicto XVI, a Turquía –el hombre señaló con el bastón uno de los diarios–. Fíjese, para éstos ha supuesto una humillación para la Europa cristiana; en cambio, para estos otros, significa un alentador y positivo acercamiento entre Oriente y Occidente. ¿Y qué me dice de los titulares de la visita de George Bush a Rusia o de las pruebas de misiles en Irán? ¡Muy curioso!

Simon se encogió de hombros. Aquello era una obviedad. Aún mayor a los ojos de un periodista acostumbrado a amoldarse a un libro de estilo que, más allá de las formas, venía marcado por la tendencia política del grupo editor.

–Es normal. Las tintas se cargan en función de unos intereses. Ya sabe, conservadores, laboristas...

–¿Cargar las tintas? ¡Me gusta la expresión, no la usamos en América! ¡Y deberíamos! –aseguró ufano–. ¡Sí, cualquier cosa, lo que sea, con tal de ahondar en el menoscabo del adversario! Supongo que así se forma la opinión pública, a base de estos mensajes tan sutiles.

–Sí, así, entre otras muchas estrategias a cual más ladina –zanjó Simon aburrido–. Disculpe, ya me iba, buenas tardes.

–¿En qué dirección va? ¿Le importa si caminamos juntos?

–No voy a ninguna parte... –alegó el periodista, poco dispuesto a conversar.

–La verdad es que tampoco llevo yo un rumbo predeterminado. A mi edad eso es un lujo. Además, estoy de paso, como un simple turista.

Simon le dedicó una mirada huraña. No tenía deseos de entablar una tediosa conversación salpicada de tópicos y cumplidos.

–Lamento no ser más cortés, pero tengo un mal día y no me apetece hablar. Discúlpeme. Buenas tardes.

Se giró y apretó el paso. La voz del hombre, ahora en tono seco, le detuvo.

–Todos tenemos días malos, señor Darden. Si no quiere hablar, no lo haga; pero permítame decirle algunas cosas.

–¿Cómo sabe mi nombre? –inquirió irritado girando sobre sus talones.

–Bueno, mi trabajo consiste precisamente en eso, en saberlo todo –aseguró el desconocido encogiéndose de hombros. Caminó la distancia que les separaba esgrimiendo una leve sonrisa.

–Creo que empiezo a entender.

–Me alegro. Vamos, andemos un poco, nos sentará bien a los dos –propuso–. Aunque si está cansado y lo prefiere podemos charlar más cómodos instalados en mi coche.

El caballero señaló con su bastón una elegante limusina negra estacionada al otro lado de la calle. Un chófer uniformado les observaba erguido como un poste junto a la puerta del conductor.

–¿Quién es usted? ¿Qué quiere de mí? –indagó Darden en un estado cada vez más crispado– ¡Conteste! ¿Qué han hecho con mi mujer y mi hijo?

–Es cierto, no me he presentado. Para los ingleses las formalidades son un ritual sagrado. Lamento no poder revelarle mi nombre. Soy la Plomada...

–¿La Plomada?

–Gracias al concurso de ese humilde instrumento nuestro mundo se ha construido en impecable perpendicularidad –sonrió–. Escuadras, compases, niveles y plomadas, desde los lejanos días de Salomón.

–No me interesa la arquitectura. ¿Qué hay de mi familia? –interrumpió el periodista con gesto hosco y tono desabrido.

La Plomada echó un vistazo a su reloj de pulsera. Después le miró afable.

–Ahora mismo son las cinco menos veinte de la tarde –constató–. A las seis en punto su mujer y su hijo serán puestos en libertad, sanos y salvos, en algún lugar de Londres, como prueba de nuestra buena voluntad, pero antes tendrá que escucharme. ¿Damos ese paseo?

Simon Darden comprendió que debía sosegarse y controlar el violento impulso que le hacía desear agarrar a ese hombre por el cuello y golpearlo con saña. Apretó las mandíbulas y respiró hasta aplacar el torbellino de emociones y sentimientos encontrados que se agolpaban en la boca de su estómago.

Aceptó.

–Por lo que veo no le interesa la arquitectura, ¿qué me dice de la historia?

–¿La historia? Admito que de un tiempo a esta parte me fascinan las mentiras históricas. De hecho, empiezo a pensar que todo lo que se cuenta en los libros es una gigantesca patraña urdida por los de su condición –murmuró con desdén.

–¡Oh, vamos, Simon! Los dos somos lo suficientemente inteligentes como para no detenernos en aburridas entelequias –bromeó la Plomada–. Todos decimos buscar la verdad y a un tiempo no tenemos ningún interés real por ella. Jesucristo no respondió cuando le preguntaron qué es la verdad, y Buda dejó al interlocutor con el interrogante en los labios. Dio media vuelta y se marchó. Muy significativo. Recuerdo que en la biblioteca de mi familia hallé las obras de Remy de Gourmont, ¿le conoce?

–No tengo el gusto.

–Pues era un periodista, como usted. Ese francés solía decir que cincuenta testigos hacen cincuenta verdades.

–Eso es demagogia. Nunca he soportado a los sofistas.

–Ya que menciona usted la Grecia clásica le recordaré el terrible destino de Edipo: el que se empeña en buscar la verdad debe atenerse al castigo que supone encontrarla.

–Comprendo. Se refiere a Eilert Lang, ¿no? ¡Dios mío, qué vergüenza!

–Ese hombre se entrometió en nuestros asuntos. Se llevó cosas que nos pertenecen: papeles, documentos, pero, sí, lo admito, su caso es terrible. Una tragedia.

–Me conmueve su compasión. Si va a derramar alguna lágrima dígamelo y le ofreceré mi pañuelo.

–Le ruego que no sea cínico. En estos momentos usted se está beneficiando de esa virtud.

Simon Darden se detuvo. Miró cara a cara con infinito enojo a ese asesino de modales refinados y voz imperturbable.

–Ahora mismo estoy siendo víctima de un miserable chantaje. Ésa es la única verdad. Intuyo adónde quiere ir a parar. Busca comprar mi silencio, ¿no es así? ¡Por descontado, ya lo tiene, puede estar tranquilo!

La Plomada le miró con expresión flemática.

–¿No lo entiende?

–¿Qué es lo que no entiendo?

–El que Hitler no muriera en Berlín no tiene ninguna importancia, señor Darden. Eso es sólo anecdótico, una minucia. ¿No me cree? Salga de dudas, pregunte a toda esta gente, a todos los que pasan por nuestro lado, si ese hecho ha afectado a sus vidas de un modo u otro. Le aseguro que se llevaría una enorme sorpresa. A nadie le interesa algo así.

Se quedaron durante unos instantes en silencio. Darden miró a su alrededor. Eran sobrepasados por un tráfago de ciudadanos anónimos. Todos parecían moverse marcados por las prisas. La Plomada alzó levemente el bastón, apuntando a unos y a otros.

–Mire a esa mujer –susurró señalando a una oficinista que descendía de un autobús–. Seguramente cada día se apea en esta parada, con la misma expresión atribulada. Tal vez llega tarde a recoger a su hijo. Lleva un montón de horas trabajando por un pequeño sueldo. Y ese hombre, el que camina taciturno, casi con total seguridad va pensando en cómo resolver sus muchos problemas. Tiene aspecto de haberse divorciado recientemente. Y aquél, y el de más allá, de vivir agobiados por el peso de sus pagos. Míreles a la cara, míreles bien. ¿Hitler, dice? ¡Menuda tontería! El mundo se ha convertido en algo muy complejo, Simon. Y nadie atiende ni presta atención alguna a lo que queda fuera del ámbito de sus intereses inmediatos. Son una masa silenciosa, aquiescente, preocupada sólo por su seguridad, por consolidar su posición en el tablero de juego y por aquellas satisfacciones que pueden ser disfrutadas de forma inmediata. Un partido de fútbol, una buena cena, más dinero, algo de compañía...

–Eso no es cierto. Se equivoca al considerarles meros peones en su juego macabro.

–Lo son. Permítame continuar. En un segundo orden de cosas, pero de forma más ambigua, todos manifiestan interesarse por el mundo, por lo que dicen los periódicos y televisiones: la economía, el cambio climático, la seguridad internacional, el terrorismo, la inmigración... Todos esos tópicos los mojan en el café con leche de la mañana y les permiten llenar la hora de la comida de charla apasionada. Sugieren esto y aquello, y lo otro, con vehemencia. De algún modo se convierten, durante unos minutos, en dictadores liberales, a la vieja usanza de los tiranos ilustrados de la Grecia clásica, capaces de arreglarlo todo; con *La República* de Platón en una mano y un látigo en la otra. Y hecho eso vuelven a sus trabajos y rutinas. De algún modo, saberse sobre un polvorín, una santabárbara que puede explotar en cualquier momento, les lleva a aceptar su suerte y a entender que, después de todo, sus vidas no están tan mal. En su fuero interno se alegran de ser tan limitados, tan poca cosa. Ese pensamiento les libera de tener que tomar cualquier tipo de iniciativa y aplaca, de paso, la pequeña voz airada que es su conciencia. Después, duermen como benditos.

–Su discurso comienza a parecerme absolutamente repugnante –afirmó Darden con una mueca asqueada en los labios–. Imagino que ahora vendrá lo mejor.

Por un instante, los ojos de la Plomada brillaron desconcertados.

–¿Algo más? No. No hay nada más.

–Claro que hay algo más. No me tome por estúpido. Permítame proseguir en el punto en que usted lo deja –propuso el periodista con expresión malévola–.

Está eludiendo, de forma astuta, hablar del fin último que usted y los suyos persiguen al alimentar ese estado de cosas. Sí, es cierto: todos estamos sentados sobre un gran barril de pólvora. Buena metáfora. Ocurre que ustedes tienen la mecha, y posiblemente la voluntad de hacer que el barril salte por los aires cualquier día de éstos, ¿me equivoco?

–Nosotros sólo haremos lo que la gente..., toda esta gente, nos pida.

–Le felicito. Es un plan magistral. Eilert Lang logró que yo lo entendiera. ¡Qué fácil y divertido debe resultarles manipular los acontecimientos, analizar la posición a la que llegará la partida de mover esta o aquella pieza! ¿Cuántas veces lo han hecho?

–Sólo cuando no queda más remedio –aseguró inmutable la Plomada.

–Vamos, admítalo. Hasta un niño sería capaz de verlo. En pocos años Europa será un caos –espetó Darden–. El mundo entero será sacudido, de Norte a Sur, de Este a Oeste. Se desplomará el sistema estrepitosamente, estallarán guerras por el agua, por el control de las fuentes de energía; millones de seres desesperados se lanzarán al asalto de un Occidente aterrorizado, dispuesto a defender sus recursos y su identidad, en una lucha a vida o muerte. La violencia y el odio entre razas se desatará en las ciudades, como una riada incontenible. Cuando eso ocurra, esos millones de ciudadanos anónimos...

–... Nos pedirán que tomemos el control –concluyó la Plomada–. Siempre ha ocurrido así, a lo largo de los siglos. Recuerde cómo los muy republicanos senadores de Roma otorgaban el poder a un déspota cuando todo se tambaleaba.

–Brillante, lo admito. Lamentablemente, para entonces reinarán ustedes sobre un montón de escombros.

–Los imperios se reconstruyen. Un mundo nuevo resurgirá como el Fénix de sus cenizas. ¡Un verdadero Reich de mil años! ¡Un tiempo de paz y prosperidad! ¿Le importa si seguimos caminando? La humedad me está entumeciendo.

–No pienso dar un paso más en su compañía. Termine con lo que tiene que decirme y despidámonos.

–Como prefiera. Lamento su poca predisposición al diálogo. Tal y como le he dicho, cumpliremos con lo prometido. En breve podrá abrazar a los suyos, pero debo recordarle que eso tiene un precio. Su silencio es el precio.

–¿Algo más?

–Deberá devolvernos los documentos que Lang nos robó.

–¿Documentos..., qué documentos?

–No pretenda engañarme.

–Le aseguro que no sé de qué me habla.

La Plomada le observó con recelo durante unos instantes.

–Muy bien. Le creeré. Escuche, señor Darden: no me gusta amenazar, no es mi estilo –advirtió anclado en su bastón–. No obstante, me veo obligado a decirle de forma clara que si este pacto no es respetado, usted y los suyos...

–Ahorre palabras.

–Perfecto. Una última cosa...

–Le escucho.

–Mañana, cuando tome su café, preste atención a las noticias. Si lo hace, entenderá lo irreductible del propósito que nos anima. Por nuestros ideales somos capaces de sacrificar incluso lo que entendemos más sagrado.

–Tomo nota.

–Adiós, Simon Darden. Buena suerte. No volveremos a vernos.

Edwin Drake, *la Plomada*, uno de los veintiún miembros de Última Thule América, se alejó a paso decidido en dirección a su coche.

El periodista le siguió con la mirada hasta que su figura se perdió entre la multitud.

Una hora más tarde el teléfono comenzó a sonar. Roger Alton, eufórico, le comunicaba que Claudia y

Brian habían sido liberados en las inmediaciones de Queen's Park.

Simon Darden no pudo evitar, pese a la felicidad que la noticia suponía, sentir el peso contundente de la derrota aplastar su ánimo.

36

POR UN IDEAL

Cuando Simon llegó a la redacción de *The Guardian* a media mañana del día siguiente, experimentó, de inmediato, la extraña sensación de haber estado ausente durante mucho tiempo. A pesar de que la noticia del secuestro de su familia había causado un auténtico revuelo en la empresa, no tuvo que hacer frente a ninguna de las situaciones embarazosas que esperaba encontrar. Agradeció, por primera vez en su vida, que la contención emocional formara parte del acervo cultural británico. Siempre había aborrecido ese comedimiento social, que ahora, de modo providencial, le ahorraba tener que detenerse y corresponder con cara de circunstancias a las escuetas palabras de aliento que unos y otros articulaban a su paso. Ni siquiera la sonriente Susan Schuett, desbordada por el correo y las llamadas, le dedicó su habitual guiño cómplice. Simplemente no reparó en su presencia.

En el área de información internacional todo parecía no haberse movido de su sitio. Un disciplinado ejército de redactores lidiaba con las páginas y noticias del día en medio del habitual desbarajuste visual y sonoro que era el departamento.

Darden pensó que sólo él había estado fuera del mundo.

Richard Garnet, el jefe de redacción en funciones, abrió los ojos de modo desmesurado cuando lo vio acercarse.

–¡Dios mío, Simon, qué susto! ¡Lo hemos pasado todos muy mal, muy mal! –tartamudeó ante lo inesperado de la visita. Se puso en pie y le dispensó un largo abrazo–. ¿Qué haces aquí? ¿No deberías estar con tu familia?

–Todo está bien, no te preocupes –murmuró el periodista–. He venido a resolver un par de cosas. Me iré enseguida.

–Habéis pagado, ¿no? –inquirió Richard mirándole como un pasmarote–. Claro, ¡qué pregunta tan estúpida!

–¿Cómo?

–El rescate.

–¿El rescate? ¡Ah, sí, por supuesto, el rescate!

–Ayer corrió el rumor por toda la empresa.

–¿De qué rumor hablas?

Garnet le miró desconcertado.

–Se comentaba en numerosos corrillos que los *centinelas*, el Scott Trust, han ayudado a reunir la suma que los secuestradores exigían por Claudia y Brian –explicó Richard, buscando confirmación a sus palabras en los ojos de Darden–. Es cierto, ¿no?

–Sí, es cierto. Todo se ha resuelto gracias a ellos, pero preferiría no hablar de eso ahora. Supongo que lo entiendes.

–Claro que sí, disculpa, soy un desastre, ya me conoces, el tacto no es lo mío.

Darden forzó una sonrisa cariacontecida. Empezaba a ser consciente de que su retorno a la normalidad, su encaje en el mundo de todos los días, supondría un esfuerzo sobrehumano.

–Cuéntame, ¿en qué andas? –preguntó distraído, echando un breve vistazo a las páginas que Garnet tenía abiertas en su pantalla.

–Intentaba condensar este artículo sobre los tejemanejes de Blair –explicó el jefe de redacción con expresión frustrada–. Es excelente. Dará que hablar, aunque es imposible reducir su extensión sin arruinarlo por completo. Se lo he dicho a Alton. Lo más probable es que lo publiquemos en un par de días.

Esa catástrofe nos obliga a variar todo el alzado del número.

–¿Catástrofe? ¿De qué catástrofe estás hablando?

–¿No has oído la radio?

–No, no he oído nada.

–Hablo del terremoto, del *tsunami* en el Atlántico Sur.

–¡¿Qué?!

–A pesar de tu circunstancia me extraña que no te hayas enterado de nada. Mira, aquí tienes un montón de noticias de agencia. Léelas –invitó señalando un amasijo de papeles–. Ha ocurrido a las cuatro de la madrugada. Un desplazamiento de las placas tectónicas del fondo marino, en la zona de Weddell, frente a las costas de la Antártida.

El rostro de Simon Darden adquirió la textura del mármol.

–¡Un terremoto! ¿Frente a la Antártida?

–¡Sí, Simon, la Antártida, el Polo Sur! –exclamó Garnet.

El periodista dejó su cartera en el suelo y se desplomó incrédulo en una silla. Inmerso en un estado irreal escuchó a su compañero explicar cómo un cataclismo, de siete grados de intensidad en la escala de Richter, había sacudido la placa continental frente a la Antártida durante más de tres minutos, provocando el hundimiento de una extensa franja costera al norte de la región conocida como Tierra de la Reina Maud. Millones de toneladas de hielo y piedras se habían desplomado a consecuencia de la brutal fractura.

La convulsión había generado un devastador *tsunami*, una gigantesca ola que había arrasado el extremo meridional de África y la isla de Madagascar, yendo a deshacerse, tras recorrer todo el océano Índico, en las costas de la India, Sri Lanka, Sumatra, Java y Australia.

Las palabras de la Plomada volvieron a resonar en el centro de su cerebro.

No cabía duda alguna. Última Thule había sacrificado su santuario.

Simon Darden intuyó que una explosión nuclear múltiple había sepultado para siempre la Base 211, el Shangri-La del Tercer Reich en Neu Schwabenland.

La cruz bajo la Antártida.

–¡Simon! ¿Qué te ocurre? ¿Estás bien? –Garnet le zarandeó–. ¡Te has quedado pálido como la cera! ¿Quieres que te traiga uno de esos asquerosos cafés de máquina?

–¿Eh? ¡No, no! Sólo estoy un poco mareado. No es nada, voy a refrescarme.

Unos minutos después, mientras secaba su rostro frente al espejo, Darden encontró sus ojos en el reflejo invertido que el azogue le devolvía. Se sorprendió al detectar el miedo en su mirada. En un estado perturbado siguió la línea de sus facciones, como si descubriera la fisonomía de un ser familiar y extraño a un tiempo.

–¡Maldito seas! –susurró–. Eres un cobarde, un miserable cobarde, me avergüenzo de ti, Simon Darden.

Abotonó su camisa. Con paso firme se encaminó al despacho de Roger Alton. El editor trabajaba rodeado de informes y páginas con expresión reconcentrada. Sonrió abiertamente al verle aparecer.

–Roger, necesito hablar contigo. ¿Puedes dedicarme unos minutos?

–Por supuesto, pasa, siéntate –invitó–. ¿Cómo están los tuyos?

–Bien, encantados de que el Scott Trust haya pagado su rescate –ironizó.

Alton contuvo una media risilla con poco éxito.

–Bueno, yo sólo extendí el bulo que me pareció más creíble. La televisión hizo hincapié en que tu suegra es una mujer de clase alta, una de las viejas fortunas de Bath, ¿no? A las pocas horas del secuestro hizo unas declaraciones a la BBC diciendo que su patrimonio había mermado considerablemente en los últimos años. Es mejor que todos crean que esto ha sido obra de malhechores comunes.

–Sí. Todo está bien. Dejémoslo ahí –convino Darden–. Quiero que sepas que te agradezco todo lo que has hecho, Roger. Siento que te debo una disculpa. Mi comportamiento de ayer fue imperdonable. Estaba muy nervioso.

–Ya ha pasado todo, cálmate.

–He tomado una decisión. Ahora, hace un momento –anunció el periodista–. ¿Aún quieres esa historia?

–¿La tenemos?

–Completa. Terrible. Más allá de los límites de la imaginación.

Alton le observó en silencio. Era evidente que Simon se disponía a plantear condiciones. Los dos tomaron asiento alrededor de una pequeña mesa en la que el editor mantenía sus reuniones con el equipo directivo del periódico.

–¿Qué te ha hecho cambiar de parecer? Ayer, el mundo no merecía ser salvado.

–He recordado a Eilert Lang. He recordado su mirada –murmuró en tono grave Simon–. Más allá de buscar venganza por todo lo que esos asesinos le hicieron, perseguía que la verdad saliera a la luz. Creo que a mí me toca cumplir con su última voluntad. De otro modo, su muerte y la de tantos otros habrá sido inútil.

–Me parece un razonamiento correcto.

–Tendrás tu historia, Roger, tan explosiva, asombrosa y espectacular que durante semanas los ojos del mundo estarán pendientes de *The Guardian*, pero debo pedirte algunas cosas.

–Adelante con las condiciones.

–Me vas a dar seis meses. Necesito al menos seis meses para ordenar todo lo que sé. Tengo la llave y la combinación de la caja fuerte en la que Eilert ocultó los documentos que logró arrebatar a Thule. Están aquí, en Londres. Todavía no sé cómo los sacaré de ese banco, estoy seguro de que me van a vigilar muy de cerca a partir de ahora. Pero lo haré. Ya se me ocurrirá algo.

–Muy bien.

–La seguridad de Claudia y Brian...

–¿Qué quieres que haga?

–Tienes muchos amigos en las altas esferas, en el Gobierno y en las Cámaras del Parlamento, gente poderosa –apuntó Darden–. Te voy a pedir que remuevas cielo y tierra. Mi familia necesita una nueva identidad. Debe salir de Inglaterra de inmediato. Encuéntrales un destino en el último confín del mundo. Encárgate de que gente de absoluta confianza vele por su bienestar.

–Dalo por hecho.

–Poco más. Nos mantendremos en contacto, Roger. Te diré de qué forma y cuándo podremos hablar.

Procuraré informarte de todo –aseguró poniéndose en pie.

–¿Adónde piensas ir?

Darden se detuvo junto a la puerta y le miró con astucia.

–Todos conocemos un lugar al que correríamos de saber que al mundo le quedan sólo unas horas, ¿no? ¡Ahí voy yo!

37

LOCH SHIEL

Elke Schultz entreabrió los ojos cuando la azafata, tocando levemente su hombro, le susurró que debía abrocharse el cinturón. Se frotó los ojos y miró adormilada a través de la ventanilla. El avión había descendido y volaba sobre un mar de campos verdes iluminados por el sol de comienzos de verano. Instintivamente palpó el estuche de su violín. Sonrió.

Pocos minutos más tarde el aparato aterrizaba en el aeropuerto de Edimburgo.

Una vez recogido el equipaje, la violinista recorrió la terminal buscando unos aseos apartados. Se encerró en uno de los lavabos y extrajo de su bolso de mano una pequeña polvera y una peluca. Cuando estuvo segura de su aspecto, entreabrió la puerta y fisgó. El lugar estaba desierto. Con parsimonia procedió a retocarse el maquillaje frente al espejo. Tras deslizar un carmín sonrosado por sus labios, ladeó el rostro con expresión satisfecha y salió escudándose tras unas oscuras y gruesas gafas de sol.

Se entretuvo comprando la prensa del día, un par de revistas, un mapa, chocolatinas y caramelos. Después, se plantó frente al mostrador de una agencia de alquiler de coches y retiró las llaves de un vehículo reservado semanas atrás.

Dos horas más tarde conducía por las carreteras secundarias del condado de Perth, en dirección a los *highlands* de Invernes. Echó un vistazo a su reloj. Bajó la ventanilla y encendió un cigarrillo. Un soplo de aire tibio y reconfortante golpeó su rostro. No pudo evitar comprobar su aspecto en el retrovisor, al tiempo que se cercioraba, una vez más, de que ningún coche la seguía.

A primera hora de la tarde llegó a Glenfinnan, en el extremo septentrional del lago Shiel. Detuvo el coche y consultó el mapa. Tomó la carretera en dirección a Lochaillort hasta dar, tres kilómetros más allá, con una pista forestal que parecía regresar en dirección a las marismas que había dejado a sus espaldas pocos minutos antes.

Apenas unas pocas casas, aisladas, salpicaban el paisaje.

Se detuvo frente a una granja situada al borde del camino. Alertada por la escandalera protagonizada por los perros, no tardó en asomar a la puerta una mujer de rostro orondo. Limpiaba sus manos en un amplio delantal.

La miró con evidente resquemor.

–¿Se ha perdido? –preguntó.

–Me parece que sí. ¿Este camino bordea el lago?

–¿El lago? Tras esa colina... –señaló–. ¿Adónde va?

–Busco la casa de la familia McCuish.

–¿McCuish? ¿De los MacFie, McDubhsith, o bien de los McDuffe?

–No lo sé.

–¡Ah, ya, sí! ¡Esa gente no son de esta parte de Escocia! ¡La abuela McCuish se instaló aquí en 1913, cuando murió mi bisabuelo! –explicó con un mohín de desdén en los labios–. Atienda, cuando encuentre el lago, siga el camino durante un kilómetro y verá una casa, grande, aislada, con granero, junto a una arboleda. Esos son los McCuish.

–Gracias.

Elke no tardó en dar con el lugar. Parecía desierto. Los postigos de las ventanas estaban cerrados, pero unas flores bien cuidadas, que parecían haber sido regadas la noche anterior, le dieron a entender que Simon Darden estaba allí.

El periodista apareció una hora después, caminando tranquilo por la orilla del lago.

–¡Elke! –exclamó con expresión maravillada–. ¡No te esperaba antes de un día o dos! ¡Déjame verte, Dios mío, estás preciosa!

Se fundieron en un largo abrazo.

–Me entran deseos de besarte –murmuró Darden embobado.

Ella se echó a reír. Desordenó los cabellos del periodista y le dio un breve beso en los labios.

–Date por besado –bromeó–. Me he liberado antes de lo que suponía de todos mis compromisos. Dime, ¿cómo estás?

–Muy bien.

–Tienes un aspecto excelente.

–¡Bah! Un poco desaliñado, diría yo –afirmó palpando su barba de cuatro días–. Apenas salgo de aquí. Voy a Glenfinnan una o dos veces al mes, compro lo necesario y regreso.

–Ha pasado mucho tiempo, ¿verdad, Simon?

–Medio año.

–Es curioso, tengo la sensación de que todo ocurrió en una vida anterior.

–Me ocurre lo mismo.

–¿Tú crees que...?

–Sí, estoy seguro. Si todo va bien, esta noche.

Se quedaron en silencio. Mirándose fijamente con una sonrisa en los labios.

–Te he traído algo, un pequeño regalo.

–Me encanta recibir regalos.

–Es una tontería, pero te lo dedicaré con todo mi cariño. Espera.

Elke caminó hasta el coche, abrió el maletero y rebuscó en uno de los bolsillos de la maleta. Mostró orgullosa un disco.

–¿Me vas a regalar música?

–¡Mi música! ¡Serás uno de los primeros en escucharla, se pondrá a la venta en septiembre! Lo grabamos en marzo, en Sydney. Es realmente bueno.

Darden examinó la carátula. Elke aparecía recortada, con su Stradivarius, sobre una toma frontal de la Berliner Philarmonie al completo. El repertorio incluía varias piezas de Sibelius, Chaikovski y Prokofiev.

–¡Uf, pesos pesados!

–Para variar.

–Veo que tu violín ha sobrevivido.

–Sí. Un artesano, un lutier italiano, realizó el milagro. Halló la misma madera, la misma veta. Apenas se nota un pequeño círculo en la caja de resonancia. Dime una cosa, ¿crees que puedo quitarme ya esta maldita peluca? ¡Me estoy muriendo de calor!

Darden se carcajeó. Su risa resonó sobre la superficie del lago.

–¡Claro que sí, aquí no hay nadie!

–¿Ni siquiera un monstruo como el de Loch Ness?

–¿Un Nessie? ¡Ojalá! Teníamos uno, pero al pobre lo arponearon hace siglos –aseguró Simon divertido–. Anda, entremos en casa. Te prepararé algo de comer.

–Llevo todo el día comiendo chocolate.

–Pues entonces te serviré un whisky con hielo.

–Ésa es una buena idea. Por cierto, ¿sabes que tu apellido materno suena a marca de whisky?

–Luego te enseñaré el granero de la casa. Hay un viejo alambique oxidado. Mi abuela preparaba el mejor de los whiskys.

Darden invitó a Elke a pasar al interior. Corrió las cortinas y abrió las ventanas de par en par. Una corriente fresca y agradable comenzó a circular.

Elke paseó, entre curiosa y divertida, por la estancia principal. Sobre un par de largas mesas, ubicadas frente a una gran chimenea de piedra, se amontonaban carpetas, documentos, libretas de notas, papeles y fotos.

–¿Aquí está todo? –preguntó ella.

–Sí, aquí. Éstos son los documentos que reunió Eilert –explicó el periodista, rozando con los dedos una docena de gruesos archivadores dispuestos junto a un ordenador portátil–. Una bomba de relojería, de potencia incalculable: listas exhaustivas, identidades y nombres, cuentas bancarias y transacciones, registros y cartas que vinculan a los miembros de Thule con crímenes, injerencia, sabotajes, complots y asuntos turbios en los cinco continentes. He empleado incontables horas de trabajo en trazar un mapa exacto, preciso, de las actividades y forma de proceder de esa gentuza. Mi amigo John me ha ayudado, él ha digitalizado con paciencia todo este material.

–Me limitaré a ordenar un poco tu mesa –ironizó Elke, retirando varias tazas y un cenicero que amenazaba con desbordarse–. Los hombres sois un desastre. Siempre lo habéis sido. Más que esposas necesitáis madres. ¿Dónde está la cocina?

Darden sonrió. La llegada de Elke le hacía sentir una extraña felicidad. Llevaba demasiado tiempo solo, sin hablar con nadie.

Al atardecer, tras un plácido paseo por los alrededores, el periodista revisó la relación de mensajes listos para ser enviados. Más de un millar. Amontonados en la bandeja de salida del programa de correo.

Elke se entretuvo preparando una cena ligera. Después, se acomodó en un destartalado sofá con un viejo volumen de la *Historia de Escocia* en el regazo.

–Aquí se dice que en el siglo XIII tus antepasados lucharon contra Longshanks –murmuró Elke–. ¿Es cierto?

–¿Contra Eduardo I Piernas Largas? –preguntó divertido Darden–. No lo creo. Mi abuela aseguraba que dos miembros del clan McFie, de la isla de Colonsay, fueron compañeros de armas de William Wallace y Robert de Bruce, pero yo lo pondría en duda. Mi abuela era una mujer belicosa. Como buena escocesa despreciaba a los ingleses.

La luz de los faros de un coche se coló de forma sesgada a través de las cortinas de la estancia. El vehículo se detuvo a pocos metros de la casa. El golpe seco de una puerta al cerrarse y el sonido de unos pasos al hollar la gravilla de la entrada anunciaban la llegada de un visitante.

Alguien golpeó con los nudillos en el centro de la hoja.

Y el pomo comenzó a girar lentamente.

38

DOS MUERTES EN UNA VIDA

Una silueta oscura, desgarbada, se recortó en el umbral.

–Preciosa noche de verano –dijo una voz familiar–. No tengo *kilt,* ni gaita, ni poseo escudo de armas, pero he venido a sumarme a la rebelión de los sin clan.

El corazón de la violinista experimentó una violenta sacudida, el libro resbaló de sus manos y cayó al suelo. Simon Darden contuvo el aliento durante un intenso segundo y crispó los puños en un arrebato de gloriosa furia.

–Elke..., Simon...

Eilert Lang salió de la penumbra y avanzó hasta situarse en medio de la estancia.

–¿Nadie se alegra de verme? –interpeló divertido al constatar el asombro que iluminaba el rostro de sus amigos–. Si interrumpo algo importante, decídmelo, puedo irme por donde he venido.

Elke Schultz se puso en pie. Avanzó al encuentro del biólogo con una sonrisa tímida en los labios.

–Bienvenido, Eilert –musitó en tono dulce.

–¿Bienvenido? ¿Sólo bienvenido? –objetó él.

–Está bién. Tienes razón –admitió Elke con expresión divertida. Se puso de puntillas y prendió un beso en los labios del noruego.

–¡Eso está mucho mejor! ¡Y tú, cazanazis, toma esto y ponlo en el congelador! –propuso Eilert alargando una botella de champán al periodista.

Los tres se miraron de hito en hito, maravillados. Habían soñado con la posibilidad del reencuentro en incontables ocasiones, desde la noche en que sus caminos se separaron medio año atrás.

–No sabes cuánto me alegra verte, amigo mío; tampoco las veces que he llegado a maldecirte –aseguró radiante Simon palmeándole en el hombro. Trazó a cámara lenta un gancho directo a su mandíbula.

–¿Por qué?

El periodista ladeó el rostro apuntando hacia su mesa de trabajo.

–Por pasarme todo ese saco de mierda. Mierda suficiente como para llenar varias vidas.

Eilert se echó a reír. Asintió.

–Alguien tiene que hacer el trabajo pesado. Los muertos somos de muy poca ayuda, Simon –aseguró burlón–. ¿Lo has conseguido?

–Sí. Lo he conseguido. Todo está preparado.

–Entonces éste será un gran día. Lo recordaremos siempre.

Se quedaron los tres sumidos en un silencio evocador. De algún modo, esos primeros instantes felices conectaban de forma directa con el drama que caracterizó a los últimos que recordaban haber compartido tiempo atrás, la noche en la que todos lucharon por defender sus vidas en la casa de Klaus Münzel.

Elke se había desplomado tras descargar un demoledor golpe en la cabeza de Günter Baum. El horror superaba la capacidad de resistencia de su cerebro. Cayó en el pozo sin fondo de la inconsciencia, profiriendo un grito desgarrado. Cuando por fin logró abrir los ojos, Darden estaba arrodillado a su lado, empapado en sangre, intentando reanimarla. El periodista mojaba su rostro y su pecho con agua fría. La ayudó a incorporarse.

–¡Vamos, Elke, tenemos que salir de este infierno cuanto antes! –propuso en un jadeo agónico tirando de ella con fuerza.

Apuntalados el uno en el otro, malparados, buscaban escapar de aquel escenario de horror cuando escucharon los lamentos de Eilert Lang.

Le habían dado por muerto.

Examinaron su herida. La bala de Christian Eichel había atravesado de forma limpia su costado. Sangraba con profusión pero su vida no parecía correr peligro. El noruego, sin fuerzas, les dijo lo que debían hacer. Pidió a Elke que buscara alcohol y vendas, y a Simon que tomara con las tenacillas un tizón de la chimenea y cauterizara el orificio abierto por el proyectil.

–Jamás olvidaré tus alaridos, los tengo clavados en el cerebro –recordó el periodista sobrecogido.

–Era el único modo de parar aquella sangría.

Tras fajar con fuerza la cintura de Lang, le ayudaron a ponerse en pie. Estaba demacrado, las rodillas apenas le sostenían, pero su cabeza parecía funcionar a pleno rendimiento. De forma entrecortada les hizo entender que ésa era la mejor oportunidad que la vida le brindaba en años.

Necesitaba que el mundo le diera por muerto.

Morir por segunda vez le pondría a salvo de su terrible destino.

Elke Schultz y Simon Darden convinieron en que la propuesta de Lang era el único plan posible. La casa de Klaus Münzel se asemejaba a un campo de batalla alfombrado de cadáveres. Junto al último *actor* de la operación Shangri-La, se hacinaban los cuerpos de dos policías y los de cinco miembros de Última Thule. Nadie lograría identificarlos de lograr reducirlos a un amasijo de carbón negro.

El tiempo apremiaba y debían actuar sin demora. El periodista descendió al embarcadero de la casa. No le costó encontrar la gasolina necesaria para hacer arder el lugar por los cuatro costados. Rociaron los cuerpos, tras amontonarlos, y les prendieron fuego. En cuestión de minutos, las llamas devoraban la mansión de Münzel, proyectando un dantesco espectáculo sobre las aguas oscuras de la bahía de Andraitx.

Después, poco antes de que la policía irrumpiera en el lugar, se separaron. Lang entregó la llave de la caja de seguridad al periodista, miró a Elke con infinita tristeza y trastabilló buscando fundirse con las sombras de un bosque cercano.

–¡Ha funcionado, Eilert! –aseguró Simon–. Has muerto. Has muerto dos veces. Eres libre.

–Pronto todos lo seremos. Recordad esta fecha: 27 de junio. El comienzo de la guerra. El final de la mayor mentira del siglo XX. El hundimiento de Thule –sentenció Lang en tono grave.

–A propósito de efemérides, quisiera que me explicaras algo –curioseó el periodista.

–¿Qué?

–¿Por qué has insistido tanto en que hiciéramos

público todo lo que sabemos precisamente en esta fecha?

La mirada de Eilert quedó nublada por un fino velo de tristeza.

–Hoy, de seguir viva, Angela Brandley cumpliría cuarenta años.

–Entiendo.

–No hay mejor forma de honrarla que poner contra las cuerdas a todos sus asesinos –aseguró el biólogo–, pero nada de tristezas. Ella era una mujer feliz, vital. No querría vernos abatidos.

Se quedaron en silencio, cariacontecidos, durante unos instantes.

–¡Pero, bueno! ¿Es que no me vais a ofrecer una miserable copa de vino? –espetó–. ¡Tengo la boca seca y me ruge el estómago!

Mientras Simon ultimaba los preparativos, Elke y Eilert se entretuvieron en disponer la cena.

–No sabes cuánto te he llegado a añorar –confesó el noruego, depositando platos y vasos en la bandeja que Elke sostenía–. He soñado contigo infinidad de veces.

–Pues abre bien los ojos, me tienes aquí.

–Me preguntaba...

–¿Qué?

–Me preguntaba si estarías dispuesta a compartir parte de tu tiempo con un fantasma.

–¿Sólo una parte?

–No soy celoso.

–Creo que me he perdido, ¿a qué viene lo de los celos?

–No entra dentro de mis posibilidades rivalizar con un Stradivarius de dos millones de euros –apuntó irónico–. Por lo tanto, he pensado que podrías engañarle conmigo. Sólo de vez en cuando.

Elke Schultz rió de buena gana. Se vio obligada a apoyar la bandeja sobre el mármol de la cocina.

–¿Me pides que ponga en peligro mi matrimonio? –preguntó cruzándose de brazos sin dar crédito a lo que oía–. Ese Stradivarius es un marido impecable, Eilert. Serio y fiel. No he logrado entenderme con ningún ser humano de la manera en que él y yo lo hacemos cuando hablamos.

–¿Hablar? Lo cierto es que yo me refería a otra cosa. A mí las conversaciones sesudas me aburren soberanamente.

Los ojos de Elke se llenaron de picardía.

–Entiendo. En pocas palabras, me estás proponiendo que te contrate como mi asesor fiscal, ¿no? –inquirió en medio de una enorme carcajada.

–Ni más ni menos –confirmó Lang aproximándose hasta quedar a una distancia corta. Sin dejar de mirarla, la tomó por la cintura y buscó sus labios.

–Escucha, Eilert, yo...

–Cállate, maldita concertista, y déjame besarte.

Se unieron en un beso cálido y largo. Después se miraron detenidamente, como si ambos descubrieran por vez primera el rostro del otro.

–Sabes perfectamente lo que siento por ti, Eilert.

–¿Lo sé? ¡No estoy muy seguro! Últimamente me falla bastante la memoria.

–Deberías saberlo –susurró ella–, y también deberías saber que pocas cosas me aterran más que el compromiso. No te confundas, no se trata de frialdad emocional. Es algo que no puedo explicar.

–Algún día lo harás.

–Sí, algún día.

–¿Y?

–Y nada más, Eilert. Creo que deberíamos conformarnos con vivir el momento, sin trazar planes. Nada que se extienda más allá del ámbito del aquí y del ahora.

–¿*Carpe diem*? ¡Llevo más de seis años viviendo conforme a esa máxima! –apuntó el biólogo al borde de la hilaridad.

–Sí. Exacto, *carpe diem*.

–Ningún corazón se conquista al asalto, Elke, pero dame tiempo y derribaré hasta la última de tus murallas.

–Tiempo...

–Cállate. Cállate y vuelve a besarme. Aquí y ahora.

Tras la cena se situaron junto al ordenador de Simon. El periodista efectuó una llamada a Roger Alton. El editor de *The Guardian* permanecía, en esa noche excepcional, a pie de imprenta, supervisando la tirada del número. El primer artículo de una larga serie de reportajes elaborados por Darden salía de máquinas en el rotativo de Londres; vería la luz del día al tiempo que gobiernos, policía y centrales de inteligencia, organismos internacionales y medios de comunicación libres de toda sospecha recibían un alud de documentos y pruebas inculpatorias que pondrían en jaque a más de un millar de miembros de Última Thule.

–Esos bastardos caerán como las fichas de un dominó, en cadena –comentó satisfecho Darden.

–Sí, pero no todo son buenas noticias, Simon –advirtió Alton azorado.

–¿Qué ocurre?

–Albert, Albert Giblin. ¿Le recuerdas?

–¿Te refieres al abogado, al *centinela* del Scott Trust?

–Sí.

–¿Qué pasa con Albert?

–Se ha suicidado. Le han encontrado muerto esta mañana.

–¡¿Qué?! No puedes hablar en serio, estás bromeando. ¡Dios mío!

–Albert era miembro de Thule, Simon. Su padre era un *lebensborn* adoptado en los años cincuenta por Patrick Giblin, el industrial de Birmingham –explicó Roger–. Albert alertó a Thule de que tú habías recibido la fotografía del Führer.

El periodista enmudeció. Las víboras anidaban en los lugares más insospechados.

–Esto no va a ser fácil. Será mejor que nos lo metamos en la cabeza, amigo mío –prosiguió el editor en tono pausado y grave–. Es cierto que quien golpea primero golpea dos veces; pero no esperes que esto sea un paseo primaveral. Hace cuatro días me entrevisté con Tony Blair. Una reunión larga, en Downing Street. Como comprenderás, ha tenido que informar a la Reina de la que se avecina. Me ha llamado esta mañana, intranquilo. Hay mucho malestar, muchos nervios. Gente influyente, poderosa, de círculos próximos a los Windsor, se verá salpicada en mayor o menor medida. Thule reaccionará, se defenderá con uñas y dientes.

–Entiendo.

–Deberás seguir oculto durante bastante tiempo, hazte a la idea.

–No me importa. Llegaremos hasta el final –zanjó

rotundo el periodista–. Además, ¿quieres que te diga una cosa, Roger?

–Sí. Claro.

–No te lo vas a creer, pero te juro que uno se acostumbra a no tener que afeitarse cada día –aseguró en medio de una gran carcajada.

Darden colgó. Su mirada tropezó con las de Eilert y Elke.

–¿Algún contratiempo? –indagó el biólogo expectante.

–No. El Führer y su pandilla de asesinos se revuelven en sus tumbas. Y todo es llanto y crujir de dientes. A muchos no les llega la camisa al cuello. Tendremos una buena guerra, Eilert –afirmó Simon con ánimo enardecido–. Y la ganaremos.

Lang examinó la interminable relación de correos. Le llamó la atención el modo curioso en que Darden había rellenado el campo referido al asunto de algunos de los mensajes.

–¿«Historia secreta de Edwin Drake, *la Plomada*»? –preguntó enarcando una ceja.

–Necesitaba quitarme esa espina –afirmó Simon abriendo el correo–. Escuchad: Edwin Drake. Setenta años. Presidente de la World Health Company de Nueva York. Nombre en clave: la Plomada. Ocupa el sitial número 14 de Última Thule América, organización nazi. Nació en Alemania en 1938 en uno de los centros Lebensborn creados por Heinrich Himmler, destinados a asegurar la pureza racial aria y la élite de futuros dirigentes del partido. A los seis años, en marzo de 1944, salió del país junto a muchos otros. Acogido por la acaudalada familia argentina Elizondo Molina, vivió en Buenos Aires. Completó su formación en la Base 211, creada por el almirante Dönitz en la Tierra de la Reina Maud, en el norte del continente antártico. A los diecinueve años fue adoptado por John Reginald Drake, potentado vinculado a la extrema derecha estadounidense. Es miembro del séptimo círculo de Última Thule desde 1981. Próximo a la familia de George W. Bush. Se adjuntan cinco documentos que prueban su participación en operaciones de tráfico de armas, blanqueo de capital y distribución de drogas.

–Demoledor –musitó Lang.

–¿Qué os parece? ¿Apretamos el botón de envío?

Los tres se dedicaron una mirada cómplice. Había llegado el momento.

–Aquí falta algo –murmuró Elke.

–¿Qué?

La violinista desapareció en dirección a la nevera para regresar, unos segundos más tarde, con tres copas y una botella de champán Veuve Clicquot helado.

El sonido del tapón, como una salva de artillería, parecía anunciar el comienzo de la primera batalla de la Tercera Guerra Mundial. Llenaron las copas.

–Por nosotros –propuso Elke exultante–. ¡Por los tres!

–¡Por el alma del mundo! –añadió Simon con ceremonia.

–Por ti, Angela Brandley –apostilló Lang con una suave sonrisa.

Darden pulsó *enter*. El ordenador pareció sacar humo, incapaz de procesar todo el trabajo que suponía enviar el interminable listado de mensajes.

–Creo que le va a costar digerir todo esto –razonó en tono jocoso–. Deberemos tener paciencia.

–No tenemos ninguna prisa –apuntó Eilert–. Elke ha terminado su gira; tú te has ganado unas merecidas vacaciones y, como todo el mundo sabe, a los muertos el tiempo nos importa un comino.

Una alegre y feliz carcajada resonó en la casa de la abuela McCuish.

Salieron al exterior. La luna, en cuarto menguante, se reflejaba con impecable elegancia en las serenas aguas del lago.

Elke Shultze, sentada en uno de los escalones de piedra de la casa, abrió el estuche del Stradivarius. Al hacerlo dirigió una mirada furtiva al biólogo. En sus ojos asomaba un brillo distinto, desconocido, que parecía fluctuar entre el deseo y el desamparo.

Entendió que ésa era la mirada celosa de Eilert Lang.

Acarició la piel noble de su esposo y se puso en pie.

–Necesito vuestra colaboración –alertó–. Prestadme atención. Los dos deberéis chasquear los dedos pulgar y medio de vuestras manos. Así, primero la mano derecha, en *tempo* de cuatro por cuatro; en un *allegro vivo* parecido al de las castañuelas españolas; después, otras tantas veces, con las dos manos. ¡Y manteniendo un silencio entre dos compases! ¿Entendido?

–En absoluto –objetó Eilert con encantadora ironía–, pero lo intentaremos. ¿Dónde demonios está la botella de champán?

Elke hizo trotar las cerdas del arco entre el *ponticello* y el diapasón, marcando una cadencia que recordaba el repicar de los cascos de un centenar de corceles de casta avanzando al paso. Cuando entendió que Darden y Lang podían mantener la síncopa sin su ayuda, atacó la cuerda con la gracia y precisión de un felino al saltar.

Una miríada de notas altivas, eufóricas, inundó el lugar.

Eilert supo que podría tolerar la presencia de ese maravilloso tirano en su vida. Simon, entusiasmado, se puso en pie y comenzó a girar sobre sus pies.

–¡Qué belleza, qué maravilla del cielo! ¿Qué es esto? –preguntó asombrado cuando Elke, al finalizar, se inclinó en un encantador y grácil saludo.

–Un pasacalle –explicó la concertista sin dejar de observar al biólogo.

–La *Musica notturna delle strade di Madrid,* de Luigi Boccherini –apuntó el noruego conteniendo la emoción.

Dispuesta a asombrar al mejor de los auditorios, Elke acarició una vez más las cuerdas. El exquisito romance de las *Variaciones sobre un tema de Frank Bridge*, de Benjamin Britten, sobrevoló como un pájaro de alas plateadas la perfecta quietud del lago.

Durante un tiempo suspendido y feliz, bajo las estrellas, los tres sintieron que ese apartado lugar llamado Loch Shiel era el arquetipo de un mundo perfecto por venir.

39

RÉQUIEM EN RE MENOR

Una mueca de contrariedad se dibujó en el rostro de Simon Darden pasada la medianoche. Era evidente que algo no iba bien. Examinó desconcertado la pantalla de su ordenador portátil. Un escueto mensaje y un pequeño reloj, cuyas manecillas giraban incansables, alertaban de que un error se había producido durante el proceso de envío de los correos.

–¿Y ahora qué mierda pasa aquí? –gruñó destemplado.

Las risas de Eilert y Elke llegaban desde el exterior de la casa. La violinista y el biólogo mantenían una charla cómplice y feliz.

Tras intentar solventar sin éxito el contratiempo, Darden optó por solicitar ayuda al noruego. La silueta desgarbada de Lang se recortó poco después en el umbral. Se apoyó en el quicio y le miró con expresión de falso hartazgo.

–¿Necesitas ayuda?

–Sí, ¡esto no funciona!

–¿Cuál es el problema? –inquirió Eilert afable caminando hasta la mesa con las manos en los bolsillos. Parecía flotar en una nube de algodón, a dos palmos del suelo.

–No sé cuál es el problema, pero este chisme no ha mandado ni un solo *e-mail*... –rezongó–. Parece bloqueado. No responde.

Lang fisgó por encima del hombro del inglés y asintió. Al punto, rodeó la mesa y comprobó con parsimonia las conexiones de la parte posterior. Todo parecía estar en su sitio. Siguió, uno a uno, el recorrido de los cables, agachándose hasta desaparecer del campo de visión del periodista, y reapareció, al poco, con una sonrisa burlona en el rostro y un conector entre los dedos.

–La próxima vez, lumbreras, asegúrate de que has conectado el cable al cajetín del teléfono –propuso en tono jocoso.

–No lo entiendo. Te juro que lo he revisado todo varias veces.

–No importa. Probablemente al pasar hemos tirado de él sin darnos cuenta –aventuró Eilert solventando el incidente–. Ya está, ¡inténtalo ahora!

Simon suspiró profundamente. Cerró el programa de correo y lo volvió a abrir. Parecía funcionar.

–Sí, perfecto. Lástima que hayamos perdido más de una hora.

–¡Bah, no importa!

En ese punto la voz de Elke Schultz les obligó a alzar la vista.

–Será mejor que los dos os apartéis del ordenador –sugirió en tono apremiante.

Eilert Lang y Simon Darden retrocedieron instintivamente un par de pasos, demudados, sin poder dar crédito a lo que estaban viendo.

Elke, desafiante, les encañonaba con una automática plateada.

–Yo he desconectado ese cable tras la cena. ¡Vamos, atrás, apartaos de la mesa! –ordenó.

–Pero ¿qué haces, Elke? –balbuceó el biólogo perplejo–. ¿De dónde has sacado ese chisme?

–Este chisme estaba, según lo convenido, en el maletero del coche que he alquilado esta mañana en Edimburgo –aseguró.

–¡Dios mío! ¡Dime que esto es una broma pesada, te lo suplico! –murmuró atónito Lang.

Darden, a su lado, negó levemente. El periodista no

podía apartar sus ojos de la expresión hierática de la mujer. Un pensamiento inquietante parecía sacudirle de pies a cabeza.

–No, amigo mío, me parece que Elke no está bromeando. Creo que empiezo a comprenderlo todo.

–¡Maldita sea! ¿Quién eres, Elke? –rugió Lang furioso, crispando sus dedos sobre la mesa.

Elke Schultz llenó su pecho de aire. Se mordió el labio inferior.

–Soy Elke Schultz, hija de Ernst Schultz, Gran Corona de Vril. El primero de los siete Maestros del último círculo de Última Thule.

–Eso no es posible.

–Lo es. No llevo tatuajes en mi cuerpo, Eilert, pero esta pequeña cadena de oro y esta daga me han acompañado toda mi vida –afirmó, entreabriendo ligeramente la blusa y mostrando el cuello–. Este símbolo ha sido, es y será mi único compromiso, ¿entiendes ahora?

–¡Dios mío!

–Nada ha salido como estaba previsto, Eilert. ¡Nada! –admitió ella con un halo culpable en las pupilas–. ¿Crees que fue el azar el que hizo que nuestros caminos se cruzaran, que vivíamos de modo casual en el mismo bloque de apartamentos?

–¡Maldita seas! –tronó el noruego desencajado.

–No estaba previsto que yo interviniera, te lo aseguro. Mi único cometido en esta historia era vigilarte de cerca, intentar ganar tu confianza y averiguar dónde escondías todos los documentos que nos robaste –susurró inmersa en un extraño tembleque–, pero todo eso quedó alterado cuando le enviaste a Simon la fotografía del Führer. Ni siquiera yo fui alertada de que Thule había dado orden de matarte de inmediato y que Günter y los suyos iban a por ti. Después, después tú irrumpiste en mi vida y lo precipitaste todo.

–Sigo sin entenderlo –masculló Eilert Lang. Había afianzado su espalda contra la pared, incapaz de soportar el sorpresivo quiebro de la situación–. ¡Yo vi con mis propios ojos cómo esos agentes intentaban matarte! Aquello no fue una representación, no podía estar preparado.

Elke Schultz negó esa posibilidad.

–No. No lo estaba. Günter Baum no sabía quién era yo. Hasta en las mejores organizaciones suceden cosas así. De todos modos, no corrí peligro alguno. Un sencillo protocolo, una simple contraseña, hubiera servido para identificarme como miembro de la orden de ponerse las cosas feas. Así que decidí, en medio del vértigo que tú desencadenaste, arriesgarme y llegar hasta el final contigo, con vosotros.

–¿Por qué..., por qué haces esto? Sabes lo mucho

que te quería, Elke. Por ti hubiera puesto mis manos en el fuego –reprochó desarbolado el biólogo, cuyos ojos brillaban cubiertos por una pátina acuosa–. Por ti hubiera sido capaz...

–... de caminar sobre las aguas o sobre las brasas –concluyó ella–. Lo sé. Simon me habló la tarde del último día en Mallorca de esa forma de amor incondicional. Y esas palabras aún resuenan en mi cerebro y hacen que esto me resulte insoportable. De hecho, te aseguro que me voy a maldecir toda mi vida, todos y cada uno de los días que me resten de vida.

Los ojos de Elke se humedecieron en un fugaz atisbo de humanidad. Apenas un instante. Apretó las mandíbulas con saña y crispó su dedo sobre el gatillo, inmersa en una extraña esquizofrenia, escindida entre dos órdenes imperantes y contradictorias que su cerebro y su corazón dictaban al unísono.

El mundo se derrumbó estrepitosamente para Eilert Lang, arrastrando en su caída las tímidas esperanzas forjadas. Había logrado burlar durante años a la muerte, una y otra vez, ocultándose como una rata bajo tierra, arrastrando el espejismo de sus días entre penumbras, condenando sus noches a un sueño sin ensueño, encadenado eternamente a una pistola; incluso había llegado a interiorizar el hecho de que ese destino aciago era el único posible, el único que le estaba reservado; pero comprender que la traición anidaba en el corazón de la mujer a la que amaba anulaba el más básico de sus instintos: el deseo de supervivencia.

Simon Darden había asistido sin aliento al breve diálogo. Entendió que el ánimo del biólogo rehusaba el combate y aceptaba la derrota. Discretamente, milímetro a milímetro, avanzó hasta situarse en un extremo de la mesa. Allí, a guisa de pisapapeles, se encontraba una pequeña automática que le acompañaba desde hacía meses. Acarició la culata con la yema de los dedos. La imagen de Brian emergió entre sus pensamientos. Si quería volver a verlo debía actuar sin demora y jugarse el todo por el todo.

–No toques esa pistola, Simon –aconsejo Elke percatándose del movimiento–. No te va a servir de nada. He vaciado el cargador.

–¡Maldita zorra, maldita puta nazi! –vociferó furioso el inglés, al tiempo que cogía el arma por el cañón. La arrojó sin tino alguno contra Elke. Después, intentó inútilmente abalanzarse sobre ella. Dos balas detuvieron su breve carrera. Cayó fulminado en el exiguo espacio que mediaba entre el sofá y una pequeña mesa.

Lang, enajenado, no intentó siquiera socorrerle. No se movió. Sabía que Simon estaba muerto. Muerto sin proferir un solo gemido. Y que en pocos segundos él le seguiría en su viaje a la oscuridad. Con lágrimas en los ojos miró a Elke por última vez y se arrodilló. Entrelazó los dedos de las manos y las colocó en su nuca, clavando la mirada en el suelo.

–¿Qué haces, Eilert? ¡Levántate, no quiero matarte así! –exigió ella en un estado próximo al paroxismo. Volvió a encañonarle.

–No lo haré. Mátame así. Así murieron todos mis compañeros en la Antártida. Dispara y termina de una vez –insistió él–. No deseo volver a ver tu rostro. No quiero llevarme tu imagen. Acaba con esto. Una única bala, Elke. Una bala que apague mi cerebro y arrase, al tiempo, tu pequeño corazón.

Elke Schultz apoyó la pistola entre los cabellos de Lang, por encima de la frente. Un llanto inarticulado, sin sonido, surcaba como el delta de un río de cristal su rostro perfecto.

Se disponía a ejecutar al único hombre que había sido capaz de cruzar la tierra inhóspita y yerma que ella había creado a su alrededor, cuando escuchó el motor de dos coches al detenerse y el sonido de unas puertas al cerrarse.

Cuatro hombres penetraron en la casa de Loch Shiel.

–Señorita Shultz…

–¡Llegas tarde, Eberhard, diez malditos minutos tarde! –increpó ella sin volverse.

Eberhard se adelantó. Echó un vistazo breve al escorzo imposible que era el cadáver de Simon Darden y se situó junto a la violinista.

–Se lo ruego, señorita Schultz, deme el arma y salga. Esto no es para usted. Nosotros nos encargaremos de todo –aseguró–. ¿Ésos son los archivos? ¿Está todo ahí?

Elke asintió como una autómata. Depositó la pistola en la palma de la mano del agente de Thule. Después, retrocedió hacia la puerta con un nudo en la garganta, sin dejar de mirar al biólogo.

–Perdóname, Eilert, perdóname –suplicó con voz hundida.

Eilert, postrado, rehusó mirarla. En el último momento, cuando intuyó que la hija de la Corona de Vril cruzaba el umbral, pronunció las que serían sus últimas palabras.

–Una bala para los dos. Para mí, la libertad; para ti, la infamia.

Elke Schultz salió al exterior. Trastabilló alejándose de la casa hasta llegar a la misma orilla del lago. Las aguas, en su perfecta quietud, reflejaban un cielo azabache, insondable y majestuoso, cuajado de estrellas.

El eco sordo de un disparo arrancó de sus labios un grito agudo, desaforado. Se recogió sobre sí misma, doblada por el dolor. El afilado estilete de su cuello, la daga de oro de Thule, parecía abrir brecha en el centro de su pecho, a la altura del corazón, que latía atenazado, como si una garra negra se hubiera cernido sobre él.

Permaneció enajenada y sin conciencia del tiempo hasta que los brazos poderosos de Eberhard la forzaron a ponerse en pie.

–Vamos, señorita Schultz, ya ha terminado todo –deslizó en su oído–. Estamos limpiando el lugar, acabaremos en unos minutos. Permítame llevarla hasta el coche. He traído su bolso y el violín.

El agente de Thule la acompañó hasta uno de los vehículos. Abrió la puerta trasera y la ayudó a acomodarse. Después, regresó a la casa.

Elke se quedó sola, sin vida, en medio de un lacerante abandono.

Cerró los ojos y ladeó el rostro buscando el olvido. En ese estado desolado sonó su teléfono. Rebuscó a ciegas entre las cosas del bolso hasta hallarlo. Miró la pequeña pantalla y reconoció el número. Sí, era él.

–Hola, papá.

–Hola, tesoro, ¿cómo estás?

–Mal, muy mal, muy mal –confesó entre sollozos.

–Lo sé, mi amor. Sé perfectamente cómo te sientes.

–¡No, no lo sabes! ¡No puedes saberlo! –replicó, intentando contener a duras penas la rabia que incendiaba su pecho–. No estaba preparada para algo así. Nadie puede estarlo. ¿Sabes? ¡Yo quería a ese hombre! ¡Le quería!

Se produjo un largo silencio.

–Muchas cosas nos son queridas y renunciamos a ellas –consoló la Corona con un hilo de voz cansada–. ¿Crees que para mí ha sido más fácil? He tenido que renunciar a la vida, dejar que todos, incluso tu madre, me dieran por muerto. ¿Sabes cómo son mis días, hija mía? Vivo recluido, solo, lejos de las miradas del mundo, en una jaula de oro que no puedo abandonar; añorando todas las cosas pequeñas que compartía contigo. Y ésa es una carga insoportable, un equipaje pesado que sólo la fe en la prosecución de un alto ideal puede aligerar. Me crees, ¿verdad?

–Sí, pero ojalá todo hubiera acabado en Berlín, o en Mallorca. Ojalá no hubiera tenido que pasar por esto –se lamentó Elke–. No lo voy a poder superar.

–Lo harás.

–No.

–Sí, lo harás. Eres fuerte. Y muy inteligente. Sabes perfectamente que la sentencia de muerte de Eilert Lang estaba dictada. Podíamos haberle eliminado meses atrás, cuando dimos con su rastro –reflexionó Ernst Schultz–, pero eso no hubiera resuelto nuestro mayor problema. Esos documentos eran el problema. Nuestra existencia depende de que ninguno de esos papeles salga a la luz. Poco importa lo que publique hoy *The Guardian*. En dos semanas el mundo mirará hacia otra parte.

–Te echo mucho de menos, papá.

–Y yo a ti, cariño, y yo a ti.

–¿Cómo están tus piernas?

–No muy bien. La artrosis casi no me deja andar, pero tengo una silla de ruedas, con motor.

–Colócate cerca de la chimenea. El calor te aliviará.

–Ya lo hago. Escucha, hija, ahora debo dejarte. Procuraré llamarte algún día, tal vez el próximo mes; ya acordaremos en qué momento. Cuida mucho de tu madre, y sobre todo...

A través de la luneta del coche Elke pudo ver con claridad cómo los miembros de Thule sacaban de la casa los cadáveres de Eilert Lang y Simon Darden. Los habían colocado en dos grandes bolsas negras. Las depositaron en la parte trasera de un todo terreno y cubrieron los bultos con una lona.

En ese momento, el solemne *Réquiem* de Gabriel Fauré se abrió paso en el centro de su cabeza. Un *Réquiem* en re menor, de incomparable belleza; un arrullo a la muerte, destinado a lavar la sangre, conjurar el dolor y borrar la pérdida.

–¿Elke? ¿Estás ahí?

–Sí. Sigo aquí, te escucho –gimió.

–Te decía que, ante todo, nunca olvides que lo que hacemos lo hacemos con la esperanza de que un nuevo amanecer ario ilumine el mundo en un futuro próximo. Se avecinan tiempos terribles, catastróficos, pero un nuevo orden, un nuevo Führer, un gran Reich…

–Sí.

–… esta vez, de mil gloriosos años…

–Sí, mil años.

–… emergerá triunfante entre las cenizas de esta civilización obscena y condenada.

–Lo recordaré –asintió Elke entre suspiros.

–No llores. No lo hagas nunca. Adiós, tesoro, te quiero.

–Y yo a ti.

–¡*Heil*, Hitler, pequeña!

–¡*Heil*, Hitler, papá!

AGRADECIMIENTOS

A Fátima Frutos, Eva La Torre-Broto, Cecilia Moliné, Albert Cuesta y Francesc Álvarez, por la lectura minuciosa del original y sus muchas sugerencias.

A Carina Pons, Ramón Conesa y a todo el equipo de la Agencia Literaria Carmen Balcells, por su excelente trabajo.

A Carmen Fernández de Blas y a Javier Ponce de MR, por la impecable edición de esta novela.

A Paco Ignacio Taibo II y a toda la organización de la Semana Negra de Gijón; amigos y escritores a los que no puedo mencionar, a riesgo de convertir esto en una interminable relación.

A Pere Sureda, que tenía una llave y la usó conmigo.

A Anna, María, Olga y Alena, de la Biblioteca Ferran Soldevila de Sta. M.ª de Palautordera, y a todos los lectores y amigos de mi localidad.

A los lectores de *Las Lágrimas de Karseb*, *Las puertas del Paraíso* y *El agua y la tierra*.

Un agradecimiento muy especial para mi amigo Mark Griffiths y su cuñado, Mark Sands, uno de los diez *centinelas* del Scott Trust de *The Guardian*.

A la familia Murillo-Llerda, Murillo-Torra, Las Heras-Llerda y Barredo-Hernández.

Y como siempre: a Victoria y a Julia. Irrepetibles.

Mi cariño para todos.

JULIO MURILLO
Santa M.ª de Palautordera

30° O
CÍRCULO POLA
ISLAS MALVINAS
ARGENTINA
60° O
Base
Wichita
Mar de Weddell
Tierra de
Graham
Placa de hielo
de Ronne
CHILE
Monte Jackson
Mar de Bellingshausen
Monte Vinson
POL
90° O
Tierra de
Ellsworth
Mar de Amundsen
Tierra de Marie Byrd
Mar de Ros
120° O
150° O